«ÉTONNANTS VOYAGEURS»

*Collection dirigée par Florence Trystram*

JACQUES-AIMÉ PÉRAY

# LE CHAPELIER PIRATE

*Présenté et illustré par*
Edmond Péray

SEGHERS

*L'illustration de couverture provient des collections de l'Association ouvrière des Compagnons du Devoir du Tour de France :*
*« Conduite » de Compagnons dans le Port de Bordeaux.*


ISBN 2-232-10340-4

*A Marie Binet, la lointaine cousine retrouvée.*
*A Colette, Ginette, Janou et Suzon*
*pour leur précieuse assistance.*

# Préface

*Il est des grâces toujours espérées mais rarement connues dans le métier d'éditeur. Notre pain quotidien consiste en manuscrits plus ou moins insipides racontant quelque mésaventure survenue à l'auteur ou transcrivant des cahiers d'ancêtres retrouvés dans une malle... Nous n'y croyons guère et, pourtant, nous les lisons tous, ces manuscrits, car nous guettons la perle rare.*

*« L'histoire de mon arrière-grand-père, découverte dans un grenier... » Rien de tel pour m'accabler d'avance ! Et, dès la première page, c'est le miracle : le fond et la forme, le héros et l'époque, tous les ingrédients de la réussite sont dans le texte envoyé par Edmond Péray.*

*L'époque ? Le XIX^e siècle, où tout était permis et tout interdit. L'époque des aventuriers en mal d'aventure et des sociétés restrictives en diable, où l'on met des jupons aux pieds des pianos et où l'Europe se lance à la conquête de ce qui reste de monde.*

*Le héros ? Quel homme ! Tour à tour pirate, chapelier, voyageur, commerçant, il traverse sa propre vie avec un mélange de charme, de roublardise, d'intelligence, d'imagination qui laisse pantois.*

*La forme ? A près de quatre-vingts ans, dans des cahiers d'écolier, cet homme, qui a passé si peu de temps sur les bancs des écoles, raconte, au fil de la plume, sans rature ni remords, dans un style séduisant de fraîcheur, de naïveté, de justesse, de trouvailles et d'humour, ce que fut sa vie.*

*Et quelle vie, qui fait le fond du récit ! Pirate à seize ans dans la marine de l'Empereur, déserteur parce que opposé à la royauté restaurée, apprenti chapelier par hasard, mais doué, le bougre, qui vous transforme en deux coups de brosse une vieille galette en gibus neuf, compagnon d'un tour de France qui se limite au Sud-Ouest, accompli la fleur aux dents, le cœur disponible, le gousset plutôt vide. La lassitude de toujours fuir la conscription le conduit aux Antilles, soldat du roi, mais chapelier toujours : il retape les coiffes de tout le régiment, mises à mal par une traversée houleuse. Aux Antilles, comme dans un conte de fées, il trouve la fortune et l'amour, ce qui ne l'empêche pas de revenir en France pour ses affaires, et pour fonder un foyer d'où sera issu son arrière-petit-fils, qui découvrira, dans un grenier de famille, les Mémoires du grand-père.*

*Jacques-Aimé Péray n'a certes laissé aucune trace dans l'Histoire, qu'il effleure à peine en débusquant l'Anglais haï ou en participant du bout des galoches à une des dernières chouanneries. Il est pourtant de ces millions d'anonymes qui ont fait l'Histoire par le seul fait de vivre à leur époque et d'y participer activement. Les individus qui composent les masses ordinairement se taisent. Jacques-Aimé, lui, nous parle, nous conte plutôt, avec un incontestable talent, ses tribulations d'homme qui se veut libre dans une société qui ne l'est guère. En bon conteur, sachant ménager ses effets, il nous fait tour à tour rire et pleurer, nous indigne ou nous attendrit. Il nous dresse un tableau parfois féroce et parfois tendre de ses contemporains, il nous entraîne dans ses fuites et nous attache par ses fidélités.*

*Décidément, le métier d'éditeur réserve parfois de bien délicieuses surprises, et la satisfaction d'offrir aux lecteurs des textes rares, dans leur sincérité et leur pouvoir d'étonnement. Merci, Jacques-Aimé, au nom si bien mérité...*

Florence Trystram.

## *Avant-propos*

Trouver dans son grenier les récits des aventures lointaines d'un arrière-grand-père inconnu donne à un garçon de douze ans le plaisir de franchir les barrières quotidiennes que dressent les contraintes du lycée et la protection maternelle. Dans l'atmosphère sèche aux odeurs de vieux bois et de papiers anciens, il se sent loin des effluves de la soupe aux poireaux qui suggère un calme sécurisant et il rêve d'aventures.

Le paquet ficelé dans une enveloppe de papier journal a séjourné dans bien des tiroirs, malles et armoires avant de me rejoindre ici. Ce sont les Mémoires de mon aïeul, Jacques-Aimé, qui, dès la première lecture, devient pour moi « Grand-père le Pirate ». L'appellation est forcée, mais il me plaît de pousser l'aspect aventureux vers la flibuste, plus prestigieuse aux yeux d'un gamin auquel cette ascendance procure un brin de fierté.

En fait, on verra que la croisière des deux frégates impériales la *Pallas* et la *Circé* ressemblait beaucoup à une expédition de corsaires.

Par la suite, j'ai affabulé à ce sujet. Pendant des périodes où la lecture du texte devenait lointaine et les cahiers enfouis, le grand-père vivait des épisodes transformés à partir de son vrai récit. Je m'emparais de lui et, sans trahir sa personnalité, dont je me sentais fort proche, je racontais ses aventures en les modifiant un peu. Plus tard, j'ai été surpris de constater que mon imaginaire avait « arrangé » les récits et j'ai décidé de les transcrire de façon plus fidèle.

Les cahiers ont une couverture de papier vert bouteille :

*« Vie d'un Vendéen, Jacques-Aimé Péray, écrite par lui-même en 1875, âgé de 79 ans. »*

Ils contiennent chacun douze à vingt feuillets d'un format assez grand, reliés par des ficelles fines.

L'écriture un peu penchée est ferme, lisible, l'encre est souvent éclaircie par le temps. Les ratures sont très rares. L'orthographe est d'un homme du XIX^e^ siècle sans grande culture littéraire, la syntaxe aléatoire comme l'absence de ponctuation ne font rien perdre de l'essentiel. Il y a trente-deux cahiers, mais le premier manque. Prêté et perdu ? Je ne désespère pas de le retrouver un jour, mais je m'y prends bien tard, ayant moi-même atteint, ou presque, l'âge auquel Jacques-Aimé a raconté sa vie. On se penche vers ses racines sur le tard, en se voûtant...

Des allusions cueillies dans les textes éclairent le contexte familial, et les actes d'état civil donnent des informations, mais des trous importants subsistent. Les cahiers s'arrêtent sur un épisode de tempête dans le golfe de Gascogne sans que je sache si d'autres ont été perdus ou si la maladie est cause de la fin des récits. Les premiers respectent la chronologie, mais ensuite il arrive à Jacques-Aimé de raconter des épisodes plus tardifs mais si importants à ses yeux qu'il craint de n'avoir pas le temps, en suivant l'ordre, de parvenir jusqu'à eux.

Jacques-Aimé est un enfant de la Révolution. Il est né à Luçon, Vendée, le 20 fructidor an IV de la République. A onze ans, il est orphelin. Son père, vétérinaire dans un corps de cavalerie, a été tué dès l'entrée des troupes impériales en Espagne. Il s'engage dans la marine de haut bord de Napoléon, et une partie de sa vie aventureuse commence en sillonnant l'océan à la poursuite des navires marchands des pays alliés à l'Anglais, du golfe de Gascogne aux Açores. Après cette dure école, il cherchera son indépendance et trouvera la fortune au milieu de difficultés que l'océan lui aura appris à affronter et à vaincre. Il le racontera en 1875.

Pourquoi si tard ? Il a dû, en approchant de la soixantaine et retiré à Bordeaux après trente ans passés entre la Martinique et la métropole, avoir de nombreuses occasions de raconter ses histoires à des amis, anciens voyageurs des Antilles, et à ses enfants. Il a ainsi entretenu ses souvenirs et la précision des détails. Ses comptes de négociant ont dû être conservés. Quant à ses souvenirs de jeune pilotin, la mémoire solide des jeunes années le dispensait de notes.

Et j'ai pensé qu'à Oran, ayant suivi sa fille mariée à un fonctionnaire, le loisir s'offrait à lui de se mettre à écrire, mourant peu après à quatre-vingt-deux ans en nous laissant cet incomplet mais précieux témoignage.

Jacques-Aimé s'affirme vendéen.

Il est bien né à Luçon où, dans les archives de l'état civil, je vais retrouver, dans le même registre, la page dont la lecture lui a donné tant d'émotion en 1814. La signature de son père Jacques, avec, comme profession, l'appellation inattendue d'artiste vétérinaire, est bien là avec celle de son parrain Chassay, chapelier. Je suis ému moi aussi à la vue de la calligraphie élégante traduisant une personnalité que l'on devine appliquée à la finesse du geste. Précieuse et forte à la fois, elle annonce l'écriture de Jacques-Aimé. Jacques est natif de Bordeaux, et je m'aperçois que la Vendée n'est la patrie de Jacques-Aimé que par sa naissance à Luçon. Il s'en réclame avec force cependant, mais ce sera un « bleu de Vendée », c'est-à-dire un républicain dans cette région dominée par les royalistes. Peut-être a-t-il simplement respecté la mémoire de son père.

Je ne sais rien de son grand-père, qui est né près de Bordeaux, et, au-delà, on trouve peu de chose. Sauf une hypothèse sur l'origine du nom avec cette orthographe rare qui doit être espagnole. Une souche importante se trouve sur les bords du Léman en Haute-Savoie. Des juifs espagnols, chassés par Isabelle la Catholique, seraient venus se mettre sous la protection des ducs de Savoie, et le nom figure sur des documents du XVe siècle, un privilège de coupe de bois leur ayant permis de survivre et finalement de changer de religion en quelques siècles.

Mais quel mélange chez cet homme, Vendéen de naissance, peut-être d'ascendance juive, jeune marin bonapartiste, fin chapelier, franc-maçon, bon chrétien et antillais de cœur ! J'ai beaucoup regretté de n'avoir aucun portrait de lui. Il n'était pas grand, portait, à vingt ans, une moustache effilée et une « mouche » au menton, séduisant sans aucun doute, avec un penchant pour l'élégance. Il a toujours soigné sa tenue, même dans des moments difficiles. Il observait de façon plutôt amusée les événements et les comportements, mais aussi ses propres pulsions ; il utilisait admirablement l'esquive et la feinte devant des contraintes injustes ou dérisoires.

Dans ce grenier, les cahiers verts, ultime main tendue à ses descendants, me dessinent une figure claire où j'ai trouvé une relation directe et une adhésion réelle. A qui destinait-il ses récits ? A son fils, à ses descendants ou à des lecteurs éventuels ? Ou à lui-même tout simplement. Peut-être l'a-t-il dit dans ce premier cahier qui manque.

Je précise que j'ai dû quelquefois ajuster le texte original, mais sans jamais en altérer le sens. Il fallait conserver les expressions propres à la fois à l'époque et au caractère du conteur, ainsi que le rythme des récits, mais aussi débarrasser les histoires de continuelles digressions, de sauts en avant et de retours en arrière dans lesquels le lecteur se serait perdu.

Une mise à jour de la syntaxe et de la ponctuation a été faite. Quant à l'orthographe, j'ai tenu à ce qu'elle ne puisse troubler mes petits-enfants en cours de scolarité.

Le premier cahier manque, je l'ai dit.

Nous allons donc nous embarquer d'emblée pour rejoindre

Jacques-Aimé sur la frégate la *Pallas*. En 1812, elle est un des vaisseaux de la marine de haut bord de l'Empereur, avec sa sœur la *Circé*, « deux beaux morceaux de bois », comme disent fièrement les marins de l'époque.

Elles ont quarante-six mètres cinquante de longueur de pont, sont armées chacune de quarante-six canons, naviguent à la voile avec une superbe maîtrise de la mer par tous les temps, mais connaissent aussi des moments difficiles. Jacques-Aimé a seize ans, est pilotin, jeune mousse de la timonerie. On y tient la barre, surveille la route et transmet les signaux. Mais ce pilotin est encore bien jeune et en butte à quelques tracasseries qui mettent déjà sa vie en péril*.

*Edmond Péray.*

* Les détails du gréement et de la voilure sont donnés dans un dessin en annexe avec quelques indications complétant les notes de l'auteur en bas de page.

DE HAUT BORD

## 1.

# L'APPRENTISSAGE DU PILOTIN

*Nul navire à voiles ne marche comme une frégate, surtout avec bonne brise.*

Un officier me témoigna beaucoup de bienveillance, jusqu'à me proposer de me donner des leçons de mathématiques. Je le remerciai de mon mieux.

Je vis qu'il persistait dans sa bonne disposition en me faisant observer qu'un élève timonier doit avoir l'ambition d'arriver à passer l'examen qui conduit au grade d'aspirant de seconde classe équivalant à celui de sous-lieutenant dans l'armée de terre [1].

1. L'uniforme de ce premier grade dans la marine est le suivant : habit bleu,

Ce grade ne permet pas d'être admis au carré des officiers à épaulettes, mais de faire partie de l'état-major et de commander au maître d'équipage, et même à toute la maistrance.

Je comprenais bien tout l'avantage de la bienveillante offre du lieutenant de qui je tais le nom en raison de la sale proposition qu'il me fit, peu de jours après les premières leçons dans sa chambre. Il en résulta que, dégoûté de ses leçons de mathématiques, je cessai d'aller en prendre, mais il s'ensuivit aussi qu'il me prit en haine. Jusqu'à sa mort, il me fit endurer des punitions terribles, et il fallut le bras de Dieu pour me préserver de chutes d'au moins trente mètres de haut, soit en m'écrasant sur le pont, soit en tombant à la mer.

Ce misérable officier imaginait tout ce qu'il pouvait pour me prendre en défaut. Quand je me trouvais de quart avec lui, à peine arrivé sur le pont à moitié éveillé, il criait : « Pilotin ! » Je devais lui répondre : « Lieutenant », et d'une voix coléreuse il demandait : « Où est le cap ? » Cette demande, pour moi, n'était pas le cap de Bonne-Espérance chez les Hottentots mais celui de la *Pallas*, et cela voulait dire : « A quelle aire court le navire [1]. »

Arrivé peu de minutes avant le lieutenant, je n'avais pas encore examiné la boussole. Sautant dans l'habitacle, je répondais vite.

Le lieutenant y venait alors, mais très lentement.

Le timonier avait déjà donné un petit coup de barre, amenant le navire un peu sur tribord ou sur bâbord. Malgré la plus grande promptitude à répondre à ce que demandait l'officier, il était, les

---

boutons dorés, aiguillettes moitié or, moitié soie bleue, épée coquille dorée portant ancre. Sur les épaules, des trèfles pareils aux aiguillettes. Chapeau à la Napoléon, ganse or, gilet blanc, boutons dorés. *(Note J.-A.)*

1. « Dans quelle direction allons-nous ? »

trois quarts du temps, impossible de dire juste. Il me disait alors d'aller sur les barres de perroquet jusqu'à nouvel ordre y apprendre la rose de compas[1].

Quatre ou six heures se passent sur ces barres de perroquet. Il vente, il pleut, n'importe ; il faut y rester jusqu'à ce qu'il plaise à ce chef infernal de vous faire descendre. Il crie bien : « Descendez », mais le vent a étouffé sa voix et je n'ai pas entendu. Descendre sans permission est aussi grave que, pour un factionnaire, abandonner sa faction. Il est souvent arrivé qu'à huit heures du matin je fusse dans cette position depuis minuit.

Mes collègues savaient bien qu'une fois l'officier descendu dans sa chambre, le sommeil me gagnerait et que je m'allongerais sur la planche de cinq ou six pieds de long et d'une vingtaine de centimètres de large, longeant la barre de perroquet. Perpendiculairement, une longue drisse, grosse comme le petit doigt, part de la pomme du grand mât jusque sur le pont. Cette drisse est double. Elle sert à hisser chaque matin la flamme tricolore, en même temps que le pavillon, à ce qu'on appelle la corne.

Pour cette sorte de punition, nous étions convenus, avec mes camarades, que nous laisserions libre un des deux bouts de la drisse pour que nous puissions nous coucher sur la planche et nous y amarrer, par un nœud facile à dénouer, par un pied et par le milieu du corps. Ainsi couché, j'y dormais d'un aussi profond sommeil que celui à qui on aurait donné une forte dose d'opium.

Si l'officier qui avait puni montait sur le pont, un de mes camarades venait tirer sur la drisse de façon à m'éveiller ; je me détachais et, de nouveau, j'étais en vigie.

1. La rose de compas (boussole) n'est évidemment pas au niveau des barres de perroquet à trente mètres au-dessus du pont. Ce n'est qu'une sévère brimade.

Il arrivait souvent que l'un d'eux aille demander à l'autre officier de quart, plus abordable que mon ours, de dire à son collègue que son « perroquet » était toujours en haut. L'autre faisait l'étonné, assurait qu'avant de descendre de son quart il m'avait dit de m'« affaler[1] » et que le vent avait sans doute écrasé sa voix. S'il faisait nuit, il envoyait à moitié de la hauteur où j'étais un de mes camarades pour me dire de descendre et, en arrivant sur le pont, il fallait remercier ce généreux chef.

Un autre piège m'était tendu par ce même lieutenant : il me demandait où étaient les vents ; si je répondais nord-est, il venait à la boussole, fixait le « pénan[2] » et trouvait, lui, que le vent venait du nord-nord-est.

« En vigie, pilotin, vous serez plus sûr d'où vient le vent sur les barres de perroquet ! »

J'avalais ces sortes de punitions depuis deux mois quand le dégoût d'être à la timonerie me prit. Je vais trouver le commandant et lui dis que je suis bien décidé à en partir. Il s'en étonne et me fait observer que je ne peux faire partie de l'équipage que comme novice. Je lui réponds que je préfère cette position à celle que j'ai. A sa question sur mon mécontentement, je lui explique que, trois ou quatre fois par semaine, le lieutenant me trouve des sujets de punition pour me faire passer des nuits entières sur les barres de perroquet.

« Allons, allons, me dit-il, ôtez-vous de l'idée cette demande, je ne l'accepte pas. »

Vingt-quatre heures se passent sans nouvelles querelles d'Allemand de la part du lieutenant qui prend avec moi des façons moqueuses, m'appelant, avec une petite voix de demoiselle :

1. Descendre en glissant.

2. Petite girouette de liège et de plumes.

« Monsieur le Pilotin veut-il avoir l'obligeance de me dire... de passer le sablier... Voudra-t-il venir m'éveiller à minuit ? »

Ce changement me fait bien comprendre que le commandant a eu avec lui un petit entretien qui a modéré son acharnement à me punir. Le lieutenant en vient à ne plus rien me demander, pas même à venir le réveiller quand il prend le quart. Me voilà un peu débarrassé de ce diable de punisseur acharné dont la figure reflétait une haine bien établie.

Il arrive souvent que l'on fasse des jugements téméraires. Je me suis toujours figuré que, lorsque je fis un plongeon dans la cale de batterie de la frégate [1], ce fut de son fait. Fort heureusement, je tombai sur le calier qui pompait de l'eau dans les pièces, et mes côtes portèrent sur la pompe qui était en cuivre. J'en fus quitte pour un petit aplatissement d'une côte, qui me fit obtenir du major docteur huit jours d'arrêt de service. Cette chute avait été causée par un matelot qui, en passant à mon côté en courant, m'avait poussé ; j'étais au bord du panneau de la cale, priant le calier de m'envoyer un quart d'eau. On aurait pu croire que, pour me désaltérer plus vite, j'avais plongé sur le calier comme un goéland plonge sur un poisson volant.

Je n'ai jamais pu savoir le nom du matelot qui m'avait joué cette espièglerie, le service rendu étant de me faire avoir huit jours de repos. Il me reste encore aujourd'hui, après soixante-trois ans, l'idée que cette chute fut entendue entre mon lieutenant et ce matelot.

S'il en est ainsi, que Dieu le lui pardonne comme je lui ai par-

1. Les réserves d'eau potable sont contenues dans des « pièces » arrimées à fond de « cale », c'est-à-dire en partie basse de l'intérieur du navire. Le « calier » en est le gardien et le distributeur.

donné le jour de sa mort tragique arrivée cinq ou six mois après mon plongeon. Lui, au lieu de plonger, s'envola dans les airs à plus de cent mètres et ne retomba que par jambes et bras séparés. Plus tard, quand j'en serai à cette triste journée, en vue du pic Ténériffe, je parlerai de cette tragédie où j'ai un peu figuré non pas, Dieu merci, comme auteur de la pièce, mais comme victime de l'imprudence du lieutenant de vaisseau Pasquet.

A propos de chutes, voici celle que je fis environ un mois après.

Mes camarades et moi, un dimanche après-midi, nous lancions des défis à qui, dans les cordages, ferait les tours les plus hardis avec le plus de promptitude. L'un de nous va s'accrocher à la pomme du grand mât, se tenant au paratonnerre. Les officiers battent des mains et, se croyant le plus audacieux, il descend triomphant.

Un autre monte après lui ; va-t-il en faire autant ? Il s'assied sur la pomme, mais sa hardiesse et son orgueil le poussent à se mettre debout bien qu'elle n'ait que la circonférence d'une assiette à soupe. Au centre est plantée la flèche du paratonnerre, longue de un mètre. Le pilotin la tient des deux mains, la pointe lui vient à la poitrine. Les officiers claquent des mains et, mieux que pour le premier, crient : « Bravo, bravo ! » Notre acrobate, désireux que le commandant lui témoigne sa satisfaction, se dispose à rester dans cette situation jusqu'à ce qu'il lui plaise de monter sur le pont. Le second, capitaine de corvette, comprenant ce que désire le jeune corbeau perché, descend dans la chambre de son collègue pour l'engager à monter. Ce dernier accepte, lève le nez en l'air, aperçoit le singe, mais au lieu de claquer des mains, lui fait signe de son bras de descendre. Avec ménagement, il fait des reproches à l'état-major de leurs encouragements à une témérité aussi inutile que dangereuse, ces sortes de bravades ne contribuant nullement au courage qu'il faut déployer dans un combat, pas plus qu'à faire un bon manœuvrier. Il caresse de ses deux mains les joues du pilotin, tout en lui défendant de ne jamais plus s'exposer de la sorte.

Arrive malheureusement mon tour. Ma passion pour le haut de la pomme n'étant pas aussi prononcée que chez mes deux camarades montés en premier, il me vient la malencontreuse idée de m'affaler par la drisse du pavillon, passée dans une petite poulie frappée au bout de la corne. Mes camarades acceptent mon pari qui est de deux bouteilles de vin de Muscat.

J'ai bien gagné ce pari, mais il m'eût été bien plus profitable de le perdre. Je monte à ce mât de corne. Au bout, j'attrape la drisse, je croise les jambes et, des deux mains, je tiens les deux doubles. D'en bas, on les a raidis. Je me lance dans le vide, mais cette drisse est vieille et molle comme une anguille. Le poids de mon corps me fait glisser plus vite que je ne veux, ma jambe se détache de la drisse et j'ai beau serrer, je ne peux m'arrêter. Mes mains brûlent, je serre un peu moins et pars comme la foudre ; heureusement, je tombe à cheval sur des balancines [1] et de là, dans le grand canot du commandant.

Je suis un peu étourdi, mais la peau du dedans des deux mains est enlevée. On m'emmène chez le chirurgien major qui, avec des ciseaux, taille cette peau comme s'il coupait du cuir. Ce diable d'écorcheur rit comme un fou ; il m'emmaillote les deux mains. Heureusement que la gauche est moins dépouillée que la droite,

1. Cordages qui soutiennent les traverses ou « vergues » portant les voiles.

la moitié des doigts n'a été que légèrement atteinte. Après un mois à l'infirmerie, une légère peau se forme. Je reprends mon service mais, pour quelque temps, exempt de monter sur les vergues.

De cette chute qui date de 1812 jusqu'à ce jour en 1875, les cicatrices m'en sont restées.

Nous voici en mai 1813. Nous reprenons notre service et relevons les signaux de télégraphe de la côte. Depuis plusieurs jours, l'escadre anglaise a repris ses positions pour nous bloquer.

Deux ou trois fois par semaine, nous appareillons le matin en compagnie de la frégate la *Circé*. Les Anglais, se figurant que nous nous disposons à courir la chance de passer leur escadre, se mettent en ligne de façon à ce qu'on ne puisse les franchir sans supporter les volées de canon qui, certainement, nous couleraient. Nous ne nous mettons à la voile que pour les faire se rapprocher de la côte. Nous allons jusqu'en travers de la tour de Cordouan. Pendant cinq ou six heures, nous sondons la passe dans toute sa longueur et tous les cinquante ou soixante mètres.

D'autres jours, c'est l'exercice à feu. Je suis pourvoyeur d'une pièce de dix-huit. Avec un étui en cuir qui contient la poudre et le « valet [1] », je me porte en courant au panneau de la Sainte-Barbe, envoie mon étui vide et en reçois un plein que je ramène. A chaque décharge d'une pièce, c'est la même course pour, de nouveau, me porter à la Sainte-Barbe. Pendant au moins deux heures que dure cet exercice, nous ne faisons que nous croiser

1. Peloton de vieux cordages ou « bourre ».

avec les pourvoyeurs de chaque pièce. C'est une bonne leçon de course de chiens lévriers.

Vient l'exercice d'abordage.

Le capitaine d'armes fait monter sur le pont les sabres, piques, pistolets, poignards, lances emmanchées au bout d'une longue perche.

Dans les hunes, au premier étage des mâts, sont placés douze gabiers, parmi les meilleurs matelots du bord. Ils ont trois ou quatre grappins de fer à quatre branches tenus par une corde assez longue dont le bout est attaché au mât ou aux haubans. Au moment où les deux navires se réunissent, ces matelots envoient les grappins à bord de l'ennemi de façon que, s'il veut refuser l'abordage, il se trouve dans l'obligation de l'accepter malgré lui par le fait qu'il lui est impossible de se désunir.

Avant le combat, on prend une mesure pour éviter que l'ennemi n'arrive facilement sur notre pont : à la hauteur de dix à onze pieds est établi un filet qui entoure le navire. Ce filet est fait de cordage gros comme le doigt, les mailles ont dix à douze centimètres. Il se nomme filet d'abordage. Tout le navire étant couvert à cette hauteur, les ennemis qui veulent sauter à l'abordage sont accueillis avec des piques. Celui qui veut franchir ce filet, le ventre percé, tombe entre les deux navires qui l'écrasent comme s'il était passé entre deux cylindres à broyer la canne à sucre.

Une fois par semaine, on nous fait nous baigner et en même temps, apprendre à nager. On établit une voile du nom de « bonnette » qui, en calme de vent, est en supplément, toutes les autres étant enverguées [1]. On prend celle du grand hunier, attachée par

1. Repliées sur les vergues.

les quatre bouts de façon à former un grand hamac. Ce hamac est à fleur d'eau mais, au centre, il présente une profondeur de huit ou neuf pieds de façon que ceux qui ne savent pas nager se tiennent sur les bords, accrochés à la relingue de cette bonnette. Celui qui sait nager vient vous faire lâcher prise, et vous coulez dans ce qu'on appelle le sac. Ne pouvant cramponner la toile, vous êtes emmené au fond. On vous laisse boire un bon coup et un nageur vous ramène à la surface. Ces leçons de natation durent deux heures, à la grande hilarité de l'état-major.

Tous ces exercices ne furent abandonnés qu'au mois d'août de l'année 1813.

On apprend alors que le vaisseau le *Régulus* va essayer de venir nous trouver dans la rade de Royan par la passe de Maumusson où, depuis des siècles, nul vaisseau n'a tenté de passer, n'ayant pas assez d'eau. Napoléon Ier donne l'ordre au préfet maritime de Rochefort de faire passer le *Régulus*, devrait-il être démoli dans la passe. On se met à l'œuvre en faisant à ce vaisseau une ceinture en forme de chapelet. Il est déchargé de tous ses canons et boulets, quatre remorques le tiennent et il réussit à longer ce canal, ce qui lui permet de se joindre à nous et de prendre le commandement de la station de Royan. Nous sommes sous ses ordres et notre frégate a besoin d'être déchargée de tous ses canons et projectiles de guerre pour être vérifiée.

Ordre nous est donné de remonter la Garonne et de nous rendre devant l'île du Nord. Devant cette île, nous déchargeons canons, boulets, tout ce qui constitue l'artillerie de guerre, ainsi que nos pièces à eau ; nous faisons le vide de la frégate. Excepté les bas mâts, tous les autres sont descendus à terre, le tout déposé sur l'île avec les voiles. L'île est couverte à ne pas voir un mètre d'herbe ; avec les voiles, nous établissons des tentes et il nous semble que jamais cette petite partie de terre n'a contenu un aussi considérable amas de personnel et de matériel.

Les ingénieurs de marine viennent visiter la frégate. Ils reconnaissent qu'il faut changer le doublage en cuivre. On retire le bordage du dedans, on soude la membrure. Des milliers de rats et de souris sont à découvert. Le travail fini, on procède à la destruction de tous ces rongeurs ; on allume des réchauds de charbon et on ferme tous les panneaux. Le lendemain, on ouvre, toute la carlingue en était couverte.

De Bordeaux, on nous envoie des vivres frais pour huit ou neuf mois : nous sommes sept cents hommes. On regrée les frégates, on réembarque toute l'artillerie et les vivres. Tout le travail de décharger et de recharger n'a pris que dix à douze jours.

Nous revenons au mouillage du Verdon. Une nuit, les Anglais envoient dans la direction du brick de guerre le *Pluvier* plusieurs péniches armées ; le brick est obligé de se jeter à la côte, l'équipage prend la fuite et les Anglais mettent le feu à l'épave.

Quelques jours après, ils tentent, de nuit, de venir nous incendier. Plus de douze péniches armées de soixante à quatre-vingts hommes nous tombent dessus avec le courant. Heureusement que nous faisions bonne garde et que, chaque soir, nous hissions les filets d'abordage.

A cette époque, nous n'avions pas de chaînes en fer et c'étaient des câbles qui nous tenaient ancrés. Les Anglais envoyaient une ou deux péniches à l'heure où il faisait un brouillard épais et, munis de puissantes haches, tentaient de couper nos câbles. Pendant des mois, ils ne réussirent jamais à nous causer rien de bien sérieux.

En août 1813, le meilleur matelot du bord, gabier de grande

hune, a la jambe broyée en présentant dans son emplanture le mât de beaupré. Ce gabier avait nom Thomas. On le porte dans l'entrepont et, avec les pavillons, on signale l'accident à tous les autres navires de la rade. En moins de vingt minutes arrivent à bord les majors du *Régulus*, de l'*Elbe*, de la *Circé*, de l'*Hortense* et tous les aides en médecine et en chirurgie. Ces messieurs procèdent à l'amputation de la jambe de Thomas.

Quatre d'entre nous, de la timonerie, une bougie à la main, éclairons ces messieurs et les outils chirurgicaux sont retirés des trousses. On demande à Thomas s'il se sent assez de force pour supporter l'enlèvement de sa jambe. Il répond qu'il préférerait les voir toutes les deux enlevées par un boulet anglais dont il verrait couler le vaisseau ou la frégate. Il demande sa pipe et dit :

« Voilà ma jambe ! »

En deux ou trois secondes, cette partie de membre est à terre. Avec un grand couteau, le chirurgien, comme un éclair, a fait le tour de la jambe et un autre, en trois coups de scie, l'a abattue. Thomas n'a fait qu'un seul juron, celui de « f... ». Avec des soies, on attache quelques nerfs et veines, on emmaillote le moignon ; Thomas n'a cessé de fumer.

Cette demi-jambe doit être ensevelie ; les gabiers la réclament. Le lendemain, permission leur est accordée de mettre en terre bénie cette partie du corps de Thomas, qui a été bien contrarié de ne pas pouvoir assister aux funérailles d'une partie de lui-même. Ses camarades ont, pour cette cérémonie, versé plus de bouteilles de vin qu'il n'a été jeté de gouttes d'eau bénite. Ils n'ont pas négligé de porter à Thomas, pour lui donner la force de supporter ses douleurs, le même élixir qu'ils avaient avalé pour bannir leur chagrin.

Notre commandant avait d'avance récompensé ses bons gabiers

et, depuis le moment de l'amputation, il avait mis à la discrétion du major le meilleur élixir de sa cave.

Aussitôt que le blessé put supporter le voyage de Royan à Rochefort, il fut envoyé à l'hôpital. Guéri, il fut employé comme concierge au bureau de la Marine.

Bien des années après, me rendant à Nantes, je couche à Rochefort. Le lendemain matin, ma première sortie me conduit à la porte du Soleil, entrée de l'Arsenal. De loin, j'aperçois un vieillard à tête blanche comme du coton, assis sur une chaise et sa jambe de bois allongée sur une autre. J'arrive à lui par-derrière, lui tape sur l'épaule. Il se retourne et, la main à la hauteur de son œil droit, il se figure que c'est au moins un capitaine de frégate qui se permet une telle familiarité. Ne me reconnaissant pas, il tourne simplement la tête et, d'un ton assez peu galant, il me demande à qui il a affaire. Je lui réponds qu'avec sa jambe de bois je le reconnais très bien. Se figurant que je veux m'amuser à ses dépens, il me demande si c'est moi qui la lui ai fabriquée.

« Je ne suis pas fabricant de jambes de bois ni de béquilles !

— Enfin, à qui ai-je l'honneur de parler ?

— C'est un timonier de la frégate la *Pallas*. Le jour où on vous abattit la jambe écrasée, j'étais un des quatre qui, pendant l'amputation, tenaient une bougie.

— Tonnerre de Dieu, vous êtes le premier depuis bientôt soixante ans que je rencontre et qui, lorsque j'étais gabier sur ce beau sabot, y était aussi. »

Il m'attire à lui comme s'il voulait m'étouffer. Il m'embrasse. « Dans cinq minutes, les ouvriers vont sortir de l'Arsenal, au nombre de quinze à dix-huit cents. Il me faut être là, comme vous me trouvez ; mes hommes visitent tous ceux qui leur paraissent avoir sur eux quelques chevilles de cuivre, clous ou autres débris.

Si, depuis que je suis ici, j'avais dressé procès-verbal à tous ceux que j'ai pris, plus de cent auraient été envoyés aux galères ! »

Le lendemain je viens déjeuner avec lui et depuis, je n'ai plus entendu parler de Thomas.

Je suis porté à croire qu'il est passé par une autre porte du Soleil que celle de l'Arsenal de Rochefort.

Brest
Cap
Finisterre
New York
Açores
Madère
OCEAN
ATLANTIQUE
Miami
Canaries
Cuba
Haïti
Antilles
Cap Vert
Dakar
Panama
Rio de Janeiro

2.

# LES DEUX FRÉGATES EN CROISIÈRE

*Quand nous chassions l'ennemi vent arrière, ce timonier savait donner à la frégate un mouvement continu qui la faisait aller un tiers plus vite.*

Je continue le racontage de ma vie en reprenant en l'année 1813. Aujourd'hui, nous sommes le 27 avril 1875.

Sur notre frégate la *Pallas* nous restons, avec la *Circé*, en rade de Royan jusqu'aux premiers jours du mois d'octobre.

L'ordre arrive du ministre de tenter de prendre la mer pour aller en croisière. Deux ou trois nuits, nous tentons cette sortie, mais l'escadre anglaise nous barre le passage et nous sommes obligés de rentrer. Le troisième jour, un vent d'est à tourmente oblige les Anglais à se tenir plus au large.

Nous sortons, vent arrière, avec une mer affreuse ; la nuit est tout à fait obscure et défense à bord de laisser voir la moindre lumière. Nous arrivons à toutes voiles au milieu de l'escadre.

L'ennemi nous aperçoit et pense que nous sommes des siens, mais en peu de minutes comprend que, vu la place que chacun doit occuper, notre position avec toutes voiles dehors ne peut être que celle de deux frégates tentant de les franchir. Aussitôt, des signaux en haut des mâts des Anglais donnent l'alerte, des coups de canon sont tirés, mais, fort heureusement, la vitesse à laquelle nous les avons franchis, de onze à douze nœuds, nous met hors de la portée des boulets.

Au jour, nous sommes presque dégolfés [1] et pas un navire n'est en vue, si ce n'est la *Circé*, dans le nord à nous, assez éloignée et par notre travers de tribord. Notre commandant lui signale de se rallier à lui ; nous faisons route à même aire de vent, la *Circé* obliquant toujours un peu sud. Vers midi, nous ne sommes qu'à la distance du porte-voix et nous faisons encore vingt-quatre heures de route ensemble, sans en changer.

Le lendemain, le vent a cessé, la mer est maniable ; à midi, on prend hauteur, latitude et longitude. Notre commandant fait signe à son collègue de mettre son grand canot à la mer pour venir le trouver.

Nous nous figurons que cette invitation a pour but de déjeuner ensemble, ce qui se produit, mais là n'est pas la cause de cette réunion. C'est, en réalité, que notre commandant n'est pas encore initié, par le ministre de la Marine, sur la partie de l'océan où

1. Sortis au large de l'embouchure de la Gironde.

notre croisière doit s'effectuer. Il ne doit décacheter le pli que là où nous nous trouvons et seul, en présence du capitaine Colinet, son collègue ; l'état-major même doit l'ignorer.

Les deux frégates sont en panne, les commandants dînent ensemble ; à deux heures, le collègue de la *Circé* rejoint sa frégate. On oriente les voiles, le vent souffle du nord-est. La route est donnée sud-ouest, nous filons huit nœuds.

Après quarante-huit heures, l'officier de quart soigne notre mal de mer en prenant le risque de voir au moins la moitié d'entre nous plonger dans la mer. On vient l'aviser que nous sommes sept, à plat dans l'entrepont, malades comme des chiens. Il ordonne de nous faire tous monter. Arrivés sur le pont en nous traînant, il nous commande de grimper sur la vergue de perroquet de fougue pour y prendre des ris [1]. Comme des morts ressuscités, nous attrapons les enfléchures [2]. Arriverons-nous sans que la moitié d'entre nous tombe à la mer, ce qui est presque inévitable ? Tempérant cette barbarie, l'officier fait monter derrière nous quatre bons matelots gabiers. Ceux-ci, moelleux comme une carde à peigner du chanvre, nous poussent par la partie basse des reins où il ne serait pas entré une lentille.

Deux d'entre nous, au lieu de crocher un échelon, crochent une petite drisse isolée ; heureusement que, de l'autre main, ils tiennent bon, mais ils font un demi-tour qui leur fait présenter le derrière aux enfléchures. Deux des matelots qui les suivent les remettent dans la bonne position, avec la même précaution que lorsqu'ils caressent leur femme.

---

1. Haute voltige qui consiste, là-haut, à attacher les voiles pour en diminuer la surface.

2. Échelons permettant de grimper entre les haubans.

Habituellement, en rade, nous montions dans la hune en quatre secondes ; ce jour-là, nous mîmes au moins un quart d'heure malgré l'aide des gabiers qui, par moments, nous faisaient monter deux ou trois échelons à la fois. Nous voilà enfin dans la hune [1]. Nos yeux voient un peu plus clair, mais nous ne sommes pas encore à l'abri d'un plongeon dans la mer ou de nous aplatir sur le pont. Pour cette seconde éventualité, l'officier a réuni une dizaine de forts matelots qui forment chaîne sur le pont, sous la vergue où nous allons prendre des ris. De la hune, il nous faut encore monter cinq ou six pieds pour aller appuyer la poitrine sur la vergue où la voile est tendue, et, le vent soufflant dedans, elle présente un demi-ballon. D'en bas, on brasse de façon à ce que la voile reçoive le vent en relingue [2]. Elle ne prend plus de vent, mais vous bat dans les jambes à vous faire déraper les pieds de l'appui qui porte votre corps. Malades comme nous sommes, au lieu de nous tenir droits comme il faut être, l'instinct de conservation nous fait appuyer notre ventre sur la vergue plutôt que de nous fier au marchepied. Dans cette position, on ressemble plus à un lièvre mort attaché par le ventre qu'à un gabier de trente ans de mer.

Les quatre matelots nous aident à crocher la voile de mètre en mètre ; il faut en faire des plis, puis les saisir avec les garcettes. Trois de ces plis étant bien établis, ils nous les font larguer, puis reprendre de nouveau. Cinq ou six leçons semblables, pour des créatures à l'agonie, les ramènent à la vie. Convalescents, nous reprenons le chemin que nous avons parcouru presque mourants et nous arrivons sur le pont si bien guéris qu'il nous semble être

1. Plate-forme au-dessus des basses voiles.

2. La voile détendue n'est plus gonflée par le vent.

dans les allées de Tourny à Bordeaux. Voilà pour la prompte guérison du mal de mer.

Pendant le temps que nous avons passé à cette radicale guérison qui a duré une heure, les deux frégates, sans s'inquiéter de leurs pilotins, ont cheminé trois lieues.

A cette aire de vent pendant trois jours, nous courons la même allure, mais, le quatrième, ils sautent à l'ouest. Nous voilà vent debout, la mer grossit et le vent redouble, redouble à tel point qu'il nous faut prendre la cape[1] sous la misaine, le grand hunier au baril, le tourmentin et le clinfoc.

Après quarante-huit heures orientés de la sorte, la vigie crie :

« Navire !

— De quel bord ?

— Tribord à nous.

— Laisse arriver[2] ! » crie au timonier l'officier de service.

En une demi-heure, nous sommes à portée de canon d'un lougre qui nous fait le signal de détresse. C'est un irlandais. La mer étant plus maniable, nous mettons à la mer le grand canot major ; dix hommes le montent avec un officier, cinglent sur la prise et accostent le lougre. Son équipage n'est que de quatre hommes plus le capitaine. Depuis douze à quinze jours, ils luttent contre une tempête qui a causé une voie d'eau, laquelle aurait dû les faire couler dans la journée de notre rencontre. Notre officier les fait s'embarquer tous les cinq dans le grand canot major, et ce sont des prisonniers qui montent à notre bord. Notre commandant accueille le capitaine irlandais avec toute la courtoisie de règle, l'emmène dans sa chambre et le fait dîner avec lui.

1. Ralentir la route face au vent en gardant un minimum de voiles.
2. S'écarter de la ligne du vent.

Ce capitaine, soit pour de l'argent, soit par antipathie pour la nation anglaise, initie notre commandant à un signal dont tous les navires marchands anglais ont parfaite connaissance. C'est que, si un bâtiment de guerre anglais hisse un pavillon jaune en haut du mât de misaine, on doit se rallier à ce bâtiment d'État. Ce diable de pavillon jaune nous a fait prendre au moins douze à quinze navires marchands anglais que nous n'aurions pas pris sans lui.

Trois jours après, nous sommes en vue de Madère et nous comprenons que notre croisière est aux Açores, évoluant autour des îles Sainte-Marie, Palme, Ténériffe, etc.

Le troisième jour de notre arrivée dans ces parages, à la pointe du jour, notre vigie des barres de perroquet crie :

« Navire par bâbord au vent à nous !

— Lof », commande au timonier l'officier de quart.

La vigie, de nouveau, crie :

« Navire !

— De quel côté ?

— Le même. »

Dix minutes s'écoulent ; la vigie crie :

« Navire, navire, navire ! »

Le commandant, monté sur le pont, crie à l'homme en vigie :

« Combien en vois-tu ?

— Un, deux, trois, quatre, cinq, six...

— Assez, dit notre commandant, c'est une escadre. Monsieur Moisson, branle-bas de combat, signalez à la *Circé* de faire de même et que nous allons avoir à en découdre. Faites tenir la même route. Signalez encore à la *Circé* de prendre le tribord de la flottille en vue. Nous prendrons le bâbord. »

En moins de trois quarts d'heure, nous devions être à portée de canon. Le branle-bas de combat s'exécute, tous les hommes aux pièces de canon et moi à mon poste pour fournir à ma pièce la poudre et le « valet ». Cinq à six tonneaux debout sont à moitié pleins d'eau-de-vie avec addition de deux à trois livres de poivre. Par anticipation, on donne un boujaron à chaque homme.

Nous approchons de l'ennemi ; une vingtaine de longues-vues sont braquées sur les bastingages. Ô déboire ! C'est un convoi de bâtiments marchands sortis de Cadix, convoyé par un brick de guerre espagnol. Ce dernier comprend que nous sommes deux frégates françaises et il signale à son convoi le « sauve-qui-peut ». Ce brick est un fin marcheur, et nous ne pouvons le capturer. Nous tenons tout ce convoi entre deux feux, mais plusieurs bons marcheurs, en tenant le plus près du vent, peuvent nous échapper.

Grâce à ce diable de pavillon jaune, nous amarinons [1] tout ce convoi ; grand pavillon anglais en poupe, nous faisant prendre pour des Anglais, tous ces navires mettent en panne.

Toutes les embarcations des deux frégates sont mises à l'eau et cinglent chacune sur une prise. Même le petit canot du commandant fait partie de l'expédition. Tout notre équipage, désappointé après ses bonnes dispositions pour se battre, ne considère tous ces bâtiments marchands que comme une prise de troupeau de moutons. On amène à bord de nos frégates les équipages de ces navires, au nombre d'à peu près quatre cents. Les capitaines espagnols, anglais et portugais sont traités, par notre commandant, avec tous les égards tenant à sa bonne éducation et à son noble cœur.

A chaque navire amariné, une embarcation est laissée le long du bord. Un officier ou un aspirant a charge de mettre le feu au

1. *Amariner* veut dire aller à bord de la prise pour signifier au capitaine qu'il est de « bonne prise ».

navire. A l'exception de l'or et de l'argent, toutes les denrées coloniales doivent être brûlées. Il s'en trouve, dans le nombre, qui ont pour au moins un million de marchandises anglaises, espagnoles ou portugaises ; le tout doit brûler avec le navire. Ce décret de Napoléon se nommait le « Système continental ». Aussi, tous les navires que nous prenions étaient brûlés ou coulés. Quand nous étions en calme plat, nous les coulions en leur pratiquant un sabord à hauteur de flottaison.

Dans ce convoi se trouvaient quelques navires chargés d'oranges ; il en fut porté à bord des deux frégates de quoi en manger pendant trois ou quatre mois. Elles finirent par pourrir.

Deux jours se passent ; nous prenons un navire anglais chargé de coton et nous l'amarinons. Comme pour les premiers, l'équipage est mis sur les deux frégates ; mais, en gardant encore longtemps les prisonniers à bord, nous faisons diminuer nos vivres.

Notre commandant se décide à faire ce qu'on appelle « l'échange à la mer ». Cette façon d'échanger consiste à mettre, sur la première prise qui se fera, tous les prisonniers avec un aspirant de première classe, un timonier et un quartier-maître chargés de les conduire en Angleterre et de les échanger contre autant de Français à rapatrier en France sur cette même prise. La loi des échanges voulait que marchandises et navire fussent considérés comme de bonne prise au profit de celui qui les avait capturés. Les corsaires français ne jouissaient pas de cet avantage. Nous fîmes trois échanges, soit environ douze cents hommes. Avant d'expédier cette dernière prise, le commandant fait demander à tout le personnel de la frégate s'il en est qui ont des parents prisonniers en Angleterre et même des amis ou seulement des connaissances. Un tableau de ces noms est dressé. Un mousse nommé Misère donne le nom de son père et celui d'un de ses frères qui sont depuis cinq ans sur les pontons.

Nous avons déjà deux mois de croisière. Un matin, un navire est en vue, et nous lui donnons la chasse. La mer est belle, le vent pas trop fort, le navire bon voilier. Nous le tenons en vue, mais nous ne gagnons rien sur lui, et il est presque certain que dans la nuit, changeant de route, il nous échappera. Nous sommes en plein hiver ; les nuits longues nous font perdre tout espoir de le capturer.

A environ une heure de l'après-midi, le vent augmente, la mer grossit ; nos deux frégates, à qui on a établi les bonnettes, sont grand largue [1]. Cette nouvelle allure fait l'effet, pour ces reines des mers, de six litres d'avoine que l'on donnerait à un cheval arabe de cinq ans. En trois quarts d'heure, nous avons gagné au moins une lieue sur le pauvre navire chargé de voiles à raser la mer avec le bout de ses vergues. Nous hissons ce diable de pavillon jaune. J'attrape le grand pavillon anglais, le frappe à la drisse de la corne. L'officier de quart ne fait pas rendre à ce pavillon les mêmes honneurs qu'au nôtre pour lequel, tous les matins au lever du soleil ou le soir à son coucher, les tambours battent « aux champs ». Nous sommes à deux portées de canon du fuyard. Le résonnement d'une pièce simplement chargée à poudre, la vue du pavillon anglais et de ce diable de pavillon jaune hissé en haut du mât de misaine agissent sur lui comme une attaque d'apoplexie et il signale son obéissance.

Par sa nouvelle manœuvre, nous voyons bien qu'il s'est aperçu

1. Presque vent arrière.

que nous n'étions pas anglais. La coupe des voiles diffère beaucoup de la nôtre. Au lieu de se rallier à nous, il nous attend. Arrivés à portée de canon, nous amenons le pavillon anglais et, à sa place, nous hissons notre grand national. Les tambours battent aux champs, et, comme nous arrivons à hauteur de la prise, la nuit se fait. La mer est grosse. Par notre interprète, on lui hèle de nous suivre jusqu'au matin. Il oriente ses voiles et, toute la nuit, nous le tenons entre nos deux frégates à une distance à ne pas le perdre de vue et avec sommation de hisser à son grand mât un fanal bien éclairé. Par précaution, contre toute éventualité d'un gros temps qui nous obligerait à nous séparer, toutes les pièces de canon sont chargées de façon à couler la prise si elle fait le moindre mouvement pour nous échapper. La nuit est belle. Au jour, on procède comme d'habitude : on fait amariner la prise, capitaine et équipage envoyés à bord de nos deux frégates.

Ce navire avait à bord, outre un riche chargement de marchandises, cent quatre-vingt-dix mille piastres espagnoles. Notre petit canot fut l'une des embarcations qui furent envoyées pour transporter partie de ce numéraire. Nous avions pour patron du grand canot major un nommé Riscazeau, vieux loup de mer que notre commandant avait recruté à Bordeaux et qui passait, à bord de notre frégate, pour avoir été, pendant plus de quinze ans, pirate dans les mers des Antilles et dans celles du Sud-Amérique. Ce Riscazeau avait sur tous les autres timoniers un avantage des plus précieux, principalement quand nous chassions vent arrière un navire. C'est dans cette allure qu'on le faisait mettre à la barre du gouvernail où il avait un mouvement continu qui, dans n'importe quelle mer, donnait à la frégate une marche d'un tiers de plus par rapport aux autres timoniers. Aussi, quand nous chassions dans cette allure de vent arrière, notre commandant appelait-il tout de suite Riscazeau. Comme il se voyait indispensable, il était arrogant et insolent à l'égard des officiers, mais respectueux pour le commandant. Nos meilleurs marins lui obéissaient beaucoup plus promptement qu'au maître d'équipage ; de grossier matelot, le commandant en avait fait notre second chef de timonerie. Riscazeau était celui qui, au début de mes exercices pour prendre des ris sur le perroquet de fougue, était à mon côté alors que mes pieds abandonnaient la corde marchepied. Froidement, il voyait couler dans mes mains cette garcette de un mètre au bout de laquelle je ne pouvais que plonger dans la mer. Malgré le plaisir qu'il aurait eu à me voir faire ce plongeon, il lui vint heureusement un mouvement qui m'accrocha par la culotte, me mit le ventre sur la vergue, non sans m'envoyer une grossièreté bien connue des matelots. Je lui en ai tout de même témoigné ma reconnaissance. Il parlait anglais, espagnol, portugais et bien d'autres langues. Il avait de notre commandant bien des faveurs, comme celle d'aller à bord de chaque prise pour discuter avec les capitaines des navires capturés et les tranquilliser sur le sort qui les attendait à bord de la *Pallas*. Il rassurait aussi les riches passagers de la prise, leur faisant entendre que sa protection valait autant que celle du commandant. Capitaine et passagers lui confiaient ce qu'ils avaient de bijoux et de monnaie or, de telle façon que Riscazeau avait dans son coffre deux à trois cent mille francs. Il ne donnait pas de reçu bien certainement, considérant toutes ces valeurs comme de bonne prise.

Le jour de cette capture, il fait trois voyages de la frégate à bord de la capture. Le fils de notre chef de timonerie et moi nous sommes aperçus que Riscazeau a pris dans son coffre un bas de soie long de un mètre et, retirant de ses poches des poignées de pièces, les engouffre dans ce bas. Dans sa précipitation à retourner à bord de la prise pour y récolter de nouveaux jaunets, il oublie de fermer son coffre. Le jeune fils ne perd pas le coffre de vue, s'assure que Riscazeau n'est pas à bord de la frégate, lève le couvercle et manie le bas de soie qu'il ne peut lever. Je n'ai jamais su s'il avait plongé sa main dans le fourreau, qui n'aurait de toute façon dû servir qu'à y plonger un pied.

Riscazeau est de nouveau sur la prise. Tous les prisonniers à bord des deux frégates, toutes les piastres aussi, il ne reste plus qu'à mettre le feu au navire. Pour cette opération, le lieutenant Pasquet est commandé avec Riscazeau, resté seul à bord de la prise. Deux embarcations avec leurs hommes attendent l'officier chargé d'incendier le navire, celui-là même qui, en rade de Royan, m'a pendant plus de deux mois fait passer des nuits sur les barres de perroquet. Seul, il monte à bord, y trouve Riscazeau qui, probablement, furetait dans toutes les chambres dans d'autres intentions que d'empêcher les souris d'être flambées. Depuis ce moment, nous n'avons plus rien su de ce qu'avaient pu faire Pasquet et Riscazeau. Il y avait à peu près dix minutes que l'officier était monté à bord lorsque se produisit une explosion ; le navire contenait une centaine de barils de poudre. Riscazeau et Pasquet sont envoyés dans les airs. Les trois embarcations sont chassées à dix ou douze mètres et chavirées, mais aucun homme n'y est blessé. Pour moi, la mort de ces deux hommes ne m'a pas fait verser une larme ni oublier le coffre de notre second chef de timonerie pirate, dont l'absence a privé la *Pallas* de son meilleur chasseur vent arrière.

J'en reviens au coffre de Riscazeau ; il n'y a pas encore deux heures qu'il est défunt. Je me porte au poste de la timonerie. J'y trouve le fil Herblin qui attend son père, notre chef de timonerie ; celui-ci arrive et le garçon, un peu nigaud, lui crie qu'il y a un bas plein d'or dans le coffre de Riscazeau. Le père vient sur lui, lui met la main sur la bouche, ouvre le coffre, plonge sa main dans le bas, prend une petite poignée de louis et m'aperçoit :

« Tu ne seras pas oublié », me dit-il.

Il monte sur le pont, y trouve notre commandant, lui remet la poignée de louis en lui disant qu'il vient de trouver cet or dans le coffre de Riscazeau resté ouvert. Le commandant lui répond que ce petit numéraire sera ajouté aux cent quatre-vingt-dix mille piastres qui seront partagées suivant le grade de chacun, depuis le mousse jusqu'à lui, commandant. Le chef de timonerie revient au poste et m'y trouve encore avec son fils. Il pratique l'enlèvement du « corps [1] » et le change de « cercueil ». Puis il me répète de ne rien dire, moyennant quoi je serai content de lui.

Cette lugubre journée passée, à l'entrée de la nuit le navire capturé dont le fond s'est empli d'eau coule en quelques minutes. Vire de bord, nous reprenons la même route que nous avions suivie à la poursuite de notre capture. Il est resté dans l'esprit de tout le monde que le capitaine prisonnier avait, avant de quitter son navire, établi une mèche qui ne devait faire son effet que quand il serait rendu à bord de la frégate. Habituellement, quand on mettait le feu, la moitié des hommes des embarcations étaient sur le navire, et, s'il n'y eut que deux victimes, ce fut par suite de la défense faite par Pasquet et Riscazeau aux hommes des embarcations de monter à bord. Dieu protège les innocents.

Le lendemain, nous sommes en vue de Ténériffe, à au moins trente lieues. Nous y croisons quatre ou cinq jours. Un matin encore, l'homme de la vigie crie :

1. Il s'agit bien entendu des pièces d'or.

« Navire bâbord à nous par le bossoir[1] !

— Laisse arriver de deux », dit l'officier de service.

Nous avons ce navire droit devant nous, mais à peine apercevons-nous le bout de ses mâts. Nos frégates, bien que leurs jambes n'aient pas la goutte, ne marchent pas assez vite pour nous assurer l'avantage : le bout de ses mâts devient microscopique. On pousse les bonnettes, hisse le cacatois, mais plutôt que de gagner, nous le perdons de vue. Comme nous nous étions aperçus qu'il courait sur Ténériffe, notre commandant, assez connaisseur de l'origine possible de ce navire, jugea que ce ne pouvait être que quelque fin voilier sorti de Lisbonne qui, avec seulement des passagers, faisait route pour le Brésil, le Mexique ou une autre partie du Sud-Amérique. Au hasard, il fait orienter dans la direction que ce navire devait prendre pour continuer sa véritable route. La nuit arrive, et, le lendemain matin, la vigie crie encore : « Navire ! », mais, de dessus le pont, on ne peut le découvrir.

Le commandant monte avec sa longue-vue sur les barres de perroquet, là où est la vigie ; il aperçoit très bien le bout des mâts. Il descend et, en tombant sur le pont, il dit :

« Si le vent continue comme en ce moment, à deux ou trois heures de l'après-midi il est à nous. Maître d'équipage, faites haler les boulines[2]. Tenez le plus près du vent, rentrez les bonnettes, un bon timonier à la barre ! »

En remplacement de notre sous-chef de timonerie, on appelle un gabier de grande hune, seul matelot qui approche du maniement de barre de feu Riscazeau. Une heure s'écoule. De dessus

1. Pièce qui supporte l'ancre, à l'avant.
2. Serrer les voiles pour prendre au mieux le vent.

le pont, on découvre le bout des mâts du fuyard ; chaque demi-heure, ils s'allongent un peu. Le vent souffle plus fort. Si, pour le suivre, nous avions eu le vent par le travers, en deux heures ce navire se trouvait entre la *Pallas* et la *Circé*. Ce n'est que sur les trois heures que nous le tenons dans cette position, mais il est à deux portées de canon. Nous lui en envoyons deux ou trois coups à boulets qui tombent à moitié chemin. Il doit s'en apercevoir, mais ne ralentit pas sa marche. On le voit aussi haler ses boulines et, si le vent faiblit, il nous échappe. Son acharnement à ne pas répondre à notre invitation vient de cet espoir de voir le vent faiblir.

Nul navire à voile ne marche comme une frégate, surtout avec bonne brise. Nous le tenons à portée de canon, mais il ne cède pas encore. Deux boulets lui sont envoyés, puis doublure de deux autres dont un lui coupe un mât de hune en deux. Il vient en travers, met vent dessus vent dedans et nous attend en hissant son pavillon : c'est un portugais. Trois fois il l'amène, trois fois il le hisse, pour nous faire comprendre qu'il salue le nôtre. Embarcations à la mer, le grand canot s'y rend. L'officier qui monte à bord trouve sur le pont environ quatre-vingts passagers, moitié messieurs moitié dames, tout habillées richement, pas une n'ayant moins que robe de soie, voiles des plus belles dentelles, toutes gantées des gants les plus frais. Diamants aux oreilles et aux doigts, tout fait croire qu'elles sortent de l'île de Calypso. Elles prennent l'officier pour le commandant et sont toutes à genoux pour implorer sa grâce.

L'enseigne de vaisseau n'est pas un pirate, c'est M. Geoffroy, âgé de vingt-deux ans, et son premier mouvement est de relever et mettre sur leurs pieds les plus jeunes demoiselles. Les mamans lui évitent cette galanterie et, sans aide, se remettent debout. Avec les plus exquises manières, l'officier se laisse serrer les mains ; ces dames le prient de les laisser continuer leur route, mais la galanterie ne peut s'étendre jusque-là. Il leur dit son incompétence, leur fait comprendre que le navire, avec ce qu'il porte de marchandises, appartient à présent aux deux frégates *Pallas* et *Circé*, mais tout ce que les passagers de la prise peuvent posséder personnellement sera garanti. Il assure aussi à ces dames et à ces messieurs qu'ils peuvent compter sur l'honneur de son commandant pour le respect et la complaisance dans tout ce qui sera en son pouvoir.

Il va s'en retourner à bord de la frégate pour faire son rapport au commandant qui, probablement, ne voudra pas laisser à lui seul l'honneur de les accompagner à bord. Les demoiselles, principalement, s'aperçoivent qu'en la personne du jeune officier elles n'ont pas affaire à un pirate et, de nouveau, force poignées de main dont les papas, avec plaisir, tolèrent la familiarité. L'enseigne, à reculons, salue, chapeau jusqu'à terre, descend dans l'embarcation, laissant deux hommes sur le navire, aux ordres de ces prisonnières et de leurs messieurs. Notre commandant, en grande tenue, habit chamarré d'or sur toutes les coutures, épaulettes et glands, épée à poignée diamantée, s'impatiente de ce que l'enseigne reste aussi longtemps. Avec sa lorgnette, il a remarqué la bonne chance de son officier qui est maintenant devant lui et, ayant compris déjà tout le rapport qu'il a à lui faire, lui témoigne en riant son regret de ne pas avoir été lui-même remplir cette mission.

« Embarque, petit canotier ! nous crie le commandant. Toutes les embarcations à la mer avec tous les hommes, échelle d'amiral et tire-veilles [1] de même ! »

1. Corde à nœuds à trois brins bleu, blanc, rouge, les pommes recouvertes de passementeries or. Ce sont les pilotins qui sont chargés du service de ces tire-veilles.

Nous sautons dans notre jolie embarcation. Le chef de timonerie nous ayant fait comprendre que nous allons amener notre commandant à bord de la prise, nous nous sommes mis en grande tenue. Le tapis mis, deux d'entre nous tiennent les tire-veilles tendus ; il descend, et on pousse au large. En deux minutes nous sommes à bord de la prise où le capitaine tend les tire-veilles à notre commandant.

Toutes les dames ont parachevé leur riche toilette, les messieurs sont en habit noir et cravate blanche. Les demoiselles, principalement, se figurent, en voyant le commandant, que c'est Napoléon I^er^ à qui a pris l'envie de faire une promenade sur mer, alors que ce promeneur se donne cette récréation sur les neiges de Russie, de malheureuse mémoire. Notre commandant chamarré, malgré sa haute bravoure et ses talents nautiques, ne se fait cependant pas d'illusions. Il est le premier à reconnaître que, de lui à ce grand homme, il y a la distance de la terre au Soleil. Mais il est, pour le moins, aussi galant que le premier ambassadeur, même s'il n'est pas aussi jeune. Il assure à ces hauts passagers qu'il les fera respecter par son équipage, et que lui-même donnera l'exemple. Il garantit les valeurs qu'on voudra bien lui confier. Aux messieurs, avec courtoisie, il serre les mains et leur promet que, jusqu'à l'arrivée dans un port de France et en attendant ce moment désiré, s'il lui arrive d'avoir à échanger des boulets avec une nation ennemie, il emploiera tous les moyens possibles et acceptera les propositions de contrepartie compatibles avec son honneur. Une grande partie des valeurs de ces passagers est enfermée dans de belles cassettes ; monnaie d'or, argenterie, diamants, tout est déjà sur le pont avec prière à notre commandant d'en disposer suivant ce que son honneur commandera. Les hommes de nos équipages et nous, pilotins, procédons à l'embarquement de ces cassettes ; les plus précieuses sont mises dans le grand canot du commandant avec leurs propriétaires. Dans notre petit canot, on nous met un vieux papa, une assez jeune maman et deux demoiselles portugaises.

Arrivant à bord avant le commandant, l'officier de quart nous fait signe de ne pas monter avant l'arrivée de notre maître après Dieu. Tous ces messieurs et dames ont des portugaises, non pas des Portugaises en chair et en os, mais bien des portugaises monnaie or, de la valeur de quarante-trois francs. Au moment de monter sur la *Pallas*, passagers et passagères veulent vider leurs mains blanches dans nos mains goudronnées qui repoussent cet or. Au petit patron que je suis, le vieux monsieur présente son offrande, mais je la repousse aussi poliment que possible. Il me l'engouffre dans une de mes poches ; je les retire et, comme il ne veut pas les reprendre, je les laisse sur le tapis. Défense a été faite aux hommes des embarcations d'accepter la moindre monnaie de ces passagers. La seule rétribution dont nous fûmes gratifiés fut des poignées de main dont il leur fallut maintes fioles d'essence de rose pour faire partir l'odeur du goudron.

Tout le monde est sur la *Pallas*. La dunette est couverte de robes qui cachent les clous en cuivre qui reluisent comme de l'or. Ce clouage, sur presque tous les navires, est adopté pour la raison que, si les clous étaient en fer, ils influenceraient l'aiguille aimantée qui fait fonctionner la boussole. Une des plus grandes embarcations, avec un autre officier, retourne sur la prise pour se faire exhiber le document qui établit le détail de toute la cargaison du navire.

3.

# TEMPÊTE ET MIRACLE A BORD

*Où la tempête se calme grâce aux deux statues de la Sainte Vierge mais remises sur leurs pieds.*

Ce navire avait pour chargement, à destination du Brésil, des croix massives en or et en argent, des ciboires, calices, statuettes, chasubles, passementeries, tableaux des meilleurs peintres, etc. Cette cargaison valait au moins deux millions. Entre autres, il s'y trouvait deux statues d'une grandeur de cinq à six pieds : c'étaient deux vierges placées dans des caisses de façon à ne subir aucun frottement. Elles étaient en bois sculpté, très anciennes, la tête portant des pierreries et le cou des colliers précieux. Pendant cette journée et toute la suivante, nous, pilotins, n'avons fait que porter dans la chambre du commandant des caisses pleines de ces objets religieux.

Une certaine petite caisse m'est tombée dans les mains. A son poids, je m'imagine qu'elle ne contient que des portugaises ou, pour le moins, des douros en monnaie d'argent. Quel qu'en soit le métal, il me tente. En passant devant l'escalier qui aboutit à notre poste me vient la démangeaison de m'approprier cette petite boîte. Je dépose les deux plus volumineuses sur la première marche de l'escalier et cherche à me débarrasser de la petite dans quelque trou de l'entrepont. Ma résolution de garder pour moi une valeur de bonne prise appartenant à tous tourne au déboire. Je ne suis pas encore à la dernière marche que se présente à moi le chef de timonerie qui me demande où je vais avec cette petite caisse. Interdit pendant une seconde, je lui réponds que je vais chercher un mouchoir de poche.

« Allons, me dit-il, je n'ai jamais remarqué que vous aviez besoin de vous moucher ! Si tout autre que moi vous avait rencontré, il vous aurait mouché avec une garcette. »

Il disait vrai. Avant l'âge de quarante ans, je n'ai pas ressenti le besoin de me moucher. Ce n'est que depuis cet âge et jusqu'à maintenant que, par le fait de la prise de tabac, il me faut cinq à six mouchoirs par jour. Honteux et confus comme le corbeau, je suis obligé de me dire, comme le renard, que les raisins ne sont pas mûrs et je reprends ma vraie route vers la chambre du commandant.

Le déchargement de la prise est terminé. Cent bordelaises de vin d'Alicante sont aussi passées, moitié sur la *Pallas*, moitié sur la *Circé*. Le capitaine de la prise et son équipage sont à notre bord. Les dames passagères distribuent aux hommes de leur équipage quelques portugaises. Ils sont quinze. Comme, à ces hommes, le commandant ne peut défendre d'accepter ces offrandes, ils les empochent avec empressement.

On met le feu au navire qui avait porté dans ses flancs Jésus-Christ, la Vierge, grande partie de tous les saints et les jeunes demoiselles plus ou moins vierges. Toute la nuit, nous voyons brûler cette prise qui n'a été condamnée au feu que pour ne pas avoir eu les jambes assez longues.

Dans l'entrepont, on établit un local assez spacieux avec des voiles et des pavillons. Il ne doit être occupé que par ces passagers qui ont de bons matelas et des couvertures en belle laine de mérinos. Ainsi installés, aussi bien que le navire le permet, ils supportent leur captivité avec résignation et philosophie.

Chaque jour, à ses deux repas, notre commandant invite à sa table une dizaine de ces prisonniers, papas, mamans et demoiselles, les jeunes garçons étant au Brésil ou à Lisbonne dans les collèges. A la table des officiers, chaque jour, il y a même nombre d'invités que chez le commandant. Tout le monde est d'une gaieté folle.

Par les soirs de beau temps, il y a théâtre. Parmi les hommes de l'équipage, il y a des Parisiens, faibles marins mais qui ont, depuis leur bas âge, fréquenté les petits théâtres du boulevard du Temple. Les artistes sont nos officiers ou aspirants, mais, dans certains rôles, les matelots parisiens sont de meilleurs comédiens, de sorte qu'il arrive souvent que celui qui, dans une pièce, a le premier rôle se trouve commander à un domestique qui est en fait son supérieur. Souvent, nous autres pilotins figurons comme demoiselles, filles de comtesse ou marquise, et nos jeunes captives nous affublent d'une robe ou d'un chapeau, quand ce n'est pas d'un manchon de boa de la maman. Quand, pour figurer des pères nobles, il faut une perruque, les grands-pères prisonniers sont assez nombreux pour en fournir de toutes les couleurs. Le théâtre est établi sur le pont. Des voiles bonnettes ferment l'enceinte ; les pavillons de signaux limitent les coulisses. Toutes les pièces sont jouées gratuitement. Le directeur de la troupe ne fait pas fortune, mais ne perd rien. Nous avons la musique du bord, comme celle d'un régiment d'infanterie. Tout est complet.

Pour la tragédie, il ne nous manque que l'arrivée d'acteurs que nous attendons depuis notre sortie de la rade de Royan : deux frégates anglaises ou un vaisseau de cent vingt pièces de canons dont la mélodie bruyante aurait réjoui autant, sinon plus, notre public des matelots de la *Pallas* et de la *Circé*. Cette musique ne se fait pas attendre bien des jours. Certain soir, à la fin du jour, la vigie crie :

« Navire !

— De quel côté ?

— Vent à nous.

— Laisse courir », dit le commandant.

Dans la nuit, cette voile peut bien nous échapper.

On signale à la *Circé* de laisser arriver d'un quart et nous lofons d'autant [1]. En courant de la sorte, en moins de deux heures nous ne nous verrons plus, mais il est aussi signalé à notre compagne qu'à telle autre heure elle doit faire un mouvement inverse et que nous laisserons arriver d'autant.

Au jour, nous apercevons à peu de distance une jolie goélette qui n'a pas de pavillon. Cette coquette est allongée comme une aiguille à tricoter et ses voiles latines sont grandes et fines comme du calicot. Elle vient se placer derrière nous. Nous l'attendons.

1. Les deux frégates s'écartent l'une de l'autre par un mouvement contraire.

En moins d'un quart d'heure, elle est en travers des deux frégates qui se trouvent éloignées d'environ trois lieues. Pour se rapprocher, le mouvement se fait par la *Pallas*, la *Circé* étant trop éloignée de nous. Arrivés à portée de voix de la goélette, le commandant appelle l'interprète et raisonne, au porte-voix, cette anguille anglaise. On la somme de se tenir en travers de nous à tribord, à une distance d'une demi-portée de canon. Elle s'y soumet, et la *Circé*, qui arrive, se tient à même distance que nous de la goélette. Elle nous suit. La mer est assez belle avec une très jolie petite brise. Elle vire alors de bord et pique dans le vent. Nous lui envoyons deux ou trois boulets à toute volée de façon à ne pas la couler et passant à une hauteur qui lui fasse comprendre de suivre la route qui nous plaira. Elle ne tient pas compte de cette injonction, et, en deux minutes, nous la perdons de vue. Cette mouche est une belle hirondelle de mer et, en vingt-quatre heures, elle nous aura laissés derrière elle à peut-être vingt lieues. Notre commandant finit par comprendre que c'est un poisson volant attaché à plusieurs forts navires anglais. Si nous poursuivons cette mouche rôdeuse, elle nous fera tomber sur des forces dans lesquelles nous pourrons avoir à employer joliment la poudre. Cette réflexion étant bien celle qu'il faut admettre, nous abandonnons la chasse.

Depuis le jour où nous avions capturé un convoi de bâtiments marchands, le brick convoyeur qui s'était sauvé s'était porté là où il savait que des forces anglaises étaient en croisière, et cette mouche goélette était à notre recherche. Un matin, nous l'apercevons à notre bâbord, nos deux frégates étant au plus près. Cette mouche a l'audace de nous passer devant le nez, hors de portée de canon, puis de revenir derrière nous et faire deux fois le tour de nos frégates, toujours hors de portée de nos boulets. Lorsqu'elle est derrière nous, nous virons de bord pour la poursuivre ; elle s'arrête comme pour nous attendre. Nous continuons la chasse, mais elle reprend son allure de tailler dans le vent.

Le commandant est bien fixé sur le stratagème de cette mouche anglaise ; toute la journée, elle ne nous perd pas de vue. Vers les trois ou quatre heures, la vigie crie :

« Navire, par la hanche de tribord !

— Laisse arriver[1] ! »

Nous filons rondement. Les deux voiles sont bien en vue, ce sont deux frégates anglaises. Elles nous attendent. Pour nous donner le temps de nous préparer à en découdre, nous ralentissons la marche.

« Branle-bas de combat ! » crie le commandant.

Chacun est à son poste. Notre noblesse, dames et demoiselles, est terrifiée ; les messieurs sont sérieux et graves. Le commandant vient les prier de descendre dans l'entrepont. Les dames qui parlent un peu le français le prient de ne pas livrer le combat, mais, en riant, il leur dit qu'elles ne courent aucun danger. Ces dames et ces messieurs ne sont pas aussi joyeux que nos gabiers qui, en montant les grappins dans les hunes, chantent la chanson de Rouget (*la Marseillaise*). Ces gabiers, comme tout l'équipage, n'auraient pas changé l'espoir d'en découdre avec les Anglais pour celui d'épouser les jolies Portugaises, veuves ou demoiselles. On a tendu les filets d'abordage, car on ne veut pas canonner trop longtemps, mais en venir au plus vite à une descente sur les îles flottantes des possessions anglaises, dont la population ne paraît pas bien disposée à nous voir d'aussi près et préférerait nous saluer de loin.

1. Prendre plus de vent pour forcer la vitesse.

Tout le monde est à son poste et moi aussi, mais, comme j'ai toujours pensé que, de deux mauvaises chances, il faut toujours choisir la moins fâcheuse, je penche pour celle d'aller consoler nos jeunes Portugaises. Malheureusement, mon petit calcul ne peut aboutir, et il faut me résigner à prendre le fourreau à poudre et son valet. Ordonnant aux hommes de la manœuvre le plus grand silence et au timonier la plus grande attention, le commandant monte sur le banc de quart, grand porte-voix en main, et un officier se place au panneau pour transmettre les ordres dans la batterie.

On laisse arriver ; nous voilà grand largue vers les belles anglaises qui nous attendent. Nous croyons que c'est de pied ferme, mais pas du tout : elles fuient ! Le commandant ne pense pas que ces deux jolis navires sortent de la Caroline avec un chargement de coton, ni du Pérou avec des lingots d'or. Elles marchent à peu près comme nous, mais toujours la partie opposée au ventre nous servant de miroir. Elles nous saluent de leurs deux pièces de chasse de derrière, ce qui ne correspond pas à la bravoure de ceux qui prirent la tour de Malakoff. Nous les poursuivons au moins deux heures. Elles tirent des coups de canon en pure perte et nous distancent d'une façon qui confirme les réflexions de notre fin renard de commandant. Fatigués de leur courir au derrière, nous nous arrêtons, elles font de même. Nous nous figurons qu'elles se décident à nous attendre, mais elles n'en font rien. Fuir peut être un calcul pour éviter aux chirurgiens du bord d'amputer bras et jambes, ce qui profite surtout aux poissons et un peu aussi aux amputés eux-mêmes par l'économie d'un soulier et parfois des deux. Pendant trois quarts d'heure encore, nous poursuivons nos belles fuyardes. La goélette mouche est là, elle aussi, qui tire quelques coups de canon.

Le commandant a bien compris la ruse : ces deux frégates ont pour rôle de nous attirer dans le traquenard d'une division anglaise. Il est certain que le brick que nous n'avons pu capturer a informé les siens que deux frégates françaises croisent dans les parages des Açores. Les Anglais ont mis leur mouche à notre recherche. Elle nous a trouvés, et les deux frégates sont là pour nous attirer. Certain qu'avant la nuit nous allons tomber dans le traquenard, le commandant, prudemment, fait virer cap pour cap.

Mais il faut donner à nos équipages la raison de ce changement de route. Ils comprennent le stratagème des deux guerrières anglaises auxquelles ils ne donnent pas le nom de Pucelle d'Orléans ou de Jeanne Hachette, mais ceux de leurs cousines en noviciat des couvents de la rue des Sept-Saints à Brest (Garces et Putains). Ainsi bien nommées par nos matelots, elles nous donnent à leur tour la chasse en souhaitant qu'un autre chasseur du nom de vaisseau trois-ponts se joigne à elles. Jusqu'à la fin du jour, nous nous laissons chasser, puis nous nous arrêtons. A la place et à l'heure où nous sommes, nous n'avons pas à craindre que nous tombe sur le dos un poisson aux dents beaucoup plus fortes et nombreuses que les nôtres. Nous virons de bord de nouveau. De chassés, nous redevenons chasseurs, et nos deux belles amies reprennent leur rôle de fuyardes.

Vers les huit heures, notre chef abandonne la chasse de ces Garces et Putains, encore au grand mécontentement des équipages. Je suis certain que, si le commandant avait donné l'ordre d'aller les prendre à la nage, même ceux qui ne savaient pas nager y seraient allés à califourchon sur les épaules des autres. Moi seul, qui n'ai jamais su nager que comme un plomb de sonde, je décline mon manque de courage pour de telles prouesses.

De nouveau, virant de bord, nous présentons notre arrière aux deux frégates en regrettant qu'elles ne veuillent pas mordre à l'hameçon. Elles ne sont plus disposées à nous poursuivre, si ce n'est la mouche enragée qui ne veut pas nous quitter et qui se tient assez éloignée pour ne pas recevoir notre pied au derrière.

Nos nobles prisonniers remontent sur le pont, plus enjoués que lorsqu'on les a priés de descendre à deux mètres plus bas que le niveau de la mer. Nos équipages, eux, sont déçus de ne pas avoir pour leur souper le « plom poudine » des Anglais. Le commandant leur fait donner double ration de vin et, pour supplément, des gourganes[1] avec un demi-saucisson de Lyon ou d'ailleurs. Pendant toute la journée, à leurs postes de combat, ils ont mis à sec toutes les bailles d'eau-de-vie additionnée de poudre. Si le commandant leur avait dit : « Enfants, nos deux frégates ont à lutter contre six de même force avec, en plus, un vaisseau de soixante-quatorze canons », ils eussent préféré cette rencontre au double quart de vin. Mais le commandant Caillabet pense, en fin stratège, que, courant toujours la même aire de vent, nous allons sur les Açores, point certainement choisi par les Anglais pour nous traquenarder.

En fin de journée, la route donnée au timonier est changée de cinq quarts, cap sur Ténériffe. La brise passe à un vent que ne peuvent supporter les voiles de perroquet. Avec les huniers et les basses voiles, nous filons dix nœuds[2]. La mouche anglaise doit avoir ses ailes humectées de façon à peser plus lourd que sa petite charpente. En une demi-heure, elle est noyée dans l'horizon et

---

1. Gourgane : nom vulgaire de la fève.

2. Partant du pont on trouve, dans l'ordre : basses voiles, huniers, perroquets.

dix minutes après, la plus puissante longue-vue ne peut la découvrir. Débarrassés de cette mouche et des vaisseaux et frégates de la marine anglaise qui nous cherchent toujours dans les parages des Açores, nous sommes bien tranquilles.

Sous le vent de Ténériffe, nous reprenons la vie du boulevard du Temple. Deux fois par jour, nous avons la mélodieuse musique. Après le dîner, la pièce de théâtre n'est pas affichée, mais, de bouche à oreille, se transmet le programme. Tout l'équipage forme le public. Les pièces ne sont jamais sifflées. Il n'y a pas un acteur qui ne reçoive des claquements de mains qui sonnent comme des battoirs de lessivière. Je ne figure dans la pièce que comme une petite fille, recueillie par un grenadier de la garde de Napoléon. Tout en faisant semblant de dormir sur le sac de cette vieille moustache, je rêve que tous ces claquements de mains me gratifient d'un peu de leur sonorité goudronneuse. Sous mon déguisement, les jeunes demoiselles portugaises me considèrent comme une sœur plutôt que comme un pauvre petit pilotin, pourtant assez disposé à prendre pour matelot la première venue de ces prisonnières.

Nous rôdons jusque près des îles du Cap-Vert sans découvrir aucune voile qui puisse nous donner un peu de distraction, si ce n'est quelques barques de pêcheurs qui, comme ils sont de bonne prise, nous offrent leurs poissons. L'ordre du commandant est de leur payer plus grassement que s'ils les vendaient à terre. La mouche anglaise, qui nous a quittés, cherche de nouveau à nous découvrir. Ces pêcheurs nous disent qu'ils l'ont souvent aperçue et même que ses embarcations sont venues à terre y faire des provisions. Nous ne cherchons pas à éviter les bâtiments de guerre anglais, espagnols ou portugais, mais le but de Napoléon n'est pas d'échanger des boulets avec les Anglais. Il s'agit surtout d'écraser leur commerce. Comme il est certain que leurs forces vont nous chercher maintenant du côté de Ténériffe, nous revenons vers les Açores mais en décrivant un demi-cercle de façon à ne pas venir nous buter nez à nez sur des frégates et vaisseaux ennemis, ce qui nous porte à plus de cinquante milles à l'ouest.

Cela nous fait éprouver une tempête beaucoup plus tôt que si nous étions restés sous le vent de Ténériffe. Au commencement de la nuit, l'horizon est noir comme une bouteille d'encre. Le vent nous en arrive en une demi-heure ; il souffle à tourmente. A serrer les perroquets, à prendre deux ris dans les huniers et à la cape, nous voilà au plus près du vent. Jusqu'à minuit, sans changer d'allure, la frégate tangue de façon que, pour ceux qui sont couchés, leur cou supporte par moments le poids du corps et, en six secondes, c'est, à l'opposé, leurs pieds qui les portent comme s'ils étaient debout. La mer est affreuse, les lames comme des montagnes. Quoique nous soyons convenus avec la *Circé* de ne pas nous quitter en suivant la même aire de vent, il nous faut nous tenir assez éloignés dans la crainte que pendant la nuit, ne voyant qu'à la lueur des éclairs, il ne nous arrive de nous aborder, embrassade qui nous aurait fait comme aux œufs quand on veut une omelette.

Le jour ne commence qu'à sept heures du matin ; ce n'est qu'une demi-nuit. Sur les neuf heures, soit par un faux coup de barre de celui qui gouverne ou, comme on le dit souvent, par suite d'une lame de fond, il nous en tombe une qui nous enlève les bastingages de tribord, la grande chaloupe et presque toutes les cages à poules. Ces objets sont saisis par des anneaux de fer où il est passé pour le moins dix tours de corde. Les pitons qui traversent le pont sont arrachés par la violence de l'eau. L'abattage a été si terrible que plusieurs des chaînes de hauban du côté opposé ont arraché leurs chevilles. Une de nos pièces de canon de la batterie est sortie de son sabord et commence à vouloir danser la polka (qui, à cette époque, n'est pas encore connue). Fort heureusement, cette danseuse n'a pas encore bien pris son élan, et il se présente des sergents de ville qui l'arrêtent dès le début de ses dispositions à polker.

Chose assez miraculeuse, pas un homme de dessus le pont n'est emporté à la mer. Tous ont été assez prompts pour saisir quelque chose qui tient au navire. Nos pauvres passagers portugais, dans l'entrepont, sur des matelas ou de vieilles voiles, partent, au moment de ce coup de mer, de bâbord à tribord et se trouvent avec le matelas pour couverture. Quelques-uns d'entre eux, qui n'ont pas eu assez confiance dans notre commandant, ont caché sur eux leur magot de pièces en or. La cassette ou les filoches [1] qui les contiennent, cachées sous les oreillers, vomissent leurs portugaises qui sont toutes retrouvées par nos matelots. Du moins leurs propriétaires déclarent-ils que, ne sachant pas au juste le nombre, la grosseur du tas retrouvé est la même. Ces braves gens ont bien fait de ne pas douter de la délicatesse des chercheurs qui auraient facilement jeté à la mer quelques propriétaires de filoches.

Il peut être midi. Le vent mollit un peu et saute de trois quarts. Heureusement, nous n'avons que les basses voiles et nous reprenons la cape. La dérive nous a jetés en vue des Açores, à peu de milles d'une petite île du nom de Salvages. Le vent reprend, de

1. Filoche : bourse en tissu.

la même force que la nuit précédente. Nous continuons de dériver de telle sorte que le commandant craint de voir, avant deux heures, la *Pallas* et la *Circé* sonder avec la quille la côte de cette petite île. Jamais je n'avais entendu le commandant en appeler à son équipage avec autant de fermeté. D'une voix à être entendu de Neptune lui-même, il leur crie :

« Mes enfants, si vous ne réussissez pas à éventer le grand hunier après avoir hissé la grand-vergue, nous sommes foutus [1] ! »

A ces mots, ceux qui doivent monter pour larguer cette voile arrivent dans la grande hune aussi vite qu'un vol d'hirondelles et sont sur la vergue avec autant de promptitude. D'en bas, les hommes qui halent sur la drisse y mettent tant de force qu'en quatre secondes la vergue est à moitié mât. La voile, deux ris pris, est éventée. Brassée au plus près, les hautes lames ne lui masquent pas le vent. La *Circé* ne réussit pas aussi bien que nous ; sa voile, probablement plus vieille, est emportée ou, du moins, crevée à y passer le ballon de Montgolfier. Ils parviennent à la remplacer par une neuve.

Avec cette voile dans cette position, la dérive n'est plus aussi considérable ; nous gagnons dans le vent. Ce pénible et difficile travail est fini. Le commandant a des mots bien sentis pour remercier ses hommes. Il leur promet pour le soir un quart de vin et un hareng, ce qui en fait près de huit cents.

Mais ce diable de ronflement de vent est toujours le même. On signale à la *Circé* que, si, dans la nuit prochaine, le vent vient à

1. La manœuvre consiste à monter une voile juste au-dessus du niveau des plus hautes vagues pour que le vent l'« évente » et qu'avec plus de vitesse on puisse orienter le navire et éviter la côte.

tourmente, il faudra nous écarter et que, si, au matin, nous nous sommes perdus de vue, aussitôt que le temps le permettra les deux frégates se rendront à telle latitude et longitude.

La nuit se passe avec toujours ce même enragé de vent ; la mer est encore plus infâme, elle nous mange nos effets et chemises. A mesure que nous les remplaçons, ils sont, en une minute, comme si nous les avions plongés dans la mer. Il faut aller nous coucher. Quatre ou six heures ensevelis dans nos hamacs, l'agglomération de trois ou quatre cents hommes, à une distance de cinquante centimètres, établit une chaleur telle que tout devient tiède comme si nous sortions tout habillés d'un bain chaud.

Sortis des hamacs, nous arrivons sur le pont où il fait un vent à décorner les bœufs. Nos effets, saisis par le froid, fument en formant une buée que le vent dissipe immédiatement. Si, à ce moment, la manœuvre commande que nous montions sur les vergues, le travail nous fait oublier que nous sommes tout mouillés. Il pleut ; le vent nous frappe le visage à nous crever les yeux. Nous descendons, et un paquet de mer tombe sur nos épaules, nous faisant comprendre que nous ne sommes plus dans une étuve.

Certainement le métier de marin est bien noble, mais celui qui est fainéant et douillet doit préférer l'état de berger, pour la seule raison que lui et ses moutons ont plus de dix-huit pouces de largeur pour dormir la nuit. Si, au lieu de monter sur les barres de perroquet, il plaît à ce berger d'aller sur un cerisier, il en a le choix. Cette ascension lui procure l'innocent plaisir d'envoyer dans le tablier d'une jolie bergère les cerises les plus belles.

Je quitte malheureusement cet heureux berger, car je suis obligé de continuer à monter sur les barres de perroquet et sur les vergues qui forment des croix, ma croix et celles des autres. Le côté tribord de la *Pallas* a été cintré par des filins qui remplacent le bastingage arraché et retiennent ce qui reste des sacs de l'équipage. Tout cela n'est que détail, car, pour nous autres de la timonerie, nous avons un poste dans l'entrepont et nous sommes autorisés à avoir un coffre. Le temps est toujours le même ; la frégate fatigue beaucoup, la *Circé* n'est plus en vue.

C'est alors qu'un miracle s'opère à bord. Dans le nombre des colis d'objets religieux sont ces deux vierges en bois richement sculpté et dont on dit même que les doigts sont en or massif. Notre maître d'équipage a remarqué que ces deux caisses sont arrimées de telle façon que les madones ont les pieds en l'air et la tête en bas. Ce vieux maître d'équipage est de Marseille. C'est un marin pratique qui aurait pu donner des leçons profitables au capitaine de la *Méduse*, perdue par l'entêtement de son commandant qui ne voulut pas écouter les observations de son maître d'équipage, lequel était sûr que la *Méduse* courait sur le banc d'Arguin [1]. Pour nos deux vierges, ce maître d'équipage de Marseille, qui connaissait cependant beaucoup mieux les demoiselles de Toulon que la Bonne Mère de sa ville natale, tenait avec un quartier-maître ce langage que je traduis du provençal :

« Boudiou ! ces madones ont la tête en bas, et c'est ce qui nous porte malheur ! »

Le quartier-maître, fort de sa croyance en la Sainte Vierge, conseille à son chef de se porter auprès de l'officier de quart pour lui faire cette observation, ce qu'il fait en précisant que, si ce dia-

1. Allusion à une fameuse erreur qui conduisit au drame connu aujourd'hui grâce au tableau célèbre du *Radeau de la Méduse*.

ble de vent est aussi tenace, c'est que les deux vierges ont la tête là où elles devraient avoir les pieds. L'officier ne peut prendre sur lui de faire toucher à l'arrimage sans ordre du commandant, qui est justement à ce moment sur le pont. Le commandant sourit et fait appeler le maître d'équipage qui maintient sa religieuse assurance tant et si bien que permission lui est donnée de remettre sur pied les deux vierges en prenant toutes les précautions que nécessitent ces dérangements.

En moins de dix minutes, les deux madones sont dans leur position naturelle. Les deux Provençaux sont satisfaits. Il y a bien quelques matelots qui ricanent, mais ils reçoivent des gifles. Un quart d'heure ne s'est pas écoulé que le vent mollit et mollit tellement que nous pouvons laisser arriver de trois quarts. Hisse les huniers, largue les voiles, il est quatre heures du soir. Notre maître d'équipage est sûr que la Vierge l'a inspiré et il est aussi content que s'il avait, comme Jésus-Christ, marché sur les eaux. En moins de deux heures, le vent est maniable, la mer est tombée. Le commandant fait appeler le maître d'équipage et le remercie de sa bonne idée. Il répond qu'il regrette de ne pas l'avoir eue quarante-huit heures avant car, probablement, nous n'aurions pas à regretter la perte du bastingage de tribord, la Sainte Vierge n'allant pas jusqu'à aider les matelots à réparer et surtout à manier le goudron.

La mer est encore menaçante, et nous nous orientons de façon à ne pas avoir beaucoup de peine s'il faut reprendre la cape pendant la nuit, mais celle-ci se passe à la satisfaction de tout le monde. Le commandant, avant le déjeuner, fait de nouveau appeler le maître d'équipage, qui arrive, le suroît [1] à la main. Il lui propose

1. Chapeau en toile cirée jaune dont l'arrière, à l'époque, descendait à mi-reins.

de consulter tout l'équipage sur un don à faire à la reine du ciel. Ce serait, en arrivant à Brest, de faire cadeau des deux statues miraculeuses à l'église Saint-Louis de cette ville. C'est l'équipage lui-même, en procession, qui les déposerait entre les mains du curé de cette paroisse. Les matelots qui entendent cette proposition en font part à tout le monde en moins d'une minute. Tous arrivent sur le pont :

« Vive notre commandant ! »

Plusieurs disent qu'ils se rendront nu-pieds à l'église. Les vierges seront portées en triomphe et, si le commandant veut bien faire l'honneur de sa présence, c'est lui, en grande tenue, qui fera l'offrande.

L'équipage reçoit double ration pour le déjeuner. On a trouvé des moutons à bord de la prise portugaise : il en est tué huit. Des maquereaux salés et, pour le dessert, des dattes et des oranges, tout provient de la prise portugaise. Le déjeuner absorbé, il a été bu une demi-bordelaise de café, le sucre étant également fourni par nos premières prises et, comme pousse-café, un boujaron par homme. Pour finir le festin, il ne manquait plus pour danser que deux frégates anglaises valseuses. Je ne conseille pas à une quelconque marine d'attaquer nos marins français quand un commandant comme le capitaine de frégate Caillabet de Bordeaux offre un déjeuner à ses hommes.

Le temps est beau ; nous sommes en vue de Madère. Dans le port se trouve une corvette anglaise, pas bien envieuse de venir nous demander qui nous sommes, bien que nous ayons en poupe grand pavillon anglais. Elle n'a probablement pas fait part de son doute à un navire espagnol de commerce qui se figure que nous sommes de ces mêmes forces anglaises qui, deux ou trois nuits avant, ont été vues par la colonie et qui ont quitté la contrée pour nous chercher. Ce beau trois-mâts espagnol arrive par notre travers aussi confiant que si nous étions des amis de vieille date. Grande est sa surprise quand il nous voit amener le pavillon anglais et le remplacer par le tricolore. Le timonier de ce navire abandonne la barre, tout l'équipage se rend dans son trou de l'avant, le capitaine renonce au commandement, les vergues viennent en croix, c'est un sauve-qui-peut pour que chacun ait le temps de prendre ses bibelots. La mer est belle ; la *Circé*, que nous n'avions pas vue depuis quarante-huit heures, apparaît. Seule la *Pallas* amarine la prise qui est chargée de vin de Madère pour le roi George d'Angleterre, qui n'a dû en boire qu'en 1814 à la table de Louis XVIII. Heureusement, nos commandants en ont donné un litre par jour à leurs équipages pendant deux semaines. Si les souverains qui nous ont amené les Bourbons en ont bu, c'est seulement ce que les équipages de la *Pallas* et de la *Circé* n'ont pas goulé.

La veille de notre ralliement avec notre compagne, celle-ci avait fait une prise chargée de charbon à destination de Lisbonne. Une telle cargaison n'était pas bien attrayante pour nous, nos frégates n'étant pas encore à vapeur à cette époque. On ne se figurait pas qu'un jour ce charbon devait pouvoir faire gagner un mois aux anciennes croisières.

Nous mettons une forte partie du madère à bord des deux frégates et, l'équipage aidant nos hommes, le transbordement fini, les prisonniers et le madère ont quitté la prise. Pour que les forces anglaises, qui ne devaient pas être bien loin, ne s'aperçoivent pas de l'incendie du navire, nous attendons la nuit et, au moyen d'un sabord pratiqué à la flottaison, nous échangeons la cargaison de madère contre l'eau de l'océan.

## TEMPÊTE ET MIRACLE A BORD

Il y a plus de cinq mois que nous sommes en croisière et, d'après les ordres du ministère de la Marine, elle ne doit pas dépasser six mois. Le moment arrivé, il nous faut chercher à entrer dans n'importe quel port de France, en employant au besoin la même audace et le même calcul que pour notre sortie de la rade de Royan. Aucun accès à nos ports n'est dépourvu de forces anglaises.

Bien persuadé que la division ennemie qui est à notre poursuite aux îles Canaries ne tardera pas à venir nous chercher aux Açores, notre commandant, qui a le flair d'un chien de bonne race, décide d'aller vers le golfe de Gascogne et, dans sa route à petites journées, de récolter tout ce que nous trouverons de navires marchands, ne seraient-ils chargés que de poudrette.

Nous voilà en route vers la France. Chemin faisant, nous récoltons cinq ou six voiles anglaises, riches de marchandises mais qui, toujours d'après le Système continental de Napoléon, ne nous sont pas plus profitables que si les navires n'étaient chargés que de coquilles d'huîtres. Nous ne faisons que tirer des bordées, vingt-quatre heures au nord-ouest, vingt-quatre heures au sud-est.

Enfin, le 12 mars 1814, nous arrivons sur la Sonde. On s'en assure au moyen du plomb. Nous sommes, avec cent cinquante brasses sous la quille, à quelques milles du cap Finisterre[1]. Des frégates anglaises sont en vue. Nous allons à leur rencontre. Elles s'arrêtent. Arrivées à deux portées de canon, elles ne croient pas devoir nous attendre[2]. Elles nous montrent leur arrière. Nous doublons de voiles, elles en font autant. Nous les poursuivons jusqu'en travers d'Ouessant, nous ralentissons notre marche, elles

1. A la corne nord-ouest de l'Espagne (ne pas confondre avec le Finistère).
2. En fait, on ignore encore que la situation politique a été bouleversée.

font de même. Elles tirent des coups de canon pour nous engager à continuer à les poursuivre. Nous arrivons encore à deux portées de canon, et tout le monde est à son poste de combat. Nous croyons qu'elles veulent en découdre. Rage chez nos hommes : elles fuient de nouveau et obliquent un peu sur la France, le cap sur la baie de Douarnenez.

Le commandant, malgré l'esprit belliqueux de ses hommes, pense que ces deux fuyardes ne veulent livrer bataille qu'en compagnie de deux ou trois vaisseaux anglais qui, bien certainement, sont dans la baie de Douarnenez, bloquant une partie des côtes de Bretagne. Nous virons de bord, nous gagnons le large et, le lendemain, le commandant veut reconnaître la côte de Brest.

Il fait un temps superbe, jolie brise du nord, cap à l'est. Nous filons à toutes voiles. A notre bord, nous avons un pilote côtier qui connaît l'entrée de tous les ports de France. Nous voilà en vue d'Ouessant, à quelques milles de l'entrée du goulet de Brest. Il n'y a pas de navires anglais pour nous barrer le passage, et nous comptons entrer dans Brest comme si nous venions de faire une promenade.

Après Ouessant, une chaloupe que nous prenions pour une petite barque de pêche apparaît à l'horizon comme un goéland. Elle se dirige sur nous, nous braquons nos longues-vues et, comme nous courons à venir sur cette barque, elle grossit. En un quart d'heure, nous apercevons sur sa voile le signe P.O. (pilote d'Ouessant). Nous cinglons l'un sur l'autre et, en dix minutes, nous l'avons le long du bord. Le pilote monte à bord et une bonne partie de l'équipage se figure qu'il est déjà dans la rue des Sept-Sœurs qu'il n'a pas vue depuis bien longtemps.

Mais voilà le chiendent ! Ce pilote croit que, comme lui, nous venons de Rochefort et que nous connaissons la nouvelle du jour. A voix basse, il dit au commandant :

« Pardon, capitaine, vous avez en poupe le drapeau tricolore et, à Brest, sur tous les édifices, ce sont les draps de lit de Louis XVIII ! »

Le commandant prend le pilote pour un échappé d'une maison de fous, mais celui-ci lui dit que, si on le prend pour un fou, les Anglais qui, depuis le 12 mars de ce même mois, sont entrés à Bordeaux avec, à leur tête, le duc d'Angoulême n'y sont pas arrivés en sortant d'une maison de fous mais bien après avoir fait capituler Toulouse, en compagnie des Espagnols que les Anglais avaient fait placer de façon à leur servir de rempart face à la mitraille de Suchet. Le pilote, qu'on se dispose à bâillonner, fait encore observer que, si l'on court encore dix minutes, on ne verra pas le drapeau bleu, blanc, rouge, mais bien le drap blanc.

Toutes les lorgnettes sont braquées. On aperçoit sur trois points différents cette couleur blanche, symbole de l'innocence. Le commandant prend à part le pilote qui lui détaille si bien la situation en France que c'est le premier qui devient fou furieux. Il dit à son état-major ce qu'il en est, et une folie enragée les prend tous. On fait mettre en panne. Le commandant descend dans la chambre du conseil et appelle tout l'état-major en délibéré. Il y fait assister le pilote.

On a compris la situation. Tous conseillent au commandant de retourner au large en corsaires et, comme nous le faisons depuis cinq mois déjà, de saccager tout ce qu'on trouvera d'Anglais. Le pilote, lui, préfère aller coucher avec sa femme et il demande qu'on le laisse se réembarquer dans sa chaloupe.

Pour notre commandant, la situation est difficile, et il demande une demi-heure de réflexion. Ce délai expiré, il fait appeler son état-major. Les officiers ont eu le temps de se mettre en grande tenue, épée au côté, cocarde au chapeau. Le commandant les reçoit en demi-tenue, avec les épaulettes, l'épée au côté, mais aussi deux pistolets près de lui. Nous autres, de la timonerie toute proche, entendons tout de la harangue du commandant.

« Messieurs, si, pendant que nous étions au large, nous eussions pris un navire ennemi de n'importe quelle nation de qui nous eussions appris une si fatale nouvelle, j'eusse été autorisé à ne pas y ajouter foi. Ce pilote appartient à l'État, est assermenté, et le journal de bord mentionne que nous avons vu trois pavillons blancs flotter à la place du drapeau tricolore. Ma responsabilité est autre que la vôtre, messieurs, je dois me rendre à l'évidence et je rentre en rade de Brest. Tout ce que je peux vous jurer, c'est que, quel que soit le pavillon arboré par les forts du Goulet comme par ceux de la ville et même des navires de la rade, nous entrerons grand pavillon tricolore en poupe de nos deux frégates. L'officier de quart va signaler à la *Circé* de suivre nos mouvements. »

Les officiers remontent sur le pont, presque menaçants. Notre commandant, pistolets en ceinture, monte aussi et, à haute voix, il fait connaître à son équipage ce qu'il en est. Il leur demande s'ils sont toujours disposés à lui obéir ; tous crient : « Vive notre commandant ! » Celui-ci ordonne d'éventer les voiles et dit qu'à partir de ce moment le commandement de la manœuvre est pris par le pilote d'Ouessant à qui on doit obéir en tout ce qu'il jugera nécessaire pour l'entrée à Brest des deux frégates de la nation française. Les officiers murmurent ; le commandant n'y fait pas attention, mais, comme un enragé, il mange son mouchoir.

Nous voilà dans le goulet ; nous longeons la Roche-Mengant. Nous sommes mouillés, la Santé arrive, nous arraisonne et s'en retourne. L'Amirauté ne nous signale rien. Nous maintenons en poupe notre pavillon tricolore et notre flamme qui, du haut du grand mât, se voit jusqu'à la mer. Tous les autres navires d'État ont le pavillon blanc. Seules la *Pallas* et la *Circé* ont les trois couleurs. La Santé revient avec une patente qui nous assujettit à quarante-huit heures de quarantaine pour la raison que, deux jours avant, nous avions eu un homme mort de la fièvre dont nous nous étions débarrassés en lui faisant faire sa fosse avec le nez [1].

Le bruit se répand que les deux frégates vont être désarmées. Mais je n'oublie pas que j'ai à régler avec notre chef de timonerie l'affaire des pièces portugaises en or que contenait le bas de Riscazeau. J'accoste mon monsieur Herbelin et, dans le creux de l'oreille, je lui parle de notre petit partage. Il m'envoie paître ; je montre les dents. Il veut faire ressortir son autorité, mais je l'envoie se faire foutre. Il me fait signe de le suivre dans l'entrepont et retire de son bureau six portugaises qu'il me met dans la main. Je les prends en disant que ça n'est qu'un petit acompte. Il réplique que ces pièces valent quarante-trois francs, à quoi je réponds que toutes celles contenues dans le bas avaient la même valeur. Il m'en donne encore six, je les repousse, il me traite de gamin et je le menace alors d'aller me plaindre au commandant. Cette menace le contrarie et, en deux ou trois fois, il arrive jusqu'à quarante. Je me dis que, si je le dénonce, je n'aurai pas dix francs et je m'en tiens à mes quarante pièces. Avec celles du partage à la mer, j'ai une fortune à la Rothschild.

J'abandonne la marine le 15 avril 1814, âgé de dix-sept ans cinq mois. Je me suis bien étendu sur mes deux ans à bord de

1. Les obsèques traditionnelles en mer.

la *Pallas* ; je peux certifier que son journal de bord, tenu heure par heure, doit mentionner tout mon racontage, journal qui, je le pense, doit compter cent mille lignes au moins. Je prie la famille de mon commandant, capitaine de frégate né à Bordeaux, de ne pas m'en vouloir de mon racontage sur leur bien digne parent auquel, sans doute, je survis.

Adieu vaillante frégate, adieu la *Pallas* !

Adieu son commandant !

Tu es en présence du Grand A . . de l'U ∴ [1].

1. On verra plus loin que Jacques-Aimé a été franc-maçon à la Martinique.

*Jacques-Aimé vient de quitter la marine. Cent soixante-quatorze ans plus tard, je pense à son allusion au journal de bord. Et si je le cherchais ? Les Archives nationales, me dit-on. Ce matin, chercheur d'occasion dans cette énorme agglomération du passé que des claviers et des écrans magiques permettent aujourd'hui d'explorer, mon badge dans la poche, je m'en vais à la découverte dans ce bel immeuble récent.*

*Un personnel charmant et coopératif me guide. Mon arrière-grand-père séduit, ici aussi. Et c'est la surprise ! Vous pouvez aller vérifier : c'est au Fonds Marine BB4, cote 367, période 1813, station de l'embouchure de la Gironde. Des manuscrits qui ressemblent aux textes de Jacques Aimé pour l'écriture, mais plus solennels dans la présentation, tels sont les rapports des commandants du vaisseau le* Regulus *et des fréga-*

*tes la* Pallas *et la* Circé *au ministre de la Marine et des Colonies.*

*C'est l'émotion, bien sûr! Je ne doutais pas de la véracité des Mémoires de mon arrière-grand-père, mais un poids nouveau les assied dans la solidité du temps. Tout correspond : les épisodes sont cités aux mêmes dates, quelquefois à quelques semaines près. Les rapports se terminent par des formules somptueuses enjolivées par l'écriture, à la mode de l'époque. Leur forme est succincte, car il n'est pas question, pour un capitaine de frégate, de raconter des histoires familières qu'a pu fixer dans sa mémoire un pilotin de dix-sept ans, au bas de la hiérarchie.*

*Je lis par exemple, le 29 novembre 1813 : «J'ai l'honneur de rendre compte à Son Excellence que les deux frégates de la Gironde,* Pallas *et* Circé, *sont aujourd'hui sur voile pour sortir et mettre en mer, les vents régnant de nord-est, à l'est. Les frégates appareillent pour aller en croisière.»*

*Aller en croisière n'est pas la béatitude de la navigation de plaisance au soleil des côtes de Méditerranée, on vient de le voir. C'est le Blocus continental et la chasse à l'Anglais. Quelques jours après, toujours aux Archives nationales et sous la référence MAR BB4 386, j'ai le rapport qu'a écrit, en rade de Brest, le 23 mars 1814, le capitaine de frégate Caillabet pour rendre compte au ministre de cette croisière qui vient de se terminer. Tout correspond bien à ce qu'écrira Jacques-Aimé, soixante et un ans plus tard en l'enrichissant de ses observations personnelles.*

*Voici, moins quelques coupures, ce que dit ce rapport :*

*«Partis de la rivière de Bordeaux le 29 novembre, mer affreuse jusqu'au 4 décembre. (...) Le 5, un lougre anglais coulé. (...) Le 6 et le 7, surveillés par une goélette chassée sans succès. Le 9 et le 10, deux bâtiments pris et coulés. (...) Le 12, un trois-mâts coulé. (...) Le 13, petit convoi de six voiles escortées par une goélette de guerre, venant de Terre-Neuve, quatre sont coulées. (...) Le 14, capture d'un brick anglais venant des Açores, chargé de fruits. (...) Les 15 et 16, gros vents, grosse mer,*

*beaucoup de fatigue, direction les Açores. (...) Le 22, arrêtons le trois-mâts le* Duke *venant de Terre-Neuve avec un chargement de morue. Expédié vers l'Angleterre avec cent onze prisonniers sous condition d'échange. (...) A partir du 26, réparations et exercices. (...) Du 4 au 6 janvier, grosse mer, le beaupré de la* Circé *craque en plusieurs endroits. Le 19, prise d'un brick anglais venant d'Alicante et allant au Brésil. (...) Le 22, un autre brick allant de Guernesey à Saint-Domingue. (...) Le 24, capture d'un anglais venant de Liverpool. (...) Le 30, chasse et prise par gros temps d'un beau bâtiment anglais, le* Coriolan, *avec un riche chargement de vin de Madère gardé pour les "rafraîchissements" des équipages. (...) Du 1er février au 8, beau temps et exercices. (...) Le 9, prise d'une superbe goélette espagnole venant de Gibraltar et allant au Brésil avec dix-huit mille piastres gourdes. Sa cargaison détruite et ses canons jetés à la mer, elle est expédiée le 11 vers l'Angleterre avec quatre-vingt-sept prisonniers anglais pour échange. (...) Du 11 au 16, prise de quatre bâtiments dont trois portugais allant au Brésil et un espagnol avec de riches cargaisons (on ne parle pas ici des belles portugaises et des séances de théâtre à bord !). (...) Le 17, route au nord vers un autre point croisière. (...) Les 9, 10 et 11 mars, coup de vent... Les bastingages des deux frégates enfoncés et jetés à la mer, une partie des sacs de la* Circé *est perdue. Tout a souffert, hommes et bâtiments. Les jours suivants, jusqu'au 18 et au 19, le temps est favorable dans l'attente du grand vent de nord-ouest pour en profiter et rentrer dans un port. (...) Nous entrons en rade de Brest le 23 après cent seize jours de mer, fait dix-neuf prises dont quinze bâtiments anglais, trois portugais, un espagnol et trois cent quatre-vingt-six prisonniers.»*

*Le rapport se termine par des éloges aux officiers et à l'équipage et, dans sa lettre d'envoi à Son Excellence le duc Decrès, ministre de la Marine, Caillabet regrette la perte de l'enseigne de vaisseau Pasquet, «qui, en amarinant une prise, le 16 février, y mit le feu pour accélérer la destruction du bâtiment et y trouva la sienne puisqu'une explosion nous annonça qu'il n'existait plus, ainsi que l'aide de timonerie Riscazeau. Le canot, qui était le long du bord à les attendre, en fut jeté au loin, mais les canotiers furent sauvés. Ayant trouvé dix-huit mille piastres gourdes à bord de la goélette, j'ai fait la distribution des deux tiers à l'équipage comme encouragement. L'équipage, dans tous les instants obéissant et docile, n'a pas été intimidé par les coups de vent».*

*Je trouve aussi, au 28 mars 1814, dressé par l'agent comptable Nivelet, l'état sommaire des bâtiments pris, coulés ou expédiés en parlementaires par les frégates la* Pallas *et la* Circé *sous les ordres de M. Caillabet, capitaine de frégate du 5 décembre 1813 au 16 février 1814. On y trouve le détail des marchandises et notamment les neuf cent cinquante caisses d'oranges, le vin de Madère et les dix-huit mille pièces dont quelques-unes, en plus de sa part, donneront à Jacques Aimé de l'aisance dans ses déplacements futurs, sans trop de regret de la mort du malheureux Riscazeau.*

*La chance dans mes recherches ne continue pas. J'aurais voulu retrouver la trace des deux statues de la Sainte Vierge dont la posture irrévérencieuse faillit faire sombrer la frégate. Car, s'il y a eu miracle, c'est bien moins d'avoir obtenu leur bonté que de faire cesser leur colère de se trouver la tête en bas. L'équipage de la* Pallas *a bien respecté sa promesse et Jacques Aimé le précise :*

Le lendemain, tout l'équipage se rend à bord pour décharger les deux vierges destinées à l'église Saint-Louis. Notre commandant en grande tenue avec tous ses officiers, tout l'équipage proprement vêtu et tous nos capturés portugais en riches toilettes, tout le monde est là. Les deux vierges sont retirées de leurs caisses, descendues dans le grand canot major et déposées sur de riches tapis. Notre commandant a fait monter sur le pont toutes les cassettes précieuses et, en présence de l'équipage, fait remise de toutes les valeurs qui lui ont été confiées par tous ces Portugais. Dans le nombre se trouvait un consul que nous n'avions jamais vu en grande tenue et qui vint lire un texte de remerciement et de reconnaissance.

On arme toutes les embarcations. L'Amirauté a envoyé un yacht avec deux officiers pour prendre tout ce personnel portugais. Arrivés sur le port où la population de Brest est réunie, les deux saintes vierges sont mises à terre. Le clergé de Saint-Louis les y attend et elles sont posées sur un riche palanquin. Une vingtaine de matelots en grande tenue, les brancards sur les épaules, les portent jusqu'à Saint-Louis. Notre commandant, après une brève allocution, fait déposer les deux statues devant le porche de l'église. Le curé remercie notre chef et tout l'équipage de la *Pallas*.

*Le curé actuel de l'église Saint-Louis de Brest ne m'a pas paru séduit par cette histoire. Ma lettre lui demandant s'il n'avait pas par hasard entendu parler de ces deux statues n'a suscité qu'une réponse évasive de pure politesse. Je sais bien que l'église Saint-Louis a été détruite lors des bombardements de 1944, et qu'il y a fort peu de chances pour que subsistent des restes de ce genre dans le nouveau bâtiment reconstruit. Il faudra du temps pour retrouver d'anciens paroissiens qui aient le souvenir... Ma meilleure chance est qu'un lecteur m'écrive un jour.*

*En décembre 1989, je trouve, à la direction des musées de la Marine, les plans, datés de 1833, de transformation de la frégate la* Circé *en corvette. On y voit les détails des ponts et de la mâture ; ils complètent ce que j'ai déjà trouvé chez les bouquinistes des quais sur les frégates de l'époque. Mon dessin en annexe est issu de ces documents.*

## LE CHAPELIER PIRATE

*Voici maintenant qu'après quelques tribulations mineures et un peu de repos, nanti d'une feuille de route et d'un congé provisoire, Jacques-Aimé va, avec quatre autres camarades, s'en aller vers Bordeaux.*

4.

# LE MARIN DEVIENT CHAPELIER

*Mais, pas plus âne que bien des gens, rien ne le fait aller plus vite.*

Mes quatre compagnons de voyage et collègues pensaient que je ne pouvais aller loin vers Bordeaux en partageant avec eux le prix du voyage, car il ne devait pas me rester grand-chose de ma part de prise de seize douros. Ils comptaient m'abandonner en arrivant à Lorient. L'un voulait passer en caboteur à destination de Bordeaux, l'autre pensait prendre la diligence pour arriver plus vite chez lui.

Je les laissai donc s'entendre pour me quitter. Deux heures après, montant dans la diligence, je roule vers Lorient et je descends à l'hôtel où s'arrête la voiture. Je demande une chambre, mais mon sac n'annonce pas le butin d'un amiral, et on me fait monter au troisième : me voilà dans une mansarde tapissée d'araignées. Je redescends pour déjeuner, mais la soupe n'est pas encore prête. En attendant la soupe, peut-on me servir un poulet rôti ?

« Diable, jeune homme, un poulet rôti ! Mais je ne peux vous donner de ceux qui sont à la broche, car ils sont au menu de quatre pensionnaires officiers à bord d'une frégate qui vient d'être désarmée !

— Je suis dans la position de ces pensionnaires, car je sors de la *Pallas* désarmée.

— Quel grade avez-vous ?

— Aide-timonier.

— Le métier ne vous convient-il plus ? Mais où irez-vous maintenant ? D'abord, vous êtes gascon ?

— Je suis vendéen. »

Cette grosse Bretonne me saute au cou et m'embrasse comme si j'étais son fils. Elle me demande si je ne suis pas parent du célèbre Charette. Je lui réponds que, malheureusement je n'ai pas cet honneur et, comme elle me propose de rester chez elle, je la remercie et lui dis que je désire aller voir ma mère.

« Eh bien, allez-y et, si vous voulez revenir ici, vous êtes assuré d'y avoir une place. Vous ne serez que nourri, mais vous aurez les pourboires que vous partagerez avec ma nièce qui, en ce moment, fait les lits, mais dont tout le monde s'accorde à dire qu'elle est la plus jolie de Lorient. »

Il lui revient alors en mémoire que j'ai demandé un poulet rôti qu'elle donnera en moins à ses officiers. Pendant que je découpe, pour la première fois, un poulet, elle vient m'observer qu'il ne faut pas manger sans boire. Je lui demande du madère.

« Diable, mais c'est une boisson qui vient de loin ! Plus loin que là où le soleil se couche ! Un commis voyageur en vins de toutes les parties du monde m'en a collé une caisse de douze bouteilles à sept francs cinquante l'une. Depuis deux ans, vous êtes la seconde personne qui m'en demande. Combien, puisque vous êtes habitué à ce vin, doit-il coûter la bouteille ?

— J'en ai bu à bord de la *Pallas* qui ne me coûtait rien.

— Pour le mien, je ne peux vous le fournir au même prix, mais ceux qui l'ont goûté et ne l'ont pas trouvé mauvais m'ont dit qu'au lieu de Madère il était de Barsac. »

Le lendemain, mes quatre collègues arrivent sur des ânes. En Bretagne, à cette époque, c'était un des moyens les plus économiques pour voyager. Pour aller de Lanveau à Vannes, dans chaque village vous trouviez un ou plusieurs relais de bourricots ou bourriques. Pour dix sous, on vous fournissait une de ces montures sur laquelle vous cheminiez quatre ou cinq lieues. Mes collègues me racontent que, ne s'étant pas procuré de cravache ni de bâton, ces bêtes marchaient avec autant de tranquillité que celle de Notre Sauveur lorsqu'il fit son entrée à Jérusalem. Arrivés au premier relais, quatre lieues en six heures, ils étaient plus fatigués que s'ils avaient fait la route à pied. Leur derrière avait besoin d'un bain de siège et leurs pieds étaient gonflés à ne pouvoir retirer les bottes.

Clopin-clopant, moi derrière, ils vont donc chercher leurs billets de logement. Avec moi, nous sommes cinq. L'un de nous sera seul dans son logement et les autres sont d'accord pour que ce soit moi.

Je me porte chez mon logeur, c'est un chaudronnier. Bien

accueilli, on me fait la gracieuseté de m'inviter à souper à la même table que les maîtres. J'accepte, et me voilà à table non pas avec des navigateurs, mais avec huit forts gaillards ouvriers chaudronniers et, le patron compris, tous natifs de Saint-Flour. Pas question de causer navigation, peut-être même que pas un d'entre eux n'avait encore vu la mer. La table est dressée avec la soupe aux choux verts et le plat de haricots. Un morceau de lard d'environ huit livres établit une petite île au milieu du plat de haricots rouges. Comme, depuis que j'ai quitté la *Pallas*, les gourganes ne m'ont pas entretenu dans mon amour pour elles, et que les poulets rôtis ainsi que les potages gras au jus de vieux coq m'ont rendu un peu gourmand, je dis à mon logeur être si fatigué que je ne puis manger, d'autant qu'en route j'ai avalé une quinzaine de ces bonnes crêpes de Bretagne...

Pour le coucher, le bonhomme, qui se figure que je ne dois pas comprendre son patois de Saint-Flour, dit à sa femme en cet idiome de me donner les draps neufs des « galeux ». Voici ce qui se pratiquait en Bretagne à cette époque et probablement depuis des siècles : la noblesse faisait filer par les servantes des étoupes de plus ou moins beau chanvre. On portait ensuite le fil chez le tisserand qui en faisait de la toile et, de cette toile, on faisait des draps de lit dont la plus grande partie aurait pu être employée à établir des grands huniers de vaisseau. Cette toile neuve contenait encore, dans son tissage, des pailles mal brisées. Pour arriver à donner aux toiles un certain moelleux, on les prêtait à d'honnêtes paysans pauvres qui, la plupart et de père en fils, se transmettaient une gale dite « de chien ». Pendant un ou deux ans, on les laissait se servir de ces draps neufs qui, à force de passer à la lessive et sous des battoirs en chêne, devenaient d'une souplesse et d'une blancheur à les prendre pour du calicot. Aussitôt remise faite au propriétaire, celui-ci en redonnait une même quantité à ces pauvres gens. Cette charité de la noblesse bretonne avait l'avantage de fournir aux pauvres paysans et ouvriers des draps qui ne leur coûtaient rien et qui leur évitaient d'user leurs ongles à se gratter les entre-doigts et autres parties du corps galeuses.

Il m'a été raconté qu'à l'époque où les Allemands envahirent cette contrée de Gaule ils y importèrent la gale de chien qui, jusqu'à Anne de Bretagne, s'y installa avec une force à donner des démangeaisons à des sangliers. La guerre de Vendée amena des soldats républicains qui ne voulaient pas passer leur temps à se gratter, et qui se munirent de pommade au mercure. A la pacification de la Vendée, ils laissèrent aux Bretons leur recette contre la gale. Carrier de Nantes, bien connu pour avoir envoyé les noblesses vendéennes et bretonnes se baigner dans la Loire, priva les paysans de ces contrées des draps qui, jusqu'alors, leur étaient gratuitement fournis. On m'a dit qu'en Prusse la noblesse fournissait à ses paysans des draps de lit de la même manière.

Mais revenons à mes collègues navigateurs. Nous convenons de nous réunir, à cinq heures du matin, pour prendre la route de Vannes en enfourchant bourricots et bourriques. Connaissant donc le peu d'entrain de ces montures à longues oreilles pour prendre le mors aux dents, j'avais acheté à une nourrice, qui emmaillotait un Breton de six mois, des épingles en cuivre jaune de trois pouces de long. Pour deux sous, elle m'en avait donné trois. Mes quatre compagnons navigateurs s'étaient munis chacun d'une baguette coupée à un peuplier et ils se figuraient qu'avec cette cinglante houssine ils arriveraient à l'étape une heure avant moi.

Nous nous mettons en route, nous nous assujettissons à notre aise, enfin nous stimulons nos montures, moi, sans qu'on s'en aperçoive, avec mes épingles, les autres avec leurs baguettes. Ils ont beau frapper, je suis toujours devant eux. Ils se figurent que le maître de poste, moyennant double prix, m'a fourni un bourricot de race arabe. L'un des quatre navigateurs me demande de changer de monture avec lui. Moi qui ne sais rien refuser à un ami, j'accepte sa bourrique contre mon bourricot arabe. Celui-ci, craignant que son nouveau cavalier n'emploie le même lardement que moi, prend un train de course à nous dépasser d'un quart de lieue. Mais, pas plus âne que bien des gens, il s'habitue bientôt à ne se sentir touché que par cette baguette qui ne le stimule pas plus que la queue dont se sert un maréchal-ferrant pour chasser les mouches du cheval qu'il ferre. Après une descente au galop, il atteint une montée assez raide. Le cavalier, à revers de bras, tape sur les oreilles et la bonne figure du bourricot, mais rien ne le fait aller plus vite. Nous les rejoignons, il est en train de donner une correction à son placide animal.

A l'étape, après avoir pris nos billets de logement, il est convenu de se retrouver le lendemain à six heures pour nous porter à pied à Hennebont. Je m'informe de l'heure à laquelle passe la diligence de Brest à Nantes : c'est neuf heures du matin. Bien décidé à attendre la voiture, je vais retenir une place. Il ne s'en trouve plus que sur l'« impériale », mais, comme c'est un délit de prononcer ce mot sous la monarchie, il faut dire : « sous la vache ».

Arrivée à Hennebont, déjeuner à Vannes, de là à La Roche-Bernard et le soir à Nantes. Logé par billet de logement, je tombe chez un capitaine au long cours et suis admis à sa table. Nous causons marine.

Je demande qu'on me réveille tôt. Il me tarde de revoir la caserne de Nantes que j'ai quittée à l'âge de quatre ans. A cinq heures, je me lève, tout le monde dort. Je sors en me dirigeant du côté du château de Nantes. Je reconnais la rue où était la caserne de cavalerie du 2ᵉ chasseur où était mon père. J'y arrive comme si je n'en étais sorti que de la veille. Le concierge, sous le porche d'entrée de cette caserne, occupe l'appartement où nous étions, et où ma sœur est née. Le cœur me bat de plaisir. J'accoste le concierge en lui disant que je veux voir son local.

« Ce local n'est pas à louer.

— Ce que je vous demande n'est que le plaisir de revoir les chambres que nous occupions quatorze ans avant vous et où ma sœur est née. »

Il devient plus gracieux et me fait entrer. Je reconnais quelques barbouillages au mur, sortis de mon pinceau ou de mon crayon-charbon : un cheval de forme presque carrée, tête de cigogne, jambes comme les pieds d'une table d'auberge, et bien d'autres dessins sortis de mes doigts. Presque les larmes aux yeux, je quitte le séjour de mon enfance.

J'ai faim, j'entre au restaurant des navigateurs et y retrouve un de mes collègues ; nous déjeunons ensemble et nous nous quittons, lui pour prendre la mer en direction de Bordeaux sur un caboteur et moi pour la route de la Vendée. Je traverse une vingtaine de ponts, adieu belle Bretagne, me voici dans le département qui m'a vu naître.

De Nantes à Montaigu... Cette petite ville a beaucoup souffert. Les deux tiers des maisons n'offrent que leurs quatre murs tout calcinés. De cette localité à Napoléon-Ville [1], on trouve plusieurs villages dans le même état que Montaigu.

1. La Roche-sur-Yon.

Voici Luçon ; depuis deux heures, j'ai aperçu sa belle flèche. Le cœur me bat, il me semble que c'est la deuxième fois que je viens au monde. Je sais qu'à Luçon je n'ai pas même un arrière-petit-cousin. Curieux de voir la maison où je suis né, je ne sais à qui m'adresser. Il me vient à l'idée d'aller à la mairie pour y prendre mon extrait de naissance. Je demande cette pièce au secrétaire de mairie, à qui je suis obligé de préciser que c'est bien moi l'intéressé, né à Luçon. J'exhibe feuille de route et congé provisoire. Il me prie de le laisser m'embrasser, je suis né chez lui. J'ai mon parrain ici, ainsi que sa sœur, ma marraine, et lui-même s'estime heureux de retrouver après dix-huit ans le fils de son ami. Je vois sur le registre la signature de mon pauvre père et les larmes me viennent aux yeux [1].

L'extrait de naissance dans mon portefeuille, M. Boivin, secrétaire de la mairie de Luçon, m'amène chez mon parrain Chassay, fabricant chapelier. Pour l'église, c'est M. de Bièvre qui est mon véritable parrain. Pour Chassay, je suis Aimé, mais, pour de Bièvre, n'ayant été religieusement baptisé qu'à l'âge de quatorze ans, je suis Jean-Baptiste. J'ai donc deux parrains et deux marraines, les deux premiers l'ayant été avec l'intention, aussitôt que les églises seraient rouvertes, de faire de moi ce qu'ont fait M. de Bièvre et Mlle de Thuron : un catholique apostolique et romain. Si je trouve des créatures qui n'ont jamais eu de parrain ni de marraine, je peux leur en céder une paire.

Nous arrivons chez mon premier parrain, dont la surprise est grande de voir un pistolet de dix-huit ans qu'il n'avait vu que sortant du ventre de sa mère ! Chassay est vieux, il a quarante

1. Je verrai moi-même à Luçon, en 1989, ce registre et cette belle signature.

ans. Si j'accepte, il remplace mon père et me propose de rester chez lui. Je lui dis que je désire aller embrasser ma mère.

Vingt-quatre heures après, je quitte les lieux de ma naissance avec promesse à Chassay de revenir bientôt apprendre le métier de chapelier.

Me voilà à Bordeaux. J'avais appris, à bord de la *Pallas*, que ma mère, aussitôt après mon embarquement, s'en était allée dans sa famille à Auch. De son côté, la religieuse, dame Pécœur, qui s'était chargée de ma sœur, était partie dans le Périgord. Tranquille pour elle, je n'étais pas pressé de m'y porter.

Je me rends chez mon deuxième parrain, M. de Bièvre, qui m'apprend que ma mère s'est remariée presque aussitôt après son arrivée à Auch. Je déteste mon parâtre avant même de l'avoir vu, et le désir d'aller voir ma mère me passe un peu, car je lui en veux aussi. M. de Bièvre me demande ce que je compte faire.

« Allez-vous continuer la navigation ?

— Pour le moment, j'en ai assez.

— Si j'étais à votre place, j'embarquerais sur un bâtiment marchand à destination de Saint-Domingue. J'y connais des négociants qui y sont établis et pour qui je vous donnerais des lettres de recommandation de même que pour deux de mes nègres, anciens esclaves qui, à l'époque des massacres des Blancs, ont sauvé ma vie, celle de ma femme et celle de mes deux enfants. Ces deux nègres ont aujourd'hui un brillant emploi dans le gouvernement de la république de Saint-Domingue. »

Je remercie mon noble M. de Bièvre et lui observe que je ne suis pas disposé à me faire républicain de cette république.

« Revenez demain matin, j'aurai quelque chose en vue pour vous. »

Je me rends chez Mlle de Thuron, ma marraine. En lui racontant, ainsi qu'à sa maman, mes prouesses à bord de la *Pallas*, j'ai la bêtise de dire de quelle façon me sont venues les portugaises. La vieille maman dit que c'est de l'argent volé et que j'aurais dû, au lieu de le considérer comme bien acquis, le rendre à nos malheureux capturés. Ma petite marraine, avec la douceur qui n'appartient qu'à un cœur de jeune fille, observe à sa mère qu'elle n'est pas bien indulgente pour son filleul. Avec tout le respect que m'impose la maman de Thuron, et malgré l'amitié que j'éprouve pour ma marraine, je les quitte, le cœur gros.

Après avoir pris un logement dans un garni de la rue Dieu, le lendemain matin, je me porte chez M. de Bièvre, qui m'engage à déjeuner. J'ai bon appétit, les plats sont assez bien arrangés, on me verse du vin, mais j'emplis mon verre d'eau. Il me dit en riant que je ne suis pas un bien solide matelot, et que le métier de marin ne me convient pas plus qu'à sa petite-fille. Le café pris, nous allons faire un tour au jardin. Il me demande ce que je compte faire, si je veux entrer dans les douanes, où il est sous-directeur et où il peut me faire admettre comme écrivain dans son bureau. Vingt-quatre heures se passent ; M. de Bièvre obtient de son directeur que je sois employé aux écritures avec soixante-dix francs par mois d'appointements.

Mon écriture laisse un peu à désirer, de l'orthographe je ne sais presque rien, ma correspondance ne peut convenir qu'aux marchandes de poisson, et ma tenue de livres aux marchands de charbon...

Il y a à peu près quinze jours que je suis dans la douane lorsque le directeur vient dans le bureau de M. de Bièvre demander un jeune homme pour écrire quelque chose dans son cabinet. Comme je me trouve le plus près de lui, il me tape sur l'épaule et me fait signe de le suivre. Pour copier, je ne crains pas grand-chose, mais pour l'orthographe, c'est le traquenard. Le directeur met une belle feuille de papier devant moi et se prépare à me faire écrire sous sa dictée. Après quelques mots, il retire la feuille, parcourt le texte et, goguenard, me dit qu'à bord de la *Pallas* j'ai plus appris à hisser des pavillons anglais pour tromper les autres navires qu'à me perfectionner en orthographe. C'est un peu vrai. Il va au bureau de mon parrain de Bièvre et, sans ménagement, lui dit que son protégé ne peut être employé que comme simple douanier. L'ayant suivi, j'entends la sentence, prends mon chapeau et quitte le bureau avec la ferme résolution de ne jamais y remettre les pieds. Ce directeur ne me faisait pas une injustice, car je n'avais pas plus d'orthographe que mon grand-père, qui n'était même pas allé à l'école des frères ignorantins.

Toute réflexion faite, pourquoi ne pas aller à Luçon apprendre le métier de chapelier plutôt que de chercher à devenir officier de douane ? Pour cette dernière ambition, je m'étais guindé d'effets, chemises et autres petits objets de toilette qui m'avaient pris une vingtaine de portugaises, ce qui allégeait joliment ma ceinture. Ayant pris la résolution de ne plus retourner chez mon noble parrain ni chez ma marraine, je ne pense plus qu'à revoir mon premier parrain Chassay, persuadé que celui-ci, pour sa correspondance, ne sera pas aussi pointilleux que le directeur de la Douane de Bordeaux.

Avant de partir, dépensant les dernières portugaises pendant huit ou dix jours, j'observe les places de la ville. Elles sont couvertes d'Espagnols et de Portugais entrés le 12 mars 1814 avec l'armée anglaise et, en tête, le duc d'Angoulême.

Vingt-cinq ou trente mille étrangers sont dans Bordeaux et, chaque jour, il arrive des prisonniers français sortant des pontons anglais, la plupart habillés de drap jaune, que les Espagnols et les Anglais méprisent. Au début, ils ne sont pas en assez grand nombre pour inquiéter nos ennemis vainqueurs, mais il en arrive chaque jour des milliers qui font aussi appel à ceux de Rochefort, de Lorient, de Brest, de Toulon et de Marseille, et, en moins de huit jours, il y a, à Bordeaux, deux fois plus de ces prisonniers libérés que d'Anglais, Espagnols et Portugais. Ceux-ci sont assez négligents pour ne pas s'informer du nombre de renforts qui arrivent par terre ou par mer sur les places et dans les rues qui deviennent des coupe-gorge. Ces anciens prisonniers envahissent toutes les maisons de débauche et, le matin, on trouve sur les pavés des demi-douzaines d'Anglais et d'Espagnols qui ont été jetés par les fenêtres du 1er ou du 2e étage. Cela dure au moins trois semaines. Les autorités sont obligées d'envoyer les troupes anglaises à la forteresse de Blaye, et on recommande aux Espagnols de rengainer leurs stylets et couteaux. Arrivent quelques régiments français venant de Toulouse après la reddition de cette ville, et qui n'ont pas grand-peine à fraterniser avec cette masse sortie des prisons d'Angleterre. Les Espagnols, quoique sortant de faire le coup de feu à Saint-Gaudens et à Toulouse, ne paraissent pas être enrégimentés mais appartenir plutôt à des bandes.

Wellington essaie de protéger les habitants de la ville du vol à domicile en faisant fusiller des demi-douzaines d'individus tous les jours. Ce général n'a avec lui dans Bordeaux que des troupes écossaises dites « sans-culottes », admirables de discipline et de bonne tenue. Bordeaux renferme, à cette époque, plus de deux cent mille âmes en plus de sa population : les prisonniers revenus des pontons anglais, l'écume des Espagnols et les congédiés de la plupart des régiments français. Wellington donne l'ordre à tous les Espagnols de rentrer chez eux. Le ministre de l'Intérieur ordonne au préfet de Bordeaux de faire rentrer dans leurs départements respectifs tous les congédiés et les ouvriers sans emploi qui ne sont pas de Bordeaux. Pour la marine, il est également ordonné que tous les marins non embarqués pour le commerce se rendent dans leurs ports respectifs. Il est dit aussi que tous les jeunes gens âgés de moins de vingt et un ans, en congé provisoire, ont la faculté de rentrer dans la marine de l'État ou de naviguer en marchand, sans préjudice d'avoir à évacuer Bordeaux s'ils ne trouvent pas à embarquer.

Cette dernière ordonnance me touche et je n'ai, pour le moment, envie de retourner ni sur une autre frégate ni sur un bâtiment marchand. Je décide de retourner à Luçon pour profiter de la proposition de mon parrain Chassay et apprendre le métier de chapelier. Je fais ma caisse. Des quarante portugaises de Brest, malgré la plus stricte économie, il ne m'en reste que cinq. Conformément à l'ordonnance qui enjoint aux marins sans emploi de se rendre dans leur département, je vais au bureau de la marine où une feuille de route m'est délivrée pour Luçon.

En arrivant à dix heures du soir chez Chassay, je ne trouve que la femme de ménage. Elle file la quenouille à la clarté d'une lampe à trois becs dont un seul est allumé. A la maison, on fait des économies de bougie, mais au café mon parrain n'est pas aussi avare sur le vin chaud sucré. Elle me montre où est son maître. Je m'y porte et, l'apercevant, lui saute au cou. Il me présente comme son filleul, navigateur ayant fait le tour du monde. Plusieurs anciens se souviennent de mon père vétérinaire et, par tous ces Luçonnais, je suis acclamé comme un compatriote. Mais, comme on se figure qu'un navigateur est naturellement disposé à voguer dans une mer de vin chaud, on m'en commande un plein récipient qui peut contenir une douzaine de litres et trois livres de sucre, avec assaisonnement de noix muscade et cannelle. Les Vendéens ne font pas les choses à moitié. A minuit, nous revenons à la maison où la « ménagère » dort sur sa quenouille [1].

Me voilà apprenti chapelier, chargé d'apporter les chapeaux aux pratiques. Je tiens aussi la petite comptabilité de la fabrique et aussi celle de la caisse dans laquelle mon patron puise sans se faire débiter, ce qui me fait caissier non responsable. Mais aussi, et en peu de semaines, j'apprends à fouler un chapeau, l'arçonner, le bâtir, le teindre, lui mettre l'apprêt, le tirer à poil, le dresser sur forme, le garnir de sa coiffe, puis le border et le mettre en tournure.

1. Dans un fauteuil qui a dû appartenir à la défunte épouse dont on sait, par ailleurs, qu'elle fut bossue.

5.

# AUX PRISES AVEC LES CHOUANS

*Si notre expédition avait été connue des chouans, pas un de nous ne serait revenu vivant de ces fourrés.*

Napoléon quitte l'île d'Elbe. A peine est-il à Paris que la Vendée se remue. Mon parrain, ou plutôt mon patron, comme l'appellent les autres ouvriers de la fabrique, est sergent de la garde nationale de Luçon. Avec lui, je suis allé dans les foires et il m'envoie seul dans une commune du nom de Chancinpert [1]. J'ai deux charges de chapeaux de paysan dans de grands paniers. Ces

1. C'est la commune actuelle de Champ-Saint-Père.

deux charges contiennent cent et quelques chapeaux. Un cheval les porte et je suis monté entre les deux paniers.

A peine ai-je fait mes déballages qu'arrivent à cette foire une quantité de jeunes paysans. Ne pouvant aller retirer le drapeau tricolore du haut du clocher, ils se mettent à tirer dessus à balles et à plombs de chasse. Plus de cent fusils le mitraillent et il est mis en état à pouvoir servir de filet de pêche. Comme ils cessent de tirailler sur le drapeau, on leur signale quelques jeunes gens congédiés sortant du service de l'Empire. Ils sont assez abrutis pour courir avec leurs fusils sur ces malheureux qui fuient à travers champs et bois. Fort heureusement, ils n'en atteignent aucun. Ils reviennent sur la place des marchands de la foire et menacent tous ceux qu'ils se figurent ne pas être royalistes.

J'ai remballé mes chapeaux, chargé mon cheval et, avec trois ou quatre forains comme moi, me dispose à retourner à Luçon. Nous nous mettons en route à l'entrée de la nuit dans les bois, ce qu'on appelle le bocage. Nous avons sept lieues à parcourir pour arriver à Luçon. Atteignant la route des Sables-d'Olonne, nous voyons cinq ou six maisons et, dans le nombre, une auberge. Nos chevaux n'en pouvant plus, nous décidons d'y passer le reste de la nuit. Il est dix heures du soir, on nous sert à souper et à onze heures nous demandons des lits. Il ne s'en trouve pas la moitié de ce qu'il nous faut.

Il n'y a pas une heure que nous sommes allongés sur des tables que nous entendons des pas de chevaux et des cavaliers qui mettent pied à terre. Ils arrivent et, maîtres de l'auberge, ils questionnent tous les voyageurs qui sont, comme moi, marchands de Luçon ou de Fontenay. A un des chefs qui me demande quelle marchandise je vends, je dis que ce sont des chapeaux. Il veut les voir, j'ouvre mes paniers, et, en un clin d'œil, ils en ont chacun un sur la tête. Ces chapeaux « tête ronde » ont bien dix pouces de largeur, mais ils les ploient comme des chapeaux de l'armée d'Italie. Ils demandent alors à la femme de l'auberge si, dans sa basse-cour, elle n'a pas des oies. Elle s'exécute et en apporte deux paires. Les cavaliers arrachent à ces bêtes les plumes flottantes et se font donner des baguettes d'osier et du gros fil.

Le chef de bande a en bandoulière un fusil de chasse, en ceinture deux pistolets, l'un d'arçon, l'autre à deux coups mais pas plus long que le doigt. A son côté, une lame de sabre sans fourreau. Pour uniforme, une culotte de peau jaune et un dolman de hussard. Il me demande qui je suis, je réponds que je suis ouvrier chapelier. Il réfléchit un peu et me dit que je fais bien son affaire. Ses hommes vont établir des plumes d'oie autour des baguettes, et, avec mes chapeaux, je vais faire des tricornes sur lesquels je vais les fixer avec du fil noir.

« De quel pays est-tu ?

— Je suis de Bordeaux.

— Les Bordelais sont de bons royalistes, en es-tu ?

— Je faisais partie de ceux qui, l'an dernier, allèrent les recevoir, à la pyramide improvisée par le maire à quatre kilomètres de la ville, pour remettre les clefs au duc d'Angoulême et au général anglais.

— As-tu ton père ?

— Il est mort de chagrin lorsque Lacombe a fait guillotiner sa protectrice, une comtesse. »

Le chef me tape sur l'épaule et me signale aux autres comme une victime de la République. J'entends alors deux ou trois de ses hommes crier qu'il faut que je fasse partie de leur bande. Ce qui ne me va guère, car tout cela n'est que mensonge de ma part. Immédiatement, je précise au chef que ma pauvre mère n'est pas heureuse, qu'elle doit élever mes deux petites sœurs et que je dois m'imposer la moitié de ce que je gagne pour les aider à vivre. Je fais appel à sa bienveillance pour qu'il me laisse m'en aller. Il dit à ses hommes qu'ils peuvent se passer d'un brave jeune homme qui nourrit sa mère. Puis il me demande chez qui je travaille à Luçon.

« Chez Chassay.

— Chassay le renégat ! Aussitôt rentré à Luçon, il faut que tu quittes ce jean-foutre de Chassay [1] ! »

Et il me donne la permission de partir.

Je ne suis pas bien pressé de réclamer ce qui m'est dû pour mon empressement et mon adresse à leur transformer mes chapeaux en tricornes avec une cocarde blanche et un plumet blanc fait de plumes d'oie de l'aubergiste. Ces oies sont déjà toutes rôties sur une longue table où chacun de nous, marchands forains, est invité par le chef à les partager avec sa bande avec force bouteilles de vin. Le lendemain, je devais assister au dernier soupir de ce chef chouan.

Avec le cheval de mon patron et les deux paniers où il ne me reste que dix ou douze chapeaux, j'arrive à l'entrée de Luçon. La nouvelle de la descente des chouans à La Claye y est parvenue avant moi, et une grande partie de la population me reçoit avec autant d'enthousiasme que, jadis, celui qui a échappé à l'armée de Charette. Mon patron vient au-devant de moi. Il connaît déjà l'histoire des chapeaux tricornes et des panaches

1. Des quatre frères Chassay, l'un est devenu officier de l'Empire, les trois autres ont été chouans, dont deux fusillés par les républicains, et le troisième, parrain de Jacques-Aimé, considéré comme renégat après avoir été porté en triomphe par les royalistes de Luçon.

blancs. Des émissaires, cette même nuit, étaient venus rendre compte au maire de la descente des chouans dans l'auberge royaliste. Ordre arrive au sous-préfet et au maire de préparer toute la garde nationale pour se mettre en marche vers le village de Chancinpert. Nous devons cerner le village, réunis avec une compagnie d'artilleurs munis d'une pièce de canon.

Chancinpert avait, depuis la veille, été adopté par les chouans comme quartier général, commandé par celui qui m'avait fait faire des chapeaux tricornes. Mon patron, sergent de la garde nationale de Luçon, fait partie de l'expédition. Une démangeaison chevaleresque me prend : comme le patron me dit en partant qu'il me laisse pour le remplacer au magasin comme à la fabrique, me remettant ce qu'il a de bijoux, tant à lui qu'à sa défunte femme, je me mets à pleurer en lui disant que je veux partir avec lui. Avec rudesse il me repousse, mais je persiste, et, fatigué de mon entêtement, il m'envoie faire foutre puis me dit, en colère, d'aller à la mairie chercher un fusil et des cartouches. J'y cours et, en dix minutes, je suis dans les rangs, seul en habit de pékin.

Nous avons quatre lieues à faire dans les bois du bocage. Arrivant à La Claye, nous faisons halte dans la même auberge où j'avais passé la nuit d'avant. L'aubergiste et sa femme feignent de ne pas me reconnaître. Quant à mon patron, qu'ils connaissent depuis la première guerre, ils font mine de ne pas l'apercevoir. On se rafraîchit avec du vin blanc. L'aubergiste cherche bien à savoir la partie du bocage où nous allons, mais seul le commandant de la garde nationale sait où il nous emmène.

Après avoir quitté la route des Sables-d'Olonne, nous prenons une traverse dans les bois. Si notre expédition avait été connue des chouans, pas un de nous ne serait revenu de ces fourrés. Dix d'entre eux nous auraient fusillés tous sans que nous sachions d'où partaient les coups de fusil. A onze heures de la nuit, nous arrivons sous les murs d'un vieux château féodal détruit pendant la dernière guerre. Par deux ou par trois, on nous fait, en silence, cerner le village. A minuit juste, notre commandant nous fait réunir, toujours dans le même silence, et, tout doucement, monter dans le village qui n'a qu'une seule rue, le derrière des maisons donnant sur les jardins. En haut de la rue, on domine le fond où se trouve le corps de garde des chouans. On avance en silence, les armes chargées.

Du corps de garde part sur nous le cri de « Qui vive ? ». Comme réponse, aussitôt notre commandant crie « France ! » et puis « Feu ! ». Je presse la détente de mon fusil. Soixante coups partent à la fois. De l'éminence opposée, autant de coups partent. Ce sont les artilleurs qui, moins bien renseignés que notre commandant sur la position des chouans, au lieu de tirer en plongeant, visent horizontalement, leurs balles arrivant à notre hauteur. Notre commandant s'empresse de crier « A la baïonnette ! », et nous descendons dans le fond de la rue.

Arrivés au corps de garde des chouans, nous y trouvons trois hommes étendus. Un seul se défend encore, deux ou trois balles le traversent, il est mort. C'est le chef des chouans qui, la veille, ont envahi l'auberge de La Claye. Cet homme, nous dit-on, est un déserteur d'un régiment de dragons de l'armée de Napoléon.

Les artilleurs nous rejoignent ; tout est fini. Des maisons où ils étaient couchés, les chouans qui n'étaient pas de garde s'enfuient par les jardins. Il est fait une quinzaine de prisonniers. On appréhende le curé et sa ménagère.

A mon patron, en dédommagement de ses chapeaux, on donne à choisir le cheval qui lui plaira, et à moi, pour avoir mis ces chapeaux en tricornes, un autre à ma fantaisie. On attache les prisonniers deux à deux, puis en route pour revoir la belle flèche de Luçon. Pour la troisième fois, me voilà à l'auberge de La Claye, mais moins fatigué grâce à mon cheval prisonnier.

Bien des fois dans ma vie j'ai joué de mauvaise chance. Ce jour, j'en trouve encore une. Ayant à peine fait cent pas depuis l'auberge, je vois arriver un paysan qui, voyant mon cheval, s'écrie :

« Ah ! Par la grâce du Bon Dieu, voilà mon chevau ! »

Je prends cet homme pour un chouan, mais il me dit que je me trompe, que ce chevau est à lui et que les chouans le lui ont réquisitionné dans le marais huit ou dix jours avant. Je l'envoie paître, mais il va trouver notre commandant et lui démontre la justesse de sa réclamation. Il faut m'exécuter et remettre le cheval à son incontestable propriétaire. Mais est-ce que son cheval ne pourrait pas me porter jusqu'à Luçon ?

« Jusqu'à Fontenay si vous voulez, me réplique-t-il, je vous suivrai à pied. »

Je suis content comme un chien qui va à vêpres. Mon patron, pour me consoler, me dit que, si on ne lui réclame pas son cheval, il le vendra et me donnera la moitié du produit de la vente. Nous arrivons à Luçon : adieu mon cheval et son propriétaire.

Trois ou quatre jours se passent. La garde nationale est commandée pour une autre expédition en compagnie d'une centaine d'hommes d'infanterie. On ne connaît pas la partie de la Vendée qui doit être parcourue. Ce qui est certain, c'est qu'il s'agit du bocage où sont massés les révolutionnaires royalistes. Mon patron me demande si je suis assez fou pour vouloir en faire partie.

« J'agirai comme il vous plaira !

— Eh bien, voilà un écrit par lequel, si je ne reviens pas, tout ici t'appartient. »

Je repousse son papier, qu'il met sur la cheminée.

Le départ a lieu à deux heures du matin, et il compte sur moi pour tout gouverner en son absence. Nous ne nous couchons pas, il m'emmène au café où sont plusieurs de ses camarades. Tous ces braves citoyens ne partent pas avec de la haine mais avec l'espoir de renvoyer, par leurs conseils, les chouans labourer leurs champs. Bien des femmes et des jeunes gens, dont je suis, les escortent. L'expédition fait la même route jusqu'à La Claye, où nous nous séparons. Nous ne sommes de retour qu'à neuf heures du matin. Je me jette sur mon lit et je dors jusqu'à la nuit.

Huit jours se passent sans que nous recevions de nouvelles. Je crois mon patron tué. Le douzième jour, on apprend que les gardes nationaux et l'infanterie ont reçu une frottée à les mettre en déroute. Le bruit se confirme. Le treizième jour au matin arrive le sergent Chassay, à ne pas le reconnaître, plein de boue de la tête aux pieds, son uniforme en lambeaux, exténué de fatigue. Il ne demande que son lit et la seule chose qu'il dise est qu'ils ont été mis en déroute par les chouans, et que ce fut un sauve-qui-peut général. Dans la même journée, isolément, arrivent tous ceux de la garde nationale. Ceux de l'infanterie se sont repliés ailleurs. La tête de Chassay est mise à prix par les chouans.

A la première rentrée des Bourbons, toute la noblesse de Luçon et des environs s'était abonnée chez lui pour tout ce qui était de la chapellerie. Telle famille donnait deux cents francs par an, telle autre quatre cents, pour qu'on leur donne des chapeaux neufs chaque fois qu'ils rendaient des chapeaux anciens, qui parfois n'avaient même pas été portés. Quoique un peu neuf dans le commerce de la chapellerie, il me vint l'idée que, en changeant les coiffes et les cuirs des chapeaux rendus, on pouvait, dans la même journée, renvoyer aux pratiques les mêmes chapeaux. Par cette petite spéculation, moyennant le fer chaud et la brosse, le chapeau était neuf et parfaitement à la tête de ces nobles. Il arrivait souvent, ces chapeaux ne les gênant pas plus que leurs bonnets de nuit, qu'ils me gratifiassent d'une pièce de trois ou six francs. Le patron y gagnait, lui, l'économie d'un chapeau neuf de vingt-cinq francs. Cette riche clientèle fut la ruine de Chassay. Toute la noblesse, lorsqu'elle s'aperçut que l'ancien chouan avait échangé son amour des Bourbons pour celui de Napoléon, cessa tous les abonnements de chapeaux, ce qui retira à Chassay quatre ou cinq mille francs de bénéfice par an.

Je crois me souvenir que, pendant les cent jours du second règne de Napoléon I^er^, on envoya le général Travo pour essayer de pacifier la Vendée. Il procéda avec beaucoup de patience, employant ses forces à faire des prisonniers qu'il avait donné ordre de traiter le plus humainement possible. Tous ces prisonniers, qui croyaient être fusillés, étaient présentés au général, qui les raisonnait, leur promettant de les renvoyer chez eux si, de leur côté, ils s'engageaient à ne plus se révolter contre l'Empire. Le général, lorsqu'il obtenait de ces paysans cette promesse, leur faisait distribuer des vivres comme à ses soldats. Pour ceux qui se trouvaient éloignés de chez eux, il leur faisait compter de l'argent de façon à ce qu'ils n'arrivent pas dans leurs familles sans un sou. Bien des prisonniers, pendant une quinzaine de jours, furent amenés devant le général. Il s'en trouvait dans le nombre qui étaient bretons, même du Morbihan ; il leur faisait délivrer une feuille de route et trois sous par lieue. Des milliers furent renvoyés chez eux par le général, et il n'arriva jamais que ceux qui avaient été renvoyés fussent repris une seconde fois. Le général Travo, en moins d'un mois, pacifia les trois quarts de la Vendée.

Les Bourbons, revenant sur le trône au bout de cent jours, le général Travo, m'a-t-on dit, fut condamné à vingt ans de prison pour son attitude humaine envers les défenseurs de la cause royaliste. Il m'a encore été dit que ce général, peu d'années après sa condamnation, mourut dans la prison de Rennes. En 1851, passant à Bourbon-Ville, j'ai vu la belle statue du général Travo, érigée aux frais des Vendéens en mémoire de sa pacification.

Nous atteignons la fin des Cent-Jours, les Bourbons reviennent, la Vendée est définitivement tranquille.

Chassay me fait parcourir toutes les foires des environs. Il n'ose s'y porter lui-même. La plupart des paysans me connaissent comme ouvrier de Chassay et, de langue en langue, ils se le disent. Mes ventes de chapeaux ne vont que mollement. Mon patron est la bête noire de la noblesse. Il n'a comme clients que les partisans de Napoléon. De six à sept ouvriers, la fabrique est ramenée à un seul, lui-même est obligé de se remettre au travail, la vente ne va pas du tout, le dégoût le prend. Les trois quarts de la journée, il est au café et, souvent, n'en sort qu'à minuit. Cette vie dure six ou sept mois. Il se met à boire plus que de coutume, n'est jamais content, trouve toujours quelque chose à dire sur mon travail. Je continue à fréquenter les foires.

A la foire de Sainte-Hermine, il y a peu de jours, un paysan vient une première fois me marchander un chapeau. Il est si difficile pour le prix et la qualité que je finis par l'envoyer paître. Il revient une seconde fois, puis une troisième, et me dit qu'il veut un *chapéa castor rapoil*, que je n'ai pas dans ma boutique. Je ne veux pas lui dire qu'au premier marché à huitaine j'en apporterai un comme il le demande et du plus fin castor. Pour le samedi suivant, je me munis d'un chapeau à la fantaisie de ce paysan cossu. Ce chapeau avait été laissé au magasin, plus de huit ans avant, par un officier républicain, en échange d'un neuf pour lequel il avait remis quarante francs. Il aurait pu, pour ce prix, emporter le neuf et le vieux. Son chapeau à claque était bien ras-poil comme une carte et ne tenait que par sa gomme. Je le mets dans une chaudière d'eau bouillante, puis sur une forme de retape à claque ; je le mets à plat et lui retire la graisse qui lui était attachée depuis peut-être un demi-siècle, car ce chapeau avait dû faire les campagnes de Hanovre. Proprement garni, je le recouvre d'une coiffe de soie, une petite bande dorée en tête. Avec précaution, je place ce chapeau dans un de mes paniers.

J'arrive au marché. Le premier chaland qui se présente à mon étalage est mon marchandeur de la semaine précédente. Le chapeau, avec sa belle coiffe, est sur son banc et il doit l'avoir remarqué. Aussi promptement que possible, je le retire de sa vue au moment où il arrive à mon étalage. Il manie presque tous les chapeaux, mais aucun ne lui convient. Comme il m'a vu mettre de côté le chapeau à belle coiffe, il me dit, en patois vendéen :

« *Quéto chiou chapéa queque vous avez mis de couté ?* »

Je lui réponds que ce chapeau n'est pas à vendre et qu'il m'a été commandé par un noble très riche dont je lui donne le nom au hasard. Il me répond qu'il peut payer aussi bien que mon noble très riche et que, si je veux le lui vendre au même prix qu'à ce grand seigneur, je pourrais bien lui en fabriquer un *nahoutre* que je lui porterais au marché suivant. J'ai l'air de vouloir l'obliger et, pour avoir sa pratique, d'accepter de lui céder mon chapeau hanovrien. Avec beaucoup de précaution, je le lui montre en lui faisant observer que c'est un chapeau pur castor ras-poil.

« *Ho vois ben qu'aulait un chapéa rapoil !* »

Je le lui mets sur la tête. Il lui va comme une selle sur un chat. Je lui dis qu'on pourrait croire, tellement ce chapeau lui va bien, qu'il est né coiffé avec.

« Combien vaut ce castor ?

— Quarante francs.

— Vous me diminuerez bien quelque chose ?

— Impossible. »

Le paysan tire son boursier, en retire sept pièces de six francs. Comme il lui revient deux francs, je l'engage à m'acheter une brosse douce pour bien brosser son castor. Il part avec son chapeau à la main en me disant qu'il ne le mettra sur sa tête que le jour de ses noces. Ce petit tour de ruse de commerce est mon premier.

Depuis cette époque, 1815, j'ai fait, en grand comme en petit, commerce de toutes les marchandises utiles à la créature humaine comme aux animaux. Tout bien calculé, le négociant le plus religieux est obligé de mentir même s'il ne fait pas quelques petits tours qui frisent l'indélicatesse, pour ne pas dire le vol. J'ai acquis la presque certitude que le commerce est le vol organisé.

Je suis dans ma dix-neuvième année, voilà que l'amour me prend d'une façon à m'empêcher de dormir.

Durant les soirées d'hiver, après avoir veillé à la fabrique jusqu'à sept heures du soir, nous soupions et les ouvriers de tous les corps d'état se réunissaient chez une jeune fille du nom de Chérette. Jusqu'à neuf ou dix heures, on y jouait des dizaines de châtaignes rôties. Tel apportait une bouteille de vin blanc, tel autre deux. Chérette était avec sa mère. Sa sagesse était bien établie à Luçon. Dans la journée, la mère et la fille vendaient des fruits et des châtaignes sur la place de l'Église, à dix mètres de notre magasin. Parfois, quand la vieille maman n'avait plus de feu, j'en retirais de dessous mes fers de chapellerie et lui en garnissais son chauffe-pieds. La jeune Chérette feignait de ne pas s'apercevoir de ma prévenance, mais c'était le soir, quand j'allais jouer des châtaignes, qu'elle choisissait les plus grosses pour les mettre à côté de moi.

Souvent, on jouait au loto et elle prenait part au jeu. Chaque joueur misait un sou, celui qui faisait quinze prenait l'enjeu et faisait remise de son sou. Elle tenait la caisse. Lorsqu'il m'arrivait de gagner, je partais ensuite sans me faire régler mon dépôt. Le matin suivant, de bonne heure, arrivant à son étalage, elle entrait dans le magasin et, sans rien me dire, me mettait mes huit ou dix sous sur l'établi. Elle entrait comme une gazelle, s'envolait comme une hirondelle, et mes yeux la suivaient comme le chasseur suit la perdrix en vol. Chérette était jolie comme une Vierge de Rubens, sa taille aussi pincée que le cou d'un cygne, ses couleurs de la plus fraîche rose. Pour moi, débutant en amour, je la trouvais belle à croquer. Cette pauvre Chérette m'aimait. Ce ne fut que vingt-huit ans plus tard que, par hasard, elle put me l'avouer.

Jusqu'en 1816, je suis toujours chez Chassay. La fabrique est réduite à n'avoir pas d'autres ouvriers que mon patron et moi. Durant tout l'hiver, la plupart des journées et des nuits sont passées au café, d'où il revient entre deux vins. Toutes mes soirées à moi se passent chez ma jolie Chérette. J'y eusse bien passé les nuits. L'amour que je ressens pour elle m'aide à m'apercevoir que, de son côté, il y a bien un peu de la même maladie. Dans les réunions avec les ouvriers, mangeant comme moi des châtaignes rôties, la conversation roule plus ou moins fort sur le métier. On dit que celui qui n'a pas fait son Tour de France ne pourra jamais être un bon ouvrier. On ne m'en tient pas rigueur, car on sait bien qu'en mer j'ai fait cent fois l'importance de ce Tour de France, mais c'est comme si j'avais fait le tour du lac de Genève. Ces ouvriers taquins voient bien que Chérette est toute ma préoccupation mais qu'elle n'a pas à repousser de ma part des importunités aussi chatouilleuses que les leurs. Ils ont fait trois ou quatre fois le Tour de France et, à tout moment, ils amènent la conversation sur cette diable de promenade.

On demande un soir à Chérette si elle ne préférerait pas se marier avec un ouvrier qui a fait l'incommensurable tournée plutôt que de s'unir avec celui qui reste auprès du clocher de son village. Chérette répond que, du moment qu'elle serait aimée, peu lui importerait qu'il n'ait fait que le tour de Luçon. Les ouvriers me gouaillent, et, le lendemain, je ne retourne pas manger des châtaignes avec ces grands voyageurs dont pas un n'a servi la République ni l'Empire. Pour Chérette, il me suffit de l'avoir toute la journée, à deux pas de moi, à son étalage de pommes et de châtaignes.

Mon patron tombe dans un dégoût à ne plus sortir du café. S'il vient, par moments, au magasin, il est d'une humeur massacrante. Je revois moins Chérette. Ouvrant la boutique, je les aperçois, elle et sa mère. La vieille maman m'embrasse, mais Chérette ne se presse pas de me tendre son joli cou ; elle ne fait qu'allonger son bras pour que je pose mes lèvres sur sa petite main. Si j'avais eu le temps, et en lui contant d'héroïques histoires, j'aurais bien gagné les deux joues au moins de ma jolie marchande de châtaignes. Le sort en a décidé autrement. Quinze jours après, il me faut quitter mon parrain bienfaiteur et ma jolie Chérette. On vient saisir Chassay. Les larmes aux yeux, il m'annonce qu'il ne peut rester à Luçon.

« Aujourd'hui, mon ami, tu es aussi bon ouvrier que moi. Fais le Tour de France. Je t'ai appris à sécréter les peaux de lièvre, et tu as dû t'apercevoir que pas un des ouvriers que j'ai occupés n'a été initié à ce travail. Pour sécréter les peaux, jamais tu ne manqueras d'embauche. Je suis le seul à Luçon à avoir fabriqué le chapeau fin, castor, lièvre ou lapin, et même le rat. Ce travail ne se fait que dans les grandes villes, et, dans toutes les autres, tu ne trouveras que des fabriques travaillant la laine, faute de savoir sécréter les peaux. Je t'ai encore initié à teindre en noir les chapeaux en poil de lièvre, tu en connais les rouages, les matières qu'il faut et le poids par quantité. Rien que par ce savoir-faire, tu ne seras pas obligé de t'éreinter à fouler, arçonner ni tenir toute la journée dans la main un fer chaud de quinze à vingt livres. Dans les fabriques où tu travailleras, dès que tu feras connaître que tu sais sécréter et teindre le poil de lièvre, tu seras considéré plus encore par les ouvriers que par le patron, qui ne connaît pas toujours cette partie. Tu as dû remarquer que, dans ce travail, nous n'avons jamais été que nous deux. Avec ces connaissances, tu gagneras deux fois plus que les autres ouvriers et tu ne te fatigueras pas la moitié. Si, parmi les ouvriers, un patron a besoin d'un *goré*[1], tu seras choisi de préférence. Ta charge sera de recevoir les chapeaux feutrés sortant de la foule et, comme souvent tu m'as vu faire de tâter les chapeaux avec deux doigts dans tous

1. Goré : premier ouvrier contremaître.

les sens, de façon à voir si le chapeau n'a pas de parties faibles. Pour cette vérification, tu t'y connais aussi bien que moi. Je pars pour Paris après-demain. Dans la même journée, quitte Luçon. Ton livret sera signé de ton maître d'apprentissage et parrain. Prends la route du midi, travaille en route, vois ta mère et embrasse-la pour moi, au commencement de ta carrière. Sois vaillant, honnête, et aime Napoléon qui a pacifié la Vendée. »

Adieu Chassay, adieu ma jolie Chérette, pour ne vous revoir que dans bien des années !

Me voilà cheminant vers Marans.

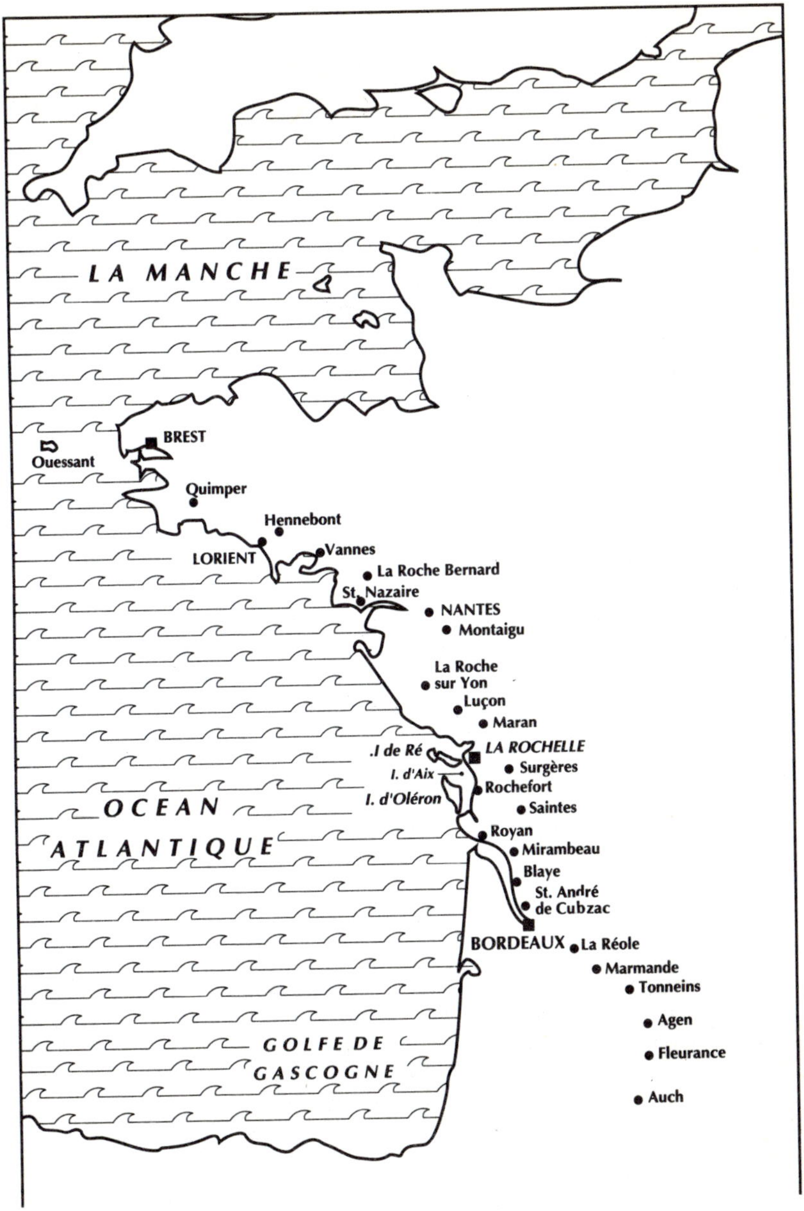

LA MANCHE
BREST
Ouessant
Quimper
Hennebont
LORIENT
Vannes
La Roche Bernard
St. Nazaire
NANTES
Montaigu
La Roche
sur Yon
Luçon
Maran
LA ROCHELLE
.I de Ré
I. d'Aix
Surgères
Rochefort
I. d'Oléron
Saintes
OCEAN
ATLANTIQUE
Royan
Mirambeau
Blaye
St. André
de Cubzac
BORDEAUX
La Réole
Marmande
Tonneins
Agen
Fleurance
Auch
GOLFE DE
GASCOGNE

# 6.

# COMPAGNON SUR LE TOUR DE FRANCE

*Me voilà baptisé pour la troisième fois de deux autres prénoms : je suis Poitevin la Jeunesse.*

Arrivé à La Rochelle, je demande à un ouvrier la demeure de la mère des compagnons chapeliers. A peine suis-je à la porte qu'un ouvrier est devant moi, à un mètre ; il pousse un hurlement pouvant être pris pour celui d'un taureau. N'étant pas encore initié aux signes, attouchements et mots sacrés du compagnonnage, je ne réponds pas. C'est donc que je ne suis qu'un apprenti compagnon. Gravement, celui qui est venu pour me reconnaître revient à la table de ses frères. J'arrive devant eux, on demande un verre. Celui qui me paraît le plus âgé m'interpelle :

« D'où vient le pays ?

— De Luçon. »

A ce nom, un des compagnons qui n'a pas encore levé la tête me fixe :

« Tiens ! C'est le filleul de mon dernier singe Chassay. Je le reconnais, c'est le dernier ouvrier sorti de la fabrique de Luçon.

— Vous n'êtes pas encore bien fort, me dit un autre.

— Pas bien fort, dis-tu ? répond le premier. Eh bien, il est tellement peu fort que, depuis quatre ans que je suis sur le Tour de France, il est le seul que j'aie trouvé qui te foute en tout point un chapeau flamand, rat musqué castor. »

Il vante en détail mon savoir-faire, ce qui me gonfle un peu d'orgueil et me procure la faveur de souper avec les compagnons chapeliers travaillant à La Rochelle. Pendant le repas, on ne parle que des divers singes de la ville, de leur chiennerie, de la plus ou moins jolie figure de leur femme, de leurs familiarités avec les apprentis compagnons, qui n'ont rien à voir avec leur compétence en chapellerie. Pour moi, on me donne l'espoir qu'après avoir travaillé à Bordeaux chez Besson, à La Réole chez Guérineau, on pourra me recevoir compagnon à mon arrivée à Toulouse. C'est très flatteur pour moi, mais je n'ai pas envie d'être reçu « compagnon du Devoir ». En effet, pour être reçu compagnon, il faut avoir travaillé au moins dans deux ou trois grandes villes et, jusque-là, être le petit chien des compagnons qui se comportent en aristocrates vis-à-vis des apprentis. Il en résulte que les meilleurs ouvriers en chapellerie renoncent à être compagnons. Ils sont nommés *droguins*. Entre eux et les compagnons, on est ennemis à se poignarder comme des Espagnols.

Une fabrique ne peut occuper que des droguins ou que des compagnons. Le lundi, principalement, ils vont hors de la ville avec bâtons, cannes, etc. Ils sont tous armés et plusieurs restent sur le carreau. Ils n'ont que faire de la police, et il faut souvent en venir à faire marcher un bataillon d'infanterie et toute la gendarmerie de la ville. Sur la route, deux ouvriers arrivent l'un vers l'autre. Si des deux il s'en trouve un qui a une canne en jonc de quatre ou cinq pieds chamarrée de rubans, il s'arrête, met sa canne en travers à ses pieds, prend la pose et procède au hurlement sacramentel. Il crie : « Top, pays, quelle vocation, chapelier ? » L'autre répond : « Compagnon, non, droguin jusque dans le trou du cul. » Voilà deux ennemis. Ils mettent leur chèvre à terre [1], l'un a sa canne, l'autre un bon gros bâton. Ils vont l'un vers l'autre comme deux dogues. Avec toutes les formes en usage dans un duel à l'épée, on s'attaque, on fait des moulinets, on se porte des coups, de tête, de flanc, d'estomac. Un des deux tombe ; le plus souvent c'est le compagnon qui ne sait où est passé son beau jonc. Le droguin le ramasse, en fait deux morceaux qu'il envoie dans un champ de blé. Il remet sa chèvre sur son dos, ne s'inquiète pas de la blessure de son adversaire et, tranquillement, continue sa route. Il arrive au village ou à la ville, raconte à la mère des droguins sa lutte avec un compagnon. Celle-ci, sans dénoncer le vainqueur, prévient la police qui se rend sur le lieu du combat. Il arrive qu'on trouve l'autre cheminant clopin-clopant, comme aussi il arrive qu'on le trouve à l'agonie. S'il arrive que le combat est gagné par un apprenti compagnon, son initiation en est avancée beaucoup, plus promptement que s'il avait fait un chef-d'œuvre de chapellerie.

Jusqu'après le dîner, je fais semblant de tenir à être compa-

1. Chèvre : sac à dos des compagnons et droguins.

gnon. Je suis droguin. Demain, de grand matin, je serai en route. A quatre heures, je me lève, je prends ma chèvre.

A midi, j'arrive à Surgères.

J'entre chez un fabricant de chapeaux du nom de Marteau.

« Bonjour, patron, bonjour, la bourgeoise.

— Bonjour, jeune homme. Êtes-vous fort sur la laine ?

— Je ne travaille que les flamands.

— Diable, vous êtes fils de maître à Paris ?

— Pas du tout, je sors d'apprentissage à Luçon.

— Il y a vingt ans, lorsque je travaillais à Luçon, on n'y faisait que la laine, la bourre de veau et le chameau. Il paraît qu'aujourd'hui les Vendéens chouans ne veulent porter que des flamands. Jusqu'à un de mes voisins, gargotier des serruriers, qui se donne du flamand ! »

Il a observé le mien et me demande si c'est un chapeau de Paris ou de Lyon. Je lui réponds qu'il est né à Luçon, de lièvres vendéens. Comme il me prend pour un espiègle blagueur, je lui parie un louis que, s'il me donne huit peaux de lièvres, la foule quand il foulera des chapeaux de laine, et la teinture quand il les mettra en noir, j'en ferai un de tout point pareil au mien.

« Mais vous êtes sorti chapelier du ventre de votre mère ?

— Non, c'est mon parrain qui, le jour de mon baptême, mit dans l'eau bénite qu'on me jetait sur la tête une pincée de poil de lièvre. »

Je passe la journée du lendemain à Surgères. Pendant la matinée, je me guinde ; jolie chemise à jabot et à plis, pantalon blanc à la hussarde, gilet de drap bleu, redingote de même, montre en argent de vingt francs, chaîne en doublé or ; je suis ficelé comme un maître chapelier occupant quinze ouvriers. Dans cette petite ville de Surgères, je vois que je fais de l'effet. Par la bourgeoise Marteau, bien des personnes savent que je suis de la Vendée, et que probablement j'appartiens à une famille de chouans nobles aux trois quarts ruinés.

Je consens à travailler chez Marteau. Il a deux ouvriers de la ville qui ne travaillent que la laine. Dans la matinée, il me donne cinq à six onces de poil de lièvre, reste d'une livre que son fils lui a envoyée de Paris. Il emplit ses deux grands paniers de chapeaux de paysans saintongeais, et le voilà parti pour une foire des environs. J'arçonne deux onces de poil, puis deux autres. Je les bâtis et m'en vais à la foule, là où sont les deux ouvriers en laine d'agneau[1]. Nous voilà trois à rouler et dérouler. En trois heures, mes deux flamands sont feutrés. Je me suis servi d'une brosse dure. Sortant de la foule, mes deux chapeaux sont couleur d'or et le feutre uni comme une carte, puis mis sur forme et tiré à poil. A midi, je peux les livrer.

Nous dînons avec la bourgeoise. Les deux ouvriers s'en retournent à la foule pour en finir trois chacun à huit heures du soir. Je n'en ai fait que deux, ils sont finis et je me promène jusqu'au soir.

Marteau arrive, et je lui présente un de mes deux chapeaux. Il le tâte dans tous les sens et le trouve lisse comme une carte. Lui rendant une once de poil sur ce qu'il avait pesé, je lui demande s'il est content.

« Content, bien sûr, car ce chapeau est vendu, commandé depuis deux mois. »

---

1. Voir glossaire chapellerie en annexe.

Le second chapeau n'étant pas éloigné de moi, je le lui mets sous les yeux. Il en devient aveugle. Les deux autres ouvriers font la grimace et un mouvement d'épaules qui me fait bien comprendre qu'il y a chez eux une petite pointe de jalousie. Le patron s'en aperçoit, et on se met à table en ne causant plus de chapellerie.

Le lendemain matin, il me fait voir douze lièvres qu'il a achetés à la foire. Je lui dis que ces peaux ne valent presque rien : ce sont des peaux d'été, saison où les lièvres se battent avec les pattes et les dents en s'arrachant les poils ; il pousse à la place un poil qui ne feutre pas et qui est noir, presque aussi dur que celui d'un jeune sanglier. Quand on dépouille un lièvre tué l'été, on trouve à la place où le poil a été arraché des taches noires. Quand on rase la peau pour retirer le poil, il est absolument impossible de séparer le mauvais poil du bon. La peau d'hiver a le poil très fourré et le cuir n'a pas une tache noire.

Dans ce métier, à l'époque où on trouva le moyen de feutrer toutes les sortes de poils d'animaux, ce fut un titre de noblesse que d'arriver à arçonner le poil de lièvre, lapin, castor, etc. Ceux qui en étaient capables furent autorisés à porter l'épée, comme les premiers ouvriers verriers. Il fallait mettre au moins huit à dix mois pour apprendre le maniement de cet arçon, qui n'est qu'un boyau de corde de harpe tendu sur une barre de bois de cinq ou six pieds de long. La plupart des ouvriers n'arrivaient facilement qu'au travail de la laine et des poils de veau, chameau et chien, ce qui était très fatigant. Le fin, au contraire, était un amusement qui rapportait à l'ouvrier dix fois plus qu'à ceux qui ne travaillaient que le commun. Par rapport à ces derniers, l'ouvrier en fin était un aristocrate, ne travaillant guère qu'à Paris, Lyon, Marseille, Bordeaux et un peu à Nantes. Les autres exerçaient pour la campagne et les pauvres artisans, ce qui faisait dire qu'ils travaillaient « dans les broussailles ».

Depuis près de quarante ans et l'invention des chapeaux soie, le travail du chapeau flamand est devenu si peu lucratif qu'il ne se trouve peut-être pas aujourd'hui en France deux cents bons ouvriers dans ce genre, sinon pour le clergé, la gendarmerie, les officiers supérieurs de l'armée et les suisses des églises. Aujourd'hui, m'a-t-on dit, par un procédé nouvellement inventé, un feutre pour chapeau fin se ferait en moins de temps qu'il ne faut à une hirondelle pour voler des tours de Notre-Dame au Panthéon.

Je travaille chez Marteau quinze jours à lui approprier une vingtaine de chapeaux fins qui lui restent d'une assez grande quantité provenant de commis voyageurs de Paris. Je ne suis pas désireux de travailler à la foule avec les deux ouvriers qui ne font que la laine et, puisqu'il n'a pas de peaux d'hiver ni de poil sécrété de Paris, je dis à Marteau que je ne vois pas mon utilité chez lui. Il a les larmes aux yeux et me fait part de sa position qui est grave, financièrement. Il est endetté. Son magasin est dévalorisé par toutes ces vitrines vides. Si tout était garni, ses créanciers pourraient prendre patience et d'autres commis voyageurs de Lyon, où il ne doit rien, lui ouvriraient un crédit qui pourrait le relever. Il me fait une proposition. Depuis quatre ou cinq ans, il pense à un mariage des plus avantageux pour son fils qui est à Paris, compagnon chapelier. Il s'agit de la fille du sacristain de la paroisse. Ce mariage devrait me convenir. Le père, en la mariant, donne mille écus à sa fille. Sa femme a une sœur célibataire qui a quatre cents francs de rente et dont la nièce est seule héritière. Lui-même, bon an mal an, peut bien mettre de côté trois ou quatre cents francs. C'est le seul bon parti qu'il connaisse à Surgères.

« Est-elle jolie ?

— Oui, autant que ma femme quand je l'ai épousée. »

Pour moi, la femme Marteau, quarante ans, a de bien pauvres restes ! Il imagine une petite ruse pour me permettre de juger si cette fille est à ma convenance :

« A la tombée du jour, ayant l'air de nous promener, nous longerons son jardin ou, plutôt, celui de M. le Curé. A cinq heures, elle y fait des bouquets pour la chapelle de la Vierge. Je causerai avec elle et vous aurez le temps de la voir. »

Ce qui est dit est fait, nous longeons le jardin et je vois la fille. Sous le rapport de l'embonpoint et de la couleur, elle ne laisse rien à désirer. Pour la figure, l'avantage est qu'il ne lui faudra pas de fard pour avoir la peau rouge comme du sang de mouton et que, pour la surveillance des domestiques, elle aura un œil à la cave et l'autre au grenier. Ses bras, courts et gros comme les premières branches d'un chêne, doivent lui permettre de porter facilement deux arrosoirs de chaque main. Sa taille est pincée comme la margelle du puits où elle prend l'eau. Sa bouche peut mordre ses oreilles et si, une fois mariée, elle vient à être enceinte, elle sera plus large que haute. Nous la quittons et Marteau me demande ce que j'en pense.

« Toute réflexion faite, je ne veux pas aller sur les brisées de votre fils.

— Allons, allons, elle ne vous touche pas comme votre marchande de châtaignes !

— Franchement, vous avez deviné. »

La journée se passe sans penser à autre chose. Je réfléchis. Il est bien douteux que Marteau se relève et le plaquer me navre.

Après le dîner, je lui annonce simplement que je partirai le lendemain au petit jour pour Bordeaux et, de là, pour Auch, embrasser ma mère que je n'ai pas vue depuis trois ans.

« Alors, vous me quittez ?

— Je ne vous quitte que pour quelques mois. Au commencement de l'hiver, je reviendrai. Les peaux de lièvres seront de nouveau bonnes. Je vous ferai des chapeaux qui rivaliseront avec ceux de Paris. »

Doute-t-il de ma promesse ? N'en doute-t-il pas ? Il ne répond rien, me met quatre pièces de six francs sur la table et signe mon livret avec la mention que je suis le meilleur ouvrier qu'il a occupé depuis qu'il travaille pour son compte. Cette mention vaut plus que ces quatre pièces de six francs. C'est la première fois que je travaille depuis mon départ de Luçon.

Le lendemain matin, je guinde ma chèvre sur le dos. En route pour Aulnay, petite ville de Saintonge dans laquelle s'est montée une fabrique sur une grande échelle qui n'occupe que des droguins. Pour les compagnons du Devoir, je suis apprenti compagnon. Pour les droguins, je ne veux pas être initié au compagnonnage. Chez les droguins, jeunes et vieux ouvriers sont égaux et pas moins bons ouvriers que les compagnons. Mais, sur la route, je n'ai ni canne ni bâton, je suis navigateur pour m'éviter des affrontements inutiles.

J'arrive à Aulnay chez la mère des droguins. Tous les ouvriers arrivent du travail.

« Bonjour, le pays, d'où vient le pays ?

— De Surgères.

— Vous avez travaillé chez Marteau ?

— Oui.

— Vous êtes son fils ?

— Non. »

Un autre dit que je ne peux pas être le fils de Marteau puisqu'il n'y a que trois semaines qu'il a quitté Paris et que Marteau était de ceux qui lui ont fait la conduite jusqu'à Étampes.

« D'où est le pays ?

— De Luçon, Vendée. »

Dans le nombre, il y en a un qui est de Fontenay-le-Comte, c'est un Poitevin, comme moi.

« Où avez-vous fait votre apprentissage ?

— Chez Chassay. »

Deux autres disent avoir travaillé chez lui et vantent ses hautes connaissances en chapellerie, comme aussi sa bonne camaraderie avec les ouvriers en fin.

« Vous avez travaillé le fin, pays poitevin ?

— Oui. »

A partir de ce moment, je suis baptisé Poitevin.

Il était rare à cette époque que, sur le Tour de France, on vous connaisse sous un autre nom que celui de votre province. On était l'Angoumois, le Tourangeau, l'Angevin, le Lorrain, le Parisien, etc. A ces noms, on ajoutait un autre en rapport avec votre caractère comme : Tape-d'abord, Va-sans-crainte, Bourreau-des-crânes, Joli-Cœur, La Franchise, La Douceur, La Violette. Celui qui était un peu bretteur était nommé Fine-Lame. Pour moi, à ce moment-là, on pouvait joindre « la Jeunesse » à celui de Poitevin. Va pour la Jeunesse ! Me voilà baptisé pour la troisième fois de deux autres noms : Poitevin la Jeunesse ! Celui qui avait nom « Fine-Lame » était de la réunion. Il était de la Corrèze et s'enorgueillissait tellement de ce nom de Fine-Lame qu'il avait dans sa chèvre un briquet coupe-chou [1].

Après Aulnay, passant par Saint-Jean-d'Angély, Saintes, Pons, Mirambeau, Blaye, Saint-André-de-Cubzac, me voilà à Bordeaux. Je n'ai visité aucune boutique broussaillère [2]. La fabrique Besson, rue du Réservoir, occupe une trentaine d'ouvriers, tous pour le fin. Au goré qui me demande où j'ai travaillé, je donne mon livret. Il le parcourt et demande quelle sorte de chapeau je fais le plus facilement.

« N'importe lesquels. »

Il fait la grimace.

« Des oursons peut-être ?

— Ours ou oursons, peu importe, nous allons voir ! »

Il me pèse du poil de lapin et de la plume de lièvre. La plume de lièvre est ce que la bête peut avoir de plus beau comme poil. Elle se prend sur le milieu du dos à partir du cou jusqu'à la queue et sur une largeur de dix à douze centimètres. Ce qu'on appelle plume ou arête, c'est ce poil qui vaut, à Paris, quatre-vingts francs la livre, tout sécrété, et avec lequel on fait les flamands. Le reste du poil, le flanc, le ventre, ne vaut guère plus que le lapin. Les deux réunis ne valent que cinq ou six francs la livre.

Pour le chapeau ourson, on prépare le feutre lapin sans le terminer et on le dore avec du poil supérieur de lièvre. Avec l'arçon, on prépare cinq ou six pièces qui ressemblent à de la ouate. On revient à la foule, sur la chaudière où bout la lie. Avec une étoffe en crin de cheval, on applique une de ces pièces ouatées sur le

1. Briquet coupe-chou : sabre.
2. Boutique d'artisan de campagne ou de petite ville.

feutre en lapin. Cette application se fait avec une brosse que l'on trempe plusieurs fois dans le liquide bouillant dont on fouette la dorure. Le chapeau enfermé dans l'étoffe en crin, on le roule cinq ou six fois, ce qui fait que la dorure s'incruste dans le feutre de lapin. Cette dorure est presque aussi délicate à manier que s'il fallait détacher une toile d'araignée et la tenir sur les doigts sans la briser. L'application, avec des doigts bien exercés, se fait aussi en partie avec le souffle.

Les chapeaux de poil de lapin, dorés avec une demi-once du plus beau poil de lièvre, si l'application en a été bien faite, donnent un poil d'un pouce de long et d'un brillant supérieur. Le flamand revient à douze francs, tandis que l'autre ne revient qu'à quatre francs avec moitié moins de façon pour l'ouvrier. Les ouvriers de tout corps d'état et les « pays » donnent souvent la préférence à ces chapeaux dorés. Le poil en est long, mais l'air seul, très vite, le fait partir et, en peu de mois, on a un chapeau moitié ras-poil, moitié ourson. Avis aux consommateurs : il est préférable de payer un flamand quarante francs que d'acheter un ourson six francs.

Le goré, donc, me pèse ce qu'il faut et son sourire me fait comprendre qu'il doute de mon savoir-faire. A midi, je lui livre mes deux oursons ; la dorure est frisée et de belle couleur. Comme on ne vante jamais le travail de l'ouvrier, les deux chapeaux sont acceptés sans mot dire, si ce n'est seulement « à demain » pour m'en peser deux autres.

Je ne reste qu'un mois à Bordeaux, ma seule ambition étant d'avoir, pour mon Tour de France, un livret signé des fabriques les plus renommées. Je veux me rendre à Auch, chez ma mère, la surprendre sans me faire connaître tout de suite. C'est ce qui arrive trois semaines après.

Ayant quitté Bordeaux, j'arrive à Laréole. La fabrique de Guérineau, chapelier, occupe une vingtaine d'ouvriers. Elle passe, dans la teinture noire de chapeaux fins, pour la meilleure après Paris et Lyon. Bien qu'il n'y ait rien d'aussi difficile à teindre en noir que le poil de lièvre, sans me vanter, j'en connais autant, sinon plus, que les meilleurs teinturiers de France. A Laréole, le travail chez Guérineau est aussi abondant que chez Besson à Bordeaux. Me voilà embauché. J'y travaille quinze jours et, de ce moment, je n'ai rien à raconter : je fais des chapeaux poil de chameau, moitié laine, nommés *mamelouks*.

Je quitte Laréole, couche à Tonneins, Marmande, Guillos, Agen. Arrivé dans cette ville, je me tâte le pouls : si je vais à Auch voir ma mère qui est remariée, ne vais-je pas tomber sur un ours de nouveau mari ? Je penche plutôt pour cheminer vers Toulouse. Mais passer par Auch ne m'allonge que de sept à huit lieues et la curiosité plutôt que l'amour filial me fait me décider. Si je suis froidement accueilli, je m'en moque et je continuerai avec ma chèvre sur le dos.

Je passe la Garonne, traverse Leyrac, couche à Lectoure, ville natale du maréchal Lannes, où habite sa veuve. Le lendemain, par Fleurance, j'arrive à Auch et me voilà au plus grand hôtel, Chez Alexandre. Je m'habille en marin. Chez le perruquier, c'est la fille qui me rase. J'ai de petites moustaches qu'avec de la cire la jeune coiffeuse me fait pointues comme des aiguilles au-dessus d'une mouche au menton. Dans cette boutique, je suis devant la maison de ma mère.

« N'y a-t-il pas près de chez vous une auberge ?

— Juste en face, il n'y a que du vin, mais la femme est assez obligeante pour donner à manger aux personnes convenables et même les loger. Tenez, me dit-elle, la voilà sur sa porte ! »

Je lève les yeux : c'est ma mère !

C'est sa fille qui me rase, J'ai des petites moustaches qu'avec de la cire, la Jeune Coiffeuse, m'établit pointue comme des aiguilles, une petite mouche au menton,

dans cette boutique Je suis devant la maison de ma mère; Je questionne la perruquière, Je lui demende s'il n'y a pas prés de chez elle une auberge, elle me reponte qu'il n'y que vis avis ou on ne vend que du vin, mais ou la femme est aussi obligeante pour donner à manger au personnes Convenable, et même les loge, tenez me dit-elle la voila sur sa porte. Je leve les yeux, C'est ma mère. un froid glacial me saisit, il se passe en un Je ne sais quoi, en une minute, Je reviens à moi, la perruquière sest apperçue de mon subit Changement, elle me demende ceque J'ai, Je lui dis que ce n'est qu'un étourdissement auquel Je suis sujets.

pour m'abituer a ma mère Je la regarde di minutes, me voila presque aussi fort que si Jamais Je ne l'avez quittée, Je la vois rentrer Chez elle, la nuit Commence se faire, Je me rend chez elle avec autant d'aisence que si C'était Chez une mère des Compagnons.

me voila dans la maison
bonsoir bonjour madame.
bon soir Monsieur.
pourriez me faire un morceaux a manger
Je n'ai que des œufs, et du Jambon.
parfait madame, fait moi le plaisir de

me donner une bouteille vin.
à auch, toutes les bouteille, sonts, de la
Capacitée de deux littres, le contenus de
vin ne vaut que 5 sous.
cette tourt (bouteille) devant moi. Je m'enverse
un verre, me voila dans un petit cabinet
ou se couches à la de 5 ans, à lors que
nous quittames Lombes, avec mon père.
l'omelette et faite avec melange de Jambon
au lieux de manger Je bois un segond
1/2 verre, me voila en verve.
une petite fille de trois entre, c'est la
(dernière de ma mère, bonne occasion pour
pour parler enfant.
Je la trouve Jolie à croquer, elle à
nom Frisette.
Je demende a la mère si elle n'as
que cette petite fille, elle me dit quelle
a un petit mioche de 5 mois, en nourrice.
la petite fille, as se bavarde dit que son petit
frère se nomme fiton, ce nom, m'observe
ma mère, est un nom d'enfant, que nous
lui avons donné, par la raison que mon
mari se nomme Lafitte,
a lon Je lui observe, fiton, Frisette,
deux Jolie nom,
frisette, me dit encore ma mère, le nom
lui a été donné par la raison, que mon
père est son parrain et a pour pour nom
Baptême, Frist.
J'ai un peux mon chapeau sur les yeux
Je parle a ma mère sans la regarder

Je ne fais que tatouiller mon omelette.
Je bois plus que je ne mange, ce qui
me donne la force de goguenarder.
demende,
vous ne vous etes pas marié bien jeune
rep.ce, pardon mais j'etais veuve.
(dem.de tous enfans,
rep.ce, oui j'en ai deux, fille et garçon
le dernier est dans la marine et ma
fille chez des parents dans le périgord,
tient votre fils est un confrère a
moi je suis marin.
R.e vous etes marin.
dem.de, et comment se nomme votre fils.
rep.ce Péray
Je me tate le front, Péray, Péray
mais de ce nom j'ai eux un camarade,
Rep.de vous avez eux un camarade de ce nom,
rep. mais oui, et un bon enfant, la premiére
fois nous nous quittames à Brest et il
n'y à que 3 semaines que je l'ai quitté
à Bordeaux.
Je vois que ma mère commence à etre
intriguée, j'écarte un peux la chandelle
elle me demende si je sais de quel pays.
il est.
Je lui répond que je crois qu'il est de
lavendée, mais quil a été élevé à Bordeaux.
ma mère change de couleur, redouble
ces questions.
vous l'avez quitté à Bordeaux que fesait-il
ma fois, comme moi, il cherchait à s'embarquer
pour l'amérique, nous nous sommes décidés

a nous rendre à Marseille pour y trouver un Navire.

nous nous sommes donnés rendés vous ici à Auch, à l'hotel à lexandre. Je la regarde à la derobée, elle tremble elle palit, Je crain que de continuer ma comedie Ça ne lui fasse mal.

Je me sentais la force de continuer jusqu'à minuit.

J'amène mon Camarade Pérayo jusqu'à l'hotel a lexandre, ou Je suis presque assuré qu'il y ait rendus. dans Ce moment Je me tourne devan elle, ses entrailles lui disent, que Je su son fils.

Comme une égarée, elle s'écrie, tu es pérayo, Je l'embrasse, Je l'embrasse, elle allait tomber

Je ranime son Courage, Je lui dis qu faut Cesser Cette émantion, elle pleur Je retient mes larmes, et me force a rire Comme fou

elle dit que Je suis un diable, que l'état de matelot, ma rendus aussi du que les grands Chenés de sa cheminée, que me montre.

il faut quitter les émantions. dans Ce moment Je vais etre présenté a son mari, qui probablement va avoir une surprise, que Je crain plus ou moins agréable, ma mère me rassure, et me dit que la fille, est une pate

# 7.

# RETOUR EN FAMILLE A AUCH

*Je la regarde à la dérobée. Elle pâlit. Je crains que ma comédie ne lui fasse mal.*

Un froid glacial me saisit ; il se passe en moi je ne sais quoi, mais en une minute je reviens à moi. La perruquière s'est aperçue de mon changement subit.

« Qu'avez-vous ?

— Rien, un étourdissement auquel je suis sujet. »

Pour m'habituer, je regarde ma mère plusieurs minutes et me voilà aussi normal que si je venais de la quitter. Elle rentre chez elle, la nuit se fait et j'y vais comme si elle n'était que la mère des compagnons.

« Bonsoir, madame !
— Bonsoir, monsieur.
— Pouvez-vous me faire manger un morceau ?
— Je n'ai que des œufs et du jambon.
— Parfait. Faites-moi le plaisir de me donner une bouteille de vin. »

A Auch, les bouteilles sont de deux litres et le contenu ne vaut que cinq sous. Cette bouteille devant moi, je me verse un verre. Il me semble me retrouver dans un petit cabinet où je couchais à l'âge de cinq ans alors que nous quittâmes Lombez, avec mon père. L'omelette est faite, mélangée au jambon, mais, au lieu de manger, je bois un second demi-verre. Me voilà en verve.

Une petite fille de trois ans entre, c'est la dernière de ma mère et une bonne occasion pour parler enfants. Je la trouve jolie à croquer, elle s'appelle Frisette.

« Vous n'avez que cette petite fille ?
— J'ai aussi un mioche de six mois, en nourrice. »

La petite fille assez bavarde dit que son petit frère se nomme Fitou, mais ma mère précise que c'est un nom d'enfant qui lui a été donné parce que son mari s'appelle Lafitte.

« Fitou, Frisette, deux jolis noms, lui dis-je.
— Frisette, me dit ma mère, parce que mon père est son parrain et a pour nom de baptême Frist. »

J'ai mon chapeau un peu sur les yeux. Je parle à ma mère sans la regarder et ne fais que tatouiller mon omelette. Buvant plus que je ne mange, j'ai la force de goguenarder :

« Vous ne vous êtes pas mariée bien jeune !
— Pardon, mais j'étais veuve.
— Sans enfants ?
— Si, j'en ai deux, fille et garçon. La fille est chez des parents dans le Périgord, le garçon est dans la marine.

— Tiens ! Votre fils est un confrère à moi, je suis marin.

— Ah ! Vous êtes marin !

— Oui, et comment se nomme votre fils ?

— Péray.

— Péray... Péray..., dis-je en me tâtant le front, mais j'ai un camarade de ce nom, un bon enfant. La première fois, nous nous sommes quittés à Brest, et il n'y a que trois semaines que je l'ai quitté à Bordeaux. »

Je vois que ma mère commence à être intriguée. J'écarte un peu la chandelle.

« De quel pays est-il ?

— De la Vendée, je crois, mais il a été élevé à Bordeaux. »

Ma mère change de couleur et redouble ses questions :

« Si vous l'avez quitté à Bordeaux, que faisait-il ?

— Comme moi, ma foi, il cherchait à s'embarquer pour l'Amérique. Nous avons décidé de nous rendre à Marseille pour y trouver un navire. Nous nous sommes donné rendez-vous ici, à Auch, à l'hôtel Alexandre. »

Je la regarde à la dérobée, elle pâlit et je crains que de continuer ma comédie ne lui fasse mal. Je me retourne pour me mettre devant elle et ses entrailles lui disent que je suis son fils. Comme une égarée, elle s'écrie :

« Tu es Péray ! »

Je l'embrasse, je l'embrasse, elle allait tomber. Ranimant son courage, je lui dis qu'il faut cesser cette émotion, mais elle pleure et moi, pour retenir mes larmes, je me force à rire comme un fou. Elle me dit que je suis un diable et que l'état de matelot m'a rendu aussi dur que les grands chenets de sa cheminée qu'elle me montre.

Trêve d'émotion, il faut que je sois présenté à son mari qui, probablement, va avoir une surprise, plus ou moins agréable. Ma mère me rassure en me disant que c'est une pâte d'homme, comme il n'en existe guère, et qu'il sera enchanté de mon arrivée. Mais elle n'est pas très désireuse de lui annoncer elle-même la nouvelle. Elle va chercher un cousin de mon âge, qui me saute au cou bien que nous ne nous soyons pas vus depuis l'âge de cinq ans. Elle lui demande d'aller au-devant de Lafitte. En un quart d'heure, il revient avec lui et c'est mon beau-père à son tour qui m'embrasse, m'embrasse, à n'en plus finir.

Ce brave homme ne veut pas que je retourne à l'hôtel, il faut que je soupe avec eux et que je couche sous le toit paternel. Il emmène mon cousin pêcher des goujons. Il ne faut pas aller loin, la maison et le jardin longent le Gers.

En l'absence des pêcheurs, mon grand-père maternel arrive. Il a quatre-vingt-deux ans et vient de l'église où il est sacristain. J'ai monté une petite surprise au vieux pour égayer le souper et j'ai fait signe à ma mère de n'en rien dire. Il y a aussi une petite-nièce de Lafitte que lui et ma mère élèvent.

Nos deux pêcheurs arrivent avec un grand panier de goujons et un barbeau. Ma mère a fait rôtir quatre poulets. Nous nous mettons tous à table pendant que le poisson frit et, avec les deux bouteilles de vin, il ne manque que le champagne. Ma mère ne mange rien, elle admire son premier-né. Mon grand-père étant à côté de ma mère, vis-à-vis de moi, je commence très sérieusement, le bon vin aidant :

« Monsieur Lafitte et madame, je n'ai pas l'honneur d'être bien connu de vous, mais je suis instituteur, j'ai été élevé au séminaire et mon père voulait faire de moi un prêtre. »

A ce mot de « prêtre », mon grand-père, qui a au moins cinquante ans de service dans l'église Saint-Pierre d'Auch, comme sacristain, lève la tête, se figurant que je vais être nommé curé de sa paroisse. Mais je poursuis :

« Si vous voulez, comme j'ai abandonné la soutane et que je suis assez instruit pour donner des leçons aux jeunes enfants de familles aisées, leur faire acquérir toutes les connaissances de bonne instruction et éducation, écrivant on ne peut mieux, calculant comme M. Carême, je peux aussi enseigner le chant pour être le premier au lutrin et même montrer la danse... »

Jusque-là, le grand-papa ne dit rien.

Je propose à M. et Mme Lafitte d'instruire la petite-nièce qui peut avoir dix ans et la petite fille, qui, bien que jeune, pourra profiter des leçons de sa cousine. Cette enfant paraît très intelligente. Je commencerai par lui donner des leçons d'écriture, de calcul, puis de danse et bien d'autres choses encore.

Le grand-père, jusque-là, n'a fait que lever les épaules, mais sa mine change quand j'en viens aux conditions.

« Pour ma rémunération, voici ce que je demande : la table, le logement, le blanchissage et seulement mille francs par an. »

Le grand-papa regarde son gendre, qui répond que, si ces conditions conviennent à sa femme, il accepte. Mon cousin Gril appuie, ma mère répond : Oui. Le bonhomme lui touche le bras et lui dit en patois :

« *Es foli, aquel gouyat es un charlatan !* »

Comme je continue à faire valoir toutes mes connaissances, il se met en colère et menace de provoquer un conseil de famille si son gendre et sa fille sont assez bêtes pour accepter mes propositions. Je vois qu'il va se fâcher pour de bon et je cesse ma blague. Je m'adresse à lui en patois :

*« Grand païï quis se boudri bou disé dus mots à l'aouirèlo ?*
*— Nou boï pas entené are de bous qu'é un charlatan !*
*— Que souy lou iil Péray !*[1] »

Je l'embrasse vingt fois, il pleure, me demande pardon de m'avoir insulté, la comédie cesse, tourne au pathétique...

Nous allons nous coucher. Ma mère vient dans ma chambre et, jusqu'à quatre heures du matin, reste assise au chevet de mon lit, me demande ce que j'ai fait depuis six ans. Je lui raconte mon passé et lui dis qu'en définitive je suis marin et chapelier. Elle me fait le reproche de ne jamais lui avoir écrit, et je lui confesse franchement que son second mariage m'avait porté à croire que je n'avais plus de mère. Mais, à compter de ce jour, je l'aimerai comme à l'âge de six ans et j'aimerai son mari comme mon père.

Dans la matinée qui suit, elle me fait voyager dans toutes les rues d'Auch chez tous les parents et connaissances : je suis un événement. Le lendemain, Lafitte m'emmène voir ses travaux de route à Rabastens. Femmes et enfants, au nombre de cent au moins, ramassent dans les champs des cailloux dont le plus gros n'a pas la taille d'un œuf. Son associé est malhonnête et tout tourne mal. Il ferme l'entreprise et perd tout ce qu'il possède à l'exception de trois pièces de vigne et une part de la maison paternelle.

Mon grand-père meurt cinq ou six mois après mon arrivée, et c'est alors que Lafitte me propose de monter une petite fabrique. Il vend deux pièces de vigne et nous achetons deux chaudières

1. « Grand-Père, puis-je vous dire deux mots à l'oreille ?
— Je ne veux rien entendre d'un charlatan !
— Je suis le fils Péray ! »

en cuivre, l'une à teindre, l'autre à fouler. Une provision de peaux de lièvres et de lapins, puis des formes, des fers et bien d'autres outils avec les drogues épuisent l'argent de la vente.

Je prépare mes peaux, les rase, ce qui dure quinze jours. J'arçonne, bâtis et foule en quinze autres jours et j'ai quarante chapeaux prêts à teindre. Jusque-là, le travail a marché selon mes désirs. Je teins, sans savoir si ma teinture arrivera à la qualité de celle de Paris, à ce beau noir, à son éclat. Mes chapeaux teints, je les apprête, les dresse, les garnis. Bien finis, ils laissent beaucoup à désirer par rapport à ceux de Paris. Je les établis dans un petit magasin où plusieurs voisins, pour m'encourager, me font vendre. Je travaille tout l'hiver.

J'achète des peaux, mais celles du Midi sont loin d'être aussi belles que celles de la Vendée et de la Bretagne ; elles sont bien plus petites. Je parcours la région jusqu'à Toulouse pour les fournitures.

Je n'ai que vingt et un ans et je ne suis pas guéri de mon amour pour ma jolie Chérette. Confidentiellement, j'écris à une de ses amies pour demander une petite mèche de ses cheveux. Elle me l'envoie, bien arrangée, dans la lettre. C'est la première qui m'ait fait battre le cœur. C'est une petite tresse de cheveux couleur d'or, et je tremble comme si j'avais une épée sur le cœur. Je tourne, retourne la tresse, l'entortille à mon bras, puis au cou, où je la laisse sous ma cravate qui la couvre. Puis je la mets au-dessus du coude, où il me sera plus facile de la voir. Seule ma chemise la cachera.

Un dimanche matin, restant au lit plus que de coutume, la manche de chemise relevée de façon à laisser à découvert la jolie tresse, talisman qui est presque la moitié de ma Chérette, je dors. Ma mère entre et vient me poser les lèvres sur mon front. Elle aperçoit la tresse. Éveillé, je veux la couvrir. Elle me demande en patois :

« *Quès aco a quelo entourtillado ?* »

Elle cherche à me découvrir le bras et je m'y oppose.

« Enfin, dit-elle en riant, il faut que tu me fasses voir ce cordon ! »

En riant aussi, je refuse.

« Allons, allons, je vois ce que c'est, tu ressembles à ton père qui, peu de jours après notre connaissance, me demanda de mes cheveux. Je ne savais ce qu'il voulait en faire et je m'en suis coupé une poignée aussi grosse et longue que la queue d'un jeune cheval. Il s'en fit une tresse dont il s'entortilla le bras à cinq ou six tours. Pendant toute la guerre de Vendée, cette tresse est restée à son bras. A Nantes, il fallut le saigner. Il la retira, me la remit, oublia de me la réclamer et, depuis cette époque, elle roule dans mon armoire. »

Je demande qu'elle me la donne pour me l'entortiller autour de l'autre bras.

« Tu as été marin, me dit-elle, je gage que ta tresse est celle d'une de ces filles complaisantes qui donnent leurs cheveux au premier venu. »

Sur cette observation, je reprends mon sérieux et lui raconte mes premières amours.

« Eh bien, fais-la venir !

— Je ne peux pas !

— Alors, donne-moi cette tresse, je vais la mettre avec celle de ton père. »

Je lui fais un petit pied de nez.

Mais voilà une vraie tuile qui me tombe sur la tête. J'ai vingt et un ans et on a tiré pour moi, à Luçon, pour la conscription, le numéro 17. Avec cinq ou six cents francs, je pourrais bien me faire remplacer, mais j'appartiens à la marine jusqu'à soixante ans. Un gendarme apporte l'ordre de la mairie d'Auch de me rendre à Luçon ou, si je préfère, de me faire délivrer une feuille de route pour Toulon pour me mettre à la disposition du préfet maritime.

Et voilà que je me mets dans la tête de n'être ni soldat ni marin. Je partirai pour Bordeaux et, de là, si je trouve un navire américain, je m'embarquerai pour un port du Nouveau Monde. Le lendemain, sans dire adieu, je suis en route. J'ai pris la voiture jusqu'à Valence-d'Agen. Dans cette petite ville, je trouve deux ouvriers qui, comme moi, ont travaillé à Aulnay et qui me demandent si je veux travailler quelques jours dans une assez bonne fabrique de la ville, chez Daurade. Cette fabrique est hors ville et je ferai en sorte d'éviter les gendarmes puisque je suis réfractaire.

Ayant travaillé une semaine, on me paie et le patron me demande mon livret. Un décret nouveau exige que les livrets d'ouvriers soient signés du commissaire de police ou du maire de la dernière ville où ils ont travaillé. Mon livret n'a pas encore ces signatures. A Agen, je m'embarque sur une sapinière pour Bordeaux, où j'arrive après deux jours sur la Garonne.

Comme j'ai déjà travaillé chez Besson, il est probable que l'on ne me demandera pas tout de suite mon livret. J'y travaille de nouveau et je couche chez la mère des compagnons. Huit jours se passe et on fait la paye. La mère des compagnons me tracasse pour coucher mon nom sur son livre. A la fabrique Besson, il faut que le goré, chaque quinzaine, donne les noms de ceux qui viennent d'y travailler. Me voilà obligé de quitter Besson et la mère des compagnons.

J'ai un peu d'argent, je ne suis pas embarrassé pour les repas et, dans la journée, je parcours la campagne. Le soir, j'entre en ville, je m'enquiers de quelque petite auberge où les paysans des environs descendent et où la police ne vient que rarement.

Chaque soir, un panier à la main, j'arrive dans une auberge, me donnant de telle ou telle localité des environs. Jamais deux fois dans la même : un soir, hors barrière, route de Toulouse ; un autre soir, route d'Espagne, ou route de Bayonne, de Pessac, de Mérignac, Caudéran, chemin du Médoc... Mon pauvre argent file, file. J'ai fait toutes les auberges de ces localités. Oisif, j'ai le temps de reconnaître tous les navires qui viennent d'Amérique ou qui y partent. Je m'informe des auberges où, parfois, les capitaines descendent. Si j'en aperçois un qui déjeune, je me fais servir à manger à côté de sa table. S'il ne parle qu'anglais, je tâtonne et, s'il baragouine le français, je lui demande s'il part bientôt et s'il a besoin d'hommes. Tel a son équipage au complet, tel autre a bien un homme de moins à l'hôpital, mais il s'en retourne en se passant de lui.

Menant cette vie depuis trois semaines, il ne me reste plus d'argent. J'ai une montre et j'ai fait mettre un clavier en or à la tresse de cheveux de ma pauvre Chérette. Montre et tresse s'en vont chez « ma tante [1] ». Des deux, je tiens surtout à la tresse. J'écris à ma mère, lui demandant cent francs et les effets que j'ai laissés à la maison. Je reçois le tout trois jours après. Je vais retirer la montre et la tresse, mon talisman, mais il faut maintenant que je gagne ma vie.

Quatre ou cinq cents ouvriers travaillent au pont de Bordeaux. Un dimanche matin, je vais à l'entrée du chantier, devant la porte

1. C'est le « mont-de-piété », organisme municipal de prêt sur gage.

des Salinières, et vois que l'on paie aux ouvriers à tour de rôle leur quinzaine. Suivant les corps d'état, on gagne plus ou moins, mais les manœuvres n'ont que quarante-cinq sous. L'état de chapelier n'est guère en rapport avec la construction du pont. Je ne suis ni tailleur de pierre ni charpentier, et, si je suis accepté pour contribuer un peu à l'érection de l'ouvrage, je ne peux y travailler que comme manœuvre ou terrassier.

La paye faite, les ouvriers se retirent et je vois qu'à la sortie plusieurs forts gaillards attendent à la porte, chapeau ou casquette à la main, un homme qu'ils prient, sans doute, de les embaucher au pont. Je remarque, à sa prononciation, que le sollicité est béarnais ou gascon. Avec un autre, il se dirige vers une auberge pour déjeuner. Deux minutes après, je vais aussi m'y installer à une table près d'eux. Ils parlent gascon. Le béarnais diffère un peu du patois du Gers, et je suis sûr qu'ils ne sont que peu éloignés d'Auch. Je n'ai demandé comme vin qu'une pinte de six pour qu'à ma discrétion sur la boisson ils comprennent que j'en suis à mes derniers sous. Je mange passablement mais bois avec modération ma pinte de six avec beaucoup d'eau. Une pinte de six n'est que le sixième du litre, alors que, devant eux, ils ont un litre chacun, aux trois quarts vide. Je leur fais pitié, et l'un d'eux m'offre un verre.

« De quel pays êtes-vous ? »

En patois, je réponds :

« *D'Aouch.* »

Il me tape sur l'épaule.

« *Geoms pays ! Quinney bostrès état ?*

— *Capellé.*

— *Oun tribalias ?*

— *Enn loc.*

— *A Bourdeou, oun damouras ?*

— *Pertout, la neit qué souy den toutos las caréros*[1]. »

Il se trouve que l'un d'eux est un petit-cousin du pauvre Lafitte. Sans la moindre crainte, alors, je leur dis ma position. Le premier me propose de venir coucher chez lui pour la nuit. Le matin, il m'amènera au chantier où je serai embauché. Il a une trentaine d'ouvriers sous ses ordres et je serai du nombre.

Je suis accepté. Au matin, nous traversons la Gironde. Me voilà dans un fossé qui a trois mètres de largeur et une profondeur d'au moins huit pieds. Ceux qui ont une pioche creusent et les autres, avec une large pelle, envoient les terres sur le talus, huit ou neuf pieds au-dessus. Peu habitué à envoyer des pelletées de terre à cette hauteur, manquant de force et d'adresse, je ne les envoie qu'à demi et elles me retombent sur les pieds. Tout le monde rit.

L'heure du déjeuner arrive. Dans les chantiers, il y a une gargotière qui, pour un sou, vous trempe une soupe dans un fort bol en terre verte. Après le potage vient la portion à deux sous : foie de bœuf en sauce, gras-double, pieds de bœuf, haricots rouges et blancs, les deux sont tendres comme ils l'étaient dans le sac. Cette gargotière n'a pas le droit de vendre du vin. Mon pays piqueur, lui, avec sa journée à quatre francs, mange à l'auberge où, la veille, j'ai déjeuné près de lui.

La journée finie, il vient vers moi. Le lendemain matin, j'irai travailler avec son confrère à retirer de l'eau des arbres qui, au bord de la rivière, font comme des radeaux. A ce travail, on nous place une vingtaine sur une corde. Le premier en tête chante

1. « D'Auch — Nous sommes pays ! Quel est votre état ? — Chapelier. — Où travaillez-vous ? — Nulle part. — A Bordeaux, où demeurez-vous ? — Partout, la nuit je suis dans les rues. »

comme on chantait à bord de la frégate la *Pallas* : « Ho… Ho… » Tous à la fois il faut tirer sur la corde en criant : « Hourra ! » Pendant sept ou huit tirées, je tire bien comme les autres et, pour crier hourra ! je prononce mieux que beaucoup ce mot anglais ; mais je me fatigue et j'en viens à crier sans tirer. Si tous avaient fait comme moi, l'arbre serait resté à flotter du matin à la fin de la journée. Ce travail était celui qui me convenait le mieux : je faisais très bien le mouvement avec les autres en criant hourra ! mais, à moi seul, je n'aurais pas amené de la rivière le chalumeau avec lequel les portefaix, sur le port, pompent leurs trois six d'eau-de-vie.

Deux jours se passent à ce travail, puis on me met à un autre où il n'y a pas à carotter. Il faut, à deux, porter des moellons et des pierres, saisir les brancards et enlever les matériaux. A dix heures, j'ai les bras et les doigts écrasés. Si je continue ce travail, la peau des mains, demain, sera descendue au bout des doigts. Pour porter ces charges, j'ai affaire à des gaillards qui ont des mains comme des épaules de mouton, tous limousins ou auvergnats. Tous les quinze pas, il faut prier celui qui porte avec moi de poser un peu. Il s'impatiente, se moque de ma faiblesse et les autres rient. Ce travail paraît devoir continuer toute la semaine et, si je perd trois ou quatre jours, on me priera de rester chez moi. Je ne fatigue que des mains et des bras, les reins pouvant résister. Il me vient alors une petite idée : je vais sur les fossés bourgne où sont des fabricants de chaussons de lisière de drap. Pour une quinzaine de sous, j'ai cinq ou six mètres de forte sangle que je monte en bricole. En reprenant le même travail, j'ai mes bricoles sur les épaules, ce qui fait rire. Je passe l'anneau dans chaque brancard et je porte sans fatiguer mes bras ni mes mains. C'est à celui qui porte avec moi de me demander, au milieu du parcours, de nous reposer. Un employé du Génie arrive et rit, d'abord, de mon moyen, mais les autres prétendent que je ne suis pas plus fort qu'une puce, et il se contente, cette fois, de sourire.

La vieille gargotière a un cahier barbouillé de l'écriture de sa nièce, qui l'aide dans la distribution de son bouillon de choux fait avec du lard rance. Le dimanche matin, au moment de la paye, la gargotière remet son livre au payeur qui retient à chacun ce qu'il a pris à crédit en potage et ratatouille. Le débiteur conteste le chiffre qu'on lui réclame et la gargotière discute. Le payeur s'impatiente et envoie paître la créancière et le consommateur. Il arrive que ce dernier ne revienne plus travailler. Cette quinzaine, elle a perdu près d'une quarantaine de francs en raison de la difficulté à déchiffrer les comptes de la nièce.

Je lui offre mes services pour tenir son livre. Elle accepte. A chaque repas, j'inscris ceux qui prennent à crédit et ne mange qu'après le départ de tous les consommateurs. La patronne a pour elle et sa nièce un poulet froid et du jambon glacé. Elle me donne la moitié du poulet et dit à sa nièce de prendre une sardine. A la place de mon pain, qu'elle me fait mettre de côté, elle me donne un chouanne sorti du four de bon matin. Elle a décacheté une bouteille de vin vieux dont je bois au moins la moitié. La nièce boit de l'eau. Pendant une quinzaine, je tiens les notes, la nourriture ne me coûte presque rien et je couche toujours chez le piqueur gascon.

Arrive le jour de la paye. La vieille, le samedi soir, me fait venir chez elle pour y relever le compte de chacun de ses débiteurs. Je lui torche ça de ma plus belle écriture avec traits de plume, accolades à main levée, broderies de trèfles, elle n'en a jamais vu d'aussi riches. Le matin, elle remet son compte au payeur qui lui demande si elle n'a pas fait venir de Paris le maître d'écriture en retraite du roi de Rome. Ce farceur de payeur en tenait plus pour les Bourbons que pour Napoléon. Sans réclamation, on lui règle intégralement son compte et elle en est si contente qu'elle m'embrasse. Je ne lui étais pas aussi reconnaissant de cette embrassade que de ses poulets froids, de son jambon glacé et de ses côtelettes.

Il y a un mois que je travaille au pont de Bordeaux qui a été ordonné et commencé en 1807, alors que Napoléon déclarait la guerre à l'Espagne. C'est à l'Empereur que l'on doit ce bel ouvrage.

Encore un mois et on suspend les travaux. Mon piqueur gasçon retourne en Gascogne, et je lui remets une lettre pour ma mère. Lui parti, me voilà de nouveau inspecteur de nuit des pavés de Bordeaux.

# 8.

# RÉFRACTAIRE A SERVIR LES BOURBONS

*Une petite herbe qui a la fleur violette : c'est la « sainte orée ».*

En parcourant les rues de Bordeaux, je remarque, rue Boutrant, une petite boutique occupée par un juif nommé Dessoria. Je le vois qui, au milieu de cent à cent cinquante vieux chapeaux, en retire coiffes, cuirs, bourdalous et lisérés. J'entre et lui dis que je suis nioleur [1].

« Si vous ne voulez pas me faire payer trop cher la journée, je vous occuperai. J'achète, en parcourant les rues de Bordeaux aux

1. Nioleur : retapeur de vieux chapeaux.

cris de "Vieux habits, vieux galons, vieilles bottes et vieux chapeaux". Je vends les chapeaux à un nioleur, les rubans à un autre. »

Je lui propose de lui monter un petit magasin de chapellerie, m'engageant à lui faire des chapeaux neufs de ces vieilleries.

Certains n'ont été que très peu portés, tel a une grosse tache d'huile, tel autre a été aplati par un coup de canne ou de bâton et sur tel autre un ivrogne s'est couché en s'étendant dans le ruisseau. Les plus dégoûtants ne sont pas les plus difficiles à remettre à neuf, et je me garde bien de lui en faire la remarque. Mais, pour le travail, il faut des outils et il n'en a pas un. Il ne sait même pas où se les procurer. Je lui en fais la liste. Devant l'importance et le coût des articles, il est effrayé. Sa situation n'est pas brillante : marié depuis deux mois, ni sa femme ni lui ne possèdent un sou.

Dessoria a emprunté à une vieille richarde juive deux cents francs sans intérêts à condition de la rembourser dès que son travail de crieur de vieux habits lui permettra de vivre. Sur les deux cents francs prêtés, il a fallu acheter un lit et bien d'autres petits objets de ménage. Pour le moment, il ne lui reste que cent francs et tous ses vieux chapeaux. Il revend dans la même journée tout ce qu'il achète. Pour les outils de chapellerie, j'ai calculé qu'il faut trois cent cinquante à quatre cents francs. La même bienfaitrice les lui prête, faisant confiance à sa nouvelle entreprise avec moi.

Nous allons chez le tourneur, où tous les outils en bois sont prêts. Dans la même journée, nous trouvons au dépôt tous les autres outils et fournitures, à l'exception d'une grande chaudière en cuivre que nous trouvons par hasard chez un marchand ferrailleur. Nous voilà avec un magasin de chapellerie mirobolant qui n'a que de vieux chapeaux. Pour avoir promptement des chapeaux à vendre, je choisis les meilleures de ces vieilleries et, en deux jours, en remets en état deux douzaines.

Pour cesser, la nuit, d'être inspecteur des pavés de Bordeaux, je demande à Dessoria de me laisser coucher dans un petit cabinet qui jouxte le magasin. Je donne comme prétexte que mon logement est à l'extrémité de la ville et qu'il me faut perdre trois quarts d'heure, chaque matin, pour me rendre chez lui.

Je travaille.

Il y a des chapeaux dont le bord seul peut servir, la tête ayant été emportée par un coup de bâton. A d'autres, il ne reste que la tête, la moitié du bord emportée. Ils peuvent n'avoir servi que huit jours. Remettre le bon bord de l'un à la bonne tête de l'autre s'appelle « hanter » un chapeau ; le ruban, avec la boucle, cache la hanture, et l'article est aussi neuf que s'il sortait des premières fabriques de Paris.

La vente au magasin marche très bien et je peux à peine fournir assez de chapeaux niolés. La femme Dessoria vient m'aider à vendre, et je lui apprends à garnir. Dessoria me donne un apprenti et il lui prend l'envie de fréquenter les foires. Dans celles des Landes, il a écoulé cinq ou six douzaines de vieux chapeaux. A Salles, commune à six lieues de Bordeaux, il ne peut suffire et me propose de venir avec lui. Le samedi soir, il me fait emplir deux grands paniers, et, le lendemain matin de bonne heure, nous les embarquons dans un bateau qui se rend à cette foire. A la sortie de la messe nous tombent sur le dos les plus riches Landais des environs.

Le premier jour, nous écoulons les deux tiers de nos niolles. La foire dure deux jours et, le lundi à midi, il ne nous reste que celles auxquelles, malgré mon adresse, je n'ai pu donner l'allure de chapeaux neufs. A une heure de l'après-midi, il me propose de rentrer à pied à Bordeaux, sans lui, pour que je sois, dès le lendemain matin, au travail à lui nioler de nouveaux chapeaux.

A deux heures, je suis en route pour faire six lieues en quatre heures. Je dois les escarpiner[1], mais j'ai compté sans ces chemins des Landes qui, par moments, n'ont pas plus de quatre pieds de largeur. Le sol n'est que sable fin. Après quatre heures de marche, je n'ai fait que deux lieues et il m'en reste quatre. La nuit arrive, je ne reconnais plus le sentier ; les pins s'élèvent au-dessus de ma tête comme les flèches de Saint-André. Par moments, j'aperçois des fours de fonte de résine. J'ai entendu raconter qu'il est arrivé à des voyageurs d'être envoyés dans ces fournaises. Bien que je ne sois pas peureux et que je n'aie que peu d'argent, ce racontar me revient en mémoire. Parfois, je bute sur un arbre abattu ou sur des bûches, des fagots. Je ne fais pas un kilomètre par heure.

Je vois enfin une lumière, c'est une ferme. La porte est ouverte et deux mèches de résine éclairent une grande cheminée. Un homme et deux femmes sont dans cette pièce. Avec les salutations les plus humbles, je demande si on veut bien me rendre le service de m'abriter pour la nuit. On ne me laisse même pas le temps d'expliquer la raison pour laquelle je me trouve sur la route à une heure aussi avancée ; on ne me menace pas mais, avec brusquerie, en patois, on me dit de me retirer car le propriétaire de la ferme leur a expressément recommandé de ne recevoir personne, pas plus de jour que de nuit. J'ai beau leur assurer que je suis honnête homme, ils n'entendent rien et me menacent alors de me

1. Escarpiner : marcher avec des chaussures ordinaires.

jeter à la porte à coups de bâton. En me retirant, j'entends qu'ils disent en patois que je dois faire partie d'une bande de voleurs.

J'imagine que je vais me trouver devant cette bande de voleurs et, longeant hangars et remises, la peur me fait pousser le portail de la dernière : c'est une étable à bœufs où j'entre et me jette sur la paille. Vers minuit, la porte est poussée avec fracas, des paysans entrent, chacun avec un fusil de chasse, trois femmes portant des torches. L'un d'eux me voit et aboie comme un chien dogue : « *Lou baqui* » (le voilà). Tous se tournent alors de mon côté et me tiennent en joue. Trois des plus forts me sautent dessus, me tordent les bras, me les attachent derrière le dos. Ils me font lever et m'amènent dans la maison où j'avais demandé l'hospitalité. Le feu est allumé et ils sont assez humains pour me faire une place au foyer tandis que plusieurs font les cent pas, le fusil sous le bras. Je les entends dire que, s'ils m'avaient aperçu debout, je recevais un feu de peloton. J'ai donc couru plus de risques dans les bois des Landes que pendant ma campagne dans le bocage vendéen.

Le jour arrive. En escorte avec six de ces braves, nous partons dans les grands pins, mes deux mains attachées et le sol pour mes pieds comme le désert d'Afrique. Ensuite, la route de Bordeaux est pavée et je marche sur du ferme. Je décharge mes souliers du lest de sable qui m'a mâché les pieds au point que je souffre plus sur le pavé que dans la lande. Voici la barrière de Talence où je commence à réfléchir à ma situation de réfractaire. J'ai, bien entendu, compris que ces braves me conduisaient devant le commissaire central.

Pour l'arrestation, je ne suis pas bien inquiet, mais le chiendent est ma situation de réfractaire. Me voilà au violon de la mairie. A l'époque, elle était sur les Fossés Bourgogne, devant le Grand Marché, le vaste bâtiment étant aujourd'hui une caserne d'infanterie. Je dois paraître devant le commissaire qui s'appelle Labrou. C'est un vieillard de soixante ans, royaliste. Il ne m'offre pas de chaise, pas plus qu'à mes six captureurs qui sont là, le fusil sous le bras. Lunettes sur le nez, il procède à l'interrogatoire en commençant par le pays d'où je suis.

« Je suis de Bordeaux.

— Votre âge ?

— Dix-huit ans.

— Votre nom ?

— Péray.

— Que fait votre père ?

— Mon père a été tué en Espagne, vétérinaire dans les grenadiers de la garde impériale à cheval.

— Ce vétérinaire n'était-il pas établi sur le cours du Jardin Public ?

— Oui, monsieur.

— A quoi êtes-vous occupé ?

— Je suis chapelier. Je travaille dans un magasin, rue Bouhant, chez M. Dessoria. »

Je lui raconte mon aventure de la veille et la façon dont, humblement, j'ai demandé l'hospitalité au fermier.

« Fichus abrutis, dit-il, vous avez eu peur d'un enfant sans armes. S'il n'avait pas eu de sang-froid, vous l'auriez fusillé comme un chien enragé. Allez, sauvages que vous êtes, une autre fois soyez plus physionomistes. Vous êtes toujours les mêmes ! »

Dessoria, qui a été averti, vient donner sur mon compte toutes les références désirables.

« Allez, mon enfant, soyez aussi honorable que votre père qui a été mon vétérinaire. »

Je le remercie et, avec mon patron, nous retournons au petit magasin. Tous les voisins juifs attendent mon retour et me prodiguent force poignées de main.

Je reprends mon travail. Deux mois se passent.

Me voilà encore traqué. A côté du magasin, il y a une petite auberge où je vais prendre mes repas et j'ai remarqué que le commissaire de police, en passant devant la porte, regarde ce que je fais. Il a demandé à Dessoria si je suis bien de Bordeaux. Celui-ci a répondu qu'il ne me connaît que sous le nom de La Jeunesse. Je ne dis rien, mais je commence à sentir autre chose que la violette. Alors que je vais déjeuner, l'aubergiste me fait signe de passer avec elle dans le corridor et en ferme la porte derrière elle.

« Jeune homme, me dit-elle, je crois que c'est vous que le commissaire recherche. »

Il ne m'en faut pas davantage pour comprendre la situation. Je lui prends les mains, la remercie et sors par la porte du corridor. Évitant d'entrer dans le magasin, je prends la rue en face et je joue des jambes. Mes nippes restent chez Dessoria. J'ai dans ma ceinture deux cent cinquante francs. Vogue la galère !

Chez un fripier, je brocante mes effets pour d'autres qui peuvent me faire passer pour quelque écrivain de bureau. Le plus difficile est de trouver où coucher. Je me tiens dans les quartiers les moins fréquentés par la police, les Chartrons. Je ne prends mes repas que dans les auberges où mangent les capitaines de navire. Capitaines et matelots n'obéissent qu'aux gendarmes de la marine qui n'ont rien à voir avec la police de la ville. A part les repas pris dans ces établissements, je prends les autres sur le pouce.

En déjeunant dans une auberge sur le quai de Bacalan, je remarque le second d'un navire de Nantes. Je n'ose engager la conversation, mais c'est lui qui, sans façon, me demande de quel pays je suis.

« De Luçon, en Vendée.

— Ah, Luçon ! J'y étais, il y a deux mois avec un lougre qui chargeait du blé de chez M. Robert. Foutue navigation que votre port de Luçon ! Vous avez un canal qui n'est pas plus large que notre lougre et qui a au moins neuf milles de long[1]. A votre tenue, je vois que vous n'êtes pas marin !

— Je l'ai été quelques mois.

— Et à bord de quelle barque ?

— La *Pallas*.

— Voulez-vous continuer à naviguer ?

— Oui, mais seulement pour aller aux États-Unis.

— Qu'allez-vous y faire ?

— N'importe quoi. Je veux retirer de dessus mes épaules l'obligation d'appartenir jusqu'à soixante ans à la marine de l'État. »

Je lui montre mon congé provisoire, et il me dit que je fais bien. Il m'approuve encore quand je lui fais part de ma situation de réfractaire et de mon désir de me sauver du service de l'armée de terre comme de celui de la marine.

« Faute de papiers en règle, il me faut passer toutes les nuits à battre les pavés de la ville.

— Malheureusement, je ne pense pas aller de sitôt au États-Unis, car, si j'y allais comme capitaine ou second, je vous ferais

1. Jusqu'à l'anse de l'Aiguillon.

passer par-dessus bord[1]. Je vais voir quels sont les navires américains sur le port et je vous aiderai auprès d'un capitaine pour qu'il vous prenne. En attendant mon départ, vous viendrez coucher à mon bord. Si nous ne trouvons rien, tirez-vous d'affaire comme vous pourrez pendant mon voyage, qui ne sera pas long. Avez-vous de l'argent ?

— Merci, j'ai de quoi attendre. »

Je couche sept nuits à son bord ; il dit à son équipage que je suis un passager pour Anvers. Il va lever l'ancre. Il a parlé pour moi à un capitaine américain qui n'a pas accepté de me prendre « par-dessus bord ». Pour que j'aie un abri, un de ses amis, capitaine d'un chasse-marée de Saint-Malo, accepte que j'aille coucher à son bord, et même que j'y mange si je veux, mais il me demande de quitter ma redingote et de m'habiller un peu en marin. Je lui fais observer que ce costume m'abrite beaucoup plus de la police que celui de marin, et je lui exhibe, à lui aussi, le congé provisoire prouvant que j'ai fait croisière sur la *Pallas*.

« Je me souviens qu'un de mes cousins y a fait cette dernière campagne comme aspirant de 1re classe. »

Ce capitaine approuve donc ma résolution de me sauver vers l'Amérique. Je couche à son bord et, souvent, avant de descendre à terre, je déjeune avec lui.

La moitié de ses voiles sont trouées et je demande au second si je peux les raccommoder. De celles qui ne valent plus rien, je fais des pièces pour raccommoder les autres. Comme le capitaine trouve que je répare ses voiles aussi bien que sa femme remet ses chemises en état, il me propose de vérifier la série de ses pavil-

1. Par-dessus bord : caché à bord sans être porté sur le rôle.

lons. Quand j'ouvre le coffre à compartiments qui les renferme, un vol de souris me saute à la figure. Elles ont rongé la plupart de ces pavillons.

Me voilà couturière. Pendant ces quinze jours de raccommodage, je mange et je couche à bord. Le second a cherché pour moi des capitaines américains, mais pas un ne veut me prendre « par-dessus bord ».

Le navire chargé, le capitaine ne peut m'emmener à Nantes, faute de passeport. A l'arrivée, la police exige que soient donnés les noms des hommes de l'équipage et des passagers. Il me conseille de me rendre à Nantes comme je pourrai et de rejoinde son bord. Le navire lève l'ancre et, le même jour, je quitte Bordeaux en prenant passage sur une barque de Royan. Je vais de Royan à Marennes et de Marennes à Rochefort où, faute de papiers, il me faut passer la nuit à la belle étoile. Au jour, en route pour La Rochelle, et, à moitié chemin, l'hôtel des Trois Canons où je déjeune. Je traverse La Rochelle sans m'arrêter et je déjeune hors la ville au bord d'un fossé. A Marans, je suis à quatre lieues de ma jolie Chérette. Mais, si j'y arrive, je suis sûr d'être grippé comme réfractaire et, à tout prix, je ne veux être soldat ni marin des Bourbons. Cependant, je suis en Vendée, vendéen de naissance et napoléonien sans être renégat. En quittant Marans, je tiens ma droite, arrive à Fontenay-le-Comte, y dîne et, toujours sur mes jambes, suis à Sainte-Hermine.

Il fait beau temps. Dans une prairie au fond d'un trou de mulon de foin que j'ai creusé de mes mains, je dors comme dans un lit de duchesse. Au petit jour, je prends la route de Bourbon-Vendée [1]

1. La Roche-sur-Yon.

et, ne connaissant pas les chemins de traverse, il me faut prendre la route royale. J'ai ma redingote noire et, comme ma chemise est depuis un mois sans lessive, je suis boutonné jusqu'au menton. A la hauteur de Bourbon-Vendée, je contourne et, à un kilomètre, je déjeune, évitant ainsi les gendarmes de la ville, mais il me faut reprendre cette diable de route royale.

A deux lieues, au bas d'une côte, j'aperçois deux cavaliers sur la hauteur en face. J'ai bonne vue : au-dessus des deux chevaux, je vois deux croix blanches, ce sont des gendarmes avec leur buffleterie et passementerie en argent autour de leurs chapeaux tricornes. Ils vont au pas. Que dois-je faire ? Faut-il me jeter à droite ou à gauche de la route ? Il n'y a ni ravin ni bois, c'est tout plaine et blés coupés. Que faire ? Je vais avoir sur le dos ces grippe-Jésus. Heureusement, j'ai dans ma poche un vieux portefeuille et un crayon. Je sors de derrière un arbre où j'étais censé me mettre à l'abri du soleil et viens me planter à un mètre d'une longée de cailloux cassés sans avoir l'air de me préoccuper de la présence des gendarmes. J'arpente de trois grands pas en trois grands pas et, chaque fois, je marque sur mon carnet-portefeuille. Les deux gendarmes arrivent à ma hauteur et, me prenant pour un employé des Ponts et chaussées, me saluent et me disent qu'il est temps qu'on étende ces cailloux sur la route. Encore sauvé ! Je continue ma route, mais ces deux gendarmes vont certainement repasser dans deux ou trois heures et, pour employer la même ruse, il n'y a pas assez de cailloux sur la route. Je prends le parti de m'enfoncer dans un petit bois où je dors une heure ou deux. En m'éveillant, j'aperçois mes deux gendarmes qui conduisent deux prisonniers mais, pour me voir, il leur faudrait de bonnes lorgnettes. Dès que je les perds de vue, je quitte le taillis.

En continuant vers Montaigu, la nuit arrive. Même lit que la veille dans un mulon de paille. Seule différence : cette paille n'a pas l'odeur du serpolet et les étuis vides du blé m'entrent dans les oreilles. Le lendemain, sans encombre, je reprends la grand-route pour Montaigu.

A cette époque, cette petite ville n'a pas de brigade de gendarmerie. Il ne fait pas encore nuit, et je peux m'abriter dans une auberge. En parcourant la rue où aboutit la route royale, on ne voit, à droite et à gauche, que des pans de murs noircis par les flammes, à l'époque de triste mémoire, de la guerre de Vendée. Je couche à Montaigu. En route pour Nantes, à la tête du premier pont, je lis : « Chapellerie Pion ». Cette diable de chapellerie Pion est toujours dans ma tête. Ma ceinture, loin d'être aussi lourde que lors de mon passage à Nantes en 1814, sortant de Brest, ne contient plus aucune portugaise. Je vais rôder autour de la fabrique Pion. Des ouvriers sortent pour dîner. L'un d'eux me paraît être de mon âge. Je l'accoste.

« Le patron Pion prendrait-il un ouvrier pour le fin ?

— Oui. Quand j'aurai dîné, je vous présenterai au goré. »

Ce garçon est de Nantes, je suis de Luçon, lui moitié breton, nous sommes presque pays et nous voilà amis. Il refuse que je paie mon dîner, mais accepte le café que nous allons prendre devant la fabrique. Là, je lui fais part de ma situation qui paraît le toucher comme si j'étais son frère. Apercevant le goré, il l'invite, me présente comme ouvrier en fin.

« Sans crainte, vous pouvez comme à moi confier votre position à notre chef ouvrier. Je suis sûr qu'il fera son possible pour vous maintenir dans la fabrique, même sans livret en règle. »

J'exhibe mon livret qui prouve que j'ai travaillé chez Besson et chez Guérineau à Laréole. Ces deux fabriques sont les deux plus fortes du département de la Gironde. J'exhibe aussi mon congé provisoire de la marine. Le goré me dit de venir le lendemain à six heures à la fabrique où il fera part à M. Pion de ma situation, qui l'intéressera certainement.

« Je suis sûr que vous serez embauché. »

Le lendemain, me voilà de nouveau au travail. M. Pion me fait venir dans son cabinet, sachant par son chef ouvrier à qui il a affaire.

« Ce soir, me dit-il, mon chef ouvrier vous amènera chez lui où sa femme vous dressera un lit de sangles. Il dira qu'il est votre oncle. Je vous recommande de ne pas suivre les autres ouvriers que l'on fourre en prison à tout moment à la suite de batailles. Pour les en retirer, je vais tous les jours du commissaire central au Procureur du Roi. N'allez ni au théâtre ni dans les lieux publics. Au moment où vous vous y attendrez le moins, vous serez agrippé. Parfois la police arrive dans la fabrique. Les approprieurs, qui sont sur le devant, font semblant d'être en train de chanter un air que connaissent ceux qui sont à la foule ou à l'arçon. Ceux qui doivent se cacher se mettent dans des endroits difficiles à découvrir et la police, qui a trouvé tous les ouvriers en règle, tourne le dos avec un pied de nez derrière elle. »

Me voilà prévenu et sur mes gardes. Deux mois se passent. Je me remplume. En fait de vestiaire, je ne tiens pas à être bien monté : deux chemises, une bonne veste, un pantalon de rencontre, de bonnes chaussures, une douzaine de faux cols bien empesés, une cravate noire et une casquette, noire aussi, avec visière sur le côté qui me cache l'œil droit. Dans cette tenue, je suis de tous les métiers.

Un jour cependant, à la foule, deux gendarmes me tombent sur le dos :

« Jeune homme, vos papiers.

— Messieurs, mes papiers sont chez moi.
— Nous allons vous accompagner. »

Je me gratte l'oreille. Il n'y a pas à jouer des jambes et, cette fois, je suis traqué. Ne voulant pas amener ces grippe-Jésus à mon logement, pour ne pas compromettre mon obligeant chef d'atelier, je me laisse conduire en prison. Le lendemain, on m'interroge. Fatigué de cette vie, j'avoue que je suis réfractaire, mais qu'appartenant à l'État comme marin, je ne me suis nullement préoccupé du tirage au sort dont je n'ai pas connaissance. On me dit que je vais être conduit à Luçon à moins que, renonçant à la Marine, je n'accepte de me rendre au corps auquel j'appartiens depuis plus d'un an : la 88ᵉ légion, en garnison à la Martinique sous la direction du ministre de la Marine et des Colonies. Le commissaire central, qui paraît s'intéresser à moi, me propose de me délivrer une feuille de route à trois sous par lieue pour Bordeaux, dépôt de ce 88ᵉ d'où je serai envoyé à la Martinique.

Cette colonie n'est pas éloignée du continent américain et je me dis qu'il sera facile de déserter, même sur une barque de pêcheur. J'ai quelque idée de la carte des Antilles : j'y vois Sainte-Lucie, anglaise, la Dominique, anglaise aussi, et il me semble que je suis déjà américain. J'accepte donc la bienveillante proposition du commissaire central et suis mis en liberté avec promesse de revenir me présenter le lendemain matin pour prendre ma feuille de route pour Bordeaux. J'apprends que c'est à M. Pion que je dois la faveur de ne pas être immédiatement conduit à Bordeaux ou à Brest pour être mis à la disposition du préfet maritime. Il a moralement répondu de moi. Avant de quitter Nantes, je vais le remercier de ses démarches et faire mes adieux à son premier contremaître. M. Pion me remet une pièce de vingt francs.

La feuille de route pour Bordeaux en poche, je ne me presse

pas. A une étape par jour, je me promène. J'aimerais bien aller embrasser Chérette, mais je crains qu'à Luçon il ne soit arrivé l'ordre du ministre de la Marine de me rendre à bord d'un vaisseau ou d'une frégate. Je passe par Niort, La Rochelle, Rochefort et, de Royan, une barque me conduit à Bordeaux. Voilà encore cette grande ville où j'ai passé mon enfance.

Arrivé à Bordeaux, je passe au conseil de révision. Avec une feuille de route pour l'île de Ré et mes trois sous par lieue jusqu'à La Rochelle, je reçois sept francs. De mes deux cents francs au départ de Nantes, il me reste six francs. C'est donc avec treize francs que je dois rejoindre La Rochelle. Mais, en prenant encore une barque pour Royan, je fais les trois quarts de la distance pour vingt sous. J'achète deux livres de pain et vingt centimes de moules. Quant au vin, je m'en passe volontiers.

Sur la barque, un jeune homme très bien mis fait aussi le voyage. Nous voguons sur la Garonne et, devant Blaye, je sors mes moules et me dispose à déjeuner. Le jeune homme, lui, sort d'un grand panier un poulet rôti, un cervelas, un morceau de jambon glacé, un fromage de Roquefort, un dessert et deux bouteilles de vin de Barsac. Je me dis qu'il fait cela par ostentation, mais il me demande si je veux bien lui faire le plaisir de le gratifier de quelques moules et, sans cérémonie, je lui en pousse la moitié. J'en ai déjà avalé quelques-unes, mais il n'est guère adroit pour ouvrir les siennes et je les lui ouvre.

« Merci.

— Il n'y a pas de quoi.

— Maintenant, nous allons dire notre nom à cette bouteille de vin. »

Il ne s'en tient pas à cette gracieuseté, coupe deux jolies tranches de saucisson et m'en offre une à la pointe de son couteau. Nous tapons sur tout, mais un peu trop sur le vin de Barsac. Mes yeux brillent, ma langue se développe, je suis à mon aise.

« Je me rends à Rochefort.

— Moi aussi. Allez-vous plus loin ?

— A La Rochelle.

— Moi aussi. Plus loin ?

— A l'île de Ré.

— Et ailleurs ?

— A la Martinique.

— Moi aussi. »

Là, je crois qu'il se fout de moi. Je le lui dis.

« Point du tout, comme vous je pars pour la Martinique.

— Pour y représenter probablement une maison de commerce ?

— Non, comme soldat à la 88e légion. »

Et, là, le ton change. On se saute au cou. A la vie, à la mort, nous sommes camarades. C'est Le Loir, fils d'un imprimeur de Mont-de-Marsan, qui part pour son frère. On lui a mis mille francs dans la poche pour servir à sa place. Entre lui et moi, il n'y a plus de « monsieur », nous sommes frères.

A Royan, mon camarade descend à l'hôtel. Il me faut le suivre et j'ai onze francs dans ma poche. Le lendemain, j'ai une fièvre de cheval. Le Loir me dit qu'il faut, pour la faire passer, que nous fassions la route à pied. En route, je tremble d'un froid à avoir besoin de deux ou trois matelas sur le corps. Je ne peux mettre une jambe devant l'autre, mais Le Loir veut que je marche, il me traîne sous les bras et, dans chaque bouchon ou auberge, il me fait faire du thé. A Rochefort, il commande à dîner. Malheureusement, cette bourrique de fièvre ne m'a pas quitté et je ne prends qu'un bouillon. Le lendemain matin, je n'ai plus de fièvre et nous quittons Rochefort pour La Rochelle. A moitié chemin, aux Trois Canons, le frisson me reprend et je me couche. Le Loir ne veut pas me quitter. Nous restons vingt-quatre heures, la fièvre me quitte et, de nouveau en route, nous déjeunons dans une assez bonne auberge, soupe aux choux, canard rôti, bouteille de Bordeaux. Le Loir paie comme un fabricant en soie qui a fait ses emplettes à la foire de Beaucaire.

C'est avec de la fièvre que j'arrive à La Rochelle. Devant l'intendant, elle redouble et mes dents claquent comme des castagnettes espagnoles. Il me dit que je dois entrer à l'hôpital et donne l'ordre à mon pauvre ami de s'embarquer immédiatement pour l'île de Ré où nous devrions être depuis huit jours. Il n'y a rien à faire. Le Loir m'accompagne à l'hôpital et, avant d'entrer, me donne une poignée de pièces de cinq francs. Il faut nous quitter et nos larmes coulent. Me voilà couché et lui en route pour l'île de Ré.

La fièvre ne me quitte pas. On me fait avaler de la quinine que je garde dans ma bouche pour l'engloutir dans mon mouchoir. La sœur n'y voit rien. Sans le secours des drogues, ma fièvre change d'heure, se présente moins souvent et n'est pas aussi intense. Dans la journée, le major me demande si j'ai envie de manger. Je réponds oui, mais il fait inscrire « diète » et « émétique » dans une heure. Que le diable l'emporte ! Pour me venger, je me dis que son émétique sera englouti dans mon mouchoir ou ailleurs comme sa quinine. Après son départ, la sœur, aussi jeune que douce, jolie et aimable, m'apporte la drogue dans un bol, mais je me suis aperçu que cette chaste fille a le cœur moins dur que celui du vieil Esculape. Sans crainte qu'elle ne me fasse mettre en cellule, je verse le liquide dans mon vase de nuit. Je lui prends les deux mains et, sans sa coiffe blanche qui avance sur son front d'au moins vingt centimètres et le petit bandeau en batiste qui lui couvre la moitié du front, je serais porté au sacrilège de l'embrasser, mais je me contente de la prier de me donner à manger car je crève de faim. Elle s'envole et, dix minutes après, faisant semblant de remuer mon traversin, elle coule dessous une serviette contenant un bon morceau de pain et une cuisse de volaille, puis se sauve comme une criminelle.

Ma bonne petite sœur vient à midi dire l'Angélus, fait, de sa jolie main, le signe de la croix. J'en fais autant pour lui faire comprendre que je suis chrétien. La prière finie, elle vient vers moi, me disant que j'aurai, le lendemain, une fièvre plus forte que les derniers jours et qu'il est de règle que tous les fiévreux qui ne sont pas guéris en quinze jours soient évacués sur l'hôpital de Rochefort. Chaque année à cette époque, la canicule fait des ravages terribles dans les hôpitaux comme parmi la population. Elle me donne un conseil : c'est un remède qu'elle connaît.

« Je vais vous aider à avoir pour cet après-midi une permission pour aller vous promener dans la campagne. Quand vous y serez, vous chercherez une petite plante qui se nomme *sainte orée*[1]. C'est une herbe qui a la fleur violette. Vous en arracherez une bonne poignée et ce soir, en vous couchant, je vous donnerai une forte infusion de cette herbe et j'espère qu'elle vous enlèvera votre fièvre. Avant de revenir à l'hôpital, faites-vous donner un potage gras, une côtelette de mouton, quelques asperges et un demi-verre de vieux vin, mais ne vous chargez pas trop l'estomac. »

1. C'est la centaurée, plante calmante et fébrifuge.

A ma bonne sœur, je prends une seconde fois les mains et lui embrasse deux doigts. Dans cet amour platonique, peut-être que ma pauvre Chérette perd un peu.

La permission de sortir m'étant accordée, je sors de la ville. La plante désignée par ma petite herboriste est trouvée, je l'admire, et cette herbe me semble, dans ma main, opérer déjà sur ma fièvre.

A l'hôpital, ma sœur est à la porte de la salle. Avec l'envie de l'embrasser, je lui prends les deux mains, puis je retire de mon mouchoir l'herbe de sainte orée et la lui remets.

« C'est bien cela », me dit-elle.

A huit heures du soir, tous les malades sont dans leur lit. Elle arrive pour la prière. Je suis assis, tourné vers elle.

« Au nom du Père, du Fils et du Saint-Esprit. »

Après cette prière, notre sainte sœur vient auprès de chaque lit pour voir si l'un est bien couvert, si les rideaux de l'autre sont bien réunis, bonne nuit à l'un, patience à l'autre. Au pied de mon lit, elle ne fait pas plus qu'aux autres mais, une demi-heure après, elle arrive avec un bol qui contient au moins trois quarts de litre de cette infusion de sainte orée.

« Avalez-moi ça sans reprendre haleine et couchez-vous ! Couvrez-vous bien et dormez. Bonne nuit ! »

Effectivement, je dors toute la nuit et, dans mon profond sommeil, je ne fais pas de cauchemars mais des rêves qui roulent tantôt sur ma jolie sœur, tantôt sur Chérette. Je suis au douzième ciel, mais malheureusement cette nuit n'a pas, comme en Laponie, six mois d'obscurité. A cinq heures du matin, j'entends la douce voix qui fait la prière, c'est un ange qui chante, mais je ne rêve plus et c'est bien ma sœur. La prière finie, elle vient à mon lit.

« A huit ou dix heures, la fièvre doit vous reprendre. Si elle ne revient pas, elle ne vous rendra plus visite avant dix ans. Ainsi soit-il ! Dans dix minutes, je reviens avec une seconde infusion qu'il vous faudra avaler avec autant de docilité que celle d'hier soir. »

Je lui réponds que, de sa jolie main, j'avalerais la ciguë. Quand elle arrive avec l'infusion, en riant je lui propose d'en avaler la moitié pour que nous nous empoisonnions ensemble.

« Allons, me dit-elle, avalez le tout. Je veux que vous arriviez à la Martinique en bonne santé ! »

Huit heures du matin, huit et demie, neuf heures, je ne sens pas de frissons ; la fièvre est enfoncée. A midi, le major me met encore à la diète, et il passe à un autre lit pendant que je lui fais un pied de nez. Je suis sûr que ma fièvre est partie, mais je ne peux quitter l'hôpital sans la visite du major. Ce retard ne m'impatiente pas beaucoup car ma bienveillante sœur est là. Elle a mis sous mon traversin une assez bonne fripe [1].

Le lendemain, le stupide major passe la visite.

« Eh bien, cette fièvre ?

— Major, je ne la sens plus.

— Vous voyez bien, aucune fièvre ne résiste à mon traitement. »

Il prend mon rire pour un remerciement, ma sœur lève imperceptiblement les épaules en souriant et il prononce l'*exeat* :

« Vous pouvez passer cette journée à l'hôpital, mais vous devez lever l'ancre demain matin. »

Attendre jusqu'au lendemain n'est pas, pour moi, une bien grande punition : ma sœur est là. Je la cherche, le lendemain à midi, en quittant l'hôpital. Elle est à la lingerie et, effrontément, j'y vais. La supérieure est avec elle. Avec sa figure de papier mâché, elle me demande ce que je veux.

1. Tout ce qui s'étale sur du pain.

« Adieu, mes sœurs, je garderai un bon souvenir de l'hôpital de La Rochelle. »

La vieille et la jeune s'inclinent un peu et me disent :

« Que Dieu vous accompagne ! »

Me voilà dans les rues de La Rochelle. Sur les quais, une chaloupe part pour l'île de Ré.

Adieu l'Europe... pour n'y reposer les pieds qu'en 1826 !

9.

# A LA VOILE VERS LA MARTINIQUE

*« Quel diable de jeune homme êtes-vous donc ? Marin, perruquier, chapelier ! Connaissez-vous la rose de compas ? »*

Je saute à bord de la chaloupe, le vent est frais et bon, et en peu de temps, c'est l'île. Au grand quartier se retrouve un ramassis de douze cents hommes de tous les régiments, qui ont pu s'engager volontairement dans les légions destinées aux colonies françaises. Ils sont pour la Martinique et la Guadeloupe. A mon arrivée, il n'y en a pas cinquante. Je parcours les chambrées sans trouver mon bon ami Le Loir. Presque tous les troupiers sont dans des cabarets à boire du vin blanc à six liards le litre. Je fouille dans toutes les tavernes, mais pas de Le Loir. Je finis par savoir qu'il est à l'hôpital. A cette heure, on ne peut y entrer. Il faut attendre demain et demander une permission.

Dans la citadelle, il y a trois cents hommes attendant leur départ pour le Sénégal. Ils ont un costume gris. C'est un corps disciplinaire. Ce détachement est tous les jours en guerre ouverte, dans les auberges, avec les « culs-blancs » qui appellent les premiers les « gris-gris ». Les deux mots sont une grosse insulte de part et d'autre. Depuis plus de deux mois, dans les auberges, c'est le coupe-gorge à l'occasion de ces mots, le cul-blanc venant de ce que toutes les légions de France portent pantalon de drap blanc et guêtres blanches montant au-dessus du genou avec trente-six boutons en cuivre jaune. Nous sommes douze cents hommes non armés. Les trois cents gris ont leurs baïonnettes, leurs caporaux et sous-officiers leurs sabres.

Le jour de mon arrivée, les culs-blancs vont sur le port pour accueillir un militaire qui passe pour le meilleur maître d'armes de toutes les légions de France. Il est attendu depuis plus de quinze jours pour se battre en duel avec les bretteurs les plus solides du régiment des gris-gris. Un peu avant la nuit, sa chaloupe apparaît. Tous les gris qui ont pu avoir une permission de sortie sont sur le quai. Les culs-blancs, qui ne sont assujettis qu'à deux appels par jour, n'ont pas besoin de permission. Un bon tiers est habillé en civil, je suis du nombre, car nous ne devons recevoir notre tenue que le jour du départ. Tous les maîtres et prévôts de chez nous vont accueillir ce maître d'armes qui débarque. Ce sont des embrassades et des poignées de main à n'en plus finir. Les gris s'approchent et des défis sont échangés. La lutte s'engage, le maître d'armes est assassiné, traversé par un fleuret sorti de dessous la capote d'un gris.

Entre les deux partis s'engage une lutte acharnée. Les culs-blancs n'ont pour armes que les pierres qu'ils ramassent et plusieurs, parmi les gris, ont sabre ou baïonnette. Malgré la supériorité en nombre, les blancs ont déjà quelques hommes tués et quantité de blessés, pendant que bien des gris prennent un bain dans les bassins. Manquant de projectiles, les blancs battent en retraite sur leur grand quartier. Une grande prairie sépare cette caserne à trois étages de la citadelle qui a rempart et pont-levis. Les gris poursuivent les blancs, qui trouvent des tas de pierres en attente du chargement d'un vaisseau. Les gris à leur tour sont écrasés, et ceux qui peuvent fuir font retraite dans leur citadelle. Arrivés sous les murs, ils crient à ceux qui sont dedans :

« Aux armes ! les culs-blancs nous assassinent ! »

Un sergent-major et trois ou quatre sergents laissent prendre les armes à la garnison, sortent à sa tête de la citadelle et, baïonnette en avant, chargent les blancs. C'est une boucherie et une nuée de pierres s'abat. Le pont-levis de la citadelle est levé, les gris, ne pouvant plus entrer, tiennent tête à un contre dix. Le commandant Poincignon (le même qui était au naufrage de la *Méduse*), sans armes, se jette au milieu des derniers combattants. Des pierres lui enlèvent son chapeau, il fait nuit, très peu le connaissent, mais il finit par se faire entendre, la bataille cesse, on baisse le pont-levis de la citadelle et les gris non blessés y rentrent.

Mon pauvre ami Le Loir était bien heureux, dans cette nuit diabolique, de se trouver à l'hôpital. Quant à moi, dès le début, je m'étais réfugié chez un chapelier qui ferma sa porte et me conseilla de ne pas sortir.

Le lendemain, nous quittons la ville pour être détachés à la campagne, dans les villages de l'île. Je suis à La Couarde avec un autre soldat. Logés par billet, nous tombons chez un tailleur qui, avec sa fille, fabrique des culottes de grosse étoffe.

« De quel pays êtes-vous ?

— De Vendée.

— Au diable la Vendée et son bocage ! J'y ai été tiré bien souvent comme un lièvre par les chouans de Charette. Ce n'était pas du plomb de chasse, heureusement, mais des balles qui, pendant les deux ans passés dans votre pays, n'ont traversé par deux fois que mon shako. Tous les hommes que nous perdions étaient atteints seulement à la tête, et une des deux balles qui ont traversé mon shako venait peut-être de votre père. »

Me tapant sur l'épaule :

« Je ne garde pas rancune aux Vendéens. Ils nous ont fait bien du mal, mais je conviens que nous leur en avons fait davantage. Presque tous les villages ont été brûlés, mais je jure que je n'ai pas brûlé une seule cage à poules. Soyez sans inquiétude, cher Vendéen, vous serez, chez moi, aussi amicalement traité que si vous étiez un enfant de l'île de Ré. Vous êtes tailleur ? Si vous êtes ici pour quelques jours, je vous donnerai un peu de travail. Pour le moment, allons dîner. Je n'ai que du vin blanc, mais, dans votre pays, je n'en ai jamais bu que de cette couleur. Vous devez y être habitué. »

Une grande soupière est au centre de la table avec la soupe trempée. Dans une casserole en terre rouge, un chou, des carottes, un gros navet, deux pieds de bœuf, du foie et du lard. A huit heures, nous allons nous coucher et je dors jusqu'à huit heures du matin.

Dans un foulard, j'ai une jolie chemise blanche, un gilet noir, une cravate noire en taffetas, une montre à chaîne d'argent et une casquette en drap bleu. Ainsi habillé, avec des souliers bien cirés, j'ai l'air soldat comme la fille du tailleur qui, en ce moment, est à la messe. Je ne peux entrer dans l'église à l'instant où tout le monde va en sortir, ce n'est guère l'usage, et j'attends. Un groupe de jeunes filles sort ; la fille du tailleur est du nombre de ces jeunes vierges. La cherchant des yeux, alors qu'elle est à deux pas de moi, je vois enfin sa toilette du dimanche, qui la rend méconnaissable : grande coiffe à la rochelaise haute d'une demi-aune, volants en dentelle, jupe de mérinos, corsage de drap violet, madras sur le cou, souliers découverts avec des rubans noirs qui serpentent de la cheville à la moitié du mollet sur des bas bien blancs. Dans cette mise innocente, elle est plus jolie qu'une Vénus du Palais-Royal.

Elle rentre chez elle et, comme une impératrice doit retirer avec précaution sa couronne, la fille du tailleur retire de même sa coiffure rochelaise. J'assiste à son changement de toilette. En cinq minutes, elle est métamorphosée. Nue de jambes, pieds dans des savates, jupe de droguet, corsage de gros drap, bonnet blanc à petits plis, je la trouve plus jolie. Le diable m'emporte, j'ai un goût exceptionnel !

Un fort poulet est mis en broche, douze œufs sont cassés, prêts à faire une omelette qui, dès que le poulet sera rôti, sera jetée dans la poêle avec trois ou quatre tranches de jambon. Le saladier en terre jaune contient du pissenlit assaisonné d'huile d'œillette et riche de vinaigre. Poulet rôti, omelette au jambon, pris à l'épine dorsale du porc, font un repas léger pour rappeler un agonisant à la vie. A cause du temps passé à la toilette et des deux heures de messe, la soupe a été supprimée, alors qu'en bonne règle de ménage elle doit être le plus sérieux de l'ordinaire de la campagne. Pour moi qui ne pense qu'à m'établir en cosmopolite, je n'ai pas de règle bien fixe. Si le potage manque, je m'en moque. En face de la jolie cuisinière, je ne fais pas attention aux plats, car la contemplation de sa figure me ferait trouver bon du sang de bœuf aux champignons. Dans cette journée de dimanche, je dois convenir que, pour moi, tout est rose.

Le lundi matin, le patron me coupe une culotte.

« Voilà, me dit-il, travaillons ! »

Je m'assieds, développe les morceaux, prends les deux jambes de derrière au lieu de prendre une de devant et commence ma couture par le bas de la jambe au lieu de commencer par la ceinture. Cousant lestement, j'en ai fait vingt centimètres quand la fille qui tient un gilet s'aperçoit de ma méprise. Elle me fait signe, sans que son père s'en aperçoive, que je dois assembler un devant avec le derrière. Voyant l'erreur, j'attaque au canif la couture commencée, mais, dans mon impatience, le canif part de côté et fait une balafre au drap, précisément sur le devant. S'apercevant encore de cette gaucherie, ma compagne, par un nouveau signe muet, me fait comprendre de continuer à coudre et qu'elle fera une reprise à la fente.

Le chiendent est encore ce que, à l'époque, on appelle le pont. Il y a la doublure de la toile et deux boutonnières à faire, deux petits cœurs du même drap à appliquer à la naissance du pont. Je tourne, tourne, ne sais plus où j'en suis. Sur un signe encore de ma jeune patronne, je pose la culotte sur le tabouret et m'en vais faire un tour au jardin. Au retour, ce diable de pont est fait par la giletière. Le bonhomme n'est pas dupe et, sans me faire de reproche, me dit que je ne coudrai plus que les jambes, sa fille faisant le reste. Il me donnera vingt sous par jour.

La semaine se passe.

Sur la place, à l'appel sur deux rangs, le major nous apprend que nous rentrons à Saint-Martin demain matin à cinq heures.

A sept heures, les détachements des localités voisines feront jonction avec nous à une lieue de la ville et nous entrerons tous, tambours en tête. Le lendemain à neuf heures, à l'entrée de la ville, les gardes nationaux nous accueillent. Les gris-gris viennent d'être embarqués pour le Sénégal, et nous les remplaçons à la Citadelle. Il me tarde d'aller à l'hôpital voir mon pauvre ami Le Loir. Cent mètres avant l'entrée, je l'aperçois ; il m'a reconnu le premier, et nous nous sautons au cou comme si nous ne nous étions pas vus depuis dix ans. Il me dit qu'il ne possède plus que trente sous. Il me reste quarante-cinq francs et nous ne savons pas quand nous embarquerons.

Il me vient à l'esprit que, le soir de la bagarre entre les gris-gris et les culs-blancs, je m'étais réfugié chez un chapelier. J'y vais avec mon ami, et le maître me reconnaît.

« Pouvez-vous m'occuper ? »

Le lendemain matin, dans la petite fabrique, le feu est sous la chaudière et nous foulons, le patron et moi. Ce sont des chapeaux de laine pour les paysans. En s'éreintant bien, on ne peut guère en fouler plus de trois par jour, et, lorsqu'on n'est pas habitué au travail de la laine, les mains, au bout de cinq ou six jours, sont aussi chargées d'ampoules que lorsque l'on a eu des emplâtres de mouches cantharides. Moyennant trois chapeaux foulés, le maître donne quarante sous par jour et la nourriture. J'accepte à la condition que j'abandonnerai la nourriture contre vingt sous de plus par jour.

Le lendemain, il me met à l'appropriage avec un fer de vingt livres au bout du bras. Mes ampoules crevées, le fer chaud en cuit la peau et, le soir, avec des ciseaux, j'en coupe les lambeaux parcheminés. J'ai des mains comme celles d'un enfant de six mois. Poursuivant le même travail, la peau durcie par le fer, je peux retourner à la foule sans craindre les ampoules.

Le Loir et moi, nous continuons à ne manger que mes trois francs par jour. Cela dure jusqu'à fin novembre 1819.

Le 30 novembre, on nous passe en revue. Pour le moment, il ne part que trois cents hommes dont les noms sont donnés : je suis du nombre. Le Loir reste. Les partants doivent, à six heures du matin, s'embarquer sur des chaloupes pour l'île d'Aix où se trouve la corvette d'État la *Seine* à destination de la Martinique. Le major nous a donné une permission de dix heures.

A cinq heures du matin, le lendemain, le tambour bat le rappel pour ceux qui partent. Le moment suprême de quitter cet ami que j'aime comme un frère arrive. Nous nous embrassons, je saute dans la chaloupe et me place dans un endroit où il ne peut me voir. Je verse des larmes, bien persuadé que les siennes coulent aussi.

Nous voilà à la voile pour l'île d'Aix. Le trajet n'est pas long. A neuf heures, nous sommes à bord de la *Seine*, où l'on nous distribue nos effets d'habillement, sauf les armes : habit et veste de drap blanc, bonnet de police en drap bleu, deux pantalons de toile blanche, deux chemises, deux paires de guêtres, un col noir en satin, une couverture de laine, un grand sac, une vareuse en toile et un sac en peau de veau. L'habit a le passepoil jaune serin ainsi que le bonnet de police avec gland de même couleur. Tous ces effets ont trois tailles différentes, mais on les jette à chacun au hasard. Cette distribution faite, on nous donne une demi-heure pour procéder aux échanges. Cela se fait en un clin d'œil. Nous ne gardons à bord sur nous que la veste blanche, la capote, les souliers, le sac de toile et la vareuse, le tout avec la recommandation de se tenir propre. Les shakos ne seront distribués qu'à la Martinique quand la *Seine* aura mouillé dans les eaux des Antilles. Tout ce que nous ne gardons pas sur nous doit être enfermé dans nos « veaux » qui sont jetés dans les bastingages (sortes de caisses sur le plat-bord des navires de guerre).

Nous sommes considérés presque tous comme volontaires pour les colonies et un décret prévoit qu'avant de lever l'ancre il nous soit compté soixante-quinze francs à chacun. C'est la gratification pour la mer, calculée à un sou par lieue, et nous allons en faire quinze cents. Cette distribution faite, les marchands de l'île, qui se sont déjà rendus à bord, installent tabac, pipes, figues à chiquer et même cigares pour ceux qui viennent de remplacer un appelé et qui ont dans leur ceinture cinq ou six cents francs. Ceux-là sont considérés à bord comme des aristocrates millionnaires. Les matelots ont aussi reçu deux mois de solde. Toutes sortes de marchandises sont proposées, mais, par bonheur, il a été défendu de vendre du liquide, vin, eau-de-vie, rhum, etc. Moi qui ne prise ni ne fume, je m'approvisionne en aiguilles, fil de toutes couleurs, ciseaux et dé à coudre. J'ajoute deux saucissons de Lyon fabriqués à l'île de Ré.

Il est deux heures de l'après-midi, on va lever l'ancre. Tous les marchands remballent les marchandises restantes. L'ancre levée, les vergues hissées, voiles larguées et orientées grand largue, la route est donnée au sud-ouest. Par bonne brise, nous filons neuf nœuds, la terre de France se nivelle et finit par devenir une ligne noire. Il ne reste plus qu'un moulin à vent sur une pointe élevée qui finit par disparaître. A la grâce de Dieu pour arriver à bon port à la Martinique où doit être débarquée toute cette marchandise vivante, sauf ceux dont la destinée sera, pendant la traversée, de faire leur fosse avec le nez.

Nous faisons route par belle mer, c'est le golfe de Gascogne. Nos troupiers commencent à pâlir. Certains font les lurons, fument, chiquent et se forcent à tenir leurs jarrets bien raides.

Au coup de sifflet, qui est le signal du bouillon aux gourganes (haricots), on se rend par sept à la cambuse, la gamelle en bois d'une main et le bidon de l'autre, les deux récipients ayant pour anse une corde goudronnée. Dans la gamelle, la soupe et trois biscuits et demi, et, dans le bidon, sept quarts de vin.

Le vent change, il tourne à l'ouest et nous sommes vent debout. Pour dégolfer, il nous faudra peut-être tirer vingt bordées avant de doubler le cap Finisterre. Nous voilà au plus près, et le navire lève le cul. Nos pauvres trois cents hommes sont étendus dans la batterie. Les gamelles de bouillon de gourganes et les gourganes elles-mêmes font, avec les vomissements de ces corps morts sans blessure, un mortier où presque tous les bonnets de police sont empêtrés. Quarante-huit heures se passent dans cette situation. Quelques troupiers viennent à la poulaine [1], mais d'autres, plus relâchés, ont fait dans leur culotte. Nous avons bien un capitaine, un lieutenant, un sergent-major, trois sergents, huit caporaux, mais tous ces chefs, qui doivent tenir d'habitude à la stricte propreté du soldat, malades eux-mêmes, n'ont pu passer l'inspection.

Après trois jours, les malades reviennent un peu à eux. L'officier de quart jugeant que tous les troupiers peuvent se mettre debout, le capitaine d'armes, sabre en main, ruban rouge sur le cœur et d'une voix qui n'est pas celle de la mère Fanchon la vielleuse, crie :

« Allons, les militaires, debout ! »

Ceux qui sont encore malades croient que c'est l'appel aux armes et se lèvent comme des ivrognes qui n'ont pas fini leur cuvée.

---

1. La poulaine : les cabinets.

On met un balai dans les mains de chacun. Les matelots puisent des seaux d'eau de mer et, en dix minutes, le mortier est englouti dans l'océan. On attrape les fauberts[1] pour le rinçage du pont, qui devient aussi propre que la table en sapin d'une famille de Dunkerque.

Jusqu'à la nuit, il est défendu de se coucher car tous ces soldats sont propres comme des porcs qui se seraient vautrés dans les égouts de Paris. Sur le gaillard d'avant, on emplit avec la pompe cinq ou six tonnes d'eau de mer où chacun va plus ou moins se débarbouiller. Heureusement, les effets de grande tenue sont à l'abri.

Le vent change, nous voilà en bonne route et nous dégolfons. Tous les troupiers sont guéris et regrettent les rations perdues les trois premiers jours : ils mangeraient le diable et ses cornes.

Il y a cinq femmes à bord, qui sont les épouses d'un tailleur, d'un cordonnier, d'un sergent, d'un sapeur, et une cantinière, veuve d'un brigadier d'artillerie. Ces cinq femmes ont trois enfants, et un poste a été établi pour elles avec des pavillons. Les maris ne peuvent coucher avec leur moitié qu'à l'arrivée à la Martinique.

A la timonerie, je me suis lié avec tout le personnel, à l'exception du chef devant qui j'ai eu le malheur de raconter l'entrée à Brest de la *Pallas* et de la *Circé* le 24 mars 1814. Le commandant de la corvette est un vieux noble émigré et par conséquent bourbonien de vieille souche, et le chef de timonerie, bien qu'ancien matelot, est de la même religion.

Dans le « plat de sept » (groupe de sept hommes pour la soupe) où je suis se trouve un troupier qui, en France, était perruquier.

1. Faubert : balai-brosse.

Il a pris la précaution d'emmener six rasoirs, un peigne ou deux, trois ou quatre boules de savon, deux brosses, deux paires de ciseaux, deux pots de pommade et un bâton de cire à moustache. Comme tous nos troupiers ont la barbe longue, il propose à quelques-uns de les raser à cinq sous par barbe. Un premier troupier se présente, qui a été de la même légion dans la même compagnie.

« Tiens, voilà mon mufle, rase-moi, Papillon ! »

C'est la première fois que j'entends prononcer ce nom de Papillon. Le plus embarrassant est d'avoir de l'eau douce, car nous sommes rationnés à trois quarts d'eau par jour. Il faut attendre la distribution d'un quart par homme. Ceux qui veulent être rasés doivent donner leur ration. Moi qui n'ai pas soif et ne veux pas être rasé, je donne quand même toute ma ration à Papillon. Il m'offre de me raser pour rien, mais je n'ai pas encore la barbe bien forte. Avec mon couteau qui coupe comme un rasoir, je me fais la barbe à sec, sans eau ni savon. Dans la journée, Papillon rase une quarantaine de troupiers à vingt-cinq centimes, et, avec quatre tailles de cheveux à cinquante centimes, le voilà avec douze francs.

Il a, comme les autres, un bonnet de police de drap bleu avec passepoil jaune serin, mais les vomissures essuyées sur le pont forment un emplâtre qui ne permet pas de distinguer le jaune du bleu. Comme je n'ai guère porté le mien, je le lui mets sur la tête en échange du sien, que je découds. Pour le nettoyer, il me faut du savon et de l'eau douce. Après souper, je suis censé nettoyer la gamelle de notre groupe, qui est pleine de l'eau savonneuse devant servir le lendemain à frotter les barbes. Nous nous sommes servis de la gamelle des voisins pour la soupe en nous arrangeant avec le coq (cuisinier). Je plonge le bonnet de police dans le plat à barbe sans rien dire à personne. Il y prend un bain jusqu'au lendemain matin.

Me levant avant le jour, j'attrape le bonnet de police qui a déchargé sa crasse dans l'eau du plat à barbe. Cette même eau, deux heures après, savon et crasse du bonnet compris, servira à ramollir la barbe des troupiers. Les morceaux du bonnet ont bien dégorgé, le passepoil reposé à l'envers est comme neuf. Je finis le dégorgement dans un seau d'eau de mer, puis dans deux ou trois quarts d'eau douce. Il pleut un peu, je tends tous mes morceaux sur le bord de la chaloupe et la pluie les rince à fond. Faire sécher est plus difficile, mais je ne suis pas mal avec le coq. Il me laisse mettre les morceaux sur les plaques en fer de son fourneau, et, une demi-heure après, tout est sec.

Pour lisser les pièces, le tailleur me prête son carreau, et, en dix minutes, elles sont aussi lustrées qu'en sortant de la fabrique. Paré à coudre, passepoil retourné. Une demi-heure après, j'ai sur la tête le bonnet de police de Papillon aussi frais que le mien. Je le lui retire de la tête et lui plante le sien qu'il tourne, retourne, en me demandant si je vends des bonnets de police. Il ne peut croire que c'est le sien. Les troupiers admirent le travail sans savoir à quoi l'eau savonneuse destinée à leur barbe a servi.

Vingt bonnets me sont offerts pour que je les rende aussi propres que celui du perruquier. J'accepte le travail, à condition qu'on me fournisse six quarts d'eau douce par bonnet. Marché accepté, l'eau servira d'abord dans le plat à barbe de Papillon toute une journée et, le soir, elle décrassera les bonnets. Prêt à être porté, je demande vingt sous pour chaque, avec encore une condition : me remettre les bonnets tout décousus. Voilà les troupiers qui décousent. J'en prends cinq à la fois, que je livre le lendemain. L'eau m'étant fournie, je peux en prendre dix.

Mais j'ai pensé aux femmes qui doivent coudre encore plus lestement que moi. Je leur donne cinq sous par bonnet, elles peuvent m'en livrer quarante par jour. Les troupiers décousent, je décrasse, les femmes cousent, en cinq ou six jours j'ai livré deux cent vingt-cinq bonnets. Cinquante francs pour les femmes, cent soixante-quinze francs pour moi. Un vaisseau à trois ponts transporte deux mille hommes de troupe. En faisant ce métier, je voyagerais bien dix ans sur mer.

Pendant ce travail, nous avons fait de la route. Nous prenons les vents alizés, la température est celle du printemps. Vent arrière, nous filons la queue en trompette. Plus de bonnets à décrasser, il me faut chercher à ne pas rester oisif. Papillon a plus de travail de barbe qu'il ne peut en abattre et il est obligé de négliger la taille des cheveux. Au hasard et sachant que je ne tonds pas comme lui, je lui propose de me prendre comme apprenti. Il accepte et me propose la moitié des têtes que je tondrai. Me voilà ciseau en main droite, peigne en main gauche, commençant par les troupiers qui ont les cheveux les plus longs et ne sont pas trop coquets pour leur coiffure. Faute de chaise, ils se mettent à genoux. En avant les ciseaux et le peigne, dix minutes après je passe au suivant. En vingt-quatre heures, me voilà demi-perruquier. Encore un jour, et je suis coiffeur.

Un matin, le commandant passe dans la batterie. Il aperçoit Papillon qui rase et moi qui coupe les cheveux.

« Tiens, j'ai à bord deux perruquiers ! Quel est celui de vous deux qui rase le mieux ? »

Avant que Papillon n'ouvre la bouche, je réponds :

« Commandant, lui est patron, moi son ouvrier.

— Eh bien, patron, à onze heures venez me raser.

— A vos ordres, commandant. »

Un lieutenant lui dit qu'après le commandant il vienne dans sa chambre le raser aussi. A l'heure dite, Papillon quitte les figures des troupiers pour raser le commandant, le lieutenant, puis cinq ou six autres officiers. Les troupiers sont furieux. L'un d'eux, impatient d'attendre le chef raseur, demande que je le rase. Je l'avertis que j'ai la main plus lourde et qu'il ne sera peut-être pas aussi bien rasé.

« N'importe, que vous soyez perruquier ou écorcheur, rasez-moi. »

Avec l'élégance d'un expert-coiffeur, j'attrape le cuir à rasoir et j'y glisse le tranchant avec l'adresse de Papillon. Le plus difficile est de raser autour des lèvres, mais mon homme est patient, j'ai mis un quart d'heure sans faire de boutonnière. J'en ai rasé quatre quand arrive Papillon et je lui mets vingt sous dans la main. Je rase et taille, ma main s'y fait. Voilà dix jours que nous sommes à la mer. On diminue la ration d'eau, il faut conserver plus longtemps celle qui a servi aux barbes.

Nous voilà presque à la hauteur du pic Ténériffe, car les vents de nord-ouest nous ont fait courir trop au sud. Je propose à Papillon une société. Mon gain aux bonnets de police a été de cent soixante-quinze francs, je lui en étale cent cinquante. Il en met autant, ce qui fait pour la société Papillon-Péray trois cents francs en caisse. Il est convenu avec le commandant qu'on ira le raser trois fois par semaine et le coiffer. Je propose à Papillon d'y aller à sa place, et, comme il ne craint pas de reproches, il me laisse y aller. Le commandant a tout ce qu'il lui faut, excepté les rasoirs. J'ai choisi le meilleur, l'ai passé à la pierre avec un peu d'huile dont le coq m'a gratifié. Il coupe comme le yatagan du grand Sultan.

« Tiens, me dit-il, votre patron vous envoie à sa place ?

— Oui, commandant.

— Allons, je ne perdrai certainement rien au change, il a la main un peu lourde. »

Il me vante un peu la légèreté de ma main mais me questionne aussi sur mon métier.

« J'ai servi pour la première fois de 1811 à 1814 et aujourd'hui je n'ai repris que depuis quatre mois. »

Comme bien d'autres vieux nobles, il porte une petite queue de rat de cheveux, moitié gris, moitié blond rouge. Quand je le rasais, il était obligé de restreindre sa curiosité de peur que je ne le coupe, mais quand je lui fais la queue, il peut satisfaire sa curiosité.

« Vous m'avez dit que vous avez servi de 1811 à 1814. Dans quelle arme ?

— Dans la marine, commandant.

— De quel pays êtes-vous ?

— De Vendée.

— De Vendée ? Mais nous sommes compatriotes ! Je suis de Chantonnay.

— Et moi de Luçon, commandant.

— Votre père a dû se battre contre les bleus et peut-être a-t-il été tué ?

— Oui, commandant.

— Alors, votre mère étant veuve, vous allez aux colonies pour tâcher d'y faire fortune ?

— Si Dieu le veut, commandant !

— Je vais vous faire une proposition. Arrivé à la Martinique, je demande à mon ami le comte de Donzelot votre mutation à bord de ma corvette, où je vous fais aide-timonier.

— Merci, commandant, et je crois possible qu'arrivé à la Martinique j'accepte votre offre bienveillante.

— Je vous donne l'autorisation d'aller sur le gaillard d'arrière quand bon vous semblera. Voici un bon de six quarts de vin pour boire à ma santé avec votre patron perruquier. A la Martinique, je réglerai les barbes. »

Papillon, qui, en mon absence, a rasé cinq ou six officiers, ne comprend pas que je sois resté si longtemps à la barbe du commandant. Il me demande si, comme les perruquiers espagnols, je lui ai pratiqué la saignée ou arraché quelques chicots. En riant, je lui raconte l'entretien avec notre « client ». Le commandant a fait part au second de la légèreté de ma main, lequel second en a informé les officiers. Papillon a la main lourde, il est vrai, et ses doigts ne sont pas aussi légers que les ailes de l'insecte volatile dont il porte le nom. L'état-major ne veut plus que moi pour lui faire la barbe.

Partis en décembre, nous voilà dans les premiers jours de janvier 1820. Je vais à la chambre du commandant pour le raser et lui faire la queue. Son mousse brosse sa grande tenue. Son chapeau tricorne[1] à cocarde argent, ganse torsade et croquignoles d'or à chaque bout, est sur un divan. Le poil de ce chapeau presque neuf est couché dans tous les sens, l'arrière est tout cintré, il bosselle dans bien des endroits. J'en fais l'observation au commandant qui pense qu'en effet, pour débarquer à la Martinique, l'état de son chapeau est important. Je lui propose de me le confier, me chargeant de le lui rendre en aussi bon état que le jour de son achat.

1. Oubli de J.-A. La Restauration a conservé le bicorne de l'Empire.

« Ah çà ! Vous êtes donc aussi chapelier ?

— Oui, commandant.

— Quel diable de jeune homme êtes-vous donc ? Marin, perruquier, chapelier ! Mais comme marin, connaissez-vous la rose de compas ?

— Oui, commandant. Quatre jours après m'être embarqué sur la *Pallas*, on m'a donné six heures pour réciter les trente-deux aires de vent.

— Voyons si elles vous sont restées en mémoire !

— Nord, nord quart nord-est, nord-nord-est, nord-est quart nord, nord-est, nord-est quart est, est-nord-est, est quart nord-est…

— Assez, assez, vous avez de la mémoire. Eh bien, chapelier, emportez mon chapeau et à la grâce de Dieu. »

J'ai dans mon sac un carlet, trois brosses, et le tailleur me prêtera son carreau. Notre plat à barbe a plus de savon qu'il ne m'en faut. A la cuisine, je fais rougir le fer, trempe mon mouchoir dans l'eau savonneuse, le mets sur le fer chaud. L'eau bout et je tiens le chapeau sur la buée qui se forme, il se ramollit, je le redresse dans son état primitif, mon carlet brosse et remet le poil en place. Je laisse sécher. Un quart d'heure après je le passe au fer moitié chaud, en avant les brosses, passe de fer, brosse, voilà le chapeau neuf. Je remets la ganse, la cocarde blanche en argent et les croquignoles en or. Il sort de chez le chapelier du duc d'Angoulême. Je le porte à ma pratique. Il l'admire et me dit que, si nous étions à Paris, il penserait que je le lui ai changé contre un neuf.

« Je dois reconnaître que vous êtes timonier, perruquier, chapelier et encore, m'a-t-on dit, tailleur, car c'est vous qui auriez remis à neuf tous les bonnets de police de vos camarades troupiers. »

Le second du bord entre pour raison de service, et le commandant, avec contentement, lui montre le chapeau en me félicitant sur mon art en chapellerie. Je réponds que mon talent ne tient qu'au jus de castor que j'ai eu la précaution d'acheter avant de monter sur la *Seine*. On me questionne sur cet animal qui vit, paraît-il, au Canada. Le commandant, bien que n'aimant pas Napoléon, m'en donne un en or de vingt francs, sans préjudice de ses barbes qu'il doit me régler en arrivant à la Martinique. Le second me dit de venir aussi le voir pour son chapeau.

Après avoir remis le napoléon à Papillon, qui rase depuis deux heures les troupiers, je vais chez le second. Un lieutenant m'appelle, puis un autre, et je finis par me sauver. Chemin faisant, je croise le capitaine d'armes. Il n'a que le grade de sergent-major, mais c'est lui le commissaire de police du bord. Il me demande si je veux faire la toilette de son chapeau tricorne, qu'il n'a pas porté depuis six mois. Il le retire de son coffre. Au dehors, il a bien une cocarde blanche, mais la tricolore est à l'intérieur. Le chapeau est si vieux qu'à l'extérieur le poil est parti et que le feutre est lisse comme une carte. La partie du dedans a tout son poil primitif, de un centimètre de long. J'ai en main trois chapeaux, et c'est celui du maître d'armes qui va me donner le plus de travail.

A la cuisine, le coq, voyant les chapeaux de ses chefs dans mes mains, met tout son matériel à ma disposition. Je lui montre celui du capitaine d'armes qu'il respecte plus qu'un contre-amiral, car c'est le chef dont il dépend, tant pour la propreté de sa cuisine que pour celle de sa carcasse. Je demande au coq un petit chaudron. Il me le faut plein d'eau douce et il n'en a pas de froide. Deux hectolitres de fayots viennent d'être mis dans sa grande chaudière dont l'eau est presque bouillante. Je lui dis de me verser deux grandes cuillerées dans le chaudron, qui est cependant un peu petit pour que le chapeau y baigne en entier. Il me fait signe de le plonger directement dans sa grande chaudière aux haricots. Je n'aime pas trop les fayots, et le coq n'en mange jamais. Avec des pinces, je tiens le chapeau dix minutes dans l'eau et je le retire plus mou que les tripes de veau. Un coup de poing et voilà l'envers à l'endroit avec autant de poil que la peau du lièvre. Toute la crasse est en dedans. Remis en tournure avec le carlet, bien tiré à poil, le voilà neuf. Pour le faire sécher, le coq me le place à une petite distance de son tuyau de cheminée et, en dix minutes, il est sec. Attrape le fer et les brosses, la ganse, devenue blanche à l'endroit, brille à l'envers de son éclat d'or. Je retourne aussi la cocarde blanche.

Le coq est épaté de mon travail, surtout pour son chef. Si j'avais vingt chapeaux à ramollir, il me les laisserait tremper dans le bouillon des fayots.

« Pauvres matelots ! » me dit-il.

Je me sauve avec le chapeau pour le porter à son propriétaire qui, comme le commandant, a peine à croire que c'est le sien. Je lui rends sa cocarde tricolore. Il pâlit, mais je le rassure, et il me dit en me quittant qu'il est tout à mon service si j'ai besoin de lui.

Je prends la précaution d'initier Papillon au bain donné au chapeau dans la chaudière, mais, gardant le silence à l'égard des autres troupiers, je les vois avaler leurs fayots comme si, au lieu d'un chapeau, on y avait mis dix litres de jus de gigot.

Nous continuons, moi ma chapellerie, Papillon ses barbes. Tous les officiers me félicitent, mais pas un ne me donne un sou. La chapellerie terminée, je me remets aux barbes et aux cheveux.

## A LA VOILE VERS LA MARTINIQUE

Nous avons trente-deux jours de mer. Le temps a passé comme si j'avais été à Paris chez un coiffeur ou à Luçon chez mon bon parrain Chassay le chapelier. La nouvelle se répand que le lendemain matin, entre six et sept heures, nous découvrirons la Martinique.

Effectivement, à l'heure dite, la vigie sur les barres de cacatois crie : « Terre ! » Tout le monde est sur le pont, les troupiers embarrassent la manœuvre, on en fait redescendre les trois quarts qui enragent de ne pas voir cette terre promise qui, avant six mois probablement, aura décimé ces trois cents troupiers par la fièvre jaune et la dysenterie. Nous marchons, la terre se dessine, trois pitons dominent les nuages. Nous voilà à La Caravelle, à six lieues du bourg de La Trinité, et nous arrivons à hauteur du bourg du Marin. Le Diamant, Les Anses-d'Arlet, le cap Salomon. Nous découvrons en plein Fort-Royal. Nous sommes en rade.

L'ancre coule et nous sommes mouillés. Des pirogues pleines de nègres longent le navire, mais nous n'entendons que du patois créole. Il est quatre heures, la nuit arrive, on n'y voit plus. Nous sommes le 19 janvier 1820. La mer, pour le moment, n'a pas été notre tombeau. La nuit est belle, tout le monde couche sur le pont. On dort ou on ne dort pas, à six heures le jour se lève.

Attrape à laver le pont... Les troupiers doivent fournir leurs bras. Le pont bien passé au faubert et sec, tous les sacs sont jetés dans les courtines. Chaque troupier, avec son numéro matricule, reconnaît le sien, l'ouvre et en retire : habit de grande tenue, pantalon blanc et guêtres blanches, souliers neufs, col satin noir, liséré blanc. On ouvre de grandes caisses et on jette un shako à chacun. Grâce à moi, les bonnets de police sont à peu près propres. On décloue les caisses de fusils. Les sergents et les caporaux ont des sabres. Bien ou mal ficelés, nous voilà en grande tenue.

De terre, arrivent les chaloupes de débarquement. A tribord et à bâbord, nous sommes sur deux rangs. Vient vers moi notre lieutenant M. d'Alard, cadet noble, celui qui m'avait fait observer que ma place n'était pas sur le gaillard arrière. Il me prend les deux mains, dans lesquelles il me met dix-neuf pièces de cinq francs de la part de tous les officiers qui me remercient pour tous les chapeaux décrassés. Le sous-lieutenant a la même commission pour les barbes. Il lui a été versé cinquante-cinq francs.

Les chaloupes sont le long du bord.
Débarque et embarque troupier...
A onze heures, nos pieds touchent le sol de la Martinique.

# 10.

# COURTE CARRIÈRE DE SOLDAT

*L'esclave peut se nipper comme un maréchal de France, mais il lui est défendu, sous peine de vingt-neuf coups de fouet, d'aller autrement que nu-pieds.*

Dans ce moment, j'ai vingt-trois ans quatre mois quatorze jours.

Toute la garnison assiste à notre débarquement : depuis 1815, cette garnison n'a pas été relevée. Tous sortent de l'armée de la Loire, des derniers corps qui mirent bas les armes ; par punition, ils ont été envoyés aux colonies par les Bourbons.

Sur deux rangs, nous voilà sur la savane [1]. Arme au pied,

1. La place d'armes.

nous attendons le commissaire aux revues. Il fait une chaleur tropicale. Nous avons une soif dévorante. Par dix ou douze, on nous laisse aller boire à des débits ambulants qui vendent certaines boissons du nom de *Mabi*, infusion de bois de *gayat*, *vicon*, jus d'ananas à l'eau, et une limonade contenant du tafia, du sirop de citron et de l'eau. Je tape sur cette limonade, je la trouve bonne ; plus j'en bois, plus je suis altéré sans faire attention au tafia qu'elle contient. Pendant deux heures, nous sommes sur cette savane, entre la ville Fort-Royal et la forteresse Fort-Louis ; cette boisson et le soleil me portent à un mal de tête à devenir fou. Le commissaire aux revues arrive, on fait l'appel nominativement, puis en route pour Fort-Bourbon.

Le soleil chauffe les pavés, ils sont brûlants comme un fer à demi rougi. Nous avons les pieds et la tête qui cuisent. Deux kilomètres dans un chemin qui serpente ; de vingt mètres en vingt mètres, on nous le fait monter au pas de course avec une seule halte. Le pont-levis traversé, nous arrivons dans une grande prairie entourée de casernes. Elles n'ont qu'un seul étage avec, sur toute la longueur, un balcon en bois.

Je me décharge de mon sac, fusil, sabre et giberne. Ainsi allégé, il me semble que je suis nu. Le tafia et le soleil m'ont rendu fou. Je ne suis pas le seul dans cette situation, parcourant ce balcon : il nous faut de l'air. Je suis dans une surexcitation dangereuse. Je regrette de ne pas avoir suivi le conseil du commandant de la *Seine* et de ne pas avoir accepté de reprendre le service de la marine. Dans ma folie, il me vient dans la tête de me détruire et, sans réfléchir à autre chose, je me lance du balcon sur les pavés et tombe sur mon derrière de huit mètres de haut. Plusieurs militaires me relèvent de cette chute, je ne sens rien. Notre sergent-major se trouve là et me fait conduire à la salle de police. Aurais-je tué Louis XVIII ?

Je suis seul dans cette pièce infecte qui ne reçoit de jour que par une très étroite fenêtre garnie de forts barreaux de fer. Dans cette salle, il ne s'y trouve qu'un seul meuble, le goguenot [1]. Ce meuble me déplaît. Dans ma folie, à coups de talons de mes gros souliers neufs, je finis par mettre en botte ce récipient. Au travers des grilles de ma fenêtre, les troupiers m'excitent, je leur crache dessus.

Il paraît que mon camarade Papillon, ignorant mon aventure, me cherche. Comme, après mon suicide, on n'avait pas pu lui dire le nom de celui qui s'y était porté, il ne pouvait se figurer que ce fût moi. Il finit par le savoir et me porte mon hamac, qu'il fait passer par les barreaux de la fenêtre, mais je n'ai pas le temps de le reconnaître. Mon hamac à mes pieds, je le ramasse, cherche à le pendre, aperçois des pitons pour crocher plus ou moins bien mes rabans. Les troupiers par la fenêtre me regardent toujours en riant et ça m'encourage à paraître intéressant. Mon hamac est tendu à cinquante centimètres du sol qui est pavé. Je me mets dans la tête de tomber dans mon hamac en sautant en l'air : au premier saut, je tombe à côté à droite, au second à gauche, au troisième je n'en ai plus mémoire. Si j'étais à jeun, j'aurais les côtes brisées. A la septième ou huitième fois, je suis assez heureux pour tomber dans la toile. Me voilà dans le fond du hamac. J'y reste, le sommeil me prend, à sept heures du matin je dors encore.

Papillon vient me faire sortir avec l'ordre de me mener devant le capitaine ; celui-ci commence par m'effrayer, j'ai commis un crime, je suis pour passer au conseil de guerre.

---

1. Goguenot : grand tonneau qui sert de « lieux ».

« Avez-vous l'habitude de vous griser ?

— C'est la première fois de ma vie. Je me suis trouvé dans cet état sans m'en apercevoir.

— Qu'avez-vous bu ?

— De la limonade.

— Limonade, moitié tafia ; ce matin, avez-vous bu la ration qui revient à chaque homme ?

— Non, capitaine. »

Il en a devant lui, m'en verse un petit verre. L'odeur de la veille me vient au nez, je me recule : cette boisson me répugne plus que l'huile de ricin brute. J'ai été trois ou quatre ans sans pouvoir en supporter l'odeur. Interrogatoire fini, je ne suis coupable que de suicide dans un moment de folie.

Mon juge capitaine m'apprend que je fais partie de la compagnie de voltigeurs en raison de mes anciens bons services et du plaisir qu'il a éprouvé, à bord de la *Seine*, en me voyant approprier tous les bonnets de police, chapeaux et barbes ; sans Papillon et moi, ces trois cents hommes de débarquement descendaient à terre avec des barbes de sapeur. Papillon passe caporal à la 2e compagnie du centre, il continuera à raser sa compagnie et les hommes qui seront à l'hôpital.

Notre société d'à bord de la *Seine* est dissoute, nous partageons la caisse qui est, sans mise de fonds, de sept cent cinquante francs, trois cent soixante-quinze chacun. Comme il m'en restait cent ving-cinq, me voilà avec un capital de cinq cents francs.

Le surlendemain de notre ascension du fort Bourbon, je demande une permission pour descendre en ville, Papillon en obtient aussi une, nous partons un peu avant le jour, arrivons au pont Cartouche et nous voilà en ville à Fort-Royal. Nous allons au marché. Tout le peuple, nègres, mulâtres, blancs, ne parle que créole, un boucher seul parle français, un ancien militaire resté dans la colonie depuis 1809, alors que les Anglais prenaient la Martinique et la Guadeloupe. A ce boucher, nous achetons un kilo de filet, mais il nous faut trouver un aubergiste pour faire cuire notre *bistek* ; nous apercevons un bouchon. Le patron est un sergent nouvellement congédié du nom de Lagneau. Un artiste barbouilleur est en train d'établir une enseigne : le peintre et Lagneau cherchent un nom à donner à l'établissement, l'un dit « Au Coq hardi », l'autre « A la Bonne Femme », « Au Cheval blanc », « Au Vin sans eau », « Au Renard », « Au Grand verre », « Au Litre poinçonné », etc. Je vois que l'artiste et l'aubergiste ne décident rien, celui-ci s'adresse à Papillon et à moi :

« Voyons que mettriez-vous ?

— J'ai trouvé ce que je mettrais si j'avais votre nom.

— Eh bien, quoi ?

— Au Mouton, Lagneau donne à boire et à manger.

— Bien trouvé, j'adopte ce titre. »

Lagneau mourut la même année de la fièvre jaune, son nom et celui de Mouton vécurent au moins quinze ans.

Nous déjeunons. Les côtes me faisant mal, nous allons prendre un bain de mer. Sur la place de l'Église, un magasin me saute aux yeux avec un grand chapeau rouge en fer, enseigne de chapellerie. J'entre seul dans le magasin, je vois du calicot pour des lisérés de cols noirs, j'en demande une demi-aune. Le patron est là, bel homme mais borgne. Il a deux grandes vitrines de chapeaux. Je lui demande s'il est chapelier. Il sourit et me répond qu'il n'est pas chapelier, qu'il reçoit tous ses chapeaux de Paris et de Lyon prêts à mettre sur la tête. Ce qui le contrarie, c'est que, lorsque ces chapeaux arrivent dans des caisses, les trois quarts sont bosselés et il a un mal diabolique à les remettre en état. Il leur faudrait un bon coup de fer et être remis en tournure. Je lui dis que je suis chapelier.

« Vous êtes pour la partie de la foule, peut-être... ?

— Je suis pour tout. »

Il me propose de lui redresser quelques chapeaux, mais il n'a pas les outils qu'il faut.

« Si vous voulez me faire le plaisir de venir demain matin, vous me direz ce qu'il faut, j'ai mon menuisier qui est aussi tourneur, il fera tout ce que vous lui indiquerez. »

Il me dit aussi qu'il a un jeune nègre esclave très intelligent qui, en me voyant faire, en peu de temps apprendra.

Comme nouveaux arrivés, on nous donne six jours de repos, pas d'exercice, pas de garde. J'ai le temps de me promener ou de chercher un genre de travail qui m'empêche d'attaquer ma caisse de cinq cents francs. Je suis persuadé que dans toute la 88e légion pas un troupier ni peut-être un officier n'a la bourse aussi bien gonflée que celle de Papillon et la mienne. Tous deux avons passé la journée à Fort-de-France et, à huit heures, il nous faut être à l'appel. A la fraîche, nous montons cette côte, un vent agréable nous rafraîchit qui me retire l'envie de sauter une seconde fois par le balcon. Nous gagnons nos hamacs.

Le lendemain, Papillon fait des barbes. Je me rends chez le marchand de chapeaux et, chez son menuisier-tourneur, je commande les formes qu'il me faut ; tout sera livré le lendemain matin. Il faut deux fers chapeliers, nous n'en trouvons pas ; le forgeron, moyennant vingt-cinq francs, en forge deux ; le principal outil est le « carlet », brosse carde. J'en ai un, le seul, je pense, qui soit dans la colonie.

On m'invite à déjeuner, Mme Arnaud est une jeune femme de vingt ans, son mari en a trente-six, elle est jolie à croquer. Après le déjeuner, nous retirons de leur coiffe en papier deux douzaines de chapeaux dans les plus belles qualités mais tous bosselés.

« Voyons, voltigeur, combien allez-vous me prendre par chapeau pour me les rendre à l'état de vente ?

— S'il n'y a que ces deux douzaines, je les arrangerai pour rien.

— J'en vends au moins trois mille par an, sans compter ce que je fournis aux colonies voisines, Sainte-Lucie, la Barbade, Saint-Vincent, la Dominique, Saint-Martin...

— Puisque mon service ne doit commencer que dans quatre jours, je pourrai commencer demain matin. A la première demi-douzaine, nous verrons à nous entendre pour le prix par chapeau. »

J'arrive le lendemain matin, un esclave noir ouvre le magasin, M. Arnaud dort. Je dis au nègre d'allumer à la cuisine un des fourneaux et d'y mettre chauffer les deux fers, qui pèsent seize livres chacun. Les fers chauds, le nègre me les porte. J'en saisis un avec une épaisse poignée, je le chavire et le porte à l'oreille. Ce mouvement de le porter à l'oreille permet de savoir si le fer est trop chaud ou pas assez. Pour ce mouvement, il faut de l'adresse, beaucoup d'habitude, sans cela vous vous brûlez l'oreille droite. Le nègre observe comment je m'y prends. Il va me chercher un nouveau fer chaud, et veut s'exercer à faire comme moi : il prend un torchon, enveloppe la poignée de fer, le saisit, veut le porter à son oreille et se brûle tellement que la douleur l'oblige à le laisser aller. Cette masse tombe sur les carreaux et le bruit éveille M. et Mme Arnaud.

J'ai trois chapeaux mis en tournure, ils sont luisants comme une glace. Au lieu de trois, j'aurais pu en avoir six. Je tenais à ce que M. Arnaud ne sache pas ce que je pouvais faire par jour. Il me propose un franc par chapeau, à la condition de faire de son nègre un chapelier. J'accepte son offre, mais mon intention n'est pas de leur apprendre le métier. Je travaille encore deux heures, trois autres chapeaux sont aussi luisants que les trois premiers. Je place les six dans les vitrines, je leur ai mis sur le devant une étiquette en papier taillé en cœur sur laquelle j'ai écrit : *Castor FF, Castor F.*

« Tiens, me dit Arnaud, vous avez une écriture que n'ont pas bien des ouvriers.

— Elle n'a rien d'extraordinaire, le maniement du fer me gâte beaucoup la main. »

Pour qu'Arnaud ne trouve pas que je gagne de trop fortes journées, je m'en tiens à ces six chapeaux.

Le lendemain, je me rends au magasin, la vente commence. Le premier chaland est un nègre esclave en habit noir, la queue de cet habit lui descend jusqu'aux mollets, il a une chemise bien blanche, un pantalon en satin blanc. Comme il est nu-pieds, je me figure qu'il veut acheter une paire de souliers, quatre ou cinq malles en sont pleines. J'en prends une paire, je la lui montre, il me rit au nez :

« *No, moché, cé yon chapeau que m'voulé*[1]. »

Le mot chapeau me fait comprendre qu'au lieu de commencer par les pieds il veut attaquer la tête. Je vois sa grosseur, le premier que je lui plante sur les cheveux est en laine de mouton noir, il se mire dans la glace, se trouve beau et rit comme un enfant.

J'ai remarqué que, de toutes les créatures du globe, le nègre est le seul à avoir la figure innocente, un rire d'enfant, à être sans

1. « Non, monsieur, c'est un chapeau que je veux. »

ambition ni rancune et dévoué à ses maîtres jusqu'à se faire tuer pour eux. S'il vole ce ne sont que des bagatelles. Pendant au moins vingt ans, j'ai voyagé dans les bois de nuit comme de jour, les chemins ne sont que des sentiers où l'on passe à peine à cheval. A onze heures de la nuit, minuit et même jusqu'au petit jour, il vous tombe sur les épaules cinq à six nègres marrons[1] qui vous demandent «*si vous pas tini yon bout ba nou*[2]». Pour ces rencontres de nuit, mon domestique, également esclave, porte sur sa tête ma valise, et, dans la crainte de rester trop en arrière de moi, n'abandonne pas la queue de mon cheval. A la rencontre de ces marrons, je m'arrête, fais mettre à terre par mon nègre la valise qui a dans une toile cirée attachée dessus dix ou douze paquets de «bouts». Au lieu d'un cigare demandé, je leur en donne un paquet de vingt-cinq qui me coûte un escalin, soit quarante-cinq centimes. Ces pauvres nègres, à cette générosité de ma part, m'accompagneraient jusqu'à la ville, sans leur crainte de rencontrer en route des chasseurs de montagne, mulâtres libres, organisés en compagnies qui dépendent du commissaire de police. Aussitôt que ces pauvres marrons sont gratifiés de mon paquet de bouts, ce sont des bénédictions :

«*Méci, moché, Bon Dié va and vouli ou cé yon bonn Béqué*[3].»

Avec toutes ces bénédictions je continue ma route avec ma valise qui renferme quelquefois de quatre-vingts à cent doublons de quatre-ving-six francs quarante chacun.

Je reviens à mon nègre qui vient de trouver un chapeau qui lui convient.

---

1. Déserteurs de chez leurs maîtres.
2. «Si vous n'avez pas un cigare à leur donner».
3. «Merci, monsieur, le Bon Dieu vous le rendra, vous êtes bon Blanc.»

« *Combien ou vend ou li ?* »

Je lui dis trente francs. Il ne comprend pas, Mme Arnaud lui dit six « goudes » ou pièces de cinq francs. Le nègre tire du coin de son mouchoir une portugaise, on la pèse et lui rend treize francs, quatre pièces de trois francs Louis XV ou Louis XVI, plus un franc. Le nègre, avec sa bonne figure, sourit en confiance, car ce compte lui échappe. Avec son chapeau sur la tête et son habit noir à queue, mon conseiller d'État noir fait son entrée à l'église, qui est devant le magasin, pour y entendre la messe.

Il a oublié les souliers, mais cet oubli n'en est pas un. L'esclave peut se nipper comme un maréchal de France, mais il lui est défendu, sous peine de vingt-neuf coups de fouet, d'aller autrement que nu-pieds. Il peut ne vivre que de farine de manioc et de morue. Pour soupe, il aime le *calalou*, fait avec des gombos et des feuilles *seguines* qu'il préfère aux viandes rôties ou bouillies. Quand il a le ventre plein, s'il n'est pas commandé, il se couche, dort n'importe où, en plein midi, bouche ouverte, sous un soleil qui cuirait en cinq minutes la cervelle d'un Blanc. De là probablement est venu le prétexte des planteurs colons ou autres maîtres d'esclaves pour adopter le fouet comme moyen de les faire travailler. Aujourd'hui qu'ils sont libres, ils n'ont pourtant pas conservé de rancune contre ceux qui avaient sévi injustement à leur égard. Le nègre est bon, dévoué, désintéressé, sobre, mais il est vrai qu'à quelques exceptions près il a tendance à la paresse.

La messe finie, je vois mon nègre à l'habit noir et au beau chapeau qui en sort. Il marche, le jarret tendu comme s'il disait : « Regardez-moi. »

Midi sonne, la vente est finie, M. Arnaud m'invite à dîner. A lundi pour travailler aux chapeaux. Avant que je m'en aille arrive un troupier du centre qui s'annonce comme cousin de

M. Arnaud. Effectivement, il est cousin germain, Arnaud l'accueille en bon parent, l'embrasse et lui permet d'embrasser sa femme. Le cousin sent la pipe et passablement l'alcool, il a les larmes aux yeux, mais le tafia les commande plus que l'attendrissement. Je sors avec lui, il veut me payer la goutte. Il se croit plus riche que moi : son cousin lui a glissé cinq francs dans la poche, Mme Arnaud une petite pièce en or d'un huitième de doublon, soit dix francs quatre-vingts. Fort heureusement, nous rencontrons Papillon, caporal qui, d'après les règlements, ne doit pas aller boire avec les troupiers du centre. Le cousin d'Arnaud doit donc nous quitter.

Papillon, quoique perruquier et ne sachant que signer son nom, a été sergent instructeur dans un régiment de l'armée de la Loire. Moins compromis que les autres, il a évité la déportation. Il avait trois ans de service quand il demanda à passer comme volontaire à la 88ᵉ légion. Devenu caporal, il est d'une rigidité exceptionnelle pour ce qui tient au service. Son ancienneté dans l'armée lui donne un relief qui correspond à son penchant pour le despotisme militaire. Nous n'avons pas un mois de colonie qu'il passe sergent, grade qu'il a déjà eu. A ce grade, il devient encore plus aristocrate, le troupier ne rit pas avec lui : pour un rien, il vous flanque deux ou quatre jours de salle de police.

Depuis que nous étions à bord, confidentiellement je lui avais fait part de mon projet de passer aux États-Unis et proposé que, s'il voulait m'y suivre, je le piloterais. Mon Papillon avait accepté, mais je n'avais pas remarqué que mon projet n'entrait pas dans sa tête comme dans la mienne. Il avait accepté d'une façon assez indifférente, me laissant croire qu'au moment où je trouverais le moyen de lever le pied il se déciderait à me suivre. Malgré mes bonnes journées chez Arnaud, j'ai toujours dans ma tête cette diable de désertion. J'ai acheté une carte des Antilles, une boîte boussole, un compas, un petit loch. Avec la barque d'un pêcheur, je me vois déjà à Saint-Domingue. Toujours vent arrière, on a l'île de Porto Rico à cent cinquante lieues de la Martinique.

Je passe caporal dans le centre, même compagnie que Papillon. Depuis qu'il est gradé, il n'exerce plus l'état de perruquier : son grade lui vaut un franc par jour. Il est bien assuré qu'il en est à son bâton de maréchal, et qu'il ne peut monter plus haut du fait qu'il ne sait pas écrire. Et pourtant, Papillon pourrait montrer à de jeunes officiers la charge en douze temps. Souvent, lorsque je lui en parle, il me répond que dans deux ans il aura droit à son congé, quittera le service, restera dans la colonie, y travaillera à n'importe quel commerce jusqu'au jour où moi aussi je serai libéré. Mais il ne dit pas qu'il renonce à mon projet de désertion, et je vis toujours avec cette marotte.

Je fais mon service de caporal. Hors de ce service, je travaille à la chapellerie. Je gagne plus qu'un lieutenant. Papillon et moi vivons à la pension des sous-officiers, que souvent je régale d'un ou deux poulets et de quelques bouteilles de vin, le tout extra.

On annonce le départ de France de trois cent cinquante hommes pour la Martinique. Mon pauvre ami Le Loir, que j'ai laissé à l'île de Ré, est de l'expédition. Nous allons être trois frères : Papillon, Le Loir et moi. Le navire doit toucher à Saint-Pierre. Les deux tiers des hommes sont pour la garnison de cette ville à sept lieues de Fort-Royal où je suis moi-même. A chaque instant, on attend ces troupes et je me prépare à demander une permission de vingt-quatre heures pour me trouver au débarquement de mon ami. S'il fait partie des troupes qui sont désignées pour la garnison de Saint-Pierre, je lui relèverai le moral en lui assurant que nous obtiendrons de permuter avec un de ceux qui vont à la garnison où je suis, même si cela doit nous coûter cent francs. Je suis certes bien ami avec Papillon, mais cette amitié ne va pas à la hauteur de celle que j'ai pour ce bon Le Loir.

Une dépêche arrive, le navire est en rade, ma permission chez le capitaine signée, je m'habille en grande tenue de caporal, me rends au quai, mais il n'y a pas de canot de poste pour me porter à Saint-Pierre. A une lieue sur la côte se trouve un village, Case-Navire, qui n'est habité que par des pêcheurs. Plutôt en courant qu'en marchant, j'y arrive et trouve plusieurs pirogues. Pour me transporter au plus vite à Saint-Pierre, on me demande quatre gourdes, soit vingt francs. La pirogue lancée à la mer avec quatre nègres rameurs, le commissaire de police arrive sur moi avec sa ceinture blanche. Des nègres sont allés le prévenir qu'un militaire déserteur demandait à s'embarquer.

« Dites donc, caporal, vous paraissez bien pressé, où allez-vous ?

— Où bon me semble.

— Votre permission.

— La voici.

— Excusez, caporal, le service m'oblige. »

Les commissaires de police ont cinquante francs par déserteur ramené au corps.

Me voilà en route, les rameurs ont fait voltiger la pirogue et en deux heures nous sommes à Saint-Pierre. Les troupes destinées à cette garnison sont débarquées, celles pour Fort-Royal restent à bord. Je me rends aux casernes où on me dit que Le Loir, en débarquant, a été envoyé à l'hôpital ; depuis la veille, la fièvre l'a empoigné. En dix minutes, je suis à son lit, il a vraiment une fièvre de cheval. M'apercevant, il veut se lever, je saute sur lui, nous nous tenons embrassés. Ses larmes me brûlent le visage, les miennes le rafraîchissent. Il me raconte toutes les misères qu'il a endurées à l'hôpital de l'île de Ré depuis mon départ.

Trois ou quatre fois dans la journée, je reviens auprès de mon ami, ma présence le soulage. A part, je vois la sœur qui me dit que le médecin l'a trouvé bien malade. Après cinq heures du soir, on ne peut entrer à l'hôpital. Je couche à l'hôtel. Mes vingt-quatre heures de permission expirent à neuf heures du matin, il me faut quitter Saint-Pierre trois heures avant le jour.

Me voilà dans le canot de poste pour Fort-Royal. Je connais le patron, qui doit repartir tout de suite, et lui donne quarante sous pour qu'à son arrivée il se rende à l'hôpital demander des nouvelles de Le Loir. Il s'empresse de s'y rendre, puis de m'informer. Mon bon ami Le Loir vient d'être enterré. Deux lignes de la sœur me donnent ce coup de poignard. Ma main tremble en traçant ces lignes, mes larmes coulent comme à cette époque : il y a cinquante-cinq ans que mon meilleur ami, après quarante-huit heures sur le sol de la Martinique, y fut enterré, mort de la fièvre jaune. En ce moment, j'ai des enfants : dans le nombre, il ne s'en trouve qu'un seul dont la perte me donnerait le même chagrin que celui que j'eus de la mort de mon regretté bon ami. Ce fils est mon plus jeune. Ô Joseph, que Dieu te conserve !

Ce chagrin me porte un coup terrible : le dégoût de la vie, du travail, avec cette marotte de déserter de ce pays, ne me sort pas de la tête ; devrais-je me noyer, je veux me lancer en mer, sur n'importe quelle piroque et pour n'importe où. J'ai de l'argent, je ne veux plus travailler qu'à chercher le moyen de quitter la colonie. Je ne mange presque plus. Papillon, pour moi, n'est pas Le Loir. Cependant, il m'aime beaucoup. Il fait comme s'il approuvait mon projet et veut même partir avec moi. Il est chef de poste au carénage depuis deux jours.

On nous a fait descendre à Fort-Louis, dont le bord baigne dans le bassin. Papillon est de garde au bord opposé. Il m'envoie un de ses collègues me proposer de mettre pour la nuit prochaine notre évasion à exécution. Nous serons donc trois.

Dans l'après-midi, je fais des provisions. « Six pains de trois livres, une dame-jeanne d'eau, quelques biscuits, trois calebasses à vider l'eau qui embarquera, trois couvertures de laine, un grand sac de toile, ma petite boussole et ma carte des Antilles. » Je me vois déjà à Saint-Domingue. Le sergent qui doit partir avec nous me fait appeler, me montre la grande pirogue que nous devons, à trois heures du matin, mener au pied du fort. Toutes mes provisions sont cachées dans les casemates. De là, sans que nous soyons vus, nous embarquerons. Tout ça doit marcher comme une brouette.

L'heure convenue arrive, un nègre désamarre la pirogue, je m'y embarque, je remets le nègre à terre, je pousse au large, me dirigeant au pied du fort. A moitié chemin, une embarcation de ronde m'arrête, le chef me demande :

« Où allez-vous ?

— A la pêche. »

A une telle heure, nulle pirogue ne peut sortir du port. Je suis transféré dans le canot de ronde, déposé au corps de garde qui a pour chef de poste le sergent qui devait partir avec Papillon et moi pour Saint-Domingue. Celui-ci me dit que la mèche est éventée, qu'au jour il aura ordre de me faire mener au fort.

Effectivement, il détache deux hommes. Arrivé au fort, on me cloue à la salle de police. A dix heures, le capitaine de Tersanne, vendéen, vient m'interroger. Il a connaissance de mon projet de désertion, et je dois lui jurer de ne plus tenter une chose aussi impossible. Le plus certain était de me noyer, de mourir de faim ou de soif dans un aussi périlleux voyage.

Depuis, j'ai acquis la certitude qu'il ne pouvait en être autrement. Je me serais trouvé obligé d'accoster la première île venue, anglaise ou danoise, où j'aurais été mis en prison pour être remis au premier navire de guerre français qui m'aurait livré à mon corps. Comme déserteur, caporal et voleur d'embarcation, le code militaire portait pour le moins la peine de mort. Papillon ne m'a jamais avoué que son collègue et le capitaine de Tersanne, à eux trois, avaient monté ce coup pour me dissuader, mais notre capitaine, comme punition, me fait caporal fourrier, chargé de l'ordinaire. Cette mésaventure me refroidit un peu et entame ma marotte de lever le pied.

Ma charge de caporal fourrier me donne cinq francs par jour. Je retourne chez Arnaud reprendre mon travail de chapeaux ; en m'amusant je gagne sept et huit francs et, comme caporal d'ordinaire, cinq francs, total : douze à treize francs.

Depuis quelques mois, le ministre de la Marine autorise le gouverneur de la colonie à donner aux planteurs colons la moitié des compagnies qui consentent à aller travailler à la campagne comme laboureurs, terrassiers, défricheurs de forêts, soit tous les travaux de la culture. Quantité se font inscrire, ils partent sur tel ou tel point de la colonie ; réunis à plusieurs, ils gagnent de quinze à vingt francs par homme. Ils ont des permissions au bout d'un mois avec des bourses garnies de trois à quatre cents francs. Le jour de la rentrée est presque toujours un samedi ou un dimanche. Pas un homme ne manque au quartier, ceux qui arrivent de travailler emmènent en ville ceux qui sont restés pour faire le service. Le soir, à l'appel de huit heures, travailleurs ou autres sont pleins comme une tonne bordelaise.

Les plus turbulents sont ceux qui viennent de travailler. La salle de police n'est pas assez grande, il faut emplir les cachots. C'est un vacarme d'enfer. Les caporaux, sergents, sergents-majors ne peuvent contenir tous ces hommes. Enfin on parvient, soit avec la rigueur, soit avec la douceur, à en mettre « au clou » la moitié. Le colonel les condamne à quatre jours de salle de police, à l'exception de tous ceux qui s'étaient laissé conduire avec docilité, sans tapage ni calottes aux caporaux et sergents. Deux ou trois seulement doivent passer en conseil de guerre. Ceux-ci, en France, eussent été fusillés, mais le tafia, aux colonies, fait admettre les circonstances atténuantes.

Le délit le plus courant était le suivant : en arrivant au quartier, plusieurs de ceux qui venaient des régiments de l'armée de la Loire avaient, cachée dans leurs shakos, une cocarde tricolore. En entrant dans la chambrée, vous n'entendiez que des cris de « Vive Napoléon, j'emmerde les Bourbons ! » Ils tiraient leur shako de leur tête et avec les deux pieds dansaient dessus : « Tiens, disait l'un, la voilà ta cocarde blanche, tiens, tiens, tiens, je l'emmerde. » Brandissant la cocarde tricolore, c'était pendant une demi-heure la même chanson : « Vive Napoléon, vive Napoléon ! » Ils se faisaient traîner au cachot. Le lendemain, ils en étaient quittes pour un mois, le paiement du shako et de la cocarde blanche par-dessus le marché.

De tous les condamnés, la moitié va à l'hôpital. Dans la même semaine, il en sortira le tiers les pieds devant, décédés de la fièvre jaune. Papillon a une oreille écorchée et le poing gonflé de tous les coups qu'il a administrés à tous ces buveurs. Pour ma part, j'avais une permission de dix heures qui m'évitait d'avoir les yeux pochés.

Comme caporal d'ordinaire, j'avais, pour quatre-vingt-dix hommes, du rata de mouton et de la soupe de choux, avec dans ce potage au moins dix kilos de pain blanc. Le dimanche, toutes les gamelles de rata et de soupe restent jusqu'au lendemain, pleines à raser le bord : graisse, viande, choux, oignons, poivre et sel. Papillon a justement trois jeunes cochons qui, à cette occasion peuvent se repaître largement. Il se met alors à un fructueux petit commerce auquel il me propose de participer. Si Papillon nourrit trois cochons avec la soupe et le rata des compagnies, il pourrait en fait en nourrir cinquante. J'accepte sa proposition et, le dimanche, nous nous rendons au bourg du Lamentin où nous achetons pour peu d'argent quinze petits cochons maigres. Nous les embarquons dans un gros bois[1]. Le lendemain matin, nous recevons nos « crognards ». L'intérieur du fort est une grande prairie, les herbes de Guinée y sont hautes de quatre pieds, nos cochons y disparaissent. Les gamelles de soupe et de rata sont placées de façon à ce que les trois premiers porcs montrent le couvert mis à ceux qui viennent d'arriver.

Notre commerce marche, la première quinzaine nous vendons douze bêtes à vingt-cinq sous la livre. En moyenne, ils pèsent vingt-cinq kilos chaque, soit trois cents kilos : 750 francs. L'achat était : 240 francs. Bénéfice net : 510 francs. Ce commerce nous encourage : trente nouveaux porcs montent à Fort-Louis. Je gagne de bonnes journées aux chapeaux d'Arnaud, et la marotte de fuir vers Saint-Domingue me passe un peu. A ce train-là, Papillon observe que, dans peu de mois, nous aurons un capital assez rond pour me faire remplacer. Lui-même, n'ayant plus que quinze mois à faire, finira son temps.

Deux mois se passent avec ce commerce productif. Mais, ô contrariété commerciale, il nous est ordonné de faire évacuer Fort-

1. Forte barque pour le transport des sucres.

Louis en quarante minutes. Il ne s'agit pas de la garnison, mais bien des cochons, car cela s'est su ! Un quart d'heure de retard condamne ceux-ci à être passés par les armes et les corps mangés par les troupiers. Je cours à la ville, je me rends chez un commerçant de ces bêtes, il vient avec moi, nous faisons la chasse à ces cochons, il nous faut une heure pour les rassembler. Combien valent-ils ? Le marché presse, il nous fait une offre qui nous fait perdre cent francs. La balance profits et pertes fait tout de même ressortir un bénéfice. Plus tard, Papillon ajoutera à ce même commerce celui des bœufs, mulets, chevaux, moutons, tortues, etc., ce qui l'amènera en trois ans à gagner cinq ou six cent mille francs.

Je reprends donc à cœur mon travail de chapeaux. M. Arnaud, avant son mariage, était employé aux Archives du gouvernement de la Martinique. Le comte de Donzelot, gouverneur, affectionnait beaucoup son ancien employé ; il se fournissait pour tout ce dont il avait besoin, dans son magasin. Un jour, il prie M. Arnaud de passer chez lui et lui demande s'il n'a pas un ouvrier capable de lui approprier son chapeau de grande tenue de général de division. Arnaud me propose, et je suis envoyé auprès de lui pour qu'il assiste à mon travail. Il veut rogner un peu ce chapeau qui lui a été envoyé de France et qui lui écrase la tête ; le vieux, il l'a depuis dix ans alors qu'il était gouverneur de Corfou sous Napoléon.

Le lendemain matin, je me rends au gouvernement et je suis introduit dans sa chambre. Je suis en grande tenue, les sardines sur les bras, et le général ne se figure pas que je suis le chapelier. Il me demande ce que j'ai à lui dire.

« Général, je suis envoyé par M. Arnaud pour me mettre à votre disposition et réparer vos chapeaux.

— Tiens, vous êtes caporal fourrier et chapelier ?

— Oui, général.

— Vous travaillez et votre service n'en souffre pas ?

— Non, général, je travaille pour être utile à M. Arnaud et dans mes heures de permission de sortie.

— Il n'y a pas longtemps que vous êtes au service !

— Pas si longtemps que vous, général, je n'ai commencé à servir qu'en 1811.

— 1811, mais vous êtes un vieux soldat ! Dans quel régiment, car vous ne pouviez être que fifre ou élève tambour ?

— Dans la marine impériale, équipage de haut bord. »

Il me questionne, je lui débite l'histoire de mon service sur la *Pallas*.

« Allons, marin, soldat et chapelier, vous devez arriver à quelque chose... Je vais vous montrer ce que je veux faire à mon chapeau. »

Il le retire de son étui, il est garni de plumes noires d'autruche. Je lui demande s'il veut me le confier pour le porter au magasin, il me répond que non, qu'il tient à ce que je le lui arrange dans sa chambre. Je me mets à l'œuvre ; en deux minutes, plumes, torsades, cuir et coiffe sont enlevés.

« Diantre, me dit le gouverneur, un caporal dégrade un général !

— Moins l'épée, général. Il me faut de l'eau bouillante, un fer à repasser et du savon. »

Je lui demande s'il veut bien que j'aille à la cuisine.

« Auriez-vous envie de prendre le café ?

— Non, général, c'est votre chapeau qui a besoin de prendre un bain.

— Allez, mon enfant, mais ne faites pas l'amour à ma cuisinière. »

Je lui réponds que je ne suis amoureux que de l'honneur de le servir.

« Je ferai en sorte de vous en être reconnaissant », me réplique-t-il.

Je me rends à la cuisine, attrape un chaudron, la cuisinière fait un bon feu, le chaudron est plein d'eau qui bout en dix minutes. J'y jette ma livre de savon, il se dissout, l'eau est comme du lait. Par une corne, j'y plonge le chapeau, puis l'autre corne, le chapeau disparaît comme un gant de chamois. La jeune cuisinière est jolie, c'est une quarteronne à cheveux bouclés, elle s'approche du chaudron, veut voir ce qu'est devenu le chapeau, sa figure est près de la mienne, je l'embrasse.

« *Ha, moché capoal, ou cé yon fa ceux*[1]. »

Avec des pinces, je retire le chapeau et, comme une peau de mouton fraîchement retirée de la bête, je le jette sur les carreaux. La quarteronne me prend pour un fou, se sauve, va raconter au gouverneur que je fais des saletés dans sa cuisine.

« T'a-t-il embrassée ?

— Non, généal.

— Tant pis pour toi, laisse faire le caporal. »

En son absence, j'avais retourné la tête du chapeau, une marmite ronde me servant de forme, et j'aurais bien aussi essayé de faire tourner la tête de cette jolie cuisinière, mais un marmiton était là.

« *Gadé béqué là ! li ca mété yon mamit outi moché généal li té ca met tet li*[2]. »

La tête est ronde comme avant de l'avoir plongée dans le chaudron. J'ai ma petite carde dans ma poche, je tire à poil, le chapeau

---

1. « Ah, monsieur caporal, vous êtes farceur ! »
2. « Regardez ce Blanc ! Il met une marmite là où le général met la tête. »

est aussi beau qu'à l'époque où le général était gouverneur de Corfou. Le soleil est raide, le chapeau sec, deux fers sont chauds ; faute de table, je me sers d'un banc, le chapeau est mis en tournure.

Sans me faire annoncer, j'entre dans la chambre du général. Je lui montre son chapeau, il en est épaté. Il prend le chapeau neuf, avec un pied de roy il en mesure la hauteur, la porte au vieux chapeau. La mesure prise, il faut que, tout autour, j'en rogne huit centimètres. Je lui remets la garniture de plumes noires, qui cache toute la crasse de l'envers. Je place la ganse torsade d'or, les croquignoles à chaque corne, puis la cocarde blanche.

Le général, se parlant à lui-même, dit que celle-ci ne restera peut-être pas autant que l'ancienne. Le chapeau fini, il le plante sur sa tête, il le trouve moins lourd. Ce que j'en ai rogné et la crasse que le chapeau a vomie dans le chaudron ont diminué son poids à ne peser que celui en paille d'Italie de la duchesse d'Angoulême. Son chapeau sur la tête, il en est aussi satisfait que Louis XVIII quand on lui plaça pour la seconde fois la couronne sur la tête.

Il a aussi ses épaulettes gros-grain dont le dessus a blanchi. Il me demande si, à Fort-Royal, je ne connais pas un doreur qui de nouveau les lui dore. Je lui affirme qu'il ne s'en trouve pas et m'enhardis à lui dire que, s'il veut me les confier, je me crois capable de les lui dorer.

« Mais, me dit-il, demain il me les faut, je passe la revue de toute la garnison.

— Dans deux heures, général, vous les aurez.

— Allons, chapelier doreur, je compte sur vous, mais je serais désireux de vous voir dorer.

— Je n'ai pas ici ce qu'il me faut.

— Ah ! il vous faut votre creuset !

— Non, général, il me faut de la soie jaune.

— Tiens, dans votre creuset, il vous faut mettre de la soie ?

— Non, général, il ne me faut ni creuset ni or.

— Ma foi, me dit-il, je ne comprends rien à votre dorure, voyez la cuisinière, peut-être a-t-elle de la soie jaune, mais avant, dites-lui de vous servir à déjeuner, elle va probablement vous dire d'attendre les restes de ma table, n'acceptez pas. »

Je prends mon canif et découds les épaulettes. Pendant que je suis à ce travail entrent sans se faire annoncer un vieux paysan et deux gaillards de même costume. Le vieux allonge la main au général, celui-ci l'embrasse sur les deux joues, les deux autres plus jeunes aussi l'embrassent et tous trois demandent comment il a passé la nuit. Le vieux est le père du général de division comte de Donzelot, gouverneur, pour le roi, de la Martinique. Les deux plus jeunes sont ses deux frères. Le comte de Donzelot était parti en 1790, sac au dos, de Franche-Comté. Un moment après entrent un capitaine de vaisseau, un de frégate et trois ou quatre officiers. Salutations d'usage, grands dignitaires et paysans passent au salon à manger, dix domestiques nègres les servent.

Pendant ce temps la cuisinière me procure de la soie jaune. Je prends les torsades de dessous les épaulettes, je les mets à la place de celles de dessus fanées, je faufile le tout, voilà des épaulettes neuves. Je les place sur le guéridon du général en compagnie du chapeau. A la cuisine, mon couvert est mis, inutile de parler de la carte, une bouteille de vieux médoc me dispense d'énumérer les plats. Je déjeune à la volée et regagne la chambre du général. Le chapeau et les épaulettes sont entrés dans le domaine de la conversation. Ces messieurs passent au jardin, le général revient et me dit que mon travail a été apprécié. Pour sa part, il me remercie, tire d'un tiroir une pièce de vingt francs et me la met dans la main. Je me figure que c'est pour remettre à son ancien archiviste : c'est pour moi.

« En plus, si je peux vous être utile, comptez sur moi. »

De mon mieux, je le remercie. A l'exception de son père et de ses frères, les autres messieurs doivent envoyer des chapeaux à réparer à Arnaud. Je retourne au magasin et raconte ce que m'a fait réparer le gouverneur. Dans la même semaine, une douzaine de chapeaux castor tricornes tombent au magasin. M. Arnaud me témoigne le désir de m'attacher tout à fait à son magasin et me propose de me faire remplacer à l'armée, ce que j'accepte avec plaisir. Il faut l'autorisation du gouverneur. Il m'emmène devant lui et le général me reconnaît. Arnaud lui dit le but de sa visite, mais le général lui répond que, malgré tout le plaisir qu'il éprouverait à le satisfaire, il n'est pas autorisé par le ministre à laisser remplacer les militaires. Nul civil, à la Martinique, ne peut remplacer un militaire. Dans les compagnies, les hommes qui ont droit à leur congé pourraient remplacer un camarade, mais il est difficile d'en trouver un qui veuille continuer le service dans la colonie. D'un autre côté, un décret stipule que nul militaire gradé ne peut être remplacé par un fusilier. La règle, à cette époque, est que tous les sous-officiers, même caporaux, s'ils rendent leurs galons pour ce fait, subissent un mois de salle de police.

Je réponds au général que volontiers je rends mes galons et que, sans m'en plaindre, je ferai le mois de salle de police. Le général me tape sur l'épaule :

« Allons, allons, me dit-il, si vous préférez exercer le métier de chapelier doreur plutôt que continuer à servir notre roi, quoique non autorisé à tolérer les remplacements, en votre faveur je sortirai un peu de mes pouvoirs. Cherchez parmi les hommes qui partent en congé définitif, puis vous rendrez vos galons et je m'entendrai avec votre colonel pour que vous ne fassiez pas ce mois de salle de police. »

Presque les larmes aux yeux, je le remercie. De retour avec cet espoir, je cherche un remplaçant. Avec la plus grande peine, j'en trouve un qui, pour le service, n'est pas bien noté. J'ai plus de cinq ans à faire. Il exige deux mille cinq cents francs et il faut que le remplacé verse au corps cinq cents francs, total trois mille francs. J'aurais donné plus, et le marché est accepté.

Ce remplaçant est Fabre, voltigeur, un peu ivrogne, querelleur, bretteur ; il se bat au sabre pour une bouteille de vin, le premier sang paie la bouteille. Les congédiés ne partent que dans quinze jours. Marché arrêté avec ce sacripant, je ne le quitte pas d'une minute. Je lui paie à déjeuner avec les cinq ou six bons gueulards qu'il a avec lui. Après les déjeuners, il est convenu qu'il va venir signer l'engagement, accompagné de ses témoins car il ne sait pas écrire son nom. Jusqu'à la veille de son départ, il me lanterne. Ce jour-là, je fais dresser un déjeuner encore plus coûteux que les autres jours. Six bouteilles de vin cacheté sont à leur place. Je dis aux quatre camarades témoins que je vois bien que Fabre essaie de me rouler. Dès qu'il aura signé ou fait sa croix, mille francs lui tomberont dans la main. Je donne cinq francs à chacun pour qu'ils ne le quittent pas avant qu'ils ne lui voient ces mille francs dans la poche. Ils m'assurent que Fabre ne déjeunera pas avant de s'être engagé devant le commissaire de marine préposé aux revues.

Fabre, la gueule enfarinée, arrive, se figurant que, comme les autres jours, il n'a qu'à se planter à table.

« Doucement, Fabre, lui dis-je, le couvert est mis, trois poulets sont à la broche, entrecôtes sur le gril, œufs aux anchois à l'huile et au vinaigre, etc. Six bouteilles à long bouchon, plus s'il le faut ; une bouteille par homme de bon champagne, café, pousse-café, et nous verrons après. A une condition : nous allons nous rendre au bureau du commissaire aux revues ; devant cet administrateur, tu consens à me remplacer, de là nous allons chez le notaire qui a dressé le contrat des deux mille cinq cents francs que je te donne. »

Fabre se gratte l'oreille et ses quatre camarades ouvrent des yeux comme des portes cochères, mais ils me l'entraînent chez le commissaire de marine, on lui lit les termes de son engagement à haute voix, il répond affirmativement qu'il consent à me remplacer. On écrit que, le nommé Fabre Jean ne sachant signer, ses quatre témoins signent. Je fais un « haaaa ! » de deux minutes.

Je ne suis plus ni soldat ni marin. Nous allons chez le notaire. M. Arnaud s'y est rendu, il fait compter mille francs, quinze cents seront remis dans un an et un jour. Tous les six, nous nous rendons « Au Mouton Lagneau donne à boire et à manger ». Avec autant d'entrain que les personnes pieuses qui vont à la sainte table, mes conviés se plantent à la table de l'agneau. D'avance, j'ai réglé le déjeuner, cinquante francs plus trois cent cinquante depuis dix jours.

Récapitulation du prix de ma liberté :

| | |
|---|---|
| 2 500 | francs à Fabre |
| 500 | à la caisse du corps |
| 400 | de déjeuners et dîners |
| 100 | de manque à gagner |
| 20 | aux quatre témoins. |
| 3 520 | francs |

Il ne me reste que cent cinquante francs et je suis débiteur de M. Arnaud de trois mille francs. Pour cette dette, il est convenu que je travaillerai dix-huit mois sans appointements. Je serai nourri, couché, habillé, blanchi, avec faculté d'accepter ou non de travailler le dimanche plus tard que midi. Arnaud me demande si j'ai de l'argent de reste, je lui verse mes cent cinquante francs. Au magasin, il ne manque pas d'effets confectionnés, de la chaussure, des chapeaux de Panamá, Mme Arnaud me fait faire six belles chemises. Me voilà civil. Ma marotte de déserter en volant une pirogue m'a passé.

Le 21 mars 1821, je suis libéré du service de terre et de mer.

# 11.

# DE NOUVEAU CHAPELIER ET AMOUREUX

*Elle est la bâtarde d'un riche planteur colon et a hérité de son père une moitié de sang noble et un teint clair.*

Mon service sous les Bourbons a été, à la Martinique, de un an deux mois et un jour. Chez Arnaud commence un second petit esclavage : je lui dois dix-huit mois de mon travail, ne pouvant exiger autre chose que la nourriture. Je suis obligé d'obéir pour tout le travail de la chapellerie, vente au magasin, recette en ville, aidant Mme Arnaud à tenir le brouillard [1], son mari tenant les livres.

---

1. Brouillon de comptabilité.

De Paris et de Lyon, nous recevons des chapeaux. Chaque dimanche, M. Arnaud envoie une domestique au Lamentin où se tient un marché dans lequel se rendent les deux tiers des esclaves de la colonie pour y vendre légumes, denrées et fruits. Les Blancs et les mulâtres libres y vendent les cafés, cacaos, graines de gombo, musc, farine de manioc, etc. A dix heures, la messe commence. Pas un esclave n'y manque. Les Européens, quoique catholiques, en raison de leur installation de marchandises, ne peuvent assister à cette messe. Les mulâtresses, marchandes comme les Blancs, trouvent, elles, le temps d'y assister. La messe dite, des baraques improvisées sont dressées par tous les propriétaires devant leurs maisons qui entourent l'Église. Chaque baraque pour la journée se loue deux francs cinquante, pour deux mètres de largeur. Les rez-de-chaussée des maisons sont des magasins tenus par les propriétaires ou loués à des vendeurs de café et autres denrées.

Dans ces magasins, on trouve une grande balance et des coffres pouvant enfermer quatre à cinq cents sacs de café. Pendant quatre ou cinq heures, les ventes vont bon train. Il faut à l'acheteur trois ou quatre aides et, les achats faits, il faut en deux heures emplir les sacs de café, les coudre et les embarquer. Le lendemain matin, les bateaux arrivent à Saint-Pierre chargés de denrées avec quarante à cinquante passagers marchands, femmes et hommes ; toutes les denrées sur la plage, les capitaines de navire achètent les cafés et autres denrées coloniales. Le voyage est pénible : deux nuits sur la mer, vingt lieues. Toute la journée du dimanche, on a pesé, calculé et cousu des sacs, puis on reçoit, la nuit, des lames d'eau sur les épaules.

En Europe, on se figure qu'aux colonies il n'y a qu'à se baisser pour ramasser l'or. Pendant six ans, tant pour le compte de dames créoles raffolent de ces vers. Leur cuisson est toute naturelle : on les place un à un sur le gril, on les met sur la braise, en une minute ils sont cuits et, avec du citron et du piment, vous mangez de la cervelle de dindon. Pendant quatre ou cinq ans, ma répugnance pour ces vers était telle que je n'ai pu y goûter. A partir du jour où, pour faire plaisir, j'en ai mis la moitié d'un dans ma bouche, j'en aurais mangé sur la tête d'un teigneux. Voilà pour les vers palmistes.

Je passe aux lézards. Ce quadrupède peut avoir soixante centimètres à un mètre cinquante de long. Il est vert, jusqu'à un mètre de longueur de queue, a quatre pattes. On lui tire la peau comme à un lièvre et la chair est meilleure. L'agouti est plus fin que le lapin. Le manicou est à peu près de la même famille que l'agouti. Le cochon marron ne devient jamais plus gros qu'un lièvre, sa chair est meilleure que celle du porc.

Me voilà, avec le chargement de cette pirogue, de retour vers Fort-de-France. Dans cette traversée de quatre lieues, sortis du canal, vous entrez en mer. Le vent est presque toujours raide. La pirogue est chargée de femmes qui font appel à Dieu et à la Vierge. L'embarcation est pleine à n'avoir que dix centimètres hors de l'eau. Avec ces cris, ces appels à tous les saints, on arrive à bon port. Le dimanche suivant, toutes ces marchandes recommencent le même voyage. J'en ai connu qui, sans manquer un dimanche, ont fait ce même trajet pendant quinze ans. Moi-même, tant pour la maison Arnaud que pour mon compte, ai fait pendant six ans ce même voyage, toujours avec les appels à Dieu et à la Vierge.

Le lundi matin arrivent les caisses et malles, il faut les brosser et les approprier, et recommencer le samedi d'après.

Deux mois se passent à mon travail et le dimanche, au Lamentin, mes ventes vont bien. Mon patron fait bonne table, je ne tra-

M. Arnaud que pour moi, j'ai fait ce commerce. Cinquante fois, nous avons eu des nuits où chaque minute ouvrait notre tombeau. Ces barques ne sont pas pontées, elles sont armées de quatorze rameurs, esclaves nègres entièrement nus, un patron également esclave qui, sur les quatorze, a presque droit de vie et de mort.

Le gros bourg du Lamentin, où se tient chaque dimanche ce marché, est le plus considérable de la colonie. M. Arnaud me prie d'aller tenir ce marché, seulement pour y vendre le dimanche matin. Avec deux esclaves femelles, nous embarquons sur une longue pirogue, déjà chargée d'une quinzaine de femmes, mulâtresse, capresses, libres et esclaves. Ces femmes s'en vont au Lamentin pour y acheter farine de manioc, légumes, volailles, fruits, etc.

En arrivant sur le quai, je trouve les caisses et les malles parties la veille au soir. Je les fais porter sur la place du marché, et installe mes marchandises dans la baraque louée. L'heure de la vente arrive : chapeaux, souliers, calicot, indienne, mercerie, etc., pendant quatre heures. Je remballe ce qui reste, remonte dans la pirogue avec même quantité de femmes mais vingt fois plus de charge que le matin : les ignames, les *cuschonts*, les ananas, les *corosols*, les figues bananes, les choux caraïbes, les patates douces, les oranges, les pommes de *lienne*, les goyaves, les pommes d'acajou, les *chadecks*, les prunes-chenilles, les *magots*, les *icats*, les pommes de *litère*, etc. La nomenclature n'en finirait pas. Pour les bêtes, agoutis, cochons marron, *manicous*, lézards et vers palmistes, cett sorte de vers étant à peu près gros comme une noix et se trouvar par deux ou trois cents auprès d'un arbre palmiste pourri. Le nèg les ramasse, les met dans une espèce de bouteille blanche et, re fermés ainsi, vient les vendre au marché. Ces vers sont vivar grouillants. Rien qu'en les regardant, ils vous répugnent.

vaille que dans les proportions de mes forces, sauf le dimanche, ma plus grande fatigue. Un dimanche, lassé de m'embarquer avec toutes ces femmes, il me vient dans la tête de revenir à pied : trois lieues à faire. Ne voulant pas être la nuit dans les bois, je marche à pas redoublés. En arrivant à la maison, je verse ma vente sur la table. La tête me fait mal, nulle envie de manger, je vais me coucher, j'ai des douleurs dans les reins et un affreux mal de tête. Mme Bail, mère de Mme Arnaud, monte dans ma chambre. Je souffre de la tête à devenir fou. Cette bonne dame s'y connaît : j'ai la fièvre jaune. Elle a envoyé chercher le médecin. Celui-ci me saigne, je tombe, on me couche, je l'ai vu faire la grimace, il n'ordonne rien.

Cette dame se charge de moi. L'huile de ricin brute ne manque pas, elle m'en présente une cuiller à bouche, je l'avale, une demi-heure après une seconde cuillerée. Cette huile me répugne. A la troisième, je ne veux plus y mettre les lèvres, ma tête se fend, les reins se brisent, je demande la mort. Mme Bail se fâche : il faut que j'avale son huile ! Je repousse sa main, elle se met en colère, elle me dit qu'elle ne veut pas que je meure.

« Laissez-moi mourir !

— Si vous ne prenez pas cette huile, j'appelle quatre de mes nègres, ils vous attachent et avec un entonnoir je vous la fais avaler. »

Mourir empoisonné par cette huile ou mourir des souffrances atroces de cette fièvre jaune, le désespoir me prenant, j'en avalerais un litre.

Le médecin arrive à minuit, me tâte le pouls, il lève les épaules. Je suis condamné à être enterré avant le jour. J'avale l'huile de ricin, je ne fais plus attention au goût. A quatre heures du matin, je salis tous mes draps de lit ; sans cette bonne Mme Bail, j'étais enterré avant vingt-cinq ans d'âge, comme mon ami Le Loir. Le lendemain matin, le médecin revient, se figurant qu'il va signer mon billet d'enterrement. Il me trouve assis sur mon lit avec une tasse de bouillon. Mal de tête et douleurs de reins ont disparu. Dans l'après-midi, je suis à table avec M. et Mme Arnaud.

J'apprends que cette infernale maladie entraîne rapidement une constipation qui, en cinq ou six heures, produit une gangrène dans les entrailles. L'huile de ricin, en grande quantité, provoque l'évacuation qui vous sauve. Dans les hôpitaux militaires, ce moyen est ignoré. On brûle le front et les tempes au fer rouge et sur cent hommes à peine en sauve-t-on deux. Cette diable de maladie ne touche guère que les jeunes Européens qui arrivent aux Antilles. Les Blancs nés ici sont préservés de cette maladie, de même que les nègres et mulâtres. Les jeunes Européens qui arrivent dans ces îles devraient, aussitôt débarqués, se faire saigner, ne boire que de l'eau, se priver de viande de façon à appauvrir le sang, seule cause de cette maladie qui n'est nullement contagieuse. C'est le sang qui s'épaissit. A la fièvre jaune, j'ai payé mon tribut. Il me restera la dysenterie, mais en trois ou quatre jours je suis aussi bien portant que la semaine d'avant.

Je continue mon travail et les voyages au Lamentin chaque dimanche. M. Arnaud m'envoie en recette à cinq lieues, chez un curé du bourg de La Trinité où je dois recevoir quatre mille francs or. Je traverse la rivière, de l'eau jusqu'au ventre du cheval. J'arrive au bourg de Gros-Morne, la partie la plus élevée de la colonie. Me voilà à La Trinité. Le curé me compte les quatre mille francs en doublons d'or. Il m'est possible de coucher au presbytère, mais je suis si content d'avoir fait cette recette qu'il me tarde d'en verser la somme à M. Arnaud. Je me remets en route, il fait presque nuit, beau clair de lune. Je fais une lieue jusqu'à l'angle de deux sentiers, l'un donnant à droite, l'autre à gauche, j'enfile ce dernier : j'aurais dû prendre celui de droite. Je vais aussi bon train que le chemin me le permet, mais, au pied de trois pitons, plus de chemin. Il me faut revenir sur mes pas. La lune, heureusement, éclaire comme le jour, j'ai fait la moitié du chemin. Devant moi se présente un pont que j'ai déjà traversé. Deux nègres sont debout, tenant chacun un coutelas à la main, long comme un sabre et luisant. Je ralentis le pas de mon cheval, je n'ai pas d'arme, je suis effrayé. Dois-je continuer ma route ? Dois-je rebrousser chemin ? J'en suis à me tâter le pouls. Enfin je me décide à franchir mes deux statues nègres, toujours immobiles, l'une en face de l'autre. J'enfonce mes deux éperons dans les flancs du cheval, je franchis le pont au galop et mes deux statues nègres partent d'un grand éclat de rire. Je comprends que j'ai eu peur comme Napoléon au passage du pont d'Arcole, mais sans le danger.

A partir de cette nuit, je n'ai plus eu peur de ces pauvres nègres, qui ne sont dangereux que dans des circonstances exceptionnelles. Je suis porté à croire que, si, en France, deux hommes comme il y en a quarante mille à Paris se fussent trouvés à la place de ces deux Noirs, bien certainement je n'en aurais pas été quitte pour la peur. Par cette erreur de chemin, je n'arrive à Fort-Royal qu'à deux heures du matin. M. Arnaud me blâme de mon trop de zèle. Un peu la fatigue, d'un autre côté la peur, je suis éreinté.

Quelques mois se passent, je travaille aux chapeaux, un peu aux écritures, aux recettes, aux ventes. Avec M. Arnaud, je fais un voyage à Saint-Pierre. Alors que nous y sommes, un coup de vent survient et entraîne un raz de marée qui envoie quarante-cinq ou quarante-six navires marchands jusque dans les rues de Saint-Pierre. Ces navires sont pleins de denrées coloniales. Tous étaient à l'ancre, sur une seule ligne, une chaîne à terre, l'autre au large. Pas une n'a tenu. La mer, en moins d'une heure, a tout mis en morceaux. La plage est couverte de boucauts de sucre, café, barriques de vin, caisses de savon, balles et malles de marchandises de toutes sortes. En moins de trois quarts d'heure les assurances ont perdu de douze à quinze millions de francs.

Un Blanc, jeune créole, venait de recevoir de l'île de Bourbon une cargaison de marchandises de l'Inde pour une valeur de cinq cent mille francs. Ces caisses et malles, bien garnies de toile goudronnée ou emballées dans des caisses de fer-blanc, sont presque toutes sauvées. Elles contiennent : foulards, soie du premier mérite, crépons, châles de Chine, madras, mouchoirs des Indes, etc. Le jeune Baudin prend tout ce qui n'est pas avarié et s'arrange avec les assurances, il ne perd presque rien. Arnaud est ami de ce jeune homme, qui n'a que dix-huit ans. Cette fortune lui arrive de son père récemment mort à Bourbon. Il livre à Arnaud pour deux cent mille francs de ces marchandises à vendre pour son compte.

Trois jours après, cette richesse arrive dans le magasin. Les vitrines sont vidées, les chapeaux mis dans des coiffes en papier ; ils doivent avoir honte devant toutes ces belles soieries de l'Inde. Mon établi de travail est mis dans l'arrière-magasin. Nous ne travaillons plus qu'à déballer et garnir tous les rayons, voilà un magasin de soierie. Arnaud me met en route à la campagne, j'ai des échantillons de toutes sortes. Lui-même parcourt la ville. En moins de quinze jours, tant au comptant qu'à crédit, il vend pour cent mille francs. Il part pour Saint-Pierre et, en son absence,

Mme Arnaud et moi vendons bien. Des mulâtresses prennent à crédit des marchandises qu'elles revendent.

Parmi elles se trouve une des plus jolies. Depuis deux ans, elle a un petit magasin. Toute la journée de maison en maison, elle court les rues et, le dimanche, elle va vendre comme moi au Lamentin. Au magasin, elle est débitée sous le nom de Laguiote. C'est une métisse plus blanche que les Catalanes, front haut, figure romaine, nez moulé, bouche d'enfant, dents d'ivoire, yeux noirs d'ébène, cheveux bouclés qui lui couvrent les épaules jusqu'à la taille, pieds de Chinoise. Elle peut avoir vingt-sept ans, près de trois ans de plus que moi. Bien qu'elle ait été la première maîtresse du gouverneur anglais de la colonie, le diable se casse le cou, j'en suis amoureux.

Depuis le départ de ce gouverneur, elle n'a plus voulu être la ménagère de personne. J'ambitionne qu'elle devienne la mienne mais, pour y arriver, c'est difficile. L'argent que j'ai n'est pas lourd, elle connaît ma position avec Arnaud, l'intérêt ne peut guère gagner sur son cœur. Comment s'y prendre ? Je ne peux proposer le mariage, les lois exceptionnelles de la colonie s'y opposent entre Blancs et gens de couleur. Comment faire pour arriver à ce qu'elle soit ma ménagère ? C'est une forteresse plus difficile à prendre que le Trocadéro. Elle est la bâtarde d'un riche planteur colon qui tint tête aux Anglais avec quatre cents de ses esclaves. Sa mère, esclave jusqu'en 1792 de ce colon, M. de Thibauville, avait avec lui deux garçons et trois filles, dont Laguiote, qui n'hérita de son père qu'une moitié de sang noble normand et un teint clair.

Cette métisse vient tous les deux ou trois jours porter de l'argent et prendre des marchandises. Je fais l'aimable, je lui baragouine du créole. Elle me répond : « *Ou cé yon faceux !* », ou bien : « *Ou cé yon coquin*[1] *!* »

« *Ce foula, ni pas tini yon bel dessin. Ila la lini yon couleu caca Jaco*[2]. » Je lui en choisis deux ou trois qui sont aussi jolis qu'elle. J'en détache un de la pièce de sept, lui présente sur la tête et lui dis qu'il lui va aussi bien que si elle était née dedans. Toujours même répétition : « *Ou cé yon faceux.* » Farceur ou non, elle prend mes trois pièces. Elle passe au madras, c'est la même chanson que pour les foulards. Pour les mouchoirs des Indes, elle reviendra demain matin. Dans la soirée je passe devant son petit magasin, comme si je ne la voyais pas. Elle m'appelle :

« *Moche Péé.* »

J'entre, elle me donne une chaise.

« *Assiste on, on vlé pand quel chose ? Yon vé l'ogeat, yon vé goseil, yon vé l'eau suque*[3] *?* »

Je ne sais que choisir. Je lui dis que je ne prends jamais rien tout seul, que je boirai ce qu'elle boira.

Nous passons dans l'arrière-petit magasin où une petite négresse a déjà mis les verres de cristal sur la table. Carafe de sirop de groseille, d'orgeat, elle verse de l'orgeat. J'ai chaud, elle m'engage à y mettre un peu de rhum, m'en verse, repose le rhum sur la table, je saisis le flacon, je lui en verse quelques gouttes, lui dis qu'elle doit me faire la faveur de trinquer avec moi.

La métisse Laguiote a été la première fille, à la Martinique, avec qui j'ai trinqué et que j'ai embrassée. Avant de la quitter,

---

1. « Vous êtes un farceur, un coquin ! »

2. « Ce foulard n'a pas beau dessin. Il a une couleur perroquet. »

3. « Asseyez-vous. Voulez-vous prendre quelque chose ? De l'orgeat, groseille, eau sucrée ? »

je la prie de ne s'adresser qu'à moi pour ce qu'elle achètera, de ne jamais porter son argent au magasin puisque, tous les jours, je vais en recette et, plus je porte d'argent, plus les Arnaud sont gracieux pour moi. Quand il arrivera des marchandises tant de France que de l'Inde, elle sera par moi prévenue la première. Dans sa naïveté créole, elle me dit :

« *Moché Péé, moca enmécié ou, mo vois ou aimé moé, ou cé yon si bon Béqué, moé mé ou itou*[1]. »

Je connais maintenant le caractère de ces femmes, elles disent aussi bien « je vous aime » pour dire qu'elles vous estiment. Moi, novice, comprenant qu'elle me dit qu'elle m'aime aussi, je m'illusionne, je fais des rêves comme si je montais au douzième ciel.

Quelques jours se passent, la vente se ralentit. On reprend les chapeaux qui ont été mis de côté, de même que chaussures, mercerie, quincaillerie, etc. La vente de ces articles n'est plus aussi bonne et, depuis deux dimanches, je n'ai pu aller vendre au Lamentin. Arnaud se demande comment faire de l'argent.

Un matin, Baudin, le jeune homme propriétaire des marchandises de l'Inde, arrive à la maison en compagnie d'un nommé Crevel. A midi, nous voilà à table, on parle des grands bénéfices du commerce des nègres sur la côte d'Afrique. Il faut cinquante mille francs pour armer un navire, trente mille pour le charger de marchandises, en tout quatre-vingt mille francs. On peut ramener deux cent cinquante esclaves qui se vendront en moyenne deux mille francs, le bénéfice sera de plus de quatre cent mille francs. Baudin tombe dans le panneau.

---

1. « Monsieur Péray, je vous remercie, je vois que vous m'aimez, vous êtes un bon Blanc, je vous aime aussi. »

Le navire acheté, on procède aux achats des marchandises d'échange. Pour chaque nègre, on compose ce qu'on appelle une « corde ».

Cette corde s'établit ainsi :

| | |
|---|---|
| 10 kilos de tabac en feuilles | 8 francs |
| 1 bouteille de mauvaise eau-de-vie | 1 franc |
| 1 vieux fusil ou sabre | 10 francs |
| des clinquants en cuivre doré | 5 francs |
| Total pour 1 nègre | 24 francs |

Comme commis, j'ai charge de faire ces cordes.

L'équipage constitué, on lui donne deux mois d'avance et il est expédié. Arnaud m'avait proposé de faire ce voyage à la côte de Guinée, mais, plein d'amour pour ma métisse, j'avais refusé. Le navire revient au bout de cinq mois, il est devant le bourg du Vauclin, cent cinquante nègres ou négresses ont débarqué, cent sont morts dans la traversée. Dans les villes et les campagnes, la vente de ces esclaves est annoncée pour tel jour ; en deux heures, elle est terminée. Le bénéfice est de cent mille francs. Mais une bonne partie de la vente a été consentie à crédit aux planteurs, et le jeune Baudin se retrouve avec un découvert de cent mille francs.

Pour faire de l'argent, on reprend le commerce des marchandises de l'Inde. Puis, un dimanche, Baudin et Crevel viennent déjeuner avec Arnaud. Ils vont tenter un grand coup. On va acheter un second navire pouvant porter six cents nègres. Le premier en portera trois cents, soit neuf cents Noirs à deux mille francs = un million huit cent mille francs. Le bénéfice pour chacun sera de deux ou trois cent mille francs. Le navire coûte cent vingt mille francs. L'armement, les marchandises de change, quatre mois d'avance aux matelots pour les deux navires viennent en plus, et voilà Baudin endetté de deux cent mille francs. Le crédit accordé est de huit mois, assez de temps pour que les deux navires reviennent.

Neuf mois passeront sans que l'on entende parler d'eux. Un seul reviendra. Le capitaine et tout l'équipage du deuxième qui devait porter six cents esclaves, ont, paraît-il, été massacrés sur les côtes de Guinée. La société en faillite, Crevel lèvera le pied avec ce qui reste en caisse, mourra à Saint-Domingue quinze mois après, Baudin sera réduit à une situation misérable et Arnaud, ruiné, mourra à Marseille.

Tout ce racontage du commerce Crevel, Arnaud, Baudin me fait un peu sortir de celui de ma vie. Je ne le donne ici que pour faire comprendre aux jeunes gens que de vouloir monter trop vite à la fortune de cette manière vous fait prendre le chemin de l'hôpital ou du cimetière.

Pour l'instant il n'y a que six mois que les navires négriers sont partis. Je tiens le magasin avec la vieille belle, celle qui m'a sauvé de la fièvre jaune. Elle et moi faisons en sorte de maintenir le magasin. M. et Mme Arnaud sont dans leur hôtel à Saint-Pierre. Lui vient tous les quinze jours, on lui rend compte des ventes et recouvrements, il prend ce qui est en caisse, ne s'inquiète pas plus de ce qui reste de marchandises que si ce n'étaient que des mirlitons. Le voilà reparti. L'article chapeaux tombe, les commandes à Paris et à Lyon sont négligées. Je vois que je n'aurai bientôt plus à m'occuper de ce travail.

Dans notre ville vient de s'installer Janson, un marchand de toutes sortes d'articles dans lesquels il a joint les chapeaux. Il n'est pas plus chapelier que le grand négociant Arnaud. Le dimanche, il vient comme moi vendre ses marchandises au Lamentin. Pour ce qui est des chapeaux, j'en vends quatre fois plus que lui. Nous déjeunons ensemble chez une jolie mulâtresse à qui Janson chauffe les talons. Un peu jaloux de ce que je vends six fois plus de chapeaux que lui, il me tâte pour me retirer de chez Arnaud. Il me propose de me dégager de ce que je dois pour mon remplaçant, quinze cents francs qu'il faut compter au premier jour. Janson a un magasin garni de cinquante mille francs de marchandises. Si j'accepte de venir travailler chez lui, il sera fait un inventaire, je n'ai pas de mise de fonds à faire. J'entre comme associé à moitié sans avoir à verser d'intérêt de son capital. Je suis engagé encore pour six mois avec Arnaud. Sans cause, je ne peux le quitter.

Un dimanche matin, Arnaud arrive, sa belle-mère lui verse l'argent du magasin. Il me propose de venir avec lui à Saint-Pierre pour être employé aux recettes et faire les courses. Là, je tranche avec Arnaud, je lui dis carrément que je ne veux pas y aller, que je ne me suis engagé avec lui que comme chapelier et que si, chaque dimanche, je traverse huit lieues de mer pour, toute la journée, vendre pour lui, tels ne sont pas les termes de nos conditions écrites. Il se fâche, il me traite d'ingrat, car il m'a sorti de l'esclavage. Je lui mets le marché en main, qui est de lui compter tout de suite quinze cents francs à moins qu'il ne continue à me donner du travail de chapellerie. De façon un peu blessante, il me demande où je peux avoir trouvé cette somme. Je lui réponds, indigné, que, bien que je n'aie pas eu à vendre de marchandises de l'Inde pour M. Baudin, j'ai un ami qui me prête ces quinze cents francs. Il se figure que je ne peux sur l'heure trouver cette somme et me dit de la lui compter dans la journée.

Je cours chez Janson, qui me donne quinze cents francs en or et, trois quarts d'heure après, je suis dégagé d'avec Arnaud. La bonne Mme Bail pleure; je l'embrasse, les larmes aux yeux.

Cette journée, je ne travaille pas. Me voilà dégagé d'un deuxième esclavage. Je suis marchand.

Dans cette même journée, je me rends chez Laguiote et lui raconte comment je me suis dégagé d'Arnaud pour ma nouvelle société avec Janson. Comme avec elle j'ai gagné un peu de terrain, elle m'embrasse et me dit :

« *Ou pa té tini, ché zami moé, engé ou épi moché Janson, mo sai, bayé ou l'agent ou té tini besoin pou andé moché Anaud mo sé ba ouli*[1]. »

Avec mon associé Janson, nous travaillons et vendons beaucoup. Toutes les pratiques d'Arnaud nous arrivent et, en quatre mois, je suis quitte de mes dettes. J'ai, pour ma part, mille francs de bénéfice.

Janson, malheureusement, boit beaucoup. Chaque soir, il ne rentre qu'à minuit, plein comme un œuf. Trois ou quatre sous-officiers du régiment viennent passer le reste de la nuit avec lui à boire. Je suis couché ; ils veulent me faire lever, me traitent de cancre, voulant que Janson rompe avec moi. Mon imbécile ne dit rien et les laisse déblatérer. Dans un moment où ils sont tout à fait pris de boisson, j'entends qu'ils veulent se porter dans ma chambre pour me faire un mauvais parti. J'ai un fusil à deux coups, un sabre à fine lame. Laissant ma porte ouverte, j'attends qu'ils montent au premier. Mais ils ne s'exposent pas à dégringoler les escaliers la tête la première et partent avant le jour.

J'entends Janson qui se couche. A dix ou onze heures, il se lève. Je lui fais des reproches, il me dit qu'il est un animal. Toute la

1. « Vous n'aviez pas besoin, cher ami, de vous adresser à M. Janson pour rendre l'argent à M. Arnaud, je vous l'aurais prêté. »

journée, il est comme un idiot et ne parle pas. Il n'a de langue que quand il a bu. Ses compagnons de la veille arrivent à la maison. Il me demande de leur dire qu'il est sorti. Je reçois ces ivrognes comme des chiens. S'ils menacent, je leur casse la tête avec mon fer de vingt livres. Je suis à jeun, mais je ne me ferais pas beaucoup prier pour démolir l'un ou l'autre. Janson reste deux ou trois jours tranquille.

Sa négresse, qui est comme sa femme, va au marché ; elle a été princesse en Guinée, elle est bonne, fidèle et soumise comme une petite chienne. Elle vend au magasin, surtout à ceux de sa nation, mieux que moi et Janson. Les nègres l'ont choisie pour reine. Le jour de la Saint-Louis, elle est portée en triomphe sur un palanquin, aussi riche de bijoux en or que la duchesse de Berry. Janson, quand il l'a achetée, débarquant de la nation d'Ibos, lui a donné le nom de Flore. Flore, princesse, est l'esclave de Janson. Quand il est ivre, elle est battue, mais elle reste dévouée comme si c'était son père. Moi, elle m'aime comme si j'étais son frère. Bizarrerie de la nature, le visage et le corps noirs comme de l'ébène, ses mains sont roses comme des fleurs.

Un soir, Janson arrive ivre, la pauvre Flore veut l'engager à se coucher. Il se met dans une telle colère qu'elle est obligée de se cacher sous le lit. Janson ne la voit plus, la cherche dans toute la maison. Il a son fusil de garde national dans les mains et aperçoit les pieds de la pauvre Flore. Il prend son fusil par la crosse et se dispose à la larder de coup de baïonnette. Je le prends par les épaules, le couche sur le dos, Flore n'est pas lardée. Janson se rebiffe contre moi, je suis une canaille, je suis amoureux de sa négresse. J'en suis loin : ma jolie ménagère est Laguiote, qui m'aime et qui, depuis quelques jours, me pousse à rompre ma société avec Janson.

## DE NOUVEAU CHAPELIER ET AMOUREUX

Le lendemain de cette scène où j'ai peut-être sauvé la vie à la négresse Flore, je propose de nous séparer. Janson, à jeun, est raisonnable. Nous procédons à son second inventaire, il me revient mille francs. Il est honnête et nous restons amis. Je suis quitte avec lui des quinze cents francs qu'il a remboursés à M. Arnaud. J'ai mille francs pour travailler pour mon compte et Janson reprend seul son commerce.

Je loue un petit magasin, six planches forment mon établi. J'achète des chapeaux. Au-dessus de la porte d'entrée du magasin est mise une enseigne : « Ici on remet le vieux chapeau à neuf et on blanchit les panamas ». La clientèle me tombe à ne pouvoir y fournir.

Il me tombe aussi sur le dos un Gascon, pays de ma mère, sortant d'une maladie de six mois. Il lui reste six cents francs, il me propose de l'intéresser à mon travail, j'accepte. Son nom est Lafitte. Je travaille avec lui. Il est charron, faisant des roues que nul autre ouvrier ne pourrait faire aussi bien. Ces roues finies, le prix en est de cinquante francs la paire, avec boîte en cuivre. Lafitte, avec la vente des marchandises de mon petit magasin, paie trois ou quatre ouvriers à cinq francs par jour pour lui confectionner ces roues. L'achat du bois, jantes, moyeux, bandes en fer, clous et le prix des journées, tout est pris sur mon petit métier de chapeaux et autres marchandises, que mon crédit me facilite. Lafitte ne figure en rien dans ma société. Moi seul dois quatre mille francs de chapeaux à un capitaine de navire de Marseille qui part pour la France et que je ne dois payer qu'à son retour.

Six mois au moins après, mon petit magasin est rempli de marchandises. Lafitte puise dans les ventes que nous faisons pour payer bois, journées d'ouvriers, fer, cuivre, peintures: Voilà vingt paires de roues confectionnées, à cinquante francs la paire, dix mille francs, c'est magnifique, il n'est sorti du magasin que quatre mille francs. Les roues vont être vendues argent comptant.

Chaque dimanche, je vais tenir le marché du Lamentin. Lafitte va vendre dans un autre bourg, Rivière-Salée. Le samedi, je lui emballe les marchandises qu'il lui faut. Depuis trois ou quatre dimanches, je remarque qu'il rapporte beaucoup moins d'argent que ce qu'il a emporté pour vendre. Avec ménagement, je lui en fais l'observation, il m'envoie paître. Le dimanche suivant, je note bien ce que je lui emballe. Le lundi matin, je lui dis qu'il manque le double des marchandises emportées. Lafitte s'emporte. Moi, pas très patient, je le traite de voleur, et lui propose de se couper la gorge avec moi. Lafitte, lâche, n'accepte rien, il m'envoie faire foutre. Nous ne sommes plus associés.

« Je garde les roues et vous gardez le magasin. » Lafitte a apporté cinq cents francs dans la société. Péray reste avec le petit magasin, doit quatre mille francs et, en vendant ce qui reste, marchandises, établis et tous les outils, ne peut arriver à combler ce qu'il doit.

Dans cette position, que faire ? Je vais vendre à l'encan, de quoi couvrir mes premières échéances et, à la grâce de Dieu... Si on n'a pas pitié de ma position, je suis en faillite. Avec orgueil, j'ai fait voir à ma bonne métisse Laguiote que je travaille et gagne pas mal d'argent. Elle en est enchantée. Cette bonne âme ne sait rien de ma rupture avec Lafitte. Dans un moment d'épanchement, je l'initie à mes affaires. Sa réponse en créole est celle-ci :

« *Ché zami moé, cé pas bon Dié qui fait l'agent, cé mound qui fait li*[1]. »

1. « Mon cher ami, ce n'est pas Dieu qui fait l'argent, c'est le monde. »

En créole encore, elle me dit des expressions douces et consolantes qu'il serait difficile de traduire. Ses cheveux bouclés sur mon visage, ses yeux noirs et doux, elle me donne ces consolations avec une figure riante qui me porte à croire que je suis plus heureux que mon ex-associé Lafitte.

L'Église, boulanger du gouvernement, a pour ménagère une cousine de Laguiote. Il pourrait bien me fournir les fonds qu'il me faut pour contenter mes créanciers. Laguiote raconte à M. L'Église ma position. Il n'est pas long causeur et, dans l'après-midi, arrive à mon petit magasin. Je me figure qu'il veut m'acheter quelques choses pour lui ou ses esclaves.

« Bonjour, monsieur Péray, comment ça va-t-il ? On m'a dit que vous avez une petite affaire qui vous donne beaucoup de souci. »

Je me figure qu'il veut me parler d'un duel avec Lafitte. Je lui réponds que ce dernier est un lâche.

« Il n'est pas question de Lafitte, me dit-il, on m'a dit que vous étiez gêné pour payer quatre mille francs.

— Ah, pour cela on vous a dit vrai, mais, pour y parer, en mettant à la vente publique force partie de mes marchandises, je paierai.

— Diable, mais si vous employez ce moyen, vous êtes perdu !

— Perdu ou non, c'est ma dernière ressource.

— Allons, monsieur Péray, vous vous sortirez de ce mauvais pas. »

Je me figure que L'Église n'est venu chez moi que pour me donner du courage. Je ne pense plus à lui. Il n'y a que trois quarts d'heure qu'il est sorti de ma petite boutique lorsque m'arrive un grand nègre. En mauvais créole, je lui demande :

« *Ça toulé...*

— *Mi moché, vla ça mait moé voyé ba ou*[1]. »

Ce nègre s'en retourne, je développe le papier, il renferme cinq mille francs en or. Ces pièces brillantes m'éblouissent : je suis sauvé.

Je me rends chez Laguiote, ma figure est rayonnante, elle m'embrasse. C'est elle qui m'a envoyé L'Église. Je ne suis pas jaloux, il n'est ni jeune ni joli. Elle aurait pu être sa ménagère, mais elle ne l'a jamais voulu, elle l'aime comme on aime un père. L'Église a une ménagère aussi jolie que Laguiote, mais c'est elle qui a été son premier amour. Toujours repoussé, il s'est incliné. Elle obtient de lui tout ce qu'elle demande. Pour elle, il m'aurait envoyé vingt mille francs. Je raconte à Laguiote le procédé de L'Église, ce qui la fait rire, et je suis obligé de rire avec elle, plus gai que mon jean-fesse de Lafitte.

Le lendemain, mes créanciers sont étonnés de mon exactitude à les régler. Un crédit m'est offert en compte courant, sans mention d'échéance : je donnerai de l'argent quand bon me semblera. Laguiote m'a épaulé auprès de ses fournisseurs. Depuis plus d'un mois, cette bonne fille m'envoie tous les jours mon déjeuner et mon dîner. Le dimanche, nous partons ensemble au Lamentin dans la pirogue. Laguiote n'a pas de magasin mais une chambre pleine de toutes les marchandises. Les jours de la semaine, dans la ville, avec sa petite négresse, elle parcourt toutes maisons, riches ou pauvres, chacune a sur sa tête un assortiment de foulards, madras, belles indiennes, mouchoirs de batiste, dentelles de toutes sortes. Toutes les dames de la ville la connaissent, elle est gaie, honnête, connaît tous les secrets de famille plus ou moins édifiants,

1. « Monsieur, voici ce que mon maître a envoyé pour vous. »

elle écoute tout mais ne dit pas à l'une ce que l'autre a raconté. Laguiote fait toujours l'ignorante. Toutes ces dames, en famille, ne parlent que créole, excepté avec le mari à qui elles disent « vous » ; si elles disent *to* (toi), c'est qu'elles sont en colère. En règle général, le mot « toi » n'est pas admis, même entre esclaves. Laguiote, questionnée sur telle ou telle famille, ne sait jamais rien alors qu'elle sait tout. Jusqu'aux messieurs qui connaissent sa discrétion et lui racontent leurs prouesses d'amour dont elle garde le secret. Les dames lui demandent ce que font M. Un tel, Mme Une telle ; elle répond en faisant l'étonnée :

« *Ché madame, mo pa savé*[1]. »

Aux demoiselles qui la questionnent sur les autres demoiselles, Laguiote a toujours la même réponse.

« *Mame zell, mo pa té savé*[2] *!* »

A moi seul elle raconte presque tout, de sorte que je connais comme elle la vie de tous les maris et celle des dames qui se vengent des coups de canif que leur époux donne dans le contrat. En général, les épouses créoles blanches ne se plaignent qu'avec les pleurs, avec une douceur que je n'ai connue que chez elles. Les maris les en récompensent par une ou deux concurrentes de telle ou telle couleur. J'ai vu quelques-unes de ces dames prendre chez elles les enfants du mari et les élever avec autant de dévouement que si elles en étaient la mère. Aux Antilles, l'Européen, sauf quelques exceptions, se marie rarement. Tel a une ménagère mulâtresse, capresse, mamelongue, quarteronne, métisse. Ces filles préfèrent être les ménagères des Blancs plutôt que de se marier avec les hommes de couleur. Ceux-ci en veulent

---

1. « Chère madame, je n'en sais rien. »
2. « Mademoiselle, je n'en savais rien. »

aux Blancs. Ils sont libres mais ne jouissent de droits ni civils ni politiques. Il est défendu de les qualifier de « monsieur », ce sont les nommés « tel ou tel », on ne doit pas leur dire vous, il en est de même pour les femmes. Il n'est pas étonnant qu'ils nourrissent dans leur âme la vengeance. Cinq ou six révoltes plus ou moins sérieuses ont eu lieu pendant mes trente ans à la Martinique, les hommes de couleur libres poussant les esclaves nègres contre les colons blancs.

LA MARTINIQUE
OCEAN
ATLANTIQUE
Montagne
Pelée
S^T. PIERRE
Rade de
St. Pierre
Pitons
du Carbet
Le Carbet
Case
Pilote
Fort Bourdon
FORT ROYAL
Le Lamentin
Case
Navire
Fort
St. Louis
Le Trou au Chat
MER
Baie de Fort Royal
DES
Rivière Salée
Trois Ilets
ANTILLES
Rivière Pilote
Bourg
du Marin
Le Diamant
Anses d'Arlet
Ste. Luce
Rocher
du Diamant
Ste. Anne
Canal Ste. Lucie

# 12.

# LES ESCLAVES NOIRS RÉVOLTÉS

*Avec horreur, je baisse la visière de mon shako et, comme je suis au second rang, le dos de mon voisin me sert de mur pour ne rien voir de cette boucherie.*

La première révolte que j'ai connue commença en 1823 au Carbet, commune peu éloignée de Saint-Pierre. Des esclaves commencèrent par massacrer leur maître, M. Ganat, et sa famille. De là, ils se portèrent sur l'habitation Fizel. L'atelier de celui-ci se joignit à celui de Ganat. Ils massacrèrent tous les Blancs. Ils parcoururent deux ou trois propriétés et ces ateliers réunis formaient trois ou quatre mille nègres. Fort heureusement, dans chaque habitation, ils avaient vidé les caves et, pris presque tous de boisson, étaient ivres à ne plus pouvoir marcher. Sans les boissons, dans cette même nuit, ils auraient pu parcourir un tiers de la colonie, se réunir au nombre de plus de vingt mille et détruire les trois quarts des Blancs.

Au petit jour arrive à Saint-Pierre l'annonce de cette lugubre révolte. Aussitôt, on expédie deux mille hommes de troupe au-devant d'eux qui leur barrent le passage ; ils se dispersent, se réfugient dans les bois des Trois-Pitons. On fait en sorte de les y cerner. Ordre du gouverneur de faire marcher toute la garde nationale de la colonie. J'en fais partie. J'attrape uniforme, fusil, sabre, giberne ; de nouveau me voilà soldat. La cavalerie cerne une partie des montagnes, nous autres grenadiers entourons celles où les massacres ont eu lieu. J'ai laissé à ma bonne Laguiote mon argent et les clés du magasin.

En arrivant à destination, après deux heures de marche dans ces montagnes, nous sommes rompus. Notre commandant en chef, un vieux colon, M. de Percin, établit son camp sur la propriété Fizel, les secondes victimes de ces massacres. Il est connu dans toutes les colonies des Antilles comme le plus brave de tous les créoles. En 1809, après un an de siège, les Anglais avaient pris la Martinique. Percin, avec dix ou douze nègres dévoués, prit une batterie forte de quarante hommes bien armés. Pistolets en ceinture, ses douze nègres armés chacun d'un coutelas, ils grimpent sur les murs et, sans que les quarante artilleurs anglais s'en aperçoivent, en hachent par morceaux la moitié. L'autre moitié se rend à Percin. Il « cloue » les six pièces de canon. Le capitaine anglais a la vie sauve, avec ce qui lui reste d'hommes. De ce jour, Percin fut baptisé Percin-Canon. Cette famille à la Martinique ne doit pas être éteinte. En 1850, j'y ai laissé Norton Percin, non moins brave que son père. Quand j'arriverai en 48, j'aurai l'occasion de parler de Norton Percin.

## LES ESCLAVES NOIRS RÉVOLTÉS

Nous voilà à mi-hauteur des Trois-Pitons, sous le commandement de M. de Percin-Canon. Notre capitaine, M. de Croissant, est un homme des plus doux. Grenadiers, voltigeurs formons trois camps. Je suis dans celui de l'habitation Ganat, celle où a commencé le massacre. La cervelle du père de cette famille est encore toute fraîche, collée à la cloison. C'était son commandeur, c'est-à-dire celui qui a la haute main sur tous les autres esclaves, qui l'avait lui-même tué. M. Ganat, disait-on, était plutôt paternel que maître. Nous voilà opposés à au moins quatre mille nègres. Nuit et jour, en patrouille par dix ou douze, il faut entrer dans les cannes à sucre, les halliers, les bois, les ravins. Les révoltés n'ont pas d'armes à feu, mais tous ont un coutelas qui coupe comme un rasoir. C'est un sabre. Si, sur une habitation de planteur, il y a quatre cents esclaves, il y a quatre cents sabres et deux Blancs seulement. Propriétaire et économe suffisent pour maintenir tout ce personnel et même lui infliger des corrections comme à des chiens. Un étranger qui assiste à ces vingt-neuf coups de fouet se demande s'il peut accepter l'hospitalité du planteur sans être assassiné la nuit par une force de sept à huit cents bras armés.

J'en reviens à nos patrouilles. Il nous arrive de tomber sur trois ou quatre nègres qui, sans beaucoup de résistance, se laissent prendre. Nous les amenons devant le commandant Percin-Canon qui les interroge. Avec lui, il a trois ou quatre cents négresses qui appartiennent aux planteurs assassinés. Ces femmes connaissent tous les Noirs qui ont sévi sur les familles massacrées. Ce sont elles qui font condamner à mort ceux qui ont trempé dans ces crimes. Percin les condamne à être immédiatement fusillés. A genoux, huit balles les traversent. Aussitôt tombés, il leur fait trancher la tête. Un arbre de quinze mètres droit comme un mât de hune d'un fort navire, le bout taillé en pointe, la tête plantée dessus, est dressé. On voit les têtes à quatre ou six kilomètres. Ces mâts sont placés à chaque carrefour des chemins. Le lendemain, ces têtes ainsi plantées sont affreuses — la langue ressort de la bouche, tombant sur un côté, de la longueur d'une fourchette — et d'autant plus effrayantes à voir qu'elles sont noires ; les esclaves révoltés sont dans trois hautes montagnes et bien certainement ils doivent les apercevoir.

Le pauvre nègre, fort heureusement pour les Blancs, n'est ni entreprenant, ni audacieux, ni très brave. Sa ruse n'atteint même pas celle d'un gamin de Paris de dix ou onze ans. Si ces malheureux nègres avaient eu l'intelligence de se réunir et de tomber la nuit sur nous qui n'étions que deux cents, divisés en trois camps, pas un garde national n'en revenait.

Percin-Canon, voyant que tous ces malheureux allaient mourir dans les montagnes plutôt que de se rendre, leur envoie en députation deux ou trois cents négresses, chargées de vivres, avec mission de faire savoir que tous ceux dont on ne pourra prouver qu'ils ont fait main basse sur les Blancs seront graciés et s'en retourneront dans leurs habitations respectives sans être recherchés pour le passé ni battus. Mais aussi que tous ceux qui, avec leurs coutelas, auront porté des coups seront, sans rémission, fusillés ou pendus.

Les négresses leur livrent les vivres. Ils tombent dessus comme de gros chiens qui n'ont pas mangé depuis huit jours. Cette pacification a son plein effet. Les trois ou quatre cents femmes ramènent avec elles plus de mille nègres. Ceux qui n'étaient pas présents mais qui apprennent la démarche de ces parlementaires se rendent devant Percin, par groupes de vingt ou trente. Il leur fait donner à manger, les raisonne et les renvoie chez eux, chacun muni d'un petit papier pour le maître. Plusieurs de ces graciés disent que, si leurs chefs avaient su que nous étions aussi peu nombreux, ils nous seraient tous tombés sur le dos, mais ils se figuraient que les garnisons de Saint-Pierre et de Fort-de-France étaient également à leurs trousses, au nombre de trois mille.

Les hommes de couleur libres n'avaient pas bougé des villes, ils y travaillaient les esclaves à se révolter comme ceux de la campagne. Cette crainte fit que toutes les troupes ne sortirent pas des deux principales villes de Saint-Pierre et de Fort-Royal. En vingt-quatre heures, tous les révoltés, sauf ceux qui ont tué des Blancs, se rendent. Il nous faut rester campés jusqu'à ce que le dernier des nègres coupables soit tué ou fait prisonnier. On en connaît le nombre, ils sont encore au moins cent.

De nuit comme de jour, pendant quinze jours, nous faisons des patrouilles très pénibles, éloignées souvent de trois ou quatre kilomètres du camp. Une nuit, nous avons sur les épaules une pluie torrentielle. Au petit jour, nous apercevons un grand nègre presque nu. Deux guides nous crient : «*cé Pié*» (c'est Pierre). Il a un coutelas à la main, il ne nous voit pas, mais il a entendu crier son nom. Nous le mettons en joue, les coups de nos fusils, mouillés toute la nuit, ratent, sauf le mien. Presque au hasard, j'ai tiré sur lui ; est-il blessé, ne l'est-il pas ? Il se jette dans une pièce de canne à sucre et disparaît. Nous l'y cherchons. Il est déjà probablement dans les bois. Pierre est intelligent, audacieux, courageux, d'une taille de géant. C'est le commandeur de feu Ganat, assassiné par son principal esclave. On craint ce nègre hercule. Nous ne devons quitter cette campagne qu'au moment où Pierre sera tué ou capturé. Deux jours se passent. Pierre est cerné par l'atelier de l'habitation Pécoul, il est acculé du côté de la mer, sur une montagne à pic, la mer en baigne le pied, avec un précipice d'au moins quatre-vingts mètres. Il faut que Pierre se rende ou qu'il se laisse aller dans le vide.

Le géreur [1] avec ceux de l'atelier Pécoul, arrive sur lui, veut le saisir, Pierre tient un petit arbre qui borde le précipice, le géreur est à la distance de son bras. Pierre le croche par le pan de son habit et se lance dans le gouffre, croyant l'entraîner avec lui, mais le géreur s'est accroché au petit arbre. Pierre n'emporte avec lui que le morceau de l'habit qui, fort heureusement pour le géreur, s'est déchiré. Pierre a dû se briser sur les rochers. Pour aller le recueillir, à droite ou à gauche, il faut faire au moins deux kilomètres. La nouvelle de ce drame n'arrive à notre camp qu'une heure après.

Ordre avait été donné à notre capitaine qu'aussitôt que Pierre serait mort ou pris nous reviendrions à Saint-Pierre. En avant, sac au dos, fusil sur l'épaule, Percin-Canon à cheval en tête, nous voilà en route. Nous ne rencontrons pas de nègres vivants, mais au moins cinquante têtes de ces malheureux au bout de ces hideux mâts de cocagne. Après deux heures de marche, nous arrivons au bourg du Carbet. Sur la place de l'Église, le terrible Pierre est étendu sur l'herbe, la figure écrasée, les membres disloqués. Mes camarades remarquent une entaille à l'épaule, à moitié cicatrisée. Comme nul autre que moi n'a eu l'occasion de faire feu sur lui, cette blessure est donc la mienne. Je me réjouis de ne l'avoir que blessé et non tué moi-même.

Ce fut la première fois que je vis, à l'entrée de l'église du Carbet, une pierre de taille longue de un mètre, de cinquante centi-

1. Le géreur est celui qui administre la propriété pour le colon. C'est lui qui, en général, fait administrer les fameux vingt-neuf coups de fouet dans des conditions horribles par le « piqueur » qui est souvent le commandeur des esclaves, esclave lui-même. Le géreur est un paysan blanc d'origine pauvre. Les sévices dont il se rend coupable sont reprochés au colon propriétaire et sont à l'origine de massacres.

mètres de large, avec une inscription burinée dans la pierre : *En l'année 1500, moi, Colomb, suis débarqué sur cette plage*. Depuis, j'ai souvent revu cette inscription et, probablement jusqu'à ce jour, elle y est encore.

Nous arrivons à Saint-Pierre, la distance du Carbet à cette ville n'est que de trois kilomètres. Nous visitons toutes les maisons des hommes de couleur libres et quelques-uns vont en prison. Nous restons dans cette ville deux jours ; le troisième, sous les armes, nous assistons à un drame qui n'a jamais été représenté sur un théâtre. Place Bertin, sur laquelle chaque jour se tient la bourse du commerce, deux poteaux sont plantés dans le sable à une distance de dix mètres l'un de l'autre, et à deux mètres de la mer. Sur la tête de ces poteaux est appuyé un chevron, ce qui forme un portail ouvert. Une échelle est appuyée à l'un des deux côtés. A quatre mètres de cette potence se trouve une plate-forme en bois sur laquelle sont montés deux billots. Une hache d'une largeur de taille d'au moins quarante centimètres est piquée sur l'un de ces billots. Grenadiers et voltigeurs, sur deux rangs, faisons face à ces lugubres appareils. Je me trouve vis-à-vis à vingt mètres de distance mais au second rang. Il est neuf heures du matin, nous entendons un son de caisse qui annonce la sortie de la prison de vingt et un Noirs. Un aumônier les accompagne. Ces malheureux vocifèrent contre mulâtres et Blancs. Ils arrivent au pied de ces échafauds. On en fait monter un, on lui place le poignet droit sur le premier plus petit billot, et, avec la hache, on lui fait sauter la main à deux mètres de distance. On amène ce manchot sur l'autre billot, on l'étend sur une planche, la face sur ce billot, et le même bourreau fait tomber la tête. J'ai vu le premier ; avec horreur je baisse la visière de mon shako et, comme je suis au second rang, le dos de mon voisin me sert de mur pour ne plus rien voir de cette boucherie. Jusqu'au septième, on procède comme pour le premier, pas un de ces hommes n'a poussé un cri ni montré la moindre faiblesse. Ces sept poignets abattus, ces sept têtes tranchées, on passe à ceux qui doivent être pendus. Le bourreau, qui est un Noir, appuie son échelle à la traverse, échelon par échelon monte et fait suivre, un échelon plus bas, le patient. A la hauteur voulue, il défait la corde qui pend derrière son cou, le nœud coulant est déjà passé. Le bourreau attache le bout à la traverse, pousse rudement le malheureux, qui va dans le vide. Et de celui-là jusqu'au quatorzième.

La loi exceptionnelle de nos colonies françaises portait que tout esclave qui avait fait main basse sur ses maîtres était passible de la même peine que les parricides.

Les exécutions finies, nous nous embarquons pour rentrer dans nos pénates. Des deux compagnies, nous n'avons perdu que deux hommes. L'un d'avoir bu de l'eau dans une source, étant en nage de sueur, l'autre, dans nos patrouilles de nuit, fouillant dans les pièces de canne à sucre, d'avoir été mordu par un serpent.

Pour moi, dans cette campagne, mon premier coup de fusil fut sur ce terrible Pierre, qui ne le tua pas ; le second, la nuit, sur un cochon noir qui traversait la route ; le troisième sur un fort cabri. Moyennant quinze francs par tête, nous étions autorisés à tuer dans les bois ces animaux. Je tue une femelle, par son poids je la suppose bien grasse et, arrivé au camp, je la pends à un arbre. Il est convenu que tous ceux de la compagnie qui voudront en manger se cotiseront pour me rembourser mes quinze francs. Je dégaine mon sabre. Au lieu de m'en servir contre l'ennemi, je m'en sers comme couteau de boucher pour saigner ma chèvre et lui tirer la peau. La saignée se fait bien, je passe à la peau, ouvre le ventre avec moins de précaution que le boucher, et les petits chevreaux tombent à terre. Toute la compagnie se recule, tourne le dos. Ils ont horreur de ces petits qui grouillent et disent qu'ils se garderont bien de manger la mère. Me voilà condamné à manger seul. Je continue mon métier de boucher. La peau est enlevée, je laisse la bête refroidir. A l'entrée de la nuit, j'établis trois pieux formant trois jambes. Le bois ne manque pas, je l'allume, ma chèvre est suspendue à vingt centimètres du feu, de temps en temps je fais tourner la bête. Avec ce feu ardent, ma pièce est cuite, rousse comme de l'or. Deux voltigeurs de la compagnie me proposent de payer par tiers leur part de la bête rôtie, ils me versent dix francs. Je retire un gigot.

Notre capitaine va se mettre à table avec son collègue de l'autre compagnie. J'appelle son domestique, lui remets un gigot que son maître accepte avec plaisir. Il y a quatre jours que nous n'avons pas mangé de viande, si ce n'est pigeons et saucissons. Pour trois, notre couvert est dressé sur l'herbe. Le capitaine, en retour de mon gigot, m'a envoyé deux bouteilles de bordeaux.

Tous ceux qui avaient eu horreur à la vue des petit chevreaux me témoignent le désir et le besoin de manger de la mère. Je ne suis pas égoïste : à vingt au moins, la bête peut nous satisfaire ; chacun se cotise, me voilà vingt francs dans la main, nous sommes seize, c'est un franc chacun, je rends huit francs aux deux premiers invités. Je suis couvert de mes quinze francs, j'en gagne un, la peau et les cornes.

Nous arrivons à Fort-Royal, le gouverneur est présent à notre débarquement. En la personne de nos deux capitaines, nous sommes gracieusement remerciés. Il ajoute qu'il a versé quelques larmes pour nos deux hommes décédés si malheureusement, l'un pour avoir bu de l'eau étant en sueur, l'autre par la morsure d'un serpent.

J'arrive chez ma chère Laguiote qui, de plaisir, verse des larmes. Jamais je ne l'ai vue aussi jolie et pourtant sa toilette coquette est restée dans l'armoire : le beau madras arrangé comme un casque avec une dizaine d'épingles en or réunies par des petites chaînes qui en retiennent les plis. Elle le met comme un chapeau le matin et, le soir, le retire de même. En variant le dessin des plis, elle en a un différent pour chaque jour de la semaine. Son corps n'est couvert que d'une chemise de batiste dont l'entourage est une fine dentelle. Les manches n'arrivent qu'aux coudes, brodées et aussi garnies de dentelle. De grandes boutonnières reçoivent quatre boutons en or, jumelés. Les pendants forment câble, également en or massif. La jupe, toujours en belle indienne de Jouy, est courte sur le devant, le derrière en queue de même étoffe de deux mètres de long. Rarement cette queue traîne à terre ; avec dégagement et coquettement, elle porte la queue de la jupe sur le bras. Pour la chaussure, elle a des souliers découverts, des bas anglais d'une finesse à passer dans une bague. Les cheveux bouclés descendent jusqu'à mi-reins.

J'ai parcouru le Nord, la France, l'Espagne et l'Italie. En ce moment, je suis en Algérie. Je suis porté à croire que, dans tous ces parcours, j'étais myope. Mes yeux, en fait de sexe féminin, n'ont pu voir autant de jolies femmes, en blanches créoles et filles de couleur, qu'à ma petite île de la Martinique qui n'a que trente lieues de tour. Que ceux des autres nations me pardonnent, j'étais myope partout, excepté à la Martinique.

Ma pauvre Laguiote, en mon absence, n'a pas mis son beau madras, sa chemise de batiste, sa belle jupe à queue. Un foulard négligemment mis sur sa tête, une chemise de madapolam, une assez jolie robe, mais sans queue, des pantoufles aux pieds, le tout bien propre. Dans cette simple tenue, je la trouve encore, pour le moins, aussi jolie.

Le lendemain de mon arrivée, ni elle ni moi n'allons vendre au Lamentin, mais jamais le dimanche elle ne manque la messe. Comme je ne veux pas encore prendre sur elle un droit de commandement, je la prie de se mettre en toilette. Nous passons la journée du dimanche à parler de ses intérêts et des miens. Sur parole donnée, nous formons une société. Pour la mise de fonds et de marchandises, pas d'inventaire, son avoir est le mien. Nous sommes comme si cette société existait depuis dix ans avec un capital. Sauf les droits de sa mère et de la mienne, nous nous donnons tout au dernier vivant. La maison de commerce roulera sous les noms de Péray et de Laguiote. Nous n'avons pas de comptes à nous rendre. Nous pouvons acheter et vendre sans nous consulter.

Je vide mon petit magasin, mes marchandises se marient avec les siennes, il en est de même de l'argent en caisse, les cinq mille francs que je dois à M. L'Église seront réglés avec les fonds de la caisse commune. Je serais marié avec Laguiote que nous n'aurions pas établi de plus simples conditions.

Nous voilà en 1823. La mémoire ne me fournit pas au juste le mois de cette année, ce doit être en février ou mars que Laguiote et moi sommes associés sur parole.

Peu de jours après cette triste révolte des Noirs, le gouverneur Donzelot décrète l'organisation de la garde nationale des hommes de couleur libres, à l'exception de ceux qui ont poussé les nègres à la révolte contre les Blancs. Tous les officiers seront pris chez les colons blancs, presque tous nobles. Cette garde nationale doit avoir une tenue semblable à celle des Blancs. Elle marchera au besoin avec les compagnies de couleur, mais sans mélange dans ces compagnies. Pour cette nouvelle garde, il faut de huit à neuf mille shakos. Pour les faire, il n'y a, dans la colonie, ni plaques, ni jugulaires en cuivre, ni impériales en cuir. Il faut les habiller en quinze jours. Les habits bleus peuvent être confectionnés, les armes, fournies par le gouvernement, sont prêtes. Il ne manque que les shakos, sans lesquels les hommes de couleur, s'ils ne les ont pas sur la tête, ne se considéreront pas comme soldats. En faisant une demande en France, il faut quatre ou cinq mois pour que ces shakos arrivent et, à Fort-Royal, je suis le seul chapelier capable de les confectionner.

Pour ce qui est des feutres, avec des vieux chapeaux je peux faire des manchons plus fins et plus légers que des neufs commandés en France. Je calcule que ceux fabriqués en France, moins beaux et beaucoup plus lourds, reviendront de vingt-cinq à trente francs l'un. Si, dans ma vie, j'ai eu de mauvaises idées, cette fois il m'en vient une bonne.

J'étais assez camarade avec un ancien sergent du même régiment que moi. A ce moment, il était garde magasin des effets réformés et de ceux des morts à l'hôpital depuis plusieurs années. Dans ce magasin se trouvaient pour le moins deux ou trois mille shakos qu'on avait fait voir au colonel. De ces gardes nationaux de couleur, quelques hommes des plus riches étaient venus examiner ces couvre-têtes. Avec dégoût, ils les avaient pris dans leurs mains et rejetés comme si c'était un petit baril de beurre rance. Ils n'avaient plus voulu en toucher un seul. Ces aristocrates mulâtres, à n'importe quel prix, voulaient des shakos aussi légers et fins que ceux des officiers, sauf le galon en or et la cocarde blanche en argent.

Quantité de ces vieux shakos réformés étaient nus de leurs plaques en cuivre et jugulaires. Les garnitures, tombées des shakos, se trouvaient sous ces tas. Je demande au garde magasin s'il veut me faire le plaisir de me donner douze de ces plaques et autant de jugulaires. Sans beaucoup le prier, je les obtiens. Malheureusement, ces plaques ont au milieu le numéro 88 de la légion, et les jugulaires ont pour bouton une étoile. J'imagine de faire clouter ces étoiles sur le 88 et, à la place des boutons de jugulaire, je fais souder une petite plaque ronde que je découpe dans des vieilles feuilles de doublage de navire en cuivre. Voilà mes plaques et jugulaires. Il manque les visières et les impériales en cuir. Celles des vieux shakos sont trop grandes et lourdes. Les hommes de couleur veulent des shakos légers. A force de chercher, une autre idée heureuse me vient. Je fais faire une forme plate de la grandeur d'une assiette à potage, puis un fort cercle en fer de la rondeur de ma forme en bois. Quel cuir vais-je prendre ? Le cuir à semelle sera encore trop lourd, le veau trop mou, ces cuirs vont me coûter cher, il faut trouver du léger et du pas cher. Encore une idée heureuse : des feuilles de carton trempées dans l'eau et appliquées sur ma forme prennent tout de suite le moule, c'est un enchantement.

Mais une impériale en carton, même noircie et vernie, ne résistera qu'au soleil, à la pluie elle fondra. Il faut couvrir ce carton. Encore une idée : la basane de mouton va couvrir le carton. J'achète de la basane trois francs la peau, je tire six impériales dans une, ce qui me revient à cinquante centimes l'une. Je colle la basane sur le carton, j'applique sur la forme, voilà, une fois sèche, une impériale aussi bien montée que celle en cuir. Je les noircis avec de la couperose, j'achète du vernis anglais, réussite complète. Pour les visières, j'opère de même, les rognures de la basane me servent. Le carton ne me coûte rien, Laguiote en a une vingtaine de vides qui ont contenu des foulards et des mouchoirs de batiste. Je peux encore parcourir les modistes qui en ont au grenier, mais Laguiote préfère se charger elle-même de ce dérangement, elle en connaît de trop jolies et craint qu'elles ne me fassent payer trop cher ces vieux cartons. Dans la journée, avec sa domestique, elle récolte de quoi couvrir tous les shakos de huit mille gardes nationaux. Pour le feutre de ces shakos, j'ai bien une trentaine de vieux chapeaux fins qui feront des manchons et, par mon petit procédé de retournage de feutre, j'obtiens un vrai poil castor.

J'ai calculé que le même shako, établi en France, reviendrait à vingt francs. En comptant les pourcentages du fabricant et du revendeur à la Martinique, le shako sur la tête du mulâtre avec son carton pour le préserver de la poussière coûterait donc quarante francs. Pour moi qui le fabrique, il revient à deux francs quatre-vingt-quinze. En un mois, j'établis trois mille shakos, soit huit mille huit cent cinquante francs. Si je les vends vingt-cinq pour cent de moins que ceux venus de France, trois mille shakos à trente francs l'un, je trouve que, sur les shakos de la garde nationale, je vais trop vite faire une petite fortune. J'en établis le prix à douze francs pour les pauvres et à quinze pour les riches. Comme, n'ayant pu me procurer assez de vieux chapeaux, il m'a fallu en acheter des neufs, qui me reviennent à cinq francs l'un, ma dépense est augmentée de quatre francs par shako.

Ma plus grande difficulté est de me rendre chez le gouverneur pour lui demander s'il peut autoriser l'administration de la marine à me vendre toutes les plaques et jugulaires réformées. Le gouverneur observe qu'il ne peut faire vendre, administrativement, que le tout, shakos garnis de toutes les plaques et jugulaires. Quatre jours après, le journal et les affiches annoncent la vente au plus offrant enchérisseur. Qui achètera toutes ces vieilleries ? Ce ne peut être que moi. On met en vente shakos, bonnets de police, veste de petite tenue en drap blanc, guêtres, vieux souliers, sacs poil de veau, etc. J'achète tout. L'achat se monte à quatre cent vingt francs.

Il faut trois voyages de voiture pour enlever toutes ces saletés. Heureusement que le logement où nous sommes a un grenier assez vaste. Deux nègres passent toute la journée à monter tous ces harnachements militaires. Le magasin, la chambre à coucher, le petit escalier, l'atelier de chapellerie, la cuisine, toutes ces pièces pendant huit jours sentent la fièvre jaune. Nous n'avons pu enlever cette désagréable odeur qu'en brûlant cinq ou six litres de vinaigre et trois ou quatre kilos de sucre. Au grenier, il me fallut pratiquer deux petites cheminées à air pour l'évaporation de cette mauvaise odeur.

Les shakos vendus les deux premiers mois font trente-deux mille francs, soit vingt et un mille francs de bénéfice. Je réussis mieux que mon patron Arnaud qui, avec Crevel et Baudin, acheta deux navires pour faire la traite des nègres.

Il faut tirer pieds ou ailes de ces vieux shakos dégradés de leurs insignes. Toutes les impériales sont en cuir fort. J'en retire une douzaine et, pour faire des premières semelles de bottes et souliers, des cordonniers me les achètent cinquante centimes pièce. Quelques shakos, au lieu d'être en feutre, sont en cuir recouvert de drap noir. Je les démolis, retire le cuir, ça dégage un peu le grenier, je mouille un peu ces cuirs, j'en fais des paquets pour les cordonniers, qui m'en débarrassent à six francs la douzaine.

Dans ma vie, j'ai fait bien des cuirs, en bon ou mauvais français, cela ne m'a pas empêché de remarquer que bien des gens plus instruits ne réussissaient pas plus que moi et ma bonne ménagère Laguiote dans la ruse, l'intelligence et l'activité au travail.

En trois mois, je règle mon bon ami L'Église qui m'a prêté obligeamment une somme sans intérêt, m'évitant ainsi la faillite.

En cette année 1823, il arrive à Laguiote une petite fille, Dhelli. Elle lui donne ce nom et je l'autorise à y joindre celui de Péray, mais, à l'état civil, mon nom ne peut figurer. Elle est enregistrée Adélaïde Laguiote. Ce nom d'Adélaïde est celui de la ménagère de mon ami L'Église.

Nous voilà, Laguiote et moi, avec un magasin assez bien assorti et des ventes satisfaisantes. De temps en temps, je peux envoyer de l'argent à ma mère.

La même année, nous abandonnons ce petit commerce et j'achète un fonds de marchand de vin, rhum, tabac en gros et au détail, jambons, morues, liqueurs de toutes sortes, tafia débité aux nègres par petits verres. La maison appartient à mon ami L'Église, il me la loue six cents francs de moins qu'à celui à qui j'achète le magasin. Dans une grande chambre, nous installons les marchandises de mon premier commerce que nous vendrons en même temps que les liquides.

Au bout de trois mois, je fatigue dix fois plus que par le passé, mais nous gagnons cent cinquante à deux cents francs par jour. Nous avons un bon nègre qu'il m'a fallu acheter à mon vendeur pour trois mille francs. Cet esclave est jeune et bon cuisinier. Il connaît le prix de toutes les marchandises comme nous-mêmes. Il sait un peu écrire, ce qui le rend parfois insolent.

Laguiote nourrit sa fille et garde la magasin. Il arrive que mon esclave, qui s'appelle Capre, lui dise des grossièretés. Elle ne m'en dit rien, mais un jour, lorsque j'arrive, Laguiote a les larmes aux yeux. Je lui demande ce qu'il y a. Elle répond :

« *Cé Cap qui quié moé pitin*[1] *!* »

Je prends l'esclave par la ceinture, je veux l'entraîner en prison où il risque vingt-neuf coups de fouet. Laguiote me prend par le cou en me disant :

« *Moché Péé, t'enpié, pas méné Cap à la geol*[2]. »

J'abandonne Capre à Laguiote, en promettant qu'à la première insulte qu'il se permettra vis-à-vis d'elle, qui est sa maîtresse, elle ne pourra rien y faire, même si je le pince vingt-quatre heures après l'insulte. Depuis ce moment, Capre a respecté Laguiote.

Quant aux affaires, elles marchent comme par enchantement.

Je m'étais promis de ne raconter que ma vie à la Martinique, mais je ne peux me retenir de faire mention de quelques faits qui ont marqué l'histoire de cette jolie colonie.

En 1823, les hommes de couleur de toutes nuances venaient d'être admis à faire partie de la garde nationale. Peu de mois après, ils demandaient au gouverneur qu'il sollicitât pour eux du ministre de la Marine l'obtention de leurs droits civils et politiques. Le refus les mécontenta au point de tramer de nouveau une révolte des esclaves. Ce complot fut éventé. Des fouilles domiciliaires amenèrent la découverte de papiers officiels interceptés et d'autres qui établissaient qu'une révolte se préparait sur une vaste échelle. De ces découvertes, il s'ensuivit des arrestations et des déportations considérables de gens de couleur. Démérari, Sainte-Lucie, Saint-Domingue devaient recevoir tous ces déportés. Je dois dire que, grâce au cautionnement de beaucoup de familles, blanches comme

1. « C'est Capre qui m'a traitée de putain ! »
2. « Monsieur Péray, je t'en prie, ne mène pas Capre en prison. »

de couleur, grande quantité de ces hommes, destinés à être déportés, obtinrent de rester dans la colonie.

Mais trois d'entre eux, Fabien, Bissette et Volni, furent emprisonnés et passèrent en jugement ; ils furent tous trois condamnés aux travaux forcés à perpétuité, plus la marque au fer. Laguiote était un peu parente avec Volni. Le jour de l'exécution, de bonne heure, on fait descendre les troupes du fort. Nous, Blancs de la garde nationale, devons être aussi sous les armes. Mon magasin est sur la place de l'exécution. Je le fais clore. Tout ce qu'il y a de familles de couleur, femmes et enfants, a fermé ses portes.

Au moment de la sortie de prison des trois condamnés, des cris partent de toutes les maisons à la fois, comme si ces familles s'étaient donné le mot. Pendant plus d'une heure qu'a duré l'exécution, ces cris navrants n'ont pas cessé, notre compagnie faisant face à ce triste spectacle. Le fer rouge est appliqué sur l'épaule du plus âgé, Fabien, puis sur celle de Bissette et sur le dernier, Volni. Pendant une heure, ils sont exposés sur la place, puis ramenés à la prison. Cette journée a été une des plus tristes que le peuple de Fort-Royal éprouva de longtemps.

Plus tard le jugement de la Martinique sera cassé et les condamnés, toujours exilés, connaîtront des sorts divers : Fabien et Volni à Sainte-Lucie, Bissette à Paris avec l'avocat Isambert et Ledru-Rollin. Fabien deviendra fou, Volni mourra à Saint-Domingue. Bissette refera parler de lui en créant à Paris *la Revue des Colonies* et à la Martinique, après 1848, en participant au gouvernement local.

*Depuis longtemps, je pense aller fouiller dans les archives de la Martinique pour retrouver les traces des enfants que Jacques-Aimé a conçus entre 1823 et 1825 avec cette belle Antillaise qui est sans doute la femme qu'il a le plus aimée dans sa vie (pardon à mon arrière-grand-mère native de Saumur).*

*Il les a autorisés à porter son nom dont l'orthographe n'est pas courante. Actuellement, aucun abonné au téléphone à la Martinique ne le porte. Je sais qu'a longtemps existé dans ce pays, où les bâtards étaient nombreux et les mariages des Blancs impossibles avec les gens de couleur, un état civil parallèle non écrit mais connu de tous qui permit, par la suite, à quelques-uns de retrouver leur ascendance. Et si les enfants de Jacques-Aimé étaient de ceux-là ?*

*C'est à ce moment que Marie intervient !*

*« Allô ! Vous ne me connaissez pas, mais ma mère portait le même nom que vous que je trouve dans l'annuaire.*

*— Intéressant, dis-je. Même orthographe ?*

*— Oui, avec un y. Je fais des recherches sur ses ascendants qui venaient de la Martinique. »*

*Je l'interromps avec une exclamation.*

*« La Martinique ! Mais il faut nous rencontrer au plus tôt ! »*

*Un moment, je me suis dit : c'est une blague ! A l'heure dite, elle vient. Elle est belle, le teint mat, plutôt blonde de chevelure, les yeux noirs, gais, la trentaine solide, la voix chaleureuse et claire, beaucoup de charme. Pendant deux heures, échange de données, nous fouillons les pièces d'état civil ! Elle a de son côté un ancêtre « Charles Auguste » né à Fort-de-France dont elle n'a pas la date de naissance, qui pourrait se situer entre 1825 et 1835. J'ai, moi, un « Émile » qui est né au même endroit en 1825. Dans une même petite ville, avec cette orghographe assez rare, pourquoi Jacques-Aimé aurait-il ignoré ce parent ou homonyme ? Charles Auguste et Émile sont-ils une seule et même personne ?*

*Marie me raconte ses recherches pour retrouver les origines de sa mère dont l'attitude, à la fois brillante et mystérieuse, cachait quelques secrets. Elle était bien née au Carbet et les actes conduisent bien jusqu'à ce Charles Auguste. Mais sommes-nous cousins ?*

*Elle va passer ses vacances à la Martinique et, de là-bas, elle me téléphone : c'est le « scoop » ! En fouillant dans les pièces poussiéreuses de l'état civil de Rivière-Pilote, elle a découvert sur un acte de mariage la date de naissance de Charles Auguste : c'est la même année qu'Émile.*

*Nous ne doutons plus beaucoup. Jusqu'au jour où nous ne doutons plus du tout : les Archives de la Martinique ont poursuivi bien aimablement les recherches que j'avais demandées et m'adressent l'acte de décès de Charles Auguste, « alias Émile » Péray.*

*Difficile de pousser l'explication plus loin. J'ai seulement pensé que Jacques-Aimé avait choisi ce prénom en fidèle de la Révolution et de l'Empire, et en souvenir de l'ouvrage de J.-J. Rousseau. Se trouva-t-il démodé sous la Restauration ? Il resta cependant comme un prénom usuel auquel le père tenait.*

*Cette rencontre avec Marie a été suivie d'autres, bien entendu. J'avais, depuis le grenier de mon enfance, le témoignage original de mon arrière-grand-père tandis qu'elle, de son côté, déchiffrant les origines mystérieuses de sa mère, remontait jusqu'à Jacques-Aimé et à sa « ménagère », fille d'un noble normand et d'une esclave noire. Après Émile, Jacques-Aimé avait attendu vingt-cinq ans pour faire, avec une demoiselle de Saumur, un autre fils, mon grand-père. Par son père, Marie a une nouvelle addition importante de sang normand, mais je ne peux, en la voyant, m'empêcher de penser à Laguiote, la belle Antillaise « plus blanche que les Catalanes ».*

## 13.

# UNE DYSENTERIE TENACE

*Nous voilà à hauteur du phare de la tour de Cordouan. Forte brise d'ouest, la mer est grosse.*

En 1825, une maladie me prend : la dysenterie. Sauf si je pars pour la France au plus tôt, les médecins me condamnent. Je me décide donc à partir. Mais, avant, j'essaie un voyage à la Guadeloupe qui pourrait me rétablir. J'emporte vingt-cinq mille francs. J'en laisse autant à Laguiote, plus quinze à vingt mille francs de marchandises, et des créances pour dix mille. En ce moment, elle a deux enfants, Dhelli et Émile que j'autorise à porter mon nom pour, plus tard, régulariser.

A la Guadeloupe, je passe huit jours, et ne vais pas mieux. Je prends passage pour Bordeaux à bord du navire la *Marie-Magdelène*, capitaine de La Villeaubert. Nous débouchons par l'île des Anguilles, nous voilà cap sur les Bermudes. Beau temps jusqu'à la hauteur de ces îles, nous prenons des vents variables et nous orientons tout est. Un coup de vent nous tombe sur le dos, le capitaine ne veut ou ne peut tenir la cape [1], il veut fuir devant le temps. Les lames sont des montagnes et, dans cette allure, nous n'avons qu'une voile, la misaine. Cette voile n'est qu'à demi déployée, nous sommes emportés à douze nœuds à l'heure. Deux hommes, assis sur le pont, gouvernent au palan. Le capitaine ou le second se tient dans les enfléchures, deux ou trois mètres au-dessus du pont.

Je suis malade, bien plus qu'à terre. Le capitaine croit que je n'arriverai pas en France. Il craint que ma maladie ne lui fasse faire une quarantaine qui ne peut qu'être préjudiciable à l'armement. Il regrette de m'avoir pris comme passager et a, pour moi, de grossiers procédés. On peut reconnaître à ce Breton que c'est un marin matelot, loup de mer, mais un misérable Harpagon. Il jure et blasphème comme un galérien, il m'envoie des grossièretés de portefaix. A chaque repas, on sert un plat énorme de haricots. Pour la dysenterie, ce légume est un poison et il m'engage à en manger.

« Monsieur Péray, mangez des zaricots.

— Capitaine, je n'aime pas les zaricots. »

Je pèse sur le mot « zaricot » pour lui faire comprendre que je me moque de lui. En remontant sur le pont, je crie au second qui, dans les enfléchures, est remplacé par notre ours de capitaine :

1. Le devant du navire tête au vent.

« Monsieur Colinet, vous allez vous régaler. Sur la table, vous trouverez une grande casserole de zaricots. »

Dans cette guerre avec le capitaine, ce ne sont que des insultes. Je cesse de venir à table. Fort heureusement, en quittant la Guadeloupe, j'avais fait des provisions : biscuits de raisins, bouillons en tablettes, pâtes de jujube et de gomme, six bouteilles de vieux vin de Bordeaux, douze boîtes de conserve de salsifis et d'asperges.

Le capitaine de La Villeaubert prend en grippe son second autant que moi, ils échangent des insultes à se battre. Le second lui tient tête et ne cède rien à son confrère qu'il menace, en arrivant à terre, de provoquer en duel. Quant à moi, je ne lui adresse pas la moindre parole ; il faut bien qu'il fasse de même. Ne pouvant mordre sur son second ni sur moi, ce gredin se rejette sur le lieutenant. A table comme sur le pont, il insulte ce jeune homme et le menace d'une plainte, ce qui est très grave. Je ne peux me retenir. Je lui dis que, s'il formule une plainte gratuite contre son lieutenant, moi-même en porterai une contre lui dont je pourrai produire les preuves. Cette menace de ma part fait son effet ; il cesse d'insulter le lieutenant à table et dans le service. Il se modère.

Nous voilà sur les bords du golfe de Gascogne, à cent cinquante lieues de la terre et, à l'estimé, à hauteur du phare de la tour de Cordouan. Nous avons forte brise d'ouest, la mer est grosse. Nous devons voir la terre dans trente-six heures. Je suis mourant, mais j'ai l'espoir de ne pas être jeté à la mer.

Vers une heure du matin, nous ne sommes guère qu'à quinze lieues de terre. Nous apercevons le feu de Cordouan. Le vent saute à l'est. Nous mettons au plus près. Par grosse mer, nous ne pouvons trop approcher de terre. Nous avons vent debout. Sans pilote, nous ne pouvons attaquer la rivière de Bordeaux et, tant que la mer sera grosse, nous n'aurons pas de pilote. Nous tirons des bordées de dix à douze lieues, en vingt-quatre heures nous en faisons cinquante qui ne nous avancent à rien. Fort heureusement, le vent n'est pas à tempête, mais il est assez fort pour donner une grosse mer. Entrer à Royan sans pilote est impossible. Notre ours de capitaine breton se décide à relâcher à Lorient. Cette décision prise, en huit heures nous devons mouiller dans cette rade.

A deux heures de Lorient, le temps, plus maniable, nous permet d'avoir un pilote. Celui que nous prenons connaît l'entrée de la rivière de Bordeaux et le capitaine en profite, en changeant d'avis, pour lui demander de cingler sur ce port. Le pilote préfère rentrer chez lui à Lorient ; il fait observer à notre ours breton que les vents qui règnent ici ne sont peut-être pas les mêmes à trois lieues. Le capitaine lui répond qu'en relâchant à Lorient au lieu d'aller à Bordeaux directement, il perd trois ou quatre mille francs. Je propose alors au capitaine, pour qu'il veuille bien relâcher où nous sommes, de supporter seul les quatre mille francs que cela coûtera. Crânement, il refuse et commande d'orienter sur Bordeaux.

Nous n'avons pas fait trois lieues que les vents tournent à l'ouest. La forte brise, l'horizon noir annoncent un temps affreux. Nous ne pouvons que périr sur la côte. Notre chien de capitaine me fait demander si je suis toujours prêt à l'indemniser de quatre mille francs. Je sais bien maintenant qu'il faut qu'il relâche. Le pilote lui dit que, s'il persiste à continuer sa route sur Bordeaux, il lui en laisse toute la responsabilité. Devant cette menace, le capitaine fait virer de bord. En une heure, nous sommes mouillés en rade. Il faut y passer la nuit, et il enrage de ne pas avoir palpé les quatre mille francs.

A huit heures du matin, la Santé arrive. Le capitaine, pour assurer à l'officier que tout le monde se porte bien, fait monter tout son équipage dans les enfléchures et dit qu'il n'a pas un malade. Mais moi, je ne suis pas dans les enfléchures. Le chef du bord m'aurait bien payé une tasse de café pour que je reste dans ma chambre.

Je me montre. On me demande si je fais partie de l'équipage.

« Non.

— Vous êtes passager, monsieur ?

— Oui, docteur.

— Quelle indisposition avez-vous ?

— La dysenterie scorbutique, depuis quinze mois.

— Ah, monsieur le capitaine de La Villeaubert, vous n'avez pas de malade, m'avez-vous dit ! Dans une demi-heure, je reviens vous faire connaître la décision du conseil. Que ceux qui ont des lettres à écrire les préparent, le facteur reviendra avec moi. »

Il signifie au capitaine de passer toutes les lettres dans le vinaigre. Cela veut dire qu'il y aura pour le moins douze à quinze jours de quarantaine. L'officier de Santé me demande si je veux être porté au Lazaret, qui est une petite île proche où se trouve l'hôpital. Je lui réponds qu'il peut bien me faire porter en prison pourvu que je quitte le navire et son capitaine. Le rire est sur les lèvres de tout l'équipage et même du second et du lieutenant. Ils se moquent de la quarantaine, ils auront leurs appointements et n'auront rien à faire. Le printemps arrivant, les jours plus longs, la mer moins mauvaise, on reprendra la route de Bordeaux.

Pour moi, devrais-je faire la route à pied de Lorient à Bordeaux, le diable ne me portera pas sur la *Marie-Magdelène*, capitaine de La Villeaubert. Celui-ci tape du pied sur le pont ; quinze ou vingt jours de quarantaine lui font perdre huit mille francs pour son armement et dix mille à Bordeaux pour un chargement qui l'attend et qui sera résilié. Toute cette perte pour un seul passager à qui il n'a pas réussi, pendant toute la traversée de la Guadeloupe à Lorient, à donner une sépulture en mer.

J'aimerais ici, dans l'intérêt des passagers d'un navire de commerce, indiquer ce qu'il faut savoir des capitaines. Invité à dîner chez vous, un capitaine qui vous a retenu sur son navire pour un long voyage est l'homme le plus galant et le plus aimable : à son bord, vous ne manquerez de rien ; il vous assure que pendant toute la traversée, même de deux ou trois mois, vous aurez du pain frais ; vous serez traité comme, à Paris, chez Véfour et Véry. Vous prenez la mer et, pendant deux ou trois jours, vous avez en effet le pain frais qui a été embarqué au port.

Je me souviens d'un capitaine de Dunkerque me donnant l'assurance, à l'hôtel où je l'avais invité à dîner, qu'il avait à bord de son navire la *Joséphine* un four « de premier mérite ». Un tel four me donnait l'espoir qu'il y aurait, pour ma femme, un jeune enfant et moi, sauf mauvais temps, du pain frais pour toute la traversée. Après vingt-cinq jours à l'hôtel en attente de vents propices, le capitaine vient brusquement nous éveiller à minuit, le navire levant l'ancre. Il faut s'habiller à toute vitesse pour prendre la mer. Nous longeons le canal, nous sommes dans la mer du Nord, il fait un froid de chien. Ma femme et l'enfant ont le mal de mer. Je demande du thé ou du bouillon chaud, mais, comme on le dit dans la marine en plaisantant, à bord, c'est « sous la cruche » ! Je suis obligé de donner à mes malades de l'eau sucrée. Pour le capitaine, le mal de mer n'est maintenant qu'un détail. A neuf heures du matin, il fait dresser un déjeuner mirobolant. Lui et son état-major mangent et boivent à trois les parts des passagers. Tant pis pour ceux qui ont envie de vomir. Jusque-là, on ne peut se plaindre que du manque de bouillon et de thé. Le troisième jour arrive, le pain de la ville est mangé. Je demande au capitaine qu'il allume le four dont il m'a parlé à Dunkerque. Il me répond qu'il a oublié la farine. Cela se termine par des insultes.

Mais les rapports avec les passagers ne sont pas faits que de pain, et le caractère du maître à bord compte aussi. Le jour où vous partez, il est rare que vous n'ayez pas bon vent et belle mer. Si, dans la nuit ou le lendemain, les vents sont tout à fait contraires, la figure du capitaine commence à se rembrunir. Une journée encore, il veut bien causer ; le troisième jour, s'il est obligé de tirer des bordées, ne le questionnez plus sur la marche du navire. Il a le caractère selon le vent. Parlez-lui plutôt de Saint-Malo, du Havre, des pertuis de Bordeaux, de la barre de Bayonne ou du cap Lézard, il vous fera peut-être la grâce de vous répondre. Mais si, en montant sur le pont le matin, vous voyez que le navire file, ignorant qu'en louvoyant vous n'avez pas gagné une lieue depuis la veille, ne dites pas en vous frottant les mains : « Bonjour, capitaine ! La nuit a été bonne ? Nous filons rondement ! » A ces mots, il répond entre ses dents : « Foutu con, nous filons comme les écrevisses, plus en arrière qu'en avant ! » Dans cette situation, gardez le silence. Quelquefois, les vents ont changé et l'on fait bonne route ; le capitaine est un peu moins bougon. Mais gardez-vous, le lendemain, de vous frotter les mains en paraissant satisfait du sillage. Ce n'est plus le même vent et le navire fait autant de chemin mais pas sur la bonne route.

Je dois dire que, selon l'intéressement du capitaine dans l'armement du navire, son attitude peut varier considérablement. En fait, s'il a une bonne part d'intérêt dans le chargement, vous risquez d'être maigrement nourri et de ne le voir aimable que si le vent le tient en bonne route et qu'il file six à sept nœuds. Pendant bien des voyages sur mer comme passager, j'ai toujours souffert, tout en payant grassement, avec un capitaine intéressé dans l'armement du navire. Avis aux passagers : avant d'arrêter votre passage, renseignez-vous. Si le capitaine a trop d'intérêts dans un navire, aussi beau soit-il, prenez plutôt une balancelle.

L'officier de Santé revient avec son embarcation, plus une pour moi, de l'hôpital.

« Capitaine, lui crie le docteur, vous êtes assujetti à quinze jours de quarantaine. Une autre fois, ne dites pas que vous n'avez aucun malade à bord. Monsieur le passager, si vous voulez être porté à l'hôpital, voilà une embarcation du Lazaret à vos ordres. Vous y descendrez aussitôt que je serai éloigné du bord. »

J'ai fait monter sur le pont une de mes malles, la plus utile.

« Au revoir, monsieur le second, au revoir, lieutenant, nous nous reverrons à Bordeaux. Adieu, matelot de La Villeaubert !

— Au diable, jean-foutre… »

Me voilà au Lazaret pour quinze jours, dans une chambre particulière. J'aurai des bains à toute heure : c'est ce qui me sauvera. De la ville vient tout ce dont j'ai besoin. Le facteur, chaque soir, prend les lettres ; elles sont toutes sabrées en croix d'un coup de canif, puis trempées dans le vinaigre. Ceux qui reçoivent une lettre ainsi mutilée se figurent que celui qui est au Lazaret n'en sortira que mort de la peste.

Le demi-mois de quarantaine passe. J'ai de l'argent ; tant qu'il durera, pas d'économies. Si je reviens à la santé, la Martinique sera mon refuge. Je quitte le Lazaret. Dans la ville de Lorient, j'avais couché en 1814, comme marin, à vingt centimes par jour et je ne pouvais imaginer que, douze ans après, je coucherais au Lazaret de cette ville.

Je me fais porter en ville et demande le meilleur hôtel. Il fait un froid de loup. Je fais emplir ma cheminée de bois nuit et jour, un feu à rôtir un bœuf. Après quatre jours, c'est dimanche. Je suis encore plus malade. Je ne dors plus du tout, obligé de me lever toutes les cinq minutes. Maigre comme un clou, la peau de mon ventre touche les reins. Je n'ai plus que huit jours à vivre.

On passe la revue des troupes sur la place, devant mes fenêtres. Dans le régiment, je connais un officier et je tiens à le voir. Je m'habille et me traîne sur cette place. Nous sommes en février ; il fait un froid de Russie et un soleil d'été. Mes deux bras appuyés sur une borne, je pompe ce soleil avec plaisir et regarde si je peux apercevoir mon officier. Il y a bien trois quarts d'heure que je suis dans cette position lorsque s'opère en moi une révolution que je ne peux expliquer. Tout mon ventre se décharge dans mon pantalon et mes bottes, je m'affaisse sur moi-même, on me relève et, presque sans connaissance, on me mène à l'hôtel où un bon feu me ranime. Je remercie ces messieurs et les prie de me laisser seul. On me demande s'il faut chercher un médecin, mais je leur demande de n'en rien faire. Me voilà seul. Je mets les verrous à la porte, retire mes bottes, mon pantalon, me voilà nu. Mes bottes sont pleines. Je me figure que boyaux, foie, toutes mes entrailles sont dans ces bottes. J'ai un bain de siège, l'eau est tiède, je me nettoie, ramasse en paquet tout ce qui est sale, vide ma malle, y enfourne tout et la ferme en fourrant la clé sous le traversin. Je passe une chemise et me mets dans le lit d'où je crois ne plus sortir que pour être porté au cimetière. Le sommeil me prend. La nuit d'avant, je m'étais levé au moins quarante fois, mais dans celle-ci je dors sans souffrance et ne me lève pas. Le jour arrive. Toute cette journée, je dors. La seconde nuit, même sommeil. A l'hôtel, on me croit mort et on a fait venir le médecin. Au-dessus de ma porte est une imposte vitrée ; en montant sur une chaise, le médecin peut me voir facilement dans mon lit. Il constate que je ne suis pas mort.

Le mardi matin, plus de feu dans ma cheminée, veilleuse et bougie éteintes. On frappe à ma porte. Il y a trois quarts d'heure qu'on frappe et ce petit bruit m'impatiente. Je me lève, vais retirer le verrou, reviens sur mon lit. Ce petit trajet m'a réveillé. Je suis faible, mais je ne souffre pas du tout. Le médecin entre ; je lui fais signe de faire sortir tout le monde. Seul avec lui, il me demande comment je vais. Je lui réponds :

« Très bien.

— Depuis quand dormez-vous ?

— Je n'en sais rien. »

Il me dit que je suis entré à l'hôtel dimanche matin et nous sommes le mardi même heure. J'ai dormi quarante-huit heures. D'après lui, il s'est opéré en moi quelque chose d'extraordinaire. Il me questionne et je le lui dis. Il me demande de voir tout ce qui est sorti de mon ventre ; je lui donne la clé de ma malle. Il tombe sur les bottes, ne jette pas les yeux sur autre chose.

« Monsieur, vous êtes sauvé ! Si cette révolution ne s'était pas opérée en vous, vous n'aviez pas quarante-huit heures à vivre. Il vous faut, pendant huit ou dix jours, ne vivre que de bouillon de vieux coq ou de vieille poule, boire du bon vieux vin de Bordeaux, pas de pain, mais si, après vos bons bouillons, vous vous sentez envie de manger, faites-vous rôtir un jeune poulet. Ne faites que ce régime : dans dix ou douze jours, vous serez beaucoup plus fort. »

En trois ou quatre jours, en effet, je prends assez de force pour me promener en ville. Au cours d'une promenade, j'entre chez un tailleur et prends mesure de quelques effets. Je parle de ma maladie. Il m'engage à ne pas rester à l'hôtel. Les propriétaires de son magasin sont deux vieilles demoiselles qui louent des chambres garnies. Elles sont riches, pieuses, soignent les malades avec dévouement et le plus grand désintéressement. Le tailleur me présente à ces deux vieilles demoiselles qui sont sœurs ; elles acceptent de me louer une belle chambre à raison de trente francs par mois.

Je règle l'hôtel, fais porter ma malle chez ces demoiselles et donne ma nouvelle adresse au médecin, qui est justement le leur, ce qui me dispense de leur raconter ma maladie et le régime que j'ai à suivre. Chez ces deux vieilles vierges, en moins d'un quart d'heure j'ai un bon feu dans ma chambre, à sept heures du soir du bouillon de poule, un jeune poulet rôti et une bouteille de vin, presque aussi vieille que ces demoiselles. J'offre ma bourse sans compter, on me la refuse ; nous réglerons quand je serai bien rétabli. Je m'en moque, ayant encore une vingtaine de mille francs ; la note, quelle que soit son importance, ne peut atteindre ce que j'ai en caisse.

Voilà un mois que je suis en pension chez mes bonnes vieilles demoiselles. Il me faut les quitter, et je suis assez fort pour prendre la voiture pour Nantes où je reste deux jours.

Puis je pars pour Luçon, ma ville natale. Dans la voiture, je trouve un jeune homme de mon âge. Nous causons, il est de Bordeaux et s'y rend. Appartenant à la marine de l'État, il vient d'une croisière dans le Nord. C'est un confrère de mon premier métier et nous voilà liés. A l'entrée de la nuit, nous sommes à Luçon où je veux séjourner pour embrasser mon bien digne parrain. J'engage donc ce nouvel ami à rester deux jours avec moi à Luçon, mais je ne peux le décider. Il me dit qu'il a un cousin à La Rochelle avec qui il veut passer deux ou trois jours. Avant de nous quitter, nous nous donnons rendez-vous dans cette ville.

J'entre à l'hôtel de la Tête Noire. C'est toujours Pabœuf qui le tient. Je demande des nouvelles de Chassay ; le pauvre diable a été obligé d'accepter la place de garde champêtre. Commandant le dîner pour deux, je l'envoie chercher ; sa surprise est grande. Je lui saute au cou et l'embrasse, le fais asseoir devant moi ; il me reconnaît alors, veut se lever pour m'embrasser à son tour, mais je lui tends les deux mains et il pleure comme un enfant. Il faut que je le tire de cette émotion ; j'attrape une bouteille et j'emplis nos deux verres. Il y a dix ans que nous n'avions bu ensemble. Au dîner, mon parrain me raconte ses misères et, malgré qu'il y ait un peu de sa faute, je le plains. Grosso modo, je lui raconte ma vie de dix ans, et il trouve que j'ai plus vécu que lui. Nous passons quarante-huit heures ensemble et nous nous quittons, nous promettant de nous écrire et de nous revoir au plus tôt. Ce plus tôt a été dix-sept ans plus tard.

J'arrive à La Rochelle à quatre heures du matin, inutile de me coucher, le jour se lève. La première personne que je trouve est cet ami de deux jours. C'est un hasard, ou, du moins, je me le figure. Ce jeune homme devait être à l'arrivée de la voiture, mais cette réflexion ne m'est venue que huit jours après. Nous passons deux jours dans cette ville où il s'est fait un cousin d'emprunt. J'ai sur moi une large ceinture en grosse toile qui contient plus de deux cents quadrubles de quatre-vingt-six francs quarante chacun. Pour en soutenir le poids, j'ai des bretelles qui me passent sur les épaules. Le jour, ce poids me fatigue beaucoup. La nuit, je m'en débarrasse en la mettant sous mon traversin.

A La Rochelle, j'avais laissé mes malles dans la voiture pour les trouver à Bordeaux ; cet ami me dit en avoir fait autant. Il me propose, pour être plus vite à Bordeaux, de faire la route à pied jusqu'à Royan. Comme je suis encore très faible, je refuse, mais il me dit que, s'il le faut, nous ferons cette route en deux jours. Nous partirons le matin de bonne heure, nous sommes au printemps, cette marche me donnera des forces. Je finis par me laisser convaincre. Au petit jour, nous nous mettons en route pour Royan ; nous avons six lieues à faire et je me sens disposé à marcher. En quatre heures, nous avons fait la moitié du chemin ; nous nous reposons à l'entrée d'un bois. Nous avons un poulet rôti, une bouteille de vieux vin et du pain. Fort heureusement, c'est jour de marché à Varennes et il passe sur la route beaucoup de paysans. Mon compagnon, après avoir mangé, se met à dormir ou fait semblant. Je le laisse une demi-heure, puis je lui dis que je suis disposé à me remettre en route.

« Nous avons le temps et nous sommes très bien dans ce bois, me dit-il.

— Je me sens maintenant la force de marcher jusqu'à Royan. »

Je m'écarte un peu de lui. Il se figure alors que je ne le vois pas et il dénoue son paquet : j'aperçois un pistolet. Je commence à craindre d'avoir fait une mauvaise connaissance. Je ne lui témoigne pourtant aucune méfiance, mais, devrais-je crever en route, je veux essayer d'être à Royan avant la nuit. Une carriole passe sur la route, conduite par un paysan seul à qui je demande s'il veut, en payant, nous laisser monter tous deux. C'est un riche paysan de Royan ; il nous accepte et, en deux heures, nous y sommes. Il nous conduit devant l'hôtel de la Croix Blanche.

Je prends la plus belle chambre donnant sur la rue, il en prend une à côté de la mienne. Nous soupons à la table d'hôte où je joue la gaieté, mais mon homme n'est plus aussi enjoué. Nous allons nous coucher et je ferme doucement mon verrou. Pendant plus d'une heure, je l'entends se promener dans sa chambre. Au jour, je me lève, le temps est beau, la mer superbe, il est déjà sorti. Je le trouve sur le quai.

J'entends trois marins qui crient :

« Bordeaux... Bordeaux...

— A quelle heure partez-vous ?

— A onze heures, au flot. »

J'arrête le passage pour deux ; à cinq heures, nous serons dans la capitale de la Gironde. A l'hôtel où nous déjeunons, je règle. Depuis Luçon, j'avais tiré de ma ceinture une dizaine de quadrubles et autant de pièces de cinq francs que j'avais mises dans une filoche en soie. Il avait aperçu cette bourse que je retirais de ma poche de paletot quand j'avais à régler à l'hôtel. Les pièces en or étaient visibles à travers le filet.

Nous voilà dans cette grande barque qui est sans chargement. Je m'installe dans la cale et retire mon paletot que je roule pour me servir d'oreiller. Mon compagnon vient se coucher à mon côté. J'ai toujours une indisposition qui m'oblige à aller à la poulaine ; jusque devant Blaye, j'y monte trois ou quatre fois. En arrivant devant cette ville, mon compagnon de voyage me dit qu'il y a des parents qu'il n'a pas vus depuis trois ans et qu'il ne peut faire autrement, passant si près d'eux, que d'aller les voir. Il me promet d'être le surlendemain à Bordeaux et, comme je lui demande l'adresse de sa famille, il me la donne sans réfléchir : Henri Suez, ébéniste, rue des Remparts. Nous nous quittons. A Bordeaux, à six heures du soir, à l'hôtel Esprit des Lois, je dîne et monte dans ma chambre. Une jolie servante m'accompagne, elle babille assez bien et me demande si je vais au spectacle. Je lui réponds que je me couche tout de suite, mais, pour causer encore une fois avec elle, je la prie d'aller me chercher un paquet de biscuits de Reims.

De la poche de mon paletot, je retire ma bourse ; je donne cinq francs à cette bonne et, en vérifiant ce qui me reste dans cette filoche, au lieu d'y trouver neuf ou dix pièces en or, je n'en trouve que deux. Mon compagnon de voyage a eu le temps de fouiller dans ma poche, choisir les pièces d'or, laisser les pièces de cinq francs, tout cela pendant que je montais sur le pont. Je passe une triste nuit.

Au jour, je vais à l'adresse de l'ébéniste. Il me toise et me dit d'un ton bourru que je ne verrai pas son frère chez lui et que je peux me dispenser de revenir. Comme j'insiste, il me toise encore et me dit que, si je reviens, je trouverai la porte fermée. Je le quitte sans le saluer. Il me vient alors à l'idée d'écrire à ma mère et j'ai besoin de papier à lettres et de pains à cacheter, car, à cette époque, on ne connaît pas encore les enveloppes gommées. A trois ou quatre portes de la maison d'où je viens, je vois une petite boutique de marchands de bric-à-brac où je trouve ce qu'il me faut. Je demande à la vieille dame si elle connaît son voisin ébéniste.

« Parfaitement.

— N'a-t-il pas un frère ?

— Malheureusement, il en a un qui est condamné à dix ans de galères ! »

A ce mot, je comprends où sont passées mes quadrubles et que le malheureux frère ne se rendra certainement pas à l'adresse qu'il m'a donnée. Il a été condamné par contumace comme incendiaire. Cette rencontre de hasard m'a servi de leçon. Je suis devenu plus difficile pour me lier d'amitié avec un inconnu.

Je reste à Bordeaux une semaine. Je vois, sur l'affiche du théâtre, que l'on joue *le Carnaval de Venise*. Le premier rôle est tenu par mon camarade d'enfance Charles Mazurier, de l'Opéra de Paris, et le hasard fait qu'au café, devant le grand théâtre, un groupe d'acteurs vient prendre place à une table à côté de la mienne. Le plus proche de moi est Mazurier. De physique, je ne le reconnais pas bien, mais, à sa tête de Toulousain pointue comme un pain de sucre, je me doute que c'est lui. Je lui frappe sur l'épaule : il se retourne et demande qui lui fait l'honneur de faire attention à sa personne. Je m'approche de son oreille et je lui demande s'il se souvient d'un camarade d'enfance qui, à l'âge de dix ans, avait fait une société avec lui dont la caisse était composée de six ardoises. Mazurier se frappe le front. Il me saute au cou et me serre comme un frère.

« Messieurs, je vous présente un ami d'enfance, voisin porte à porte, que j'ai perdu de vue depuis vingt ans. D'où sors-tu, mon ami, on dirait que tu viens de dessous terre. Tu es malade ?

— Non, je suis convalescent, je viens de la Martinique.

— Que diable la Martinique ! Je ne connais pas la géographie, mais j'ai entendu dire qu'on y crevait de la fièvre jaune en moins de temps qu'il faut pour boire une bouteille de champagne. »

Il me demande si je suis dans la dèche.

« Pour le moment, j'ai de quoi braver la misère.

— Tant mieux, que comptes-tu faire ?

— Je ne pense qu'à me reposer.

— Ce soir, tu viens dîner avec nous, tu verras de gais convives. Les dames et les demoiselles font l'ornement de la table et, excepté aux vêpres, on chante mieux qu'à l'Opéra. »

J'assiste à ce dîner ; de ma vie je n'ai entendu de jeux de mots aussi variés. Mazurier n'est que de passage. Pour six mille francs, il veut bien faire à la ville de Bordeaux la grâce de donner une représentation. Comme il pense que je n'irai pas seul le voir jouer, il me donne deux cartes de première. En me quittant, il me propose de partir avec lui pour être son caissier.

« Il arrive que la caisse soit légère, mais parfois elle est bien garnie. »

Nous nous disons au revoir. Quelques années plus tard, j'eus la douleur d'apprendre qu'il s'était tué sur la scène. C'était dans une pièce qui avait pour titre *Joco* et où il était déguisé en singe. A un moment, il sautait d'un arbre et devait disparaître dans le trou du souffleur. Il s'est cassé les reins. Pauvre Mazurier ! Que Dieu veuille te donner autant de récréation outre-tombe que tu en as donné sur la terre à la société.

A Auch, me voilà auprès de ma mère. Elle me demande si je sors de sous terre et, pourtant, comparé à ce que je viens d'être à Lorient, je me trouve en parfaite santé. Cette bonne mère se figure que je viens auprès d'elle pour qu'elle me ferme les yeux.

Depuis que je suis parti de Lorient, je n'ai presque pas eu de repos et j'ai dépensé beaucoup d'argent. Me voilà en famille. On me soigne et, en un mois, mes pauvres os se sont un peu couverts de graisse. Depuis mon arrivée, c'est ma mère qui a, dans son armoire, ma ceinture de quadrubles. Les bretelles ne m'en écrasent plus les épaules. Depuis mon départ de la Martinique, le nombre en est bien diminué. L'ameublement de ma mère n'est pas riche ; j'achète ce qui manque. Tous les parents me croient revenu de la Californie. Je me plais à les laisser dans cette idée. On vient me proposer des châteaux, des maisons les mieux placées de la ville, des mariages plus ou moins avantageux, jusqu'à m'intéresser à une banque. On me fait si riche que je finis par le croire.

Je quitte Auch en août 1826. Me voilà à Bordeaux, ma ceinture de quadrubles a moins de poids. Je fais la connaissance d'une jeune personne qui, pour le mariage, peut aller avec mon âge. Je prends pension dans cette famille où l'on me tâte le pouls sur la question de l'hymen. Je me retranche derrière une condition : il faut, pour cause de graves intérêts, que je fasse, avant de me marier, un voyage à la Martinique.

Depuis que je suis en France, j'ai écrit à la Martinique au moins six lettres, toutes restées sans réponse. Au lieu de parvenir à destination, elles sont allées au rebut pour la simple raison que, ne sachant pas encore qu'il fallait les affranchir, je les avais jetées dans les boîtes sans cette formalité. Ma ménagère, à la Martinique, me croit mort. J'écris une septième lettre que j'affranchis, cette fois. J'ai réponse deux mois et demi après avec accompagnement de deux mille francs. Avec ce qui me reste, j'achète des marchandises. Il me reste trois cents francs.

Mais pas de navire pour la Martinique. Comme la France me pèse sur le dos, je prends passage pour la Guadeloupe, mais je suis obligé de prendre les dernières places : deux cent cinquante francs au lieu de sept cents. Me voilà à bord de la *Pauline*, capitaine Hugues, homme âgé mais marin brave. Je dois faire table avec le maître d'équipage et coucher dans l'entrepont sur de vieilles voiles. Mon apprentissage sur la *Pallas* et la suite font que cette position ne me contrarie pas trop. Ne voulant acheminer mes marchandises à la Guadeloupe, je les ai laissées en magasin à Bordeaux pour qu'elles soient chargées vers la Martinique par le premier navire.

# 14.

# COMMERÇANT ET CONTREBANDIER

*Il me revient en mémoire que, dans ma petite valise, j'ai mon camail de Rose-Croix F ∴ M ∴*

Sur la *Pauline*, nous descendons la Gironde jusqu'à Pauillac. Pendant ce trajet, le second de ce navire entre en causerie avec moi, il a à peu près mon âge, est le neveu du capitaine, a nom Milius Raboutet. J'entends son oncle l'appeler de ce nom. Je le fixe bien, j'acquiers la presque certitude qu'il est ce Raboutet, pilotin avec moi sur la *Pallas*. Je le questionne, de son côté il me reconnaît, d'un même élan nous nous sautons au cou. Le capitaine Hugues n'y comprend rien, le neveu lui raconte notre reconnaissance, je suis son collègue de souffrance et de misère à bord de la même frégate. Le capitaine Hugues en pleure de plaisir ; il me dit qu'aussitôt que nous prendrons la mer je vivrai à la même table que lui et son neveu. Il me donne une jolie chambre, je suis seul passager. Des seize traversées que j'ai faites en Europe et d'Europe aux Antilles, pas un voyage ne m'a été aussi agréable. Nous étions comme en famille, le capitaine, son neveu, un lieutenant et moi. Trente jours d'un bon vent et de beau temps, nous arrivons à la Guadeloupe.

De là, un petit navire m'emmène vers la Martinique. Nous touchons à la Dominique, colonie anglaise. A la ville du Roseau, pas de vent, nous sommes obligés d'y passer la journée. Dans une maison anglaise, j'achète, payables à six mois, pour huit cents gourdes de marchandises, foulards de l'Inde, madras, crépons et autres articles. A la Martinique, il me faudra débarquer ces marchandises en contrebande. Pour faciliter la chose, j'intéresse le capitaine en compte à moitié dans le bénéfice.

Nous levons l'ancre à huit heures du soir. A minuit, poussés par une jolie brise, nous voilà sur les côtes de la Martinique, nous longeons jusqu'à un bourg du nom de Case-Navire, le capitaine fait mettre sa pirogue à la mer, je m'y embarque avec un matelot, mes marchandises me suivent, le matelot et moi ramons jusqu'à la côte. Je choisis une place que je connais, un petit bois au bord de la côte. Nous abordons à quatre heures du matin, le matelot et moi portons les marchandises dans le taillis, huit ballots que nous couvrons de feuilles et de branchages. Mon homme s'en retourne à son navire. Seul dans ce taillis, il me faut rester toute la journée pour, à la nuit, avec huit nègres, introduire en ville mes colis.

Le capitaine continue sa route, il arrive à Fort-Royal à huit heures du matin. Je lui ai donné l'adresse de ma ménagère

Laguiote. Il s'y rend et annonce mon arrivée pour la nuit prochaine. Elle est initiée à ma petite spéculation et en connaît le rouage. Dans la journée, elle se procure huit nègres de confiance. A nuit close, par le côté de la ville opposé à la mer, Laguiote avec ses huit nègres se met en route, deux lieues dans les mornes[1], pour se rendre où je suis. Un de ces nègres connaît bien la place où j'attends depuis quatorze heures la petite troupe dont le capitaine est ma Laguiote.

J'avais donné au capitaine un mot de ralliement pour être bien fixé sur ceux qui me tomberaient dessus : à faible voix, je devais crier « Ça qui la ? » et on devait me répondre « Z'ami ». La nuit est obscure à ne pas voir à deux pas. J'entends un faible frôlement dans les halliers, je crie le mot, une voix de femme répond : « Z'ami. » Au bruit des frôlements, nous nous joignons. Voilà Laguiote dans mes bras, moins embarrassante que mes huit ballots.

« *To cé yon méchant, pas équi moë, mo qua pas laissé to pati*[2]. »

Trêve d'embrassades et de reproches, il faut mettre un ballot sur la tête de chaque nègre. Dans des traces à peine visibles, nous faisons une lieue et nous voilà sur la route praticable à cheval. Les douaniers n'exercent la surveillance que sur la côte. J'ai une difficulté à vaincre, c'est de passer sur un pont, seule entrée de la ville. Heureusement, l'officier de ronde est l'ancien sergent-major de la compagnie où j'étais. Grâce à lui, en moins de dix minutes, je suis chez moi avec mes colis.

Mes ballots en sûreté, nous soupons, il est onze heures avant minuit. Je me couche, je dors jusqu'à midi. En m'éveillant, je vois les ballots éventrés... la marchandise court déjà la ville.

1. Collines.
2. « Tu es méchant, tu ne m'as pas écrit, je ne te laisserai plus partir. »

Laguiote, en deux heures, a tout vendu, elle revient avec un sac qui contient des doublons, pièces d'argent de vingt nations. Le tri étant fait de tout ce numéraire, l'addition donne onze mille francs. Mon associé le capitaine arrive et nous procédons au partage du bénéfice. Tout en déjeunant, nous projetons de renouveler ce petit commerce. Il doit revenir dans un mois avec son navire et nous aviserons.

Laguiote, en mon absence, a eu de quoi s'occuper avec nos deux enfants, une fille qui a presque quatre ans et un garçon de deux ans. Son travail de un an lui a donné trois ou quatre mille francs de bénéfice. Pour moi, après onze mois d'absence, je reviens à la Martinique avec dix-huit mille francs de moins, mais l'intérêt, chez les femmes antillaises, est le moindre défaut. Pour elle, je n'ai pas succombé à cette infernale maladie de dysenterie, et c'est comme si elle avait gagné une fortune.

Nous sommes en novembre 1826. Mon crédit est large, je triple le magasin de marchandises. Avec huit ou dix nègres qui portent sur leur tête soixante à soixante-quinze kilos de marchandises chacun, je fais le colportage d'habitation en habitation, c'est-à-dire chez les planteurs de canne à sucre, colons qui sont presque tous d'ancienne noblesse. Le colporteur français qui arrive sur une de ces habitations fait ses offres de marchandises à la famille propriétaire. On achète ou on n'achète pas. Mais, de midi à deux heures, les esclaves ont repos et le maître donne la permission de parcourir toutes les cases des esclaves pour qu'ils achètent ce qui peut leur convenir. Il arrive souvent que le propriétaire m'offre de passer le restant de la journée chez lui. Je lui fais observer qu'en raison du personnel qui me suit et qui me coûte de trente à quarante francs par jour il me faut chercher à vendre. Il appelle alors toute sa famille, femme, demoiselles et jeunes gens qui arrivent à l'appel du père, lequel me fait ouvrir mes malles et engage la famille à m'acheter dentelles, foulards, mouchoirs des Indes, bijouterie, montres, chaînes, épingles, boutons, etc.

Le « colon habitant », ce qui signifie planteur de canne à sucre, donne l'hospitalité à tout ce qui est de race blanche. Le repas vous est servi seul par deux esclaves, votre cheval est soigné et nourri sans que vous ayez à vous en occuper, une chambre avec un bon lit vous attend, deux bougies sur un guéridon. Il vous faut seulement avaler, les premières fois, l'humiliation de ne pas être à la table de la famille. Certains colporteurs n'ont jamais pu arriver à cette faveur.

Soit en raison de ma discrétion, soit par générosité à mon endroit, après trois ou quatre voyages chez ces planteurs, j'étais admis à la table de famille. J'ai été ainsi admis par les toutes premières familles de la colonie. J'ai connu la famille de Perpignan, Tascher de La Pagerie, oncles, cousins et cousines de Joséphine, impératrice. MM. de Périnel, de Moni, de La Rougerie, de Venancourt, de La Tuilerie, de Seguin, le général Bertrand, d'honorable mémoire, M. de Latouche, M. de Vasoigne dont aujourd'hui un fils est général de division de l'infanterie de marine et a fait partie de l'armée de 1870. Généralement, à la Martinique, tous les planteurs de canne à sucre sont de vieille souche noble. Un jeune homme deux fois millionnaire, à cette époque, de n'importe quelle bonne famille de France, n'aurait, sans être noble, pu entrer dans la famille de ces colons. Pendant huit ou neuf ans, j'ai fait des affaires avec cette noblesse. J'étais arrivé à en être estimé et aimé. Le colon de la Martinique est brave, d'une loyauté et d'une générosité rares.

## LE CHAPELIER PIRATE

Un mois après mon retour à la Martinique, le capitaine avec qui j'ai fait ma petite opération de contrebande arrive avec son navire à Fort-Royal. Il me propose une seconde affaire. J'accepte et nous allons à Sainte-Lucie, colonie anglaise. Je fais, chez M. Patisson, un achat de l'importance de dix mille francs, toujours en belles marchandises de l'Inde. Nous chargeons sur la goélette de mon capitaine associé. Pour nous rendre à la Martinique, nous avons une traversée de mer de huit lieues par le canal de Sainte-Lucie. La goélette ne peut elle-même débarquer nos marchandises dans un rayon de huit kilomètres de la côte française. La douane, avec ses embarcations, peut saisir les marchandises de toutes nations. A Sainte-Lucie, nous louons une pirogue et deux nègres. Nous hissons cette frêle embarcation [1] sur notre goélette et nous faisons embarquer les deux nègres. Nous voilà à la voile, cinglant vers la côte de la Martinique.

Arrivés à distance réglementaire, nous mettons les ballots dans la pirogue, puis, moi et les deux nègres rameurs, nous entrons dans cette barque avec deux avirons pour ramer et une petite voile. Trois hommes de l'équipage et le capitaine, avec un fort palan frappé au bout de la vergue de la goélette, nous hissent et nous affalent à la mer. Moi à la barre, mes deux hommes à la rame, nous abandonnons le navire. La mer est belle, à pouvoir établir notre petite voile. Nous avons deux heures pour débarquer à la côte du Diamant où il n'y a pas de service de douane.

Il n'y a que quinze à vingt minutes que nous voguons, le vent se lève, la mer grossit, un courant que je n'avais pas prévu nous fait dériver à ne pouvoir le vaincre avec rame ni voile. En une

---

1. La pirogue est faite d'un arbre abattu. Il est creusé et façonné pour pouvoir naviguer.

demi-heure, nous sommes entraînés au large avec peu d'espoir de revoir la côte. Mes deux nègres pleurent, en appellent à Dieu et à la Vierge, les lames sont si grosses qu'ils ne peuvent ramer, ils veulent, avec notre petite voile, fuir vent arrière. Je m'y refuse, je veux tenir bout au vent, car, si nous virons de bord, la lame nous prend en travers et nous chavirons. Avec colère, je leur en fais l'observation. Je les fais s'asseoir avec moi dans le fond de la barque. Nous sommes dans l'eau jusqu'au ventre, nous n'avons que notre chemise. Je tiens la barre du gouvernail et l'écoute de la petite voile, nous sommes à cinq lieues de la côte la plus proche, je lutte, bout à la lame. J'hésite à jeter mes ballots à la mer, trois ou quatre fois la lame emplit notre pirogue. Heureusement, nous avons deux grandes calebasses, et les nègres, à toute vitesse, retirent la moitié de l'eau, mais la position devient de plus en plus désespérée. Comment faire pour relever le moral de mes deux nègres ?

Il me revient en mémoire que, dans ma petite valise, j'ai mon camail de Rose-Croix F ∴ M ∴, large ruban rouge avec un bijou doré représentant une croix et des broderies d'or. Je me passe ce décor au cou, mes deux nègres font des signes de croix à n'en plus finir, ils se figurent que j'ai un titre religieux aussi haut que celui de notre Saint-Père le pape. Tant bien que mal, en créole, je les harangue : si Dieu nous sauve, en arrivant nous ferons dire une messe en actions de grâces. Le courage leur revient, ils reprennent leurs deux rames, par moments elles fonctionnent dans le vide, mais, avec le peu d'eau qu'elles attrapent et ma petite voile, nous gagnons un peu sur le courant. Vis-à-vis, nous avons la montagne du Diamant. Si nous la mettons à notre droite, nous sommes abrités des plus fortes lames, mais si nous l'avons sur la gauche, c'en est fait de nous. A force de rames et de manœuvres, je m'aperçois que je mets la montagne un peu sur ma droite. La lame brise moins, le courant est moins fort, nous gagnons un peu. Une demi-heure dans cette position, et je vois le tout diminuer. La montagne commence à nous abriter.

Le soleil darde tant que l'eau, dans la pirogue, en est chaude. Le roulis nous amène cette eau jusqu'à l'estomac. Mes épaules cuisent, mais je n'y fais pas attention. Mes deux nègres sont exténués, je prends la rame de l'un, il prend ma place à la barre. Comme je ne suis pas bien fatigué et un peu plus adroit qu'eux à ramer, la pelle de mon aviron ne fonctionne jamais dans le vide. Celui qui rame avec moi suit avec attention mes mouvements. En une demi-heure, nous avons la montagne du Diamant tout à fait à notre droite. Plus de courant, la lame ne nous envoie plus d'eau. Bien que nous soyons à quatre lieues au moins du point le plus rapproché, je me considère comme ayant, avec l'aide de Dieu, gagné la partie. Mes nègres s'en aperçoivent et redoublent de courage. Leur figure rayonne de plaisir, ils disent : « *Bon Dié et la Viège yo sauvé nous.* » Ils me rappellent ma promesse de faire dire une messe en action de grâces. Sans être d'une piété bien prononcée, je me garderais bien d'y manquer. Nous voilà certains de ne plus courir de risque, mais nous sommes encore à trois lieues de terre, nous ne pouvons y arriver qu'à force de rames. Trois heures encore de fatigue. Aidés un peu de la voile, nous voilà près de terre. Les pêcheurs nous aperçoivent, trois ou quatre lancent leur pirogue à la mer, en dix minutes ils sont près de nous. Je remercie ces bons pêcheurs qui nous suivent jusqu'à terre.

Je n'ai pas besoin de faire comprendre à cette petite population le but de ce voyage : ils connaissent le métier. Cette anse ne comprend que trois familles. Chez l'une d'elles, on serre mes marchandises. Heureusement que chaque ballot renfermait une caisse en fer-blanc bien soudée, l'eau n'avait pu pénétrer. Je débarque en chemise, mon camail au cou, le bijou et les passementeries resplendissant au soleil. Je suis accueilli comme un cardinal par ces braves nègres et mulâtres dont certains me connaissent. Tous s'offrent à me servir pour porter mes marchandises sur n'importe quel point le plus rapproché de la ville, j'en suis à deux lieues. J'accepte leurs offres, et nous décidons de partir à onze heures de la nuit. Deux de ces pêcheurs arrivent avec une bonne pêche, voilà du poisson à la poêle, un court-bouillon pimenté, poisson volant, dorade, tortue. Le pain fait défaut, il est avantageusement remplacé par la farine de manioc, igname, figues, bananes, un *catalon*. Pour boisson, du rhum.

*Le 14.04.89*

*Je reçois une lettre de mon fils aîné et de ma belle-fille, en vacances aux Antilles. Comment résister au plaisir de l'intercaler ici, en cet endroit très précis où ils rejoignent leur aïeul ?*

*« ... Au petit matin, vers sept heures, avant de quitter le mouillage de la Soufrière, nous avons lu, pas tout à fait par hasard, les quelques pages de Jacques-Aimé relatant la traversée mouvementée du chenal de Sainte-Lucie. Notre croisière entreprise une semaine plus tôt au départ de Fort-de-France touche à sa fin.*

*« A huit heures, un jeune Noir, à qui nous avons donné trois* biwis *(dollars locaux), une tablette de chocolat et une demi-douzaine d'œufs, nous détache*

*l'aussière avant du cocotier auquel nous étions amarrés. Arrivés dans l'ouest de Pigeon Island, nous nous élançons vers la pointe australe de la Martinique, cap au trente magnétique. Le vent est établi à l'est, vingt nœuds environ ; il a faibli dans la nuit et pousse encore de rares pointes à vingt-cinq nœuds. Petit six beaufort. La mer est peu agitée, les creux ne dépassent pas les deux mètres, mais un clapot court ralentit, par intermittence, la progression du voilier. Le catamaran* Olliver *Blue II de Bénéteau, bien assis sur ses deux coques, taille sa route à neuf nœuds au bon plein, sous grand-voile et génois. A cinq milles au nord de Sainte-Lucie, la Martinique apparaît dans le cap. Visibilité : dix milles. Il fait beau.*

*« Je descends m'allonger pour une heure dans le carré, laissant la barre à Catherine dans une traversée qui s'annonce sans problème. Mais, quelques instants plus tard, au milieu des craquements de la coque et des coups de boutoir que porte le clapot sous la nacelle, j'entends : ''Merde... Olivier, la voile est déchirée...''*

*« Avec le calme apparent que l'on affiche dans les catastrophes dont la gravité soulignerait aussitôt la vanité du moindre énervement, j'ai rejoint le cockpit.*

*« La grand-voile fouettant l'air de ses lattes est déchirée horizontalement et sur toute sa largeur, à un mètre sous la têtière. Les deux parties de tissu ne sont plus retenues l'une à l'autre que par le nerf de chute, ce long bout de nylon qui maintient tendue la partie libre de la voile. Le bateau, quasiment à l'arrêt, roule et tangue comme un cheval de rodéo. Il me faut cinq bonnes minutes pour affaler, après avoir coupé au couteau de secours le nerf de chute qui bloquait la têtière dans sa descente le long de la gorge du mât. Le couteau de secours est celui-là même que j'attache consciencieusement depuis vingt ans au pied de la descente, sur tous les bateaux qui m'accueillent, pour le jour où... Celui qui ne peut servir qu'à cette tâche pour laquelle il est voué corps et lame !*

*« Le calme revenu, après avoir lancé les deux moteurs et affalé les voiles,*

*nous prenons la décision de continuer vers Fort-de-France. Sainte-Lucie est apparemment plus proche, mais ce retour sur nos pas ne réglerait en rien nos soucis de voilerie et risquerait de nous plonger dans des tracasseries administratives sans fin.*

*« Le génois seul est renvoyé. Quant aux moteurs, il nous faut rapidement les arrêter pour économiser le peu de fuel qui nous reste en cette fin de croisière, en vue des manœuvres de port ou de dernier recours. Dès lors, le maintien du cap se révèle difficile. Serrer le vent, c'est perdre de la vitesse, donc augmenter notre dérive relative vers l'ouest. Laisser porter, au contraire, c'est aller plus vite là où nous n'avons rien à faire, les rivages du Mexique n'étant pas au programme. Le catamaran rentre, comme il peut, c'est-à-dire sans puissance, dans le clapot qui le maintient désormais en dessous de quatre nœuds. Tenir le cap, c'est désormais garder le rocher du Diamant légèrement sous le vent, c'est-à-dire à gauche du cap, afin d'optimiser dérive et rapidité.*

*« Et c'est là que revient le souvenir des mots de Jacques-Aimé lus le matin ! Cent soixante ans plus tôt, à cet endroit précis, un aïeul, que l'on m'a souvent décrit comme si proche, faillit couler et emporter, au fond de ce chenal, toute sa descendance... et il gardait, lui, le Diamant à droite pour se protéger d'un courant qui l'emmenait vers le large. Volant joyeusement à travers plus d'un siècle et demi, me parvient cette information salvatrice d'un marin : le courant, à cet endroit et contrairement à la tendance générale, porte à droite ! Ou du moins il portait à droite à l'époque... Mais le remarquable guide de croisière de Donald Street confirme aussitôt l'information au néophyte des Antilles que je suis : "il existe un effet de vent contre-courant, localisé au sud du Diamant, qui lève une mer souvent dure..." Ce courant s'opposant à notre dérive, conserver notre cap, au vent du Diamant, et rentrer sans encombre ne pose alors plus de problème. Vers quatre heures, nous sommes sous la protection des côtes martiniquaises.*

*« Aucun danger réel ne nous a effleurés. Pas d'écope, pas de tempête, et*

*encore moins d'insignes de Rose-Croix à brandir. Rarement la mer fut plus clémente et hospitalière. Mais il reste ce dialogue, porté par le hasard des vents, entre un marin d'épopée et un plaisancier d'occasion qui m'a fait regarder l'eau, ce jour-là, de plus près. J'y ai découvert, saisi d'une émotion très rare, un phénomène inexplicable mais dont je garde la certitude : les vagues apaisées que je regardais vivre le long des coques étaient exactement celles qu'avait vues Jacques-Aimé lors de sa traversée. Vivantes et leur mémoire habitée par les rames, les coques et les vents, elles seules pouvaient transmettre la parole bienveillante des ancêtres... »*

Jamais je n'avais fait un repas avec autant d'appétit. Je mange des poissons alors que, six heures avant, je me figurais bien être leur pâture. Le repas finit à six heures du soir. Pour partir, il me faut attendre jusqu'à onze heures. Je combine où je dois arriver pour mettre mes marchandises en sûreté. Ne voulant pas opérer cette vente à Fort-Royal, je décide de débarquer au bourg de Rivière-Salée où j'ai un ami ; je ferai mon dépôt chez lui. Pour nous y rendre, nous avons trois heures de rame, nous y serons à deux heures après minuit. A l'heure du départ, je donne trente francs aux mères des petits négrillons. On me souhaite bonne réussite. A deux heures, nous arrivons au bourg de Rivière-Salée. Lafitte reçoit mes marchandises. Je donne cinquante francs à mes obligeants nègres et je garde avec moi les deux de Sainte-Lucie.

Je me couche et dors jusqu'à six heures. Il faut se lever, déballer et procéder à la vente. Avec des échantillons, je me porte chez les habitants et vends le quart de mes articles. A trois kilomètres de cette localité se trouve un des plus forts bourgs de la colonie, Le Saint-Esprit ; il y a plusieurs marchands à qui je fournis bien des articles, mercerie, rouennerie et autres toiles. Je suis assuré d'y faire une bonne vente. Je dépêche un de mes nègres auprès de ma ménagère, qui ne sait où je suis, lui laisse le soin de raconter notre voyage, et je me rends au bourg du Saint-Esprit. Au comptant ou à crédit, je vends tout.

Le lendemain, j'arrive chez moi. Deux réussites : j'y prends goût. Mon magasin, tenu par Laguiote, donne de bons résultats. Je peux donc me livrer de temps à autre à l'introduction en fraude des marchandises de l'Inde. De mon aventure en mer, il s'ensuit que toute ma peau depuis le front jusqu'à mi-ventre s'enlève comme celle d'un serpent. Il me faut garder la chambre quinze jours. La préoccupation de ma conservation m'avait fait oublier les coups de soleil. Au bout d'un mois, rester plus longtemps au magasin paraît monotone, il me faut voyager, mon cheval ne fait rien et s'impatiente aussi. Je garnis de marchandises huit ou dix malles et fais une tournée chez mes bons colons. En quinze jours, j'ai tout vendu et je regagne mes pénates.

L'administration de la douane met en vente des marchandises saisies, de provenance anglaise de l'Inde. Celui qui s'en rend adjudicataire ne peut en disposer pour les vendre dans une colonie française. Il doit chercher un bateau qui réexporte ces marchandises dans une colonie anglaise. Mais vendre les marchandises dans les colonies anglaises ne peut donner de bénéfices. Quitte à être saisies de nouveau, il faut qu'elles reviennent en fraude dans les possessions françaises. J'ai acheté la totalité de ces marchandises pour la réexportation. Il me faut donc faire semblant de les faire partir avec l'aide de la goélette du capitaine, mon associé dans les deux premières opérations. Il est à la Guadeloupe, je lui écris. Dans dix ou douze jours, il sera là.

Je me prépare à faire des ballots. L'officier chargé du dépôt de ces marchandises me donne son heure pour me recevoir au magasin et m'amène avec lui pour que j'établisse mes lots. Nous sommes dans le magasin, tous deux seuls, et j'opère mon triage pour faire les colis le lendemain. J'ai de belles pièces de foulards, de madras, des châles de crépon de Chine et quantité d'autres beaux articles. Le tout m'a coûté quatre mille francs. Acheté chez les Anglais, j'en aurais eu pour au moins le double. Si je réussis à les réintroduire, ce sera quinze à seize cents francs. L'officier de la douane se doute certainement de mes intentions et il peut employer toute la surveillance dont il dispose pour me faire traquer au débarquement sur la côte. Je suis assez familier avec lui, car lui aussi a été sergent-major dans le même régiment que moi.

Mes marchandises sont bien séparées, prêtes à être emballées le lendemain en sa présence. Avant de le quitter, je lui demande s'il veut me laisser emporter deux pièces de foulards et deux de madras. En m'y autorisant, il se compromet mais me dit d'en prendre le double. J'emporte huit pièces chez moi et, sachant qu'il vit avec une très jolie fille, je lui envoie par mon domestique deux foulards et deux madras. Le lendemain matin, il entre dans mon magasin, me dit que ce jour il a d'autres occupations que d'assister à mon travail d'emballage. Je fais semblant d'en être contrarié. En me quittant, il me dit de ne pas me presser et que, si j'ai commandé un bateau pour réexporter ces marchandises, je peux le contremander.

A l'entrée de la nuit arrive un nègre qui, sans rien dire, me dépose deux grands sacs de mes marchandises. En s'en allant, le nègre me dit : « *Moé qu'a le vini enco* [1]. » Ce nègre fait deux autres voyages, toutes les marchandises de l'entrepôt sont chez moi. Je n'ai plus besoin de la goélette de mon capitaine. Mais je me demande comment l'officier de douane va s'en tirer avec son administration pour les formalités de cette réexportation. Le lendemain matin, je lui fais tenir trois doublons d'or. Une demi-heure après, il arrive chez moi, me dit de réunir des emballages et de la paille, et de les faire porter au magasin de la douane. Nous confectionnons de faux ballots qui, au lieu de renfermer mes marchandises de l'Inde, contiendront des pierres. Après cette substitution, nous procéderons à leur embarquement pour n'importe quelle île étrangère, et les formalités seront remplies. Ces faux ballots arrivés à une distance de deux lieues de la côte, je les enverrai voir le fond de la mer. Toute une journée, l'officier de douane et moi procédons au lestage de ces ballots et nous y appliquons les cachets.

Le lendemain, je les embarque sur un bateau à voiles. J'ai trois bons nègres marins. Me voilà parti pour l'île Saint-Vincent, à vingt lieues de la Martinique. Deux belles embarcations de la douane me suivent jusqu'à deux lieues en mer. La nuit arrive, j'immerge mes faux ballots. Le vent fraîchit. La mer commence à grossir. Les douaniers ne sont pas des lurons marins. A huit heures du soir, je ne les vois plus et ils ne peuvent me voir. Je vire de bord. A deux heures du matin, je suis chez moi, à la grande surprise de ma ménagère Laguiote qui, à chaque fois que je pars sur mer, se figure ne jamais me revoir.

---

1. « Je vais venir encore. »

Cette entente avec mon officier doit me faire gagner beaucoup d'argent en peu de temps. En moyenne, les saisies s'élèvent à au moins deux cent mille francs dans l'année. L'administration de la Douane fait vendre tous les trois mois.

Mais sur ce lucratif commerce, j'ai compté sans la mort. Quinze jours après cette facile fraude, l'officier de douane tombe malade. Quarante-huit heures de fièvre jaune, et on le porte en terre. Adieu, l'ami Th..., je pense qu'outre-tombe Dieu ne te donnera pas la garde d'un magasin de douane mais que, comme à moi, il te pardonnera d'avoir lésé la société. Ce déboire me refroidit pour continuer la contrebande. Ma ménagère éprouve plus de peine à me voir faire ce commerce qu'elle n'a de plaisir aux bons résultats en bénéfices. Je réfléchis que, si je continue, la douane va me surveiller de façon toute particulière et je décide de cesser quelques mois. Je reprends mon colportage qui, avec moins de risques, me procure autant de bénéfices que la contrebande.

Je me lance sur toutes les marchandises, articles de Provence, morue de Halifax, bois du Nord, rouenneries, articles de Paris, de Lille, de Lyon, quincaillerie. En 1829, on me porte négociant de première classe à mille francs de patente. En fin d'année, je fais mon bilan : cent dix mille francs à l'actif.

Dans le bourg le plus important de la colonie, Le Lamentin, j'achète une vieille maison onze mille francs. Cet immeuble est sur la place la plus commerçante. Chaque dimanche, il y a un marché qui équivaut à une grande foire. En façade, je me suis réservé une place pour ma ménagère. Elle y vend chaque dimanche des marchandises. On s'y rend le dimanche matin, on revient le soir, sept lieues de mer à traverser pour y aller, autant pour revenir, et toujours, dans ces pirogues, toutes ces femmes, la mer souvent agitée et les mêmes appels à Dieu et à la Sainte Vierge.

Jusqu'au coup d'État de 1830, rien d'extraordinaire dans ma vie. Je fais d'assez bonnes affaires, j'ai démoli ma vieille maison du Lamentin, je m'apprête à la rebâtir à neuf, tous les matériaux sont rendus à pied d'œuvre, dix ou douze ouvriers sont au travail.

Un navire d'État arrive avec un grand pavillon tricolore en poupe, tout le monde est consterné, voilà la colonie en révolution. Les affaires sont arrêtées, il m'est dû quatre-vingt à cent mille francs, mais personne ne veut payer, et pour cette maison que je bâtis il me faut retirer du commerce vingt mille francs. J'écris à mes créanciers de France, je leur dis que, s'ils me chagrinent pour être payés, je vais déposer mon bilan. Leur réponse me tranquillise. Ils me disent que, pour le moment, ils arrêtent toutes affaires avec les colonies mais que, pour ce que je leur dois, ils prendront patience. Rassuré sur ce point, je ne travaille qu'à ma bâtisse.

Huit jours après l'inquiétante nouvelle, une partie de la colonie est en révolution. Les nègres se figurent être libres et se remuent de nouveau. La garde nationale et la troupe sont obligées de mettre sac au dos. Je n'en suis pas exempt. Une seconde fois, nous sommes obligés de marcher contre ces bons nègres.

Mais arrive la nouvelle que Philippe d'Orléans a, comme roi, remplacé Charles X. Tout le monde baisse l'oreille. On nous envoie comme gouverneur l'amiral Maka.

Les nègres ont fait quelques dégâts et quelques victimes. Il en a été fusillé quelques douzaines. Les mulâtres n'ont rien souffert, ils ont l'adresse de ne pas s'exposer. Tout rentre dans l'ordre. Le commerce ne reprend que cinq ou six mois après ce changement de gouvernement. Ceux qui me doivent ne peuvent me payer qu'à la longue. Je perds quarante mille francs. Arrivé soldat sans le sou à la Martinique, je me console vite de cette perte.

Jusqu'au moment où les affaires reprennent, je ne m'occupe que de bâtir ma maison, ce travail me prend six mois. Le gouvernement de Philippe paraît inspirer de la confiance. Les affaires, à la Martinique, commencent à reprendre. Depuis six mois, je n'ai rien vendu à crédit, mes recettes en vente au comptant m'ont donné soixante-dix mille francs. J'en ai fait tenir à mes créanciers de France quarante mille. Ces maisons de nouveau me font des offres. Je ne leur demande que ce qui me manque, et en petite quantité, avec faculté pour moi de ne payer qu'au fur et à mesure de mes ventes et, à mon aise, de m'acquitter de ce que je dois d'ancien. Toutes mes conditions sont acceptées.

Un an après le changement de gouvernement, la confiance est tout à fait revenue. Les récoltes de sucre et de café sont bonnes, les navires marchands de France chargés de marchandises de toutes sortes abondent, les caboteurs de toutes les colonies anglaises viennent s'approvisionner de toutes les denrées françaises qui, depuis un an, manquaient chez nous et à la Guadeloupe. Mes ventes reprennent comme sous Charles X, mon crédit arrive à un tel chiffre que je pourrais l'étendre à un million.

Je suis travailleur mais peu ambitieux d'une grosse fortune. Je n'ai pour charge que ma mère, que je soutiens depuis plusieurs années sur un pied en rapport avec ses habitudes. Je l'ai ainsi amenée jusqu'à quatre-vingt-neuf ans, toujours bien portante. Une petite chute, en quarante-huit heures, l'a retirée de ce monde. Son mari, quatre ans après, est décédé à peu près au même âge. Ces deux bonnes âmes, aujourd'hui, j'en ai l'espoir, jouissent de la vue de Dieu et je suis bien sûr qu'ils le prient pour moi.

## COMMERÇANT ET CONTREBANDIER

Nous voilà en 1832, les affaires marchent.

Dans la loge de francs-maçons qui s'est constituée sous le titre de la « Trigonométrie », j'ai été reçu au grade de Rose-Croix, 18e degré, et, dans le rite maçonnique, je suis un des membres les plus zélés. Autant que je peux, j'en respecte la morale et je la propage.

*Ici se termine la suite chronologique des Mémoires de Jacques-Aimé. J'ai indiqué au début qu'il avait intercalé dans ses cahiers plusieurs épisodes ultérieurs qui tenaient trop de place dans sa vie pour qu'il pût résister à l'envie de les raconter sans tenir compte de la succession dans le temps. Il pensait qu'il ne pourrait peut-être pas aller jusqu'au bout, compte tenu de son âge avancé. J'en ai réservé trois pour la fin de cet ouvrage.*

*En 1839, c'est le tremblement de terre de Fort-de-France où la tragédie est presque fatale à sa très chère « ménagère » Laguiote, à leurs deux enfants et à lui-même.*

*En 1843, au cours d'un de ses huit retours en France, il veut retrouver sa sœur et réussit, avec sa jeune épouse de la métropole, à les réunir avec sa mère.*

## COMMERÇANT ET CONTREBANDIER

*Enfin, en 1852, c'est une dernière et infructueuse tentative pour rejoindre la Martinique, toujours pour affaires, bien entendu.*

*Le récit montre à la fois les conditions périlleuses et précaires des voyages de l'époque sur l'océan et la solidité du bonhomme devant le danger et l'inconfort.*

*Pourquoi, grand-père, t'y es-tu pris si tard pour commencer à rédiger tes Mémoires ? Je sais bien qu'on ne s'y prend pas à vingt ans, et sans doute as-tu dit l'essentiel. Malgré le premier cahier perdu et l'incertitude sur l'interruption de tes récits, tu as livré à tes descendants la partie la plus importante : la définition de ta personnalité si attachante qui n'était peut-être pas perçue ainsi par tes proches dans le cadre de la quotidienneté familiale. Peut-être vaut-il mieux que je n'aie pas interrogé les parents quand il en était encore temps ! Peut-être aussi m'aurait-on dit quel être exceptionnel tu étais : celui que j'ai l'impression d'avoir recréé en m'appliquant à te réécrire. De toute façon, merci, grand-père !*

15.

# TREMBLEMENT DE TERRE DE FORT-DE-FRANCE

*11 janvier 1839*
*« Bonne nuit Péray… »*

Au moment du tremblement de terre, j'étais seul dans ma maison. Deux domestiques étaient, l'un au marché, l'autre à soigner mon cheval. La veille, je ne m'étais couché qu'à minuit. Un navire marchand partant pour la France, je voulais en profiter pour écrire à ma femme, que j'avais laissée, enceinte, dans sa famille à Saumur. A onze heures et demie j'ai fini ma correspondance, je n'ai rien mangé depuis midi. Mon domestique me porte pain, jambon, morue, fromage, plus une bouteille de vin. Ma table est la pierre de taille d'appui d'une fenêtre. Il fait un clair de lune admirable.

Mon voisin et ami Civadier, revenant de prendre l'air à la savane, m'aperçoit, me demande si je n'ai pas sommeil, je lui réponds que je soupe... « Bonne nuit, Péray. » Même souhait à Civadier. Le réveillon fini, je laisse mon couvert sur la fenêtre, timbale, fourchette d'argent, couteau, deux assiettes restent à desservir. Au milieu du grand salon, j'ai un matelas, un oreiller, mais ni drap ni couverture. Je me couche. Je dors de minuit à six heures moins dix.

Un petit mouvement me réveille, qui ne peut appartenir qu'à un mouvement de la terre. J'attrape mon pantalon, la terre tremble toujours, je suis debout, je n'ai qu'une jambe passée, la terre n'a pas cessé de trembler. Les oscillations partent du nord-ouest au sud-est, les secousses redoublent, j'entends tomber dans la rue le haut de la maison. La frayeur me gagne, comme un fou je quitte cette salle, me porte à un grand escalier qui s'écroule, je suis à la première marche, une poutre la tient.

Je perds la tête, les pierres de taille traversent le plancher audessus de moi, m'éraflent les épaules, la tête, où j'ai déjà vingt blessures que je ne sens pas. Je suis habitué au roulis d'un navire : si le plancher se présente devant moi presque debout, je me porte en avant, s'il se présente en sens contraire, la position de mon corps est en arrière. Sans cette habitude, si je tombais, je représenterais plus de surface et les pierres de taille me broieraient la tête ou les jambes. Ma raison m'abandonne.

Par hasard, je me trouve sous une petite porte étroite et cintrée. A ce moment s'opère un mouvement de trépignation électrique, je n'entends qu'un roulement, le bruit que fait ma maison me porte à croire que je suis seul frappé de ce cataclysme. Debout sous cette petite porte, fermé par les décombres devant et derrière, je me crois sous terre, je ne sais à quelle profondeur ; suis-je mort ou vivant ? J'ai perdu la vue. Vingt secondes au plus depuis la première secousse jusqu'à la dernière ont suffi pour jeter à terre les maisons de la ville.

Lorsque la terre cesse de trembler, je me sens en vie, mais, me croyant sous terre, je ne bouge pas. Mon ami Civadier est au coin de rue opposé à ma maison. La sienne, en bois, n'éprouve rien. Courageusement, il se lance sur les décombres de ma maison. Bien qu'il se figure que je suis écrasé, il crie de tous ses poumons : « Péray, Péray !... » Sa voix me parvient, je comprends que c'est lui. A mon tour je crie : « Civadier, Civadier !... » Il m'entend, ma voix le guide, il me demande où je suis, je lui réponds :

« Je n'en sais rien.

— Êtes-vous blessé ?

— Je n'en sais encore rien.

— Me voyez-vous ?

— Non.

— Je vous vois un peu, ne bougez pas, je vais chercher des militaires qui vous dégageront. »

Effectivement, on avait fait descendre toute la garnison de Fort-Louis. Civadier amène quatre militaires pour me dégager, ils prennent des précautions pour me retirer, mais je suis aveugle. Mon pantalon n'a pas tenu et m'a abandonné, ma chemise tout ensanglantée est partagée en deux sur le devant. C'est un chevron cassé dont les brisures ont ouvert cette chemise. Il est probable que, si ce bout de bois, à trois centimètres près, m'avait éraflé le ventre, chemise et ventre étaient ouverts. Toujours aveugle, avec les doigts je me frotte les yeux et je recouvre la vue. C'est le sang, coulant de ma tête, mêlé à la chaux et au sable, qui a formé une pâte à me coller les paupières. J'y vois clair, mes trente blessures ne sont rien, je tombe à genoux et comme dans un éclair j'imagine trois personnes qui m'intéressent et qui sont mortes ou blessées. Il faut que je leur porte secours.

La rue Saint-Louis est pleine de débris jusqu'au premier étage, les façades de droite et de gauche ont comblé toute sa largeur. Sur la place de l'Église, rien n'est resté debout. Dans la maison d'un des coins de cette place, il y a Laguiote et les deux enfants que j'ai avec elle. J'aperçois la mère qui est prise par le cou, la tête noyée dans le lattis de la toiture, elle crie à fendre le cœur d'aller chercher sa fille qui a seize ans. Celle-ci est sur son lit mais ne peut bouger ; une poutre lui tient la cuisse. Avec beaucoup d'efforts je la dégage, la carre de cette masse lui est entrée dans les chairs jusqu'à l'os. Je la prends sur mes épaules pour la descendre dans la rue ; il me faut escalader les murs écroulés et les meubles qui sont dessus. Je la porte sur la place de l'Église et la dépose sur l'herbe.

Puis je reviens pour dégager la mère. Celle-ci est engagée dans la charpente de la maison. De la chambre où elle était, les meubles sont descendus avec elle. Elle est sur son lit mais à genoux, la tête, la figure, les épaules ne sont qu'une plaie. Je la dégage avec peine, je suis toujours en chemise, nu-pieds, et ma chemise est rouge comme la tunique de Jésus-Christ. Je porte cette malheureuse Laguiote sur la place à côté de sa fille. Émile, âgé de quatorze ans, a été envoyé chez mon voisin L'Échelle. Je l'entends qui appelle sa mère, il crie comme un hébété, je lui dis de ne pas bouger. « Papa, Papa. » Sa figure est celle d'un fou, ses cheveux sont hérissés, j'arrive à lui, mais mon allure lui fait peur. Il n'a pas une égratignure, le plancher où il se trouvait était tombé dans la cour du voisin comme une galette. Je prends l'enfant par le bras ; par peur, il hésite à me suivre, je suis obligé de l'emmener de force. Le voilà avec sa mère et sa sœur.

## TREMBLEMENT DE TERRE DE FORT-DE-FRANCE

Il n'y avait que six mois que ma société était dissoute. J'avais laissé à Laguiote le magasin avec sa moitié de marchandises et un coffre en fer scellé dans le mur d'une chambre au premier. Ce coffre, détaché du mur au moment du tremblement de terre, fut envoyé dans la rue au milieu du ruisseau, sans se casser ni s'ouvrir. Il resta dans la rue quarante-huit heures. Nul, dans un cataclysme pareil, n'a eu envie de le voler. Il contenait huit ou neuf mille francs en or et en argent.

Mère et enfants sont sur cette place. Avec beaucoup de peine, je retire deux matelas des décombres pour y installer mes deux blessées. Il est temps que je pense à moi. Je trouve un vieux peigne et me rends à la mer. Ma tête n'est qu'une calotte. Le sang, la chaux, le sable, tout cela mêlé à mes cheveux ont formé une croûte comme du ciment. Pour détremper toute cette colle, je reste dans la mer au moins une heure. Avec ce vieux peigne, je finis par m'en débarrasser, mais elle avait bouché les deux douzaines de plaies que j'avais à la tête. Mes cheveux dégagés, les blessures se rouvrent. Me voilà encore la figure et les épaules couvertes de sang. Dans cette position et toujours en chemise, j'entre dans une rue qui conduit à ma maison écroulée.

Je fais ce trajet sur des décombres qui emplissent la rue d'au moins deux à trois mètres. Dans ce parcours, dans chaque maison, j'entends les cris des blessés qui ne peuvent se dégager des masses de pierres, moellons et charpentes qui leur enserrent les jambes ou les bras. D'autres sont morts, entièrement recouverts. Des dames en chemise, presques nues, plus ou moins blessées, cherchent à retirer un mari, une mère, une fille. Elle ne font pas plus attention à leur nudité que le jour de leur naissance, elles appellent au secours, mais rares sont ceux qui viennent à leur aide. Des corvées de militaires et de marins parcourent les rues, dégagent les plus blessés. On passe froidement sur les morts. On ne peut secourir que les mutilés, qui en appellent à Dieu et à l'humanité des passants.

Dans ma maison écroulée, à force de dégager des bois, des pierres et des meubles, j'arrive à ma garde-robe. Ce cabinet n'est plus rien de ce qu'il était, cependant je dégage de quoi me vêtir. Je n'ai encore rien pris, et il est dix heures du matin. Je m'attache sur la tête un foulard, le sang cesse de couler tant bien que mal. Avec mon urine, je me débarbouille. Je parcours encore la rue Saint-Louis, de plus de dix maisons on me demande aide. A contrecœur, je suis insensible.

Pendant mon absence, la place s'est couverte de blessés, tel une jambe écrasée, tel les deux ; je ne pense pas que, dans aucune bataille, on ait pu voir plus tragique que sur cette petite place. Le corps d'une négresse dont la tête ne tient plus que par la peau a été décapité par la croix en fer et le coq en tôle du clocher de l'église. La croix a atterri quinze mètres plus loin.

Attenante à la maison de mes deux blessées était la famille Gayot, deux frères, l'un médecin, l'autre pharmacien. Ces deux messieurs, fort heureusement, étaient allés à la campagne, et n'était restée à la maison que la vieille maman Gayot, âgée de soixante-quinze ans. Personne ne fait attention à cette maison puisque les deux frères sont absents. Deux servantes négresses n'étaient pas dans la maison au moment du tremblement de terre, seule s'y trouvait la vieille maman, et on ne peut douter que la maison écroulée la couvre. Ces deux esclaves tiennent à leur maîtresse, elles veulent la trouver, morte ou en vie. Elles montent sur ces décombres, arrivent au centre et crient :

«*Au sécou, au sécou, maitès nou pas mote*[1].»

Cette maison n'est qu'à vingt mètres de la place, j'arrive le premier, j'aperçois Mme Gayot sous une petite voûte, espèce de niche où elle est à genoux. Nous arrivons à elle, nous retirons une pauvre idiote qui se figure avoir été morte et, comme Jésus-Christ, ressuscitée. Où sont ses deux fils? Elle n'en sait rien.

Je reviens à mes deux blessées. Deux ou trois mille nègres de la campagne sont descendus à Fort-Royal. Moutons, volailles, tout abonde ; les planteurs ont chargé leurs esclaves de toutes ces provisions. Dans la maison écroulée, je peux trouver une marmite, une casserole, des assiettes plus ou moins brisées, une mauvaise soupière, etc. Sur la place, j'établis notre camp. Mon fils de quatorze ans revient de sa crise d'idiotie. Le bois ne manque pas, j'allume le feu, la marmite est sur trois pierres. Une fontaine, sur cette place, n'a pas été paralysée. Les bouchers ont tué bœufs et moutons, les esclaves les volatiles ; jamais, en une heure, marché n'a été mieux garni. Qui veut de la viande, de la volaille, avec ou sans argent on lui en livre. En deux heures, avec un gros coq et deux ou trois kilos de viande, je donne à mes deux blessées et aux plus proches voisins également mutilés des bouillons à faire honte à Véri, à Paris. Mon jeune homme et moi mangeons le coq bouilli avec deux piments.

Il faut procéder aux pansements. Ils sont plus de cinquante, sur la savane, à qui il faut couper des jambes, des bras, panser des têtes. Tous les navires de guerre de la rade ont envoyé des voiles qui couvrent toute cette grande prairie, entourée de quatre grandes allées. Au milieu de cette savane, les aumôniers de la marine, ceux de la campagne et ceux de la ville ont établi un autel.

1. «Au secours... notre maîtresse n'est pas morte.»

Quatre grands poteaux entourés de voiles et de pavillons, des candélabres sur l'autel, plus de cent cierges allumés jour et nuit. Les prêtres, pendant vingt-quatre heures, confessent les agonisants. A l'autel, on dit l'office des morts, les menuisiers travaillent aux cercueils, on porte au cimetière. En vingt-quatre heures, ce champ d'asile a reçu plus de trois mille corps. Cette pauvre petite ville ne contenait que douze mille âmes.

Voilà la nuit, mille flambeaux éclairent la savane. A dix heures, après beaucoup de sollicitations, je peux avoir un chirurgien de vaisseau. Il découvre la cuisse de la jeune fille ; la carre de la poutre à ouvert les chairs jusqu'à l'os. Il fait la grimace, lui et moi nous figurons que l'os est brisé. Il tâte, retâte, l'os n'a pas été atteint ; avec de l'eau de Seltz et un bandage, bien que la blessure soit longue et large, ce ne sera rien. Il examine les plaies de la mère, aucune n'est grave. Quant aux miennes, je ne lui en parle pas.

Dans tout ce cataclysme, sur quatre que nous sommes, il n'y a que la fille qui soit vraiment blessée. Elle n'a pu marcher que quatre mois après, parfaitement guérie. La cicatrice se voit jusqu'à ce jour et a une profondeur de quinze millimètres : la carre de la poutre était appuyée depuis le dessus du genou jusqu'à la hanche. Nous devons remercier Dieu de nous avoir préservés d'être écrasés ou estropiés.

Tout s'est borné à une perte matérielle. La mère de mes enfants a perdu au moins vingt mille francs de marchandises et presque tous ses meubles. Moi, une plus forte somme : cent cinquante barils de café que je n'ai pu retirer que quatre ou cinq jours après le fléau, plus une grande chambre de marchandises retrouvées pourries. C'était rouenneries, toiles de toutes sortes, mercerie, etc. J'estime que j'ai perdu quarante mille francs.

Je ne perds pas courage ; dès le surlendemain, je me mets à dégager de cette grande maison tout ce qui est en bois. Des ouvriers de la campagne arrivent et, en huit jours, s'élève une grande baraque. Pour la couvrir, toutes mes tuiles étant brisées, j'achète une demi-cargaison de planches d'Amérique. Le local fini, j'y installe mes blessées, et loge tous mes amis et ceux de Laguiote. Je suis le seul, de toutes les maisons tombées de la ville, qui soit relogé.

On oblige les propriétaires à dégager jusqu'au milieu de la rue tous les décombres. Mon propriétaire, l'amiral de La Bretonnière, étant en France, je loue une dizaine de nègres et deux tombereaux pour aller jeter tous les matériaux au bord de la mer. Dans ce déblaiement, mes ouvriers découvrent une négresse et un nègre aplatis comme des planches. Il en a été trouvé bien d'autres dans les rues et les maisons.

Je ne peux finir ces pénibles récits sans parler d'un presque miracle qui s'opéra dans la maison de M. Liot, trésorier de la colonie. A peu de distance de l'hôtel du Gouvernement, il venait de faire bâtir une très jolie maison. Elle était en retrait de la rue d'environ dix mètres. Depuis l'alignement de la rue, il y avait un délicieux parterre, un portail en fer avec grilles de chaque côté, les barreaux de même hauteur, le bout de chaque barre surmonté de lances dorées. La façade de la maison était richement sculptée, des appuis aux fenêtres, quatre ou cinq marches donnant accès à un vaste corridor, avec escalier pour monter au premier, tout en marbre blanc. M. Liot est encore jeune, il est marié avec une jeune Anglaise d'une des hautes familles d'Angleterre, très riche, et vit avec la vieille maman anglaise, des demoiselles sœurs ou cousines de Mme Liot, toutes jeunes et de bon ton, un personnel de demoiselles de compagnie et d'autres domestiques. A six heures du matin, la terre faisant son premier mouvement, la maison tombe en entier dans le parterre, le plancher « coule », laisse la maison, traverse cette grille, qui a trois mètres de hauteur, et toute la famille Liot se retrouve au lit sur les parquets qui viennent se poser à plat dans la rue. Douze à quinze personnes sans la moindre égratignure. La seule contrariété qu'a pu éprouver M. Liot fut la perte de sa coquette maison.

Un drame bien plus pénible se passa chez un de mes amis, M. Fiquet, qui avait eu un fils naturel avec une quarteronne, sage-femme presque blanche et jolie. Ce fils était un amour, premier commis dans une maison de Mana. Le jeune Fiquet a vingt-deux ou vingt-trois ans. Il épouse une fille naturelle de M. de Laglaine, blanche comme de la cire, jolie à ne pas en trouver une pareille aux Antilles, dix-huit ans et quatre-vingt mille francs de dot. Le jour du tremblement de terre, il y a dix-huit mois qu'ils sont mariés. A ce moment fatal, ces deux jeunes époux sont couchés dans leur lit, un jeune enfant de six mois entre eux deux. Moment de malheur : la tête du lit est adossée à un mur et ce mur s'abat sur le père, la mère et l'enfant. Il y a eu bien des victimes, mais aucune autre ne m'a donné plus d'émotion que Fiquet, sa femme et leur enfant.

A l'hôpital militaire, un vaste bâtiment venait d'être construit, il n'y avait guère que deux ou trois mois qu'il était livré aux malades. Lors du tremblement de terre, les salles contiennent plus de cent malades : tous sont ensevelis sous les décombres. Sur trois sœurs, une seule ne perd pas la vie. L'ancien hôpital, à une distance seulement de cinquante mètres, et plus étendu que celui écroulé, n'éprouve rien, il a été dit que le neuf n'était pas aussi sérieusement bâti que le premier. Riche en architecture, il péchait par sa base, défaut de presque tous nos bâtiments d'aujourd'hui en raison de la rapacité de bien des ingénieurs, architectes, entrepreneurs, exception faite de certains.

Dieu seul, dans ce fléau, m'a sauvé de ne pas être aplati comme une punaise, au moment où je me suis porté à l'escalier. Si j'avais eu le temps d'aller jusqu'à la cour, qui avait vingt mètres de longueur et dix de large, je recevais le mur qui, après avoir détruit l'escalier, y est tombé à plat. Même un rat y aurait été tué. Mon cheval, dans un petit hangar sur forts poteaux, couvert en planches et qui a résisté, n'a rien eu de mal. Ce petit hangar aurait sauvé la vie à cinquante personnes. Tout s'est prêté à ce que je ne perde pas la vie. Par hasard, je me suis trouvé la tête juste protégée par cette petite porte cintrée dont la clé en pierre est descendue de quinze centimètres. Un marchand, mon plus proche voisin, est trouvé debout, tout aplati entre le mur qui nous séparait et le plancher de sa maison. Sa pauvre femme, à deux mètres de là, vivante, sans égratignure, appelle son mari, ne sachant ce qu'il est devenu. On le lui découvre. De ce moment, elle devient folle jusqu'à sa mort qui, heureusement pour elle, arrive quinze jours après.

Je pourrais citer bien d'autres malheurs extraordinaires, je vais m'en tenir à un dernier. Une marchande d'étoffes, qui s'appelait Modeste et à qui je fournissais toutes les marchandises que contenait son petit magasin, était couchée sur son lit avec sa fille, fort jolie et âgée de quinze ans. Un mur tombe sur leur lit, tue cette enfant et coupe les deux poignets de la mère qui devient presque folle. Je n'ai pas la prétention de dire, que par mes encouragements et mes consolations, je lui ai fait recouvrer la raison, mais il est vrai que cette mère, tout en gardant le deuil de sa fille, a vécu bien des années après cette dure épreuve. Elle s'est adonnée à la religion et Dieu l'a guérie de sa folie. Longtemps, quoique ne pouvant s'aider de ses mains, elle a vendu, pour moi, de maison en maison, des marchandises avec ses deux moignons. Elle était arrivée à mesurer par demi-aune tout ce qu'elle vendait. Tout le monde s'intéressait à elle ; sur sept ou huit marchandes qui vendaient pour mon compte, à la ville comme à la campagne, c'était Modeste la manchote qui me faisait les plus fortes ventes. Le jour du sinistre, elle me devait mille francs. Par son travail, elle est arrivée à me les régler en deux ans. J'avais beau lui assurer que je la considérais comme ne me devant rien, il a fallu, pour la contenter, accepter. A cette pauvre mère, il ne fallait jamais parler du tremblement de terre.

Avec des « corvées » de personnes non ruinées et l'aide des nègres de la campagne, il fallut un mois pour déblayer la ville, puis la rétablir en bois, plus coquette qu'elle ne l'avait été en pierre, ma maison étant la première réédifiée.

Pendant près de quinze jours, personne n'ose entrer dans la ville. Militaires et esclaves fouillent les maisons ou, du moins, les décombres pour en retirer les choses les plus précieuses. Tous ces objets, or ou argent, sont déposés à la savane entre les mains d'une commission établie à cet effet, dont le commissaire central a le contrôle. Les chercheurs doivent donner le nom des propriétaires d'objets.

La terre, pendant huit ou dix jours, à différentes heures de la journée, éprouve des secousses. A chaque mouvement, les nègres tombent à genoux et, à la même seconde, lèvent les bras au ciel en implorant Dieu. Tel dit : « *Mon Dié, pas mété ou en colèe, et pi moé padon, bon Dié, pas puni moé*[1]. » Tel autre fait appel à la

1. « Mon Dieu, ne vous mettez pas en colère ! Pardon ! Ne me punissez pas ! »

Vierge, récite en créole le «*Je vous salue Marie*» et «*Not Pée qui ça été dans ciel*... ». Ils se jettent à genoux n'importe où, au pied d'un mur de vingt mètres de haut ou sous un arbre. Leur mouvement spontané est de tomber en prière sans faire attention à l'endroit où ils sont. Je crois que s'ils étaient en haut d'une échelle de dix mètres, pour être plus tôt à genoux, ils franchiraient tous les barreaux à la fois.

Toutes les personnes qui sont sur la savane, blessées ou non, n'osent entrer en ville et sont emmenées à la campagne où il n'y a rien à craindre, toutes les habitations étant en bois. La ville a été abandonnée pendant plusieurs jours aux esclaves de la ville et de la campagne, et à toute la garnison militaire. Pas une plainte du moindre petit vol n'a été déposée. Le coffre-fort de Laguiote est resté quarante-huit heures avec l'argent qu'il renfermait. Je le fis porter chez mon ami Civadier, bijoutier, qui, parce que sa maison était en bois, n'avait lui et sa famille, rien éprouvé de fâcheux, tant pour leur vie que pour leurs biens. M. Auguste Reboul pouvait, dans sa maison, donner refuge à bien des victimes. Il en fit l'offre, et des familles acceptèrent. Beaucoup, par la crainte d'autres secousses, préférèrent rester à camper sur la savane. D'autres allèrent sur les bâtiments de guerre en rade.

Avant le tremblement de terre, mon grenier contenait de douze à quinze cents chapeaux et shakos, et plus de mille bonnets de police militaire. Toutes ces coiffures étant répandues dehors, je laisse les nègres s'en coiffer. Le soir, ils retournent à la campagne avec ces coiffures sur la tête et les femmes se figurent que leurs hommes ont été enrégimentés à la ville. Quelques-uns, farceurs, le laissent croire et ces négresses vont raconter au maître :

« *Ou pas s'va, Moché mait moé, Coco cé yon soldat fo oyal, yo météli dans égiment*[1]. »

Le maître fait appeler Coco, qui arrive avec son bonnet de police ou le shako. Le nègre imite le Blanc : il a vu les militaires, devant leurs chefs, porter la main droite à hauteur du front. Il arrive donc, la tête couverte, la main à hauteur de l'œil. Le maître s'impatiente et, d'un revers de main, renvoie le shako de Coco comme le tremblement de terre l'avait fait voyager de mon grenier à la rue. Le nègre se sauve.

Un autre propriétaire aperçoit Romain coiffé de la même façon, il devient furieux, appelle l'économe qui fait rassembler tout l'atelier, les uns ont des bonnets de police, les autres ces malheureux shakos.

« Où ont-ils pris ces insignes militaires ?

— *Cé moché Péé qui paye nou yo*[2]. »

Le colon, sans rien entendre de plus, monte à cheval, arrive à la ville, se porte à Bellevue, résidence de campagne du gouverneur où celui-ci était pendant le tremblement de terre. Il se plaint que j'aie donné ou vendu des équipements militaires à tous ses esclaves et à bien d'autres encore. C'est une grave affaire. Le gouverneur fait appeler Péray. Au nez du planton qui m'apporte la convocation, ayant déjà appris tout ce qui s'est passé, je me mets à rire et réponds que je n'irai que demain car j'ai des soins à donner à des blessés.

Dans l'après-midi, le gouverneur vient avec tout son état-major visiter les blessés, on lui dit qui je suis. Il ouvre des yeux comme

1. « Vous ne savez pas, Monsieur mon maître, Coco est un soldat à Fort-Royal, on l'a mis dans le régiment. »

2. « C'est M. Péray qui nous les a donnés. »

une porte cochère, une figure à faire peur à un aide de camp.

« Monsieur Péray, vous m'avez fait une réponse qui m'autoriserait à vous faire déporter.

— Général, vous m'auriez bien rendu service si, vingt-quatre heures avant le tremblement, vous aviez agi ainsi à mon égard. »

Ma réponse le fait changer de ton.

« Voyons, monsieur Péray, comment se fait-il, que dans un moment aussi triste, il vous soit venu à l'idée de faire une farce en donnant aux esclaves de M. Seguin tous ces shakos et bonnets de police ? »

En sa présence, je n'ai pas plus envie de rire que vingt-quatre heures avant ; je lui réponds :

« Général, si ces shakos s'étaient trouvés dans les greniers de votre hôtel de Bellevue où vous étiez au moment du tremblement de terre, je ne serais pas allé les chercher pour les laisser prendre par ceux qui en ont voulu. J'ai, sous les décombres de ma maison, pour plus de soixante mille francs de marchandises. Si vous voulez aller les retirer, je vous en donne la moitié. »

Je commence à être en colère, je lui tourne les talons.

« Ah çà, monsieur Péray, me dit-il, quelque victime que vous soyez, il me semble que, vis-à-vis de moi, vous devriez montrer moins de mauvaise humeur. Quand vous serez un peu plus calme je reviendrai.

— Beaucoup d'honneur, général. »

Il fait bien de me quitter, j'étais content comme un chien qui trouve un clou.

Quarante-huit heures après le tremblement de terre, le gouverneur expédie une corvette d'État pour rendre compte au ministre de ce terrible événement. Le même jour part aussi pour la France un petit brick de commerce. Toute la correspondance, tant du gouverneur que des civils, est déposée dans la corvette de guerre qui doit arriver en France quinze jours avant le petit brick. Malheureusement, ce frêle navire arrive au Havre quatre jours avant la corvette qui porte les lettres, y compris la mienne. Ce bâtiment marchand ne peut qu'apprendre le sinistre, mais pas les noms de ceux qui ont été tués. Les journaux en donnent la triste nouvelle, il y a trois ou quatre mille morts. Pas de lettres, pas de noms des victimes, tous les parents et amis de France sont dans l'anxiété.

Trois jours après arrive à Brest la corvette qui apporte les nouvelles, les noms de tous ceux qui sont morts, français et créoles, excepté les esclaves. Nouvellement marié avec une demoiselle de Saumur, je l'avais laissée enceinte dans sa famille. Elle se porte dans les cabinets de Paris, demande les journaux : quatre colonnes de défunts. Elle cherche avec anxiété si mon nom y figure mais ne le trouve pas. Trois jours après arrive ma lettre qui la tranquillise.

Par ce fléau, je perds cent dix mille francs, en tenant compte des créances impossibles à récupérer. Cette perte ne me décourage pas. Mes créanciers de France, au lieu de m'écraser, m'ouvrent un crédit du double de ce que je leur dois. En 1844, je retrouve ma position d'avant le tremblement de terre. Je dois rendre encore hommage à la mémoire de mon ami L'Église dont la caisse était ouverte, sans intérêt, pour moi et Laguiote.

Je reviens à ce qui s'opéra au moment du tremblement de terre.

La ville de Saint-Pierre, bâtie au pied d'un énorme rocher, est une belle cité de trente mille âmes qui n'éprouva que quelques lézardes et où personne ne périt. Notre malheureuse Fort-de-France avait été bâtie sur un ancien marais. Il n'y avait ni pilotis ni fondements en pierre assez profonds, ce qui fut la cause de l'écroulement de la plupart des constructions[1].

Si le tremblement de terre s'était manifesté deux heures plus tard, les charbons étant allumés pour faire le café, en moins d'une demi-heure, tous les décombres étaient en feu et, comme à Pointe-à-Pitre en 1843, tous les blessés qu'on ne pouvait tirer tout de suite étaient brûlés vifs. Plus terrible encore, la mer bouleversée se présenta dans une position déversante sur toute la ville et eut le temps de gagner dix à quinze mètres sur elle, mais, fort heureusement, le mouvement se fit en sens inverse plus promptement que par la parole. Quelques secondes de plus dans son premier mouvement et la mer atteignait le pied de la montagne à une distance de six ou sept cents mètres. Tous les échappés de l'écroulement de la ville périssaient noyés.

Ne pas croire que Dieu a mis, à ce moment, Son doigt comme contrepoids à cette inclinaison, c'est ne pas reconnaître que ce même Dieu existe. Dans les plus acharnés combats, la créature ne peut être aussi effrayée que lorsque la terre tremble sous ses pieds et, de toute son âme, elle en appelle à Dieu comme je le fis quand des pierres de taille m'éraflaient la tête et les épaules. Si je n'avais pas eu, toute ma vie, la ferme croyance de l'existence de Dieu et de l'âme après la mort, j'avoue que j'eusse été la plus égoïste des créatures.

Mon père et ma mère n'avaient pu me donner leurs soins que

1. Jacques-Aimé n'a pas connu l'éruption volcanique de la montagne Pelée qui, en 1902, a anéanti la ville de Saint-Pierre, ce que tout le monde sait aujourd'hui. On trouve difficilement des documents sur ce tremblement de terre de 1839. Il a pourtant « détruit presque entièrement la ville de Fort-Royal » (selon l'*Atlas national*, édité sous Napoléon III à Paris, rue de la Parcheminerie).

jusqu'à l'âge de dix ans. A cet âge, j'avais perdu mon père, tué en Espagne, et j'étais parti en 1811 au service de Napoléon. Mais, par la suite, plus j'ai fait le bien, plus Dieu m'a donné de force, d'intelligence et de bonheur à gagner de l'argent pour ma mère, ma sœur, mes femmes, enfants et amis.

16.

# LA SŒUR RETROUVÉE

*Pour le hameau de Fer-à-Chat, la route royale allonge de trois lieues. Nous prenons la traverse.*

En cette année 1843, c'est la troisième fois que je reviens en France. Venant de la Martinique avec ma jeune femme, nous débarquons à Pauillac, puis de ce port à Bordeaux et de cette ville à Auch, résidence de ma mère où nous passons un mois. Nous reprenons la diligence de Bordeaux pour n'y séjourner que quatre ou cinq jours et, de là, nous rendre à Paris. A Auch, nous avons pris une femme de chambre qui nous a suivis. A cette époque, j'avais de l'aisance. Sans la révolution de 1830 et le tremblement de terre de 1839, j'aurais pu atteindre trois cent mille francs de fortune. Nous voilà donc encore à Bordeaux à l'hôtel de Nantes, rue Esprit-des-Lois.

J'ai promis à ma mère de faire toutes les recherches possibles pour savoir ce qu'est devenue ma sœur Zélie. Le lendemain, je me lève donc de grand matin et dis à ma femme que je vais faire une tournée dans le Périgord pour y acheter une petite quantité de vin, spéculation que je veux faire sur Paris.

Ma mère et moi savions, de mémoire, qu'une religieuse s'était, avec ma sœur, retirée à Bergerac en 1812. Je prends la voiture pour cette localité. Dans le même compartiment que moi se trouve une vieille dame qui connaît Bergerac depuis plus de cinquante ans. Elle se souvient peu de cette ancienne religieuse, décédée depuis bien des années, mais elle me donne l'adresse d'une de ses amies, née dans le pays et qui n'en est jamais sortie. Arrivé à Bergerac, je vais chez cette dame qui a parfaitement en mémoire la religieuse et une petite fille de Bordeaux. Elles n'ont habité Bergerac que peu de temps et se sont retirées à la campagne dans un hameau entre Bergerac et Mussidan. On me dit qu'à moitié chemin de ces deux villes se trouve un moulin à farine avec un vieux grand-papa qui connaît le pays à plus de dix lieues à la ronde. Je prends une voiture pour Mussidan à l'entrée de la nuit ; nous ne devons arriver à ce moulin que vers onze heures du soir. A quatre cents pas de ce moulin, un cliquetis me fait comprendre que nous n'en sommes pas éloignés. Le cœur me bat comme si j'allais trouver ma sœur mariée avec un meunier.

Devant la porte de la maison, je prie le conducteur de frapper. Un garçon ouvre. Je lui demande de me laisser passer le reste de la nuit dans le moulin. Il y a un autre domestique, d'au moins soixante ans. Le jeune va consulter le vieux, qui m'examine des pieds à la tête. Il semble qu'il me considère comme un demi-honnête homme car il dit, en patois du Périgord :

« *Assiesté-bous cyla*[1] *!* »

Le siège est le tambour en planche qui recouvre les rouages du moulin à eau. Ce tambour pourrait servir de lit de camp à cinquante soldats. Nous sommes le 30 janvier, il fait un froid de loup. Heureusement, j'ai un grand manteau de roulier en drap bleu très épais. Jusqu'à quatre heures du matin, j'ai un froid aux pieds à ne pouvoir marcher. Je me force, bats la semelle. Les deux hommes préféreraient me voir couché plutôt que debout.

Je tire ma montre négligemment, la mets sur le tambour comme sans y faire attention et leur demande à quelle heure leurs maîtres se lèvent. Ils me disent de cinq à six ; il est quatre heures et demie. je sors ma filoche de ma poche pour qu'ils s'aperçoivent qu'elle n'est pas plate et retire deux pièces de cinq francs ; ils ouvrent des yeux comme des portes cochères. Je leur en mets à chacun une dans la main. Je questionne le vieux. Il comprend un peu le français mais ne le parle pas. Je parle très bien le béarnais et passablement le provençal, il m'est donc facile de comprendre le périgourdin. La difficulté de ce patois est qu'il faut changer les *é* en *u*. Le vieux gardien du moulin, qui a engouffré ma pièce de cinq francs, me paraît avoir une figure moins stupide et semble disposé à répondre en patois aux questions sur ce que je cherche.

« Y a-t-il longtemps que vous travaillez dans les moulins ?

— *Quaranté très ens.*

— Avez-vous connu une vieille religieuse qui a habité la contrée et qui est morte ?

1. « Asseyez-vous là. »

— *Oui, ley couneychudo.*

— Avait-elle avec elle une petite fille ?

— *Oui err ça ne boudo. La miron ches mousu lou mairé, sa féno ly fasquait a préné l'estat dé cousturiéré*[1].

— Savez-vous si elle existe encore ?

— *Podipa, mousu, bousdisé cès mouorto ou in bisto, y a ben d'annado qué non lé bisto*[2].

— Quel âge pouvait-elle avoir à la mort de la religieuse ?

— *Poudié abé dies annados.*

— Vous rappelez-vous son nom ? »

Le vieux porte une main à son front.

« *Crési, mousu, que l'appellamon la Zulie*[3]. »

A cette époque, je n'étais pas encore habitué à cette conversion de *é* en *u* et je ne remarquai pas que ce Zu était Zé qui me mettait tout à fait sur le nom de Zélie.

Le jour arrive, trois ou quatre ouvriers meuniers entrent. Le vieux demande au plus ancien.

« *Guillaume ti rappelles-tus aquélo gouyato quéro damé aquélo so qué mourissé et qué lécé à mousu lou mairé*[4] *?* »

Il répond qu'il l'a bien connue, que c'est la femme du maire qui l'a gardée chez elle jusqu'à la première communion, qu'elle lui a appris l'état de couturière mais que, depuis dix ou douze ans, il l'a perdue de vue. Un autre de ces ouvriers dit qu'il l'a

---

1. « On l'a mise chez M. le Maire, sa femme lui fit apprendre la couture. »

2. « Je ne peux vous dire si elle est morte ou en vie, il y a longtemps que je ne l'ai vue. »

3. « Je crois, monsieur, qu'on l'appelait la Zulie. »

4. « Guillaume, te rappelles-tu cette fille qui était avec une dame qui mourut et qui la laissa à M. le Maire ? »

vue à Mussidan, dans l'auberge de la Croix Blanche, faisant des chemises, il peut y avoir de cela cinq ou six ans. Cinq ou six ans ne sont pas un siècle, j'ai l'espoir de la trouver de ce monde. Un autre dit avoir dansé avec elle dans une fête de village, il croit qu'elle est mariée à Mussidan.

Les maîtres du moulin arrivent. Le vieux Périgourdin raconte en patois le but de mes recherches. Il parle si vite qu'en une minute ils en savent plus que les autres. Le maître meunier me fait passer dans la cuisine. La grande cheminée a, en travers, la moitié d'un arbre qui, alimenté par des souches et des sarments, nous fait un feu à rôtir un bœuf. Sur ce feu est un grand chaudron qui contient au moins un demi-hectolitre de châtaignes. Elles sont cuites et, à deux, on les retire du feu. Un grand panier est devant la porte, on y vide l'eau et les châtaignes. Une grande couverture de laine est étendue sur une longue table, les châtaignes y sont versées. Quatre ou cinq bouteilles de vin sont sur la table, plus un pain de vingt livres.

Six ouvriers meuniers arrivent, plus les maîtres. Je suis invité à participer au « tue ver ». Mon dîner de la veille est descendu. Je mange des châtaignes plus que je n'en ai jamais mangé de ma vie. Elles sont toutes chaudes. Mes mains, qui étaient glacées, sont réchauffées ; mes pieds, morts de froid, sont chauds. Mes bottes davantage : elles sont à moitié brûlées.

On me conseille d'aller rendre visite à M. le Maire dont la dame pourra me donner, sur « Zulie », des renseignements plus précis que les leurs. M. le Maire est le propriétaire du moulin. Je me porte chez lui et j'y suis accueilli gracieusement. Lui et sa femme me renseignent. Ma sœur était vaillante, fidèle et sage, obéissante comme un caniche, intelligente, aimante, parlant bien français, petite, il est vrai, mais jolie comme une poupée. Que faut-il de plus pour combler mon bonheur ? La trouver ! Mme le Maire dit qu'il y a bien dix ans qu'elle n'a vu Zélie. A ce mot de « Zélie », il me semble que c'est ma mère qui le prononce. J'en fais l'observation à cette dame. C'est elle qui me fait comprendre qu'en patois du Périgord on prononce *zu* ce qui est *zé*. Depuis son départ de chez cette bonne dame, elle n'est venue que deux fois la voir pour la remercier d'avoir été pour elle aussi bienveillante que sa mère dans son bas âge. A la dernière visite de Zélie, elle habitait Mussidan ; il pouvait y avoir sept ans.

M. le Maire est un riche paysan, il me fait la gracieuseté de m'inviter à déjeuner. J'apprends, à lui et à sa dame, que je suis le frère de Zélie. Ils en tombent ébahis. Je crois que, si j'avais prié le maire de venir avec moi à la recherche de ma sœur, il aurait immédiatement enfourché l'un de ses chevaux. Je ne suis pas plus mal servi avec une offre encore plus généreuse et que je suis obligé d'accepter : un bon cheval et son paysan pour guide, non seulement pour me porter à Mussidan, mais même pour parcourir tout le département de la Dordogne s'il le faut. Pour tout remerciement, il exige de moi que je lui écrive aussitôt que j'aurai trouvé cette sœur. Et, si ça ne retarde pas trop mes affaires, de revenir par la même route coucher chez lui.

Qu'il grêle ou qu'il tonne, je suis impatient d'arriver au bout de ma recherche. Il ne grêle ni ne tonne, mais il pleut à verse. Me voilà à cheval, mon guide à pied, un long bâton à la main. De Bergerac à Mussidan, la route des voitures est submergée. Pour raccourcir de six kilomètres, nous passons par les bois, dans des sentiers à peine de la largeur du cheval. Mon guide, qui fait presque six pieds, serait arrivé à Mussidan une heure avant moi s'il avait été seul.

Nous arrivons dans cette jolie petite ville que traverse la rivière.

En ce moment, ses débordements inondent à moitié les rues. L'auberge de la Croix Blanche est sur la partie de la ville la plus élevée. Pied à terre, le cheval à l'écurie, le guide et moi entrons à la cuisine où la cheminée a un feu comme celui du matin au moulin. Les manteaux tirés, on se chauffe à une distance de deux mètres. Un pot de fer contient dix kilos de bœuf et un gros coq. Je demande une bouteille de médoc, ce qu'il y a de meilleur. La maîtresse aubergiste, en tremblant, me dit que son meilleur vin est à sept francs cinquante la bouteille.

« Portez-en deux bouteilles ! »

Je jette vingt francs. Les deux longs bouchons sont sur la table.

« Donnez-moi une soupière et la moitié de votre bouillon. »

L'aubergiste observe qu'il lui faudrait encore une heure sur le feu : je lui dis que je n'aime pas le bouillon trop fait. La soupière est aux deux tiers pleine, une des deux bouteilles finit de la remplir. Quatre tranches de pain sont rôties, deux bols devant nous. En dix minutes, nous avons l'estomac aussi chaud que si, depuis vingt-quatre heures, dans un bon lit, un bon édredon nous eût couvert le ventre. Cette soupière vidée, nous pouvons attendre que le bœuf et le coq finissent de cuire. Tout le personnel de l'auberge ne parle que patois. Mon guide, qui connaît le but de mon voyage, est du pays. Il parle très bien le français et encore mieux le patois.

Le couvert est mis pour les maîtres de l'auberge et les domestiques. On me demande à quelle heure je veux dîner, je leur réponds : A la leur et à la même table. Quel monsieur sans préjugés ! On s'en étonne. A table, voilà le potage, le bœuf, le coq, un gigot rôti, un petit dindon, un plat de choux avec moitié de gros navets. Les domestiques, intimidés, et pour ne pas sortir des habitudes de l'auberge, attaquent les deux plats de navets et de choux. Je ne veux pas leur retirer un gramme de leurs mets favoris. Mon guide fait de même. Nous ne touchons qu'au gigot et au dindon qui est truffé. Il ne me reste plus que la seconde bouteille de ce vin à sept francs cinquante. J'en demande trois autres, les voilà sur la table. On a fait signe aux domestiques de se retirer. Nous ne restons que quatre à table, la maîtresse de l'auberge, son fils, mon guide et moi. Je verse à boire.

Mon guide se lève pour aller voir le cheval de son maître ; le fils de la veuve le suit, tenant à savoir de lui qui je suis. Ils reviennent tous deux très gais. Je laisse parler mon guide qui se figure que je ne comprends pas le patois du Périgord. Pour lui, je suis un millionnaire à la recherche de sa sœur. En moins de trois quarts d'heure, il ressort que « Zulie », depuis peu d'années, a quitté Mussidan, qu'elle a travaillé comme couturière à l'auberge de la Croix Blanche et les éloges sont les mêmes que chez le maire au moulin.

Le plus satisfaisant pour moi est de comprendre que Zélie habite un hameau du nom de Fer-à-Chat, que, par son état de couturière, elle travaille toute l'année et couche chez des paysans aisés. Les jours de marché, elle reste seule à la maison avec les petits enfants qu'elle soigne mieux que les mères. Les clés des armoires lui sont confiées. Les maîtres ont plus confiance en elle qu'en leur propre femme.

Il est tard, le mauvais temps ne cesse pas. Demain matin, tomberait-il des hallebardes, je me mettrai en route. Je me couche, je suis à quatre heures du jour de l'an. La fin de cette année et le commencement de l'autre me tiennent éveillé. Le jour arrive. Je règle la dépense. Dans un panier, le guide a à déjeuner pour huit, y compris deux autres bouteilles du même vin. Je donne grassement pour les domestiques. On me souhaite bonne année. Le guide et moi, nous voilà en route.

Pour Fer-à-Chat, la route royale allonge de deux lieues. Nous prenons la traverse. Si ma pauvre sœur n'est pas morte depuis cinq ou six mois, je l'embrasse avant midi. Il y a trente-trois ans que je ne lui ai pas donné d'étrennes. En route, toujours la pluie sur le dos, mon guide a, par moments, de l'eau jusqu'aux cuisses, mon cheval jusqu'au ventre. Nous rencontrons quelques cabanes ; nous demandons si on connaît Zulie. A la première on nous répond : « *Nani, mousu.* » Plus loin, on l'a vue à la messe de Saint-Martial. Chez un autre, elle a travaillé il y a huit jours. Près du hameau, on l'a vue une heure avant, coupant un fagot dans un petit taillis qui lui appartient.

Fer-à-Chat se trouve sur une éminence, nous arrivons sur une petite place ; au milieu, il y a un vieux chêne centenaire. Le cœur me bat. Je laisse le guide demander la demeure. Je m'arme de courage. Je ne dois pas sauter au cou de ma sœur à sa vue, il faut que je la prépare à cette surprenante réunion. Il me faut beaucoup de sang-froid et d'aplomb. On montre à mon guide la chaumière, un homme de trente à trente-deux ans est devant la porte. Le guide lui demande en patois si ce n'est pas ici que demeure la « Zulie », couturière. Il répond qu'elle ne tardera pas à venir. Voyant mon grand cheval, mon long manteau bleu, habit noir et pardessus de même, cravate noire, cache-nez blanc mérinos, mon homme se figure que je suis un président des assises. Il est pâle comme la mort. Je lui demande s'il est marié avec « Zulie ».

« *Oui, mousu.*

— Depuis combien d'années ?

— *Qouatrans.* »

En moi-même je dis tant pis. J'entre comme si j'étais chez moi. La cheminée n'a qu'un petit tison couvert de cendre. Je lui demande s'il a du bois.

« *Oui, mousu.* »

Je lui dis d'en emplir la cheminée et de faire un bon feu. Napoléon Ier n'aurait pas été plus promptement obéi. La flamme brûle le manteau de cette cheminée par laquelle on peut voir en même temps la lune, Vénus et Jupiter. Le feu va grand train. Si je restais dans le hameau huit jours, tout le bois des forêts qui l'entourent serait rasé.

Je dis à mon beau-frère d'aller chercher sa femme. Il sort lentement en se grattant l'oreille, ses jambes fléchissent sous lui. Le guide reste avec moi, trouvant que je joue une comédie bizarre. Il y a une demi-heure que j'attends. Enfin, au-dehors, tombe un fagot. Le beau-frère n'ose entrer le premier. D'un saut comme une chèvre, elle est plantée, là, comme le cierge de sa première communion. Gaiement et avec hardiesse, elle me dit :

« Bonjour, monsieur, je suis à vos ordres. »

Plus je la vois hardie, plus j'ai de force à dompter ma sensibilité. Je lui mets une chaise près du feu et je lui dis de faire entrer son mari. Mon homme est encore plus tremblant, mais j'ai une figure qui doit le rassurer. Lui prenant les deux mains, je le prie de s'absenter dix minutes. J'ai quelque chose à dire seul à sa femme. Elle-même ira le chercher. Je dis au guide de sortir et de ne rien dire avant qu'il revienne, lui aussi. Mon beau-frère sort, aussi inquiet que si sa femme allait être interrogée par un juge d'instruction envoyé de Paris au hameau de Fer-à-Chat.

Ma sœur est assise, elle se trouve mieux auprès de ce bon feu que dans le petit bois à faire son fagot, qui est déjà dans le cellier pour y sécher un peu. Tout le bois de la cheminée est en charbon. L'air qui arrive de la porte soufflerait une fonderie de canons. Je prie ma sœur d'aller en chercher d'autre. Elle apporte son fagot de bois vert, puis un sec. Plus je la regarde, plus il me semble que je ne l'ai jamais quittée, et elle n'est pas plus inquiète que si elle était au tribunal de la pénitence pour avoir de son curé l'absolution. Je lui demande si ma présence ne lui donne pas un peu d'inquiétude.

« Pas du tout, monsieur, je me trouve très honorée de votre présence dans notre baraque. »

J'observe que, si je reste chez elle vingt-quatre heures, elle peut ne plus avoir de bois pour alimenter se grande cheminée.

« Soyez tranquille, monsieur, si je n'en ai pas, mes voisins en ont. Je leur en donne de mon petit taillis plus que je n'en brûle. Mon mari et moi ne sommes à la maison que le dimanche.

— De quel pays êtes-vous ?

— Je n'en sais rien.

— Depuis quelle époque êtes-vous dans ce hameau ?

— Depuis huit ans.

— Depuis combien de temps êtes-vous mariée ?

— Quatre ans.

— Comment se nomme votre mari ?

— Guioni.

— Qui vous a amenée dans le Périgord ?

— Mme Péqueur, religieuse.

— Avez-vous connu votre père et votre mère ?

— Oui.

— Aviez-vous des sœurs ?

— J'avais un frère. »

Je lui demande le nom de son frère, elle me répond :

« Fanfan. »

Fanfan était effectivement un nom qui m'était donné par les ouvriers de mon père. Ces diables de troupiers n'avaient pas pu s'habituer à mon vrai nom d'Aimé. Ma mère était furieuse quand on me nommait Fanfan. Ce nom, qui n'était pas connu en France avant 92, fut donné à un enfant de cantinière dont le père, du nom de La Tulippe, était sapeur dans le régiment. C'était un brave qui humectait plus souvent sa barbe de vin que d'eau de Cologne. Le sapeur La Tulippe était maître d'armes, ses lèvres suçaient le bout de sa gourde pleine de l'eau-de-vie que sa femme vendait à toute l'armée. Bon mari, dit-on, il était la plus mauvaise pratique de sa femme, bien qu'il en fût le plus fort consommateur. On baptisa à la façon républicaine le fils La Tulippe Fanfan, et Fanfan La Tulippe fut connu à tel point que beaucoup d'enfants dont le père était un bon ivrogne avaient pour petit surnom Fanfan, auquel les joyeux troupiers ajoutaient La Tulippe. Rien que pour perdre ce diable de nom, ma mère aurait quitté Nantes pour aller tenir garnison au Japon. Mon père, qui se moquait que je sois Fanfan ou Aimé, pour taquiner ma mère, m'appelait souvent Fanfan. Je ne perdis ce nom qu'à sa mort. Et trente-six ans après, ma sœur, en me retrouvant, le prononça.

Ce diable de nom me fait abandonner mon sérieux dans cette comédie et je me mets à rire. Je prends la tête de ma sœur, je l'embrasse, les larmes lui coulent, les miennes vont arriver, je les refoule.

« Va chercher ton mari. »

Leste comme un petit sapajou, elle saute chez le voisin. Je l'entends qui dit à son mari : « *Es moun frairé.* »

Ma sœur entre la première, le guide le deuxième, Guioni ensuite. Je ne l'embrasse pas, mais je lui prends les deux mains.

« Monsieur Guioni, vous êtes mon beau-frère, votre femme est ma sœur. Il y a quatre ans que vous êtes marié. Si je l'eusse trouvée cinq ans plus tôt, je crois que je n'aurais pas l'honneur d'être votre beau-frère car elle aurait quitté le Périgord et elle serait mariée à la Martinique. »

Guioni me répond :

« *Merci, mousu.* »

Au plafond pendent trois jambons, un pain de douze livres est sur la planche avec une barrique de vin, un panier plein d'œufs, trois pots de graisse sur la cheminée, confits d'oie, andouillettes en chapelet. Dans un coin de cette grande chambre, j'aperçois vingt sacs de blé. Sous les deux fenêtres aux rideaux moustiquaires en dentelle ornés d'énormes oiseaux, des sacs de pommes de terre sont rangés. Dans l'armoire en noyer, les réserves fournissent assez de choix pour vivre. Cette grande armoire sert de grenier.

Ma sœur, dans sa vie, a beaucoup travaillé. Mon plus grand souci, avant de la trouver, était la crainte d'apprendre que, jeune et jolie comme elle était, elle ne se soit retirée dans une grande ville où, infailliblement, elle aurait subi le sort des enfants abandonnés de son sexe. Cette crainte me faisait désirer apprendre qu'elle était morte jeune plutôt que tombée dans la dépravation. Vive les bonnes âmes du Périgord qui m'ont rendu une sœur, pauvre, il est vrai, mais honnête fille, bonne épouse, pieuse et travailleuse ! Elle n'a eu qu'un enfant, mort à deux ans.

Pendant que je tiens les deux mains du maître du logis, sa femme décroche un jambon, des andouillettes, un pot d'oie confite. Elle hache de l'oignon, la poêle est sur le feu, elle y pose quatre cuisses d'oie recouvertes de graisse. Les oignons frits, elle met de l'eau. Guioni taille du pain dans une grande soupière et met le couvert. La nappe qu'il met sur la table n'a servi que le jour du mariage de Pierre Guioni avec Zélie, couturière, fille dont on ne connaît pas la famille.

A table, je suis plus joyeux que si je dînais chez Tortoni, à Paris, à cent francs par tête. Le potage pris, arrivent deux voisines, l'une tient un plat qui contient un chapon rôti, l'autre une fricassée de quatre poulets.

« Tenez, Zulie, voilà ce que nous vous portons. Si nous avions eu le temps, nous aurions fait mieux. Priez monsieur votre frère d'accepter. »

Elles le disent en patois, mais j'ai compris. Je me lève et veux les faire rester, mais elles se sauvent.

Le festin fini, il me reste une bouteille de médoc. C'est la première fois que Guioni boit du vin à sept francs cinquante la bouteille. Le guide est rond comme un bordelaise de deux cent vingt-huit litres. Les voisins ont soigné le cheval comme le leur. On l'a sellé et bridé pour mon guide, à qui je mets dans la main une pièce de vingt francs. Il se figure que c'est pour la location du cheval et veut me la rendre. Je lui dis que c'est pour lui. Tout en ribote qu'il est, il me répond que, si j'ai encore une sœur à chercher, je lui donne la préférence pour me servir de guide.

Comme, dans le hameau, il n'y a ni papier ni encre, mais seulement les plumes des oies, je recommande au guide de bien remercier pour moi et pour ma sœur M. et Mme le Maire et que, demain, j'aurai l'honneur de leur donner quelques lignes. Ma sœur emplit son panier, sans oublier le vin.

La nuit arrive ; ma sœur veut faire le souper. J'ai encore la dernière bouchée du dîner dans la bouche. Je demande à me coucher. Il y a deux lits dans la chambre, le chauffe-lit est dans le mien et je ne m'en suis pas aperçu. Je suis déshabillé, on me croit en prière, je suis dans le lit. Les draps sont chauds, j'allonge mes jambes, et mes pieds portent sur un morceau de fer rouge. Je prononce un F... à être entendu des voisins. Ma sœur, tout effrayée, me demande ce que c'est. J'ai reconnu l'affaire et me mets à rire. Elle retire le chauffroi et le passe dans le lit conjugal.

Guioni et sa femme font leur prière du soir. Quand elle vient m'embrasser, je dors presque. Je dors toute la nuit et ne m'éveille qu'à sept heures. Eux sont déjà debout depuis quatre heures. La pâtée du cochon est faite, la soupe aux haricots est cuite, l'omelette au jambon attend que je sois éveillé. Pour « tuer le ver », on attend que je sois à table. Je m'habille à la hâte et mange comme un gargantua.

Il faut que je me fasse connaître à M. le Curé, puis, à M. le Maire de la commune de Saint-Martial. Ma sœur s'habille de tout ce qu'elle a de plus coquet, et nous voilà partis. Guioni garde la maison. Visite au maire, visite au curé, je suis un événement. Dans le bourg, tous les habitants sont devant leur porte. « Le frère de Zulie arrive de la Californie, il est millionnaire. » Nous longeons la rue ; hommes, garçons et gamins, bonnets, casquettes et chapeaux bas, les têtes sont nues. Le marquis de Carabas est passé par là. Au bout du village, je loue une carriole et nous voilà à Montpont. Ma sœur y connaît tout le monde. « Bonjour, Zulie ! » Tous savent déjà l'arrivée de l'Américain. De bouche en bouche, ça se transmet comme à Saint-Martial. A Montpont, pas de voiture, la diligence ne passe qu'à quatre heures du matin. Nous couchons à l'hôtel du Puits d'Or. Ma sœur souvent y travaille. Je la laisse bavarder avec maîtresse, domestiques, servantes, etc., et monte dans ma chambre. Un bureau, du papier, de l'encre, une plume s'offrent à ma vue. J'écris :

« Chère mère,

Hier, premier jour de l'année, j'ai trouvé Zélie.

Ce soir, nous couchons à Monpont, hôtel du Puits d'Or ; demain matin, à dix heures, nous serons à Bordeaux.

Si tu veux embrasser ta fille, arrive ! Je suis à l'hôtel du Nord, rue du Pont-de-la-Mousque. »

## LE CHAPELIER PIRATE

A Bordeaux, ma sœur à l'hôtel du Nord, je vais à l'hôtel de Nantes. Il n'y a que quatre jours que j'ai quitté ma femme. Jamais je ne lui avais parlé de Zélie. Ma sœur voudrait voir ma femme, mais je tiens à ce qu'elle voie sa mère avant. Je dis à ma femme que nous allons au spectacle. Pendant qu'elle s'habille, je retourne auprès de ma Zélie et la préviens que, dans une heure, je viens la chercher pour l'emmener à la Comédie. Elle est enchantée, ce sera la première fois qu'elle verra l'intérieur d'un théâtre, excepté ceux des ambulants dans les foires et marchés.

Ma femme et moi sommes au premier rang. Je la laisse seule et vais chercher ma sœur que je place au second rang. Elle peut régaler ses yeux en admirant ma femme qui n'a que vingt-deux ans. La pièce est assez belle, mais ma sœur n'a rien compris à ce qui était joué. Ses yeux sur moi et sa belle-sœur l'ont contentée. Je la ramène à son hôtel et je reviens prendre ma femme. Nous nous couchons, je lui raconte mon voyage et lui fais enfin partager ma joie. Pour la première fois, elle sait que j'ai deux sœur : l'une à Bordeaux qui arrive du Périgord, l'autre à Auch, du second lit. Je lui raconte mon voyage, elle partage ma joie.

Ma mère arrivera à quatre heures de l'après-midi. Je ne tiens pas à être présent aux émotions de la mère et de la fille. Je la vois arriver à l'hôtel et, une demi-heure après seulement, j'entre dans leur chambre. Elles se tiennent encore embrassées. Selon moi, ces huit jours de voyage ont été les mieux employés de ma vie et veuille Dieu que, s'Il le reconnaît, je sois pardonné d'autant d'années de péchés qu'il y a eu de couples d'heures dans cette recherche de ma sœur.

# 17.

# TEMPÊTE DANS LE GOLFE DE GASCOGNE

*Il est impossible de faire comprendre à ceux qui ne connaissent pas la mer ce qu'elle a d'infâme dans la tourmente.*

Le 8 novembre 1852, je quitte Bordeaux, ma femme et mes deux enfants pour aller embarquer à Pauillac comme passager sur le trois-mâts le *Péruvien*, capitaine Lanneluc, israélite. La destination de ce navire de commerce est la Martinique. Les passagers sont :

M. Raymond, négociant de la Martinique et ami, sa femme, quatre petits enfants, dont un à la mamelle, et une femme de chambre négresse. Une dame Duprat et sa demoiselle âgée de quatorze ans.

Nous avons huit hommes d'équipage, le capitaine, un second, un lieutenant et le cuisinier. En tout, à bord, vingt et une créatures humaines.

Le moment où je suis obligé de quitter les personnes que j'aime est le plus pénible. La peur de la dernière minute de séparation, surtout pour un voyage de deux mille lieues en mer et autant pour revenir, après un an ou quinze mois d'absence, me fait prendre la résolution de surprendre ceux que je dois quitter. Je dis à ma femme que je ne partirai qu'à neuf heures du matin.

A quatre heures, je me lève dans l'obscurité, m'habille, allume une bougie. J'embrasse les enfants, me porte au lit de ma femme qui est à moitié endormie, l'embrasse, adieu, adieu, adieu, et je dégringole les escaliers. Dans la rue, il fait un brouillard à ne pas voir à deux pas et un froid de loup. J'ai le cœur gros mais, au moins, je ne vois pas celui des autres.

A l'embarcadère du bateau pour Pauillac, le brouillard est si épais que nous ne pouvons quitter Bordeaux qu'à onze heures du matin. A l'hôtel de Pauillac, le capitaine me dit ne pas savoir quand il pourra prendre la mer. Les jours passent, quinze, vingt, vingt-cinq ; le temps est à la tempête. Dix fois, j'ai eu envie de revenir à Bordeaux. Mon voyage de six cents francs était payé, et je craignais qu'en mon absence les vents ne changent et que le navire ne parte sans moi.

Le vingt-cinquième jour, les vents sautent à l'est. Parés à lever l'ancre, le pilote de Royan doit nous mettre en mer, nous franchissons les passes, vingt ou vingt-cinq navires sortent comme nous. Parmi eux, le beau trois-mâts *Louis-Napoléon*, sorti des chantiers de M. Armant et ayant la maison Tendonnait comme armateur, navire de quatre mille tonneaux, à qui Napoléon III, président de la République française, de passage à Bordeaux, a bien voulu donner son nom. Nous voilà en compagnie de ce beau morceau de bois qui se rend au Pérou pour y prendre un chargement de guano. Avec tous ces navires, nous sommes à la hauteur du phare de Cordouan. Le vieux pilote va nous quitter pour retourner à Royan. Il fait observer à notre capitaine qu'il n'y a pas assez longtemps que les vents sont à l'est.

« Si j'étais capitaine, je ne prendrais la mer que dans trois ou quatre jours, au déclin de la lune. Ces vents ne sont pas à l'est à cinquante lieues d'ici, ils sont toujours ouest et même à gros temps.

— Je m'en fiche. Depuis quarante jours, je mange mon navire, arrive qu'arrivera ! »

J'entends tout cela et, m'y connaissant un peu, je me gratte l'oreille... à la grâce de Dieu ! En nous quittant, le pilote dit, en souriant et en saluant le capitaine :

« Dans trois ou quatre jours, vous serez noyé ou, pour le moins, relâché en Angleterre ou dans un port de France. »

A ce pronostic, si mon ami Raymond ne se fût pas trouvé à bord, je m'en retournais avec le pilote à Royan et, de là, à Bordeaux après trente-sept jours d'absence.

Ce voyage était le dernier que je faisais pour la Martinique. Je le regrette encore. J'avais, à bord du *Péruvien*, trente mille francs de marchandises assurées, et je devais rester un an à la colonie avec, pour le moins, quarante mille francs à gagner.

Nous voici donc en mer : jusqu'à la nuit, nous sommes en vue des autres navires. Avec bonne brise d'est et vent arrière, dans la nuit nous faisons quarante lieues. Au jour, nous sommes en vue du *Louis-Napoléon* et d'un autre navire faisant route comme nous. Cette journée continue comme la nuit et la seconde nuit comme la veille. Il y a quarante-quatre heures que nous avons pris la mer. A midi, on prend hauteur, le soleil paraît à peine. Nos vents d'est mollissent, l'horizon est noir, nous sommes à la hauteur de la Sonde. Vers quatre heures après midi, presque calme, l'horizon est plus chargé et des éclairs sillonnent sur une étendue d'un tiers du cercle. La nuit arrive, une petite brise d'ouest se fait sentir, nos voiles masquent, attrape à serrer les perroquets. Cette brise se fait, l'horizon est triplement chargé, les éclairs plus proches annoncent un coup de vent. Attrape à prendre des ris, bâbord amures, nous voilà au plus près, cap sur l'Angleterre. Pendant à peu près une heure, nous courons dans cette allure. Le vent prend de la force, la mer grossit, les ténèbres s'étendent, le vent redouble, redouble, redouble... nous prenons la cape.

Les lames déferlent, le tangage assomme les femmes et les enfants ; il faut les coucher. Excepté moi, tous les passagers vomissent. M. Raymond inonde le parquet de sa cabine, je le fais descendre, presque mort, dans la mienne. Nous passons cette nuit avec une fatigue à ne pouvoir dormir. Personne d'autre que le capitaine, le second et moi ne vient à table ni ne mange. A un moment où tout est servi, plats, bouteilles, verres, assiettes, dans les compartiments de la table, un coup de tangage, suivi d'un roulis, envoie tout le service le long des cloisons. De ce moment jusqu'au jour de notre relâche à Brest, l'ordinaire n'a pu être que du biscuit et du cognac.

Cette journée est dure. Arrivent la nuit et un froid à geler nos voiles mouillées, à les rendre raides comme des planches. Plus nous approchons de l'Angleterre, plus ce froid augmente. Fatale nuit ! Elle arrive, elle commence, il n'est que quatre heures et demie du soir. La mer nous mange, les cris des femmes et des enfants nous navrent. Mme Duprat me demande si nous sommes perdus, la négresse crie à chaque minute : « *Bon Dié, sauvé métes moé et iche li.* [1]» Mme Duprat et sa fille sont presque folles, elles en appellent aussi à Dieu, à la Vierge et à tous les saints. Il n'y a rien de si étourdissant que des femmes à bord d'un navire par gros temps. M. Raymond est presque mort dans sa cabine ; il ne peut aller voir ni sa femme ni ses enfants : moi seul suis leur consolation. J'ai l'air de ne pas faire attention à ce gros temps et leur dis que ce sont des roses auprès de ce que j'ai connu.

Il est cependant bien certain que, si ce vent continue dix à douze heures, nous allons nous briser sur les « têtes noires », chaînes de rochers qui se trouvent à fleur d'eau à trois ou quatre lieues de l'île d'Ouessant, devant Brest. Le *Péruvien* est neuf ; tant que sa quille ne labourera pas le fond, je ne suis pas bien inquiet.

Le lait de Mme Raymond étant tari, l'enfant n'a pas tété depuis douze heures. Il pousse des cris à fendre la tête. Il n'y a pas de bouillon, car on ne peut approcher de la cuisine sans être exposé à être envoyé à la mer. Je prends l'enfant dans ma cabine et lui broie du biscuit dans ma bouche avec du sucre. Il repousse cette pâtée mais crie tellement fort qu'il avale malgré lui. Plus il crie, plus je lui en entonne, et il s'y habitue un peu. Le père me voit bien faire mais, presque mort de mal de mer, il ne fait que me serrer les mains. Il craint tellement de ne plus revoir la terre qu'il ne fait que prier. Il a au cou des médailles et des scapulaires, et ne demande même plus à voir sa femme et ses enfants. Je suis arc-bouté contre la cloison de la cabine. Si je n'étais pas habitué à ces mouvements, mon corps écraserait l'enfant.

La nuit tombe, la tempête redouble ; on sonde à la pompe, car le navire fait de l'eau à inspirer beaucoup de crainte. Nous n'avons

1. « Mon Dieu, sauvez ma maîtresse et ses enfants. »

plus de voile. Par moments, le gouvernail fonctionne dans le vide. Il va falloir couper les mâts ; ceux de hune sont déjà à la mer, tenus par des cordages qu'on ne peut détacher, et ils battent les flancs du navire. Des lames comme des montagnes tombent sur le pont. Les éclairs et le tonnerre de tous côtés, nous y voyons aussi clair dans nos cabines qu'à l'Opéra.

Le tremblement de terre m'a un peu guéri de la peur. Je suis sûr que, si nos bas mâts sont coupés, nous ne devons périr que si nous faisons côte. Avec le capitaine, nous avions calculé que la dérive du navire nous amenait en douze heures sur les « têtes noires » qui s'étendent du nord au sud sur une longueur à faire périr mille navires. Il ne se trouve qu'une très courte passe pour entrer dans la rade de Brest, nous n'avons plus de voile, nous ne pouvons plus cingler sur l'Angleterre ; en douze ou quatorze heures, nous sommes sur ces récifs si Dieu ne nous vient pas en aide.

Il est onze heures et demie de la nuit ; toujours assis sur ma malle, je n'ai qu'une chemise et un pantalon. Il est impossible de décrire et de faire comprendre à ceux qui ne connaissent pas la mer ce qu'elle a d'infâme dans ces tourmentes. Il y a plus de six heures que je suis attentif au grincement de l'emplanture des mâts dans la carlingue du navire. Au roulis, ces bas mâts éprouvent des secousses d'inclinaison si saccadées qu'à chaque minute on peut croire que, faisant levier, ils vont ouvrir la carlingue et même la quille. Bien certainement, sans les caisses et balles que contient le *Péruvien* et qui calent les mâts jusque sous le pont, le navire devrait s'ouvrir par le fond. Devant cette éventualité, à la place du capitaine, sitôt que j'aurais entendu le grincement des mâts dans leur emplanture, je les aurais fait scier au ras du pont. Je lui en avais donné le conseil, mais j'ai maintes fois remarqué que presque tous ceux qui, après Dieu, commandent n'importe quelle barque, ne tiennent aucun compte de ce qu'on peut leur proposer. Si, au lieu de lui donner le conseil de couper ses mâts, je lui avais dit de les conserver, il les aurait fait scier.

Il est minuit moins quelques minutes. Toujours assis sur ma malle, j'écoute le grincement des mâts dans leur emplanture avec la plus grande préoccupation. Je suis mort de fatigue. La dérive continue, une lame nous prend par-derrière et nous fait plonger de telle façon que le navire se trouve cinq ou six secondes debout. La claire-voie qui couvre la moitié de la chambre est emportée, et vingt ou trente tonnes d'eau entrent. Les passagers et moi sommes dans un bassin, les malles flottent. Je crois alors que c'est notre dernière heure. Je saute sur la grande table, mets un pied sur le baromètre, l'autre sur le compas, je suis l'inclinaison du roulis et vais piquer ma tête le long de la lisse. A plat ventre, des dents, des ongles, je croche des lambeaux de voile pour couvrir l'ouverture de la claire-voie. Une autre lame me couvre, les toiles sont enfoncées dans la chambre. Capitaine et matelots, attachés aux haubans, ne s'inquiètent pas plus de moi que si je n'existait pas.

Ce coup de mer nous a enlevé toutes les cages en bois qui servent de bancs. Ces cages étaient saisies par des crampons en fer et cinq ou six tours de forte corde. Il y avait au moins cent cinquante volailles dans ces cages et, dans l'une d'elles, un petit coq blanc qui m'appartenait. Ce petit coq n'était pas pour être tué à bord : acheté à Bordeaux, je l'avais reconnu bon batailleur et il était destiné à lutter avec les coqs de la Martinique. Toutes ces cages emportées à la mer avec les volailles ne sont pas le plus grand malheur : la roue du gouvernail est brisée et l'habitacle qui renferme la boussole est parti, mais, pour le moment, la roue et la boussole ne nous sont pas bien utiles ; il faut nous livrer au gré des flots. Si nous recevons une autre lame semblable, tous les passagers de la chambre seront noyés.

Je suis presque nu ; il fait un froid terrible, mais j'ai le corps brûlant. Comme les hommes de l'équipage, je m'attache. Je ne veux pas être noyé dans la chambre et préfère rester sur le pont. A cinq heures du matin, le froid me prend ; à la lumière des éclairs, le capitaine s'aperçoit que je tremble comme une feuille et m'engage à descendre. Je sens que je vais m'affaisser. Le capitaine et les matelots sont morts de fatigue, mais ils sont solidement couverts : paletot de drap, vareuse en toile cirée, bottes qui montent jusqu'à mi-cuisse, pantalon de drap, un autre par-dessus, large ceinture à trois bouclages et chapeau dit « sud-ouest », en toile goudronnée, attaché sous le menton, le bord de derrière tombant jusqu'à mi-reins. Habillés de la sorte, l'eau leur coule dessus comme sur des canards. Pour moi, il y a cinq heures que je suis sur le pont en chemise et en pantalon. Je suis près de tomber. Le capitaine me conseille toujours de descendre dans ma chambre. Sentant que je vais perdre connaissance, j'ouvre le capot. Me voilà dans mon tombeau. Personne ne crie plus, la faiblesse les a rendus insensibles, le roulis les berce d'un va-et-vient à les étourdir, ils ne pensent plus à la mort, elle peut arriver sans qu'aucune de ces créatures en ait conscience.

Il n'en est pas de même pour moi ; bien que faible, je n'ai pas sommeil. Toute ma pensée est que, d'une minute à l'autre, je vais paraître devant Dieu. Alors que je viens d'arriver dans la chambre, j'entends un coq chanter. Ô surprise, c'est mon petit coq blanc que j'aperçois debout sur un sac de maïs placé sur le grand coffre aux provisions de table. Le cuisinier est dans ce coffre, dormant à demi. Voir et attraper mon coq, il me semble que je sauve un être humain. Je détache le sac de maïs ; il mange comme s'il était dans un champ, puis il me saute sur les épaules et ne me quitte plus. Cette pauvre petite bête, comme je l'ai dit plus haut, était dans une cage en compagnie d'au moins vingt ou vingt-cinq autres volailles. Au coup de mer, cette cage s'était brisée, et mon coq avait eu la force et l'adresse de plonger dans la chambre, comme s'il n'avait pas voulu me quitter. De tous ces volatiles, il ne restera sur le pont que trois ou quatre canards, constamment dans les coursives, se vautrant dans l'eau. Ne resteront vivants que mon coq et ces canards. Quelques poules, retenues par les enfléchures, tomberont sur le pont ; nous les trouverons crevées. Un porc et deux moutons sont aussi emportés à la mer. La cuisine, le four, l'alambic à filtrer l'eau, tout part à la mer et, des deux embarcations, il ne reste que les crocs et les palans. Tous ces dégâts se sont faits au moment où cette montagne de mer nous a couverts, à minuit.

A dix heures du matin, le 17 décembre, le temps est toujours le même. La faim, la fatigue, le sommeil font tomber les matelots dans le désespoir. Nous n'avons pour voile que le petit foc, pas de roue, deux matelots gouvernent avec deux palans ; ils sont assis sur le pont et, par moments, les coups de mer les soulèvent de un mètre. Les hommes somment le capitaine de fuir devant le temps. Celui-ci leur démontre (ce qu'ils savent pourtant déjà) qu'en opérant ce mouvement les lames nous prendront par le travers et qu'en une demi-minute le navire chavirera. Ils s'en moquent ; ils ne boivent que de l'eau-de-vie et la mort pour eux n'est plus rien. Un capitaine est rarement aimé de son équipage. Il a beau leur faire observer que, même si nous réussissions à virer de bord, nous serions emportés à quatre lieues à l'heure et qu'en moins de trois heures nous serions pulvérisés sur les « têtes noires », ils s'en moquent, veulent en finir et persistent dans leur idée. Si le capitaine ne commande pas ce mouvement, eux-mêmes vont agir. Il n'y a plus d'observation possible. Le capitaine leur demande cinq minutes ; le lieutenant saute par la claire-voie dans ma chambre et dit :

« Monsieur Péray, dans cinq minutes nous buvons la rinçure de nos fesses ! »

J'ai tout entendu. Le capitaine se précipite aussi dans la chambre et décroche deux pistolets que j'avais repérés pour me faire sauter la cervelle, ne voulant pas être noyé vivant.

A ce moment, les forces me reviennent, le sang me monte à la figure, je bondis sur le pont, me tiens au bouton de cuivre de la porte du capot. Je ne sais comment m'est venue cette facilité pour haranguer les matelots, mais voici à peu près mes paroles :

« Comment, hommes de fer, Dieu nous tient encore en vie et vous voulez devancer Sa volonté ! Prenez garde qu'Il ne retire le rayon de miséricorde qu'Il tient sur notre tête. Nous devrions être noyés depuis trente-six heures ! Luttons jusqu'au moment suprême, qui ne doit plus tarder, il est vrai ! Il y a cinq ou six jours, je vous ai dit que j'avais vingt-cinq ans de vie sur la mer, et je comprends votre position. Mais non, vous n'opérerez pas ce mouvement de fuir devant le temps ! Dieu vous le défend sous peine du châtiment qu'Il inflige à ceux qui se suicident. Dans la chambre, il y a cinq petits enfants. Il n'appartient qu'à Dieu de les retirer de ce monde. Croyez-moi, renoncez à l'idée de périr avant l'heure que Dieu vous assigne ! J'ai encore l'espoir que nous ne mourrons pas dans cette aventure. Faisons un vœu ! Jurons que, sur la première côte où nous serons jetés, le premier bâtiment où nous entrerons sera une église pour remercier Dieu de nous avoir sauvés ! »

Je descends dans la chambre ; j'avais parlé si haut que j'avais tiré tout le monde de la léthargie. Je conseille au capitaine de ne pas monter sur le pont, car les matelots lui en veulent de ne pas avoir tenu compte de ce que lui disait le pilote de Royan. Le tonnerre s'éloigne de nous, les éclairs sont moins flamboyants, mais le vent est toujours le même.

Le capitaine crie :

« Monsieur Péray, le baromètre vient de remonter de deux degrés ! »

Je réponds :

« Le vent est toujours le même. »

Une demi-heure se passe, il me crie :

« De nouveau six degrés ! Ne sentez-vous pas que les mouvements sont moins durs ?

— Oui, capitaine, le vent s'est cassé le cou ! »

Et je crie comme un aveugle :

« Nous sommes sauvés ! »

A ce cri, M. Raymond, sa femme, Mme Duprat, sa fille, la négresse, les enfants les plus âgés, jusqu'au cuisinier, tous se réveillent comme sortant d'un cauchemar. En moins d'une demi-heure, le vent a diminué de moitié, puis des trois quarts. En deux heures, nous avons à craindre un calme plat aussi dangereux que la tempête. Dans cette position, les lames sont presque aussi fortes, mais elles n'ont plus de direction et vous prennent de tous côtés. Par bonheur, le calme ne se fait pas, et arrive une brise à pouvoir orienter des lambeaux de voiles.

Il ne faut pas chercher à accoster la terre de France, et nous nous orientons sur le cap Lézard (Angleterre). Nous faisons en sorte de ne pas faire beaucoup de route de façon à nous trouver, le lendemain matin, en vue d'Ouessant.

Nous passons une nuit assez supportable, en mangeant tant bien que mal des choses froides. Pour boisson, nous n'avons que du cognac et tout le monde s'en contente. M. Raymond est guilleret, il se lève et m'embrasse ; il m'avait entendu crier dans la tempête. Bien que je ne veuille pas me donner le relief d'avoir sauvé la position, j'ai la prétention d'y avoir, après Dieu, un peu contribué.

Le matin du 18 décembre, le soleil, pour la première fois depuis six jours, se lève pour annoncer une belle journée. Nous donnons cap sur l'entrée de Brest mais ne pouvons nous exposer à y entrer sans un pilote d'Ouessant. A huit heures, les longues-vues nous montrent un petit point blanc qui apparaît à l'horizon. Nous marchons sur lui et lui sur nous. Ce point grossit. Est-ce un pilote ou un pêcheur ? Nous nous rapprochons ; sa voile, en grandes lettres, porte O.P. C'est le pilote d'Ouessant qui nous avait aperçus au point du jour. Il monte à bord. Dans la tempête, le pauvre *Péruvien* ne représentait pas une coquille de noix. Avec le pilote à bord, ce navire devient la cathédrale Notre-Dame de Paris. Le capitaine n'a plus le commandement : il ne fait que diriger la manœuvre que lui dit de faire le pilote. Plus nous approchons de terre, moins la lame est grosse. A l'entrée du goulet, avec le flot, nous entrons dans la rade. On pourrait jouer au billard dans la chambre où, quinze heures avant, nous devions trouver la mort. Vive Dieu, il n'y a que Lui qui nous a sauvés !

Tout le monde est ressuscité, des embarcations de terre portent des vivres de toutes sortes, mais le plus précieux est le bon lait de Bretagne pour rappeler à la vie l'enfant de sept mois de Mme Raymond. La table est dressée, tout le monde mange comme au festin de Balthazar. Le capitaine descend à terre, seul ; je le suis car j'ai la mission de chercher un hôtel où l'on puisse se délasser après un si pénible voyage. Il m'est bien recommandé, en quittant le bord, qu'avant d'entrer dans n'importe quel hôtel je me porte d'abord à l'église Saint-Louis, la même où, en 1814, en procession, je fis partie du pèlerinage qui lui fit présent de deux vierges capturées sur un navire portugais. Conformément aux recommandations de l'équipage du *Péruvien* mes premiers pas vont à l'église, mais, malheureusement, les portes sont fermées l'après-midi. Chez le curé, je commande, au nom de tout le personnel du *Péruvien*, une messe chantée en actions de grâces. Il la dira lui-même à dix heures.

Sorti du presbytère, je cherche un hôtel. En face de l'église, je trouve le meilleur de la ville. Avec deux embarcations louées, je me rends à bord, débarque passagers et enfants, et donne l'heure à l'équipage, qui se rendra le lendemain à l'église Saint-Louis. Tous rayonnants de joie, ils m'assurent qu'ils n'y manqueront pas et que, le capitaine étant juif, s'il leur refusait de quitter le bord, ils s'y rendraient à la nage, même le mousse.

Au nombre de dix, y compris les enfants, nous sommes à l'hôtel. Nous ne nous inquiétons guère du *Péruvien* que nous laissons dans la rade. S'il coule, là où il est, personne ne périra. Trois ans après, il chavirera en mer, perdu corps et biens. Le second, nommé Périnet qui était avec nous, avait remplacé le capitaine Lanneluc dans le commandement. Nouvellement marié, au deuxième ou troisième voyage, il alla visiter le fond de la mer. La superstition n'est pas mon fort, mais je ne suis pas éloigné de croire qu'il en est des navires comme des hommes : il y a des malchanceux.

Nous faisons un dîner comme je n'en ai pas fait de ma vie. Nous sommes à table avec le distingué capitaine de frégate Pénaros, celui qui, en 48, sauva de l'incendie et du massacre tous les Blancs de la ville de Saint-Pierre de la Martinique. Pendant tout le dîner, la conversation ne roule que sur cette terrible nuit. A huit heures, nous sommes dans nos chambres éclairées par le feu des cheminées. Quand je me couche, les volets battent, la grêle frappe les vitres à les casser. Cette nuit n'a rien de plus mauvais que celles que nous venons de passer, et, pourtant, j'ai un cauchemar qui me transporte sur le *Péruvien*.

A sept heures, je vais sur le cours d'Ajoux et reconnais, en rade, le *Louis-Napoléon* et un autre navire, sortis comme nous, le même jour, de la rade de Royan. Ce navire colosse et cet autre, fort heureusement, étaient entrés à neuf heures du soir. Plus tard, ils étaient infailliblement perdus. A neuf heures, l'équipage du *Péruvien* est sur la place de l'Église ; il ne manque que le capitaine Lanneluc en raison de sa religion. Deux des matelots sont de Brest et y ont une nombreuse famille ; ces braves Bretonnes emmènent avec elles le quart des femmes de la ville. L'église est presque pleine ; le curé, après la messe, fait un petit sermon sur les risques que nous avons courus sur le *Péruvien*. Le soir, M. Raymond invite à dîner tout ce petit équipage, y compris le jeune lieutenant. Le second reste gardien du navire ; le capitaine a pris une chambre à l'hôtel. A la table de ce grand dîner, nul n'était attaché aux enfléchures du mât d'artimon. Je suis remercié de ma « faible » harangue aux matelots, qui leur a porté au cœur plus que si elle eût été un très beau discours du capitaine. Ces braves marins assurent qu'ils étaient bien décidés à se noyer ou, par un hasard providentiel, à se jeter dans un trou de la côte.

Le deuxième jour, nous allons remercier le curé de Saint-Louis, qui nous fait faire le tour de l'église. J'aperçois les deux vierges portugaises et, grosso modo, je raconte leur histoire ; il y a trente-huit ans que je ne les avais vues. Le curé et Raymond en restent ébahis. Raymond glisse dans la main du prêtre de quoi payer la messe. Il n'a jamais voulu me dire ce qu'il lui avait donné, mais j'ai compris que, par-delà cette première messe, il en réglait plusieurs par anticipation.

Puis nous allons sur le port et visitons le bagne. De loin, j'aperçois un beau navire tout chamarré de dorures, grand pavillon en poupe ; je demande ce qu'il est. C'est le temple de justice des conseils de guerre de la marine de Brest, l'ancienne frégate la *Pallas*. De plaisir, mon cœur bat. Il faut que, pour une dernière fois, elle me porte. Mais, pour monter à bord, il faut une permission de l'Amirauté.

De terre, je fais signe au gardien de venir me parler ; en deux mots, je lui fais comprendre la cause de mon envie. Du quai à la *Pallas*, il n'y a qu'un pont de dix mètres ; me voilà à bord, nous parcourons l'entrepont, les batteries, j'aperçois mon nom, incrusté sur un madrier du verglage, que j'avais fouillé avec mon couteau en 1812. Mon nom avait été chargé de quatre ou cinq couches de peinture, mais l'incrustation n'était pas encore couverte.

Revoir les deux vierges et revoir la *Pallas* furent pour moi de douces satisfactions qui me dédommagèrent largement de ce que je venais de souffrir à la mer.

# ANNEXES

## *Quelques rappels historiques*

### LE BLOCUS CONTINENTAL

Jacques-Aimé est un modeste participant dans une action politique et économique de très grande envergure.

C'est une lutte d'un genre nouveau que Napoléon Ier a engagée le 21 novembre 1806 par le décret de Berlin, au moment où son armée vient d'occuper l'Allemagne du Nord, ce qui représente une perte énorme pour les exportations anglaises. Cette lutte consiste à ruiner l'économie de la Grande-Bretagne en fermant à ses exportations les marchés du continent européen.

Son économie étant en expansion et animée d'un dynamisme puissant, les dispositions prises font peser une menace sérieuse sur la bourgeoisie industrielle et commerçante, ainsi que sur le prolétariat ouvrier.

## LE CHAPELIER PIRATE

Dans les derniers mois de 1807, le Blocus était adopté et appliqué par tous les États européens sauf la Suède, les ports de l'Europe étant presque tous fermés au commerce britannique. A la fin du second trimestre 1808, la situation de l'Angleterre s'améliore par le développement du commerce avec le Brésil et avec l'Espagne, soulevée contre Napoléon.

En 1809, ce dernier est sérieusement occupé sur le Danube. Il en résulte une reprise du commerce britannique et même une contrebande de l'Angleterre avec l'Europe de Napoléon.

Le Blocus ne s'étend plus à l'Europe entière.

L'effondrement du « Système continental » commence avec l'évacuation de l'Andalousie par l'armée de Soult à l'automne 1812 et se confirme en 1813.

Sur six années qu'a duré le blocus, il a été efficace de juillet 1807 à juillet 1808, date de l'insurrection espagnole.

Malgré une réussite technique, il a finalement échoué.

La croisière de la *Pallas* et de la *Circé* se situe à la fin de cette entreprise célèbre de Napoléon Ier.

(D'après Crouzet, *L'Économie britannique et le Blocus continental,* Presses Universitaires de France, 1956.)

## LA VENDÉE PENDANT LES CENT-JOURS

Les épisodes qui ont constitué la « guerre de Vendée » et qui auraient fait trois cent mille morts suivant les uns, six cent mille suivant les autres, se situent dans quatre périodes dont les trois principales, les plus sanglantes, commencèrent en 1793 pour se terminer en 1800.

En 1793, c'est le soulèvement général au jour fixé par la Convention pour le tirage au sort lors de la levée de trois cent mille hommes. Les paysans prennent les armes au son du tocsin.

La période où se situent les récits de Jacques-Aimé concerne les soulèvements royalistes qui, en mai et juin 1815, répondirent au retour de Napoléon de l'île d'Elbe. La convention de Cholet terminera cette guerre le 27 juin après Waterloo.

Plus tard, en 1832, la duchesse de Berry tentera d'organiser la guerre civile en Vendée pour le comte de Chambord.

Le général Travot, dont parle Jacques-Aimé, combattit en Vendée en 1796 sous les ordres de Hoche. Il se battit encore contre les chouans comme général de brigade en 1799-1800. Général de division en 1805, il fit la campagne du Portugal. En 1815, il fut chargé par Napoléon de réprimer les mouvements royalistes et il reçut le commandement des départements de l'Ouest. Condamné à mort en 1816 par un conseil de guerre, malgré sa modération envers les Vendéens qui fut interprétée comme un « moyen » pour remporter des succès, l'opinion se souleva en sa faveur et Louis XVIII commua sa peine en vingt ans de détention. Mort en 1836, une statue lui fut élevée à Fontenay-le-Comte.

(*Dictionnaire de la Révolution française*, Boursin et Challamel, 1843, et *Dictionnaire Larousse*.)

## LE COMPAGNONNAGE

La légende fait remonter les rites compagnonniques à l'édification du temple de Salomon à Jérusalem. Les textes authentiques ne font mention du compagnonnage qu'au commencement du XVIe siècle. Il est vraisemblable qu'il procède d'associations formées du XIe au XIIIe siècle par les ouvriers constructeurs d'églises et qu'il ait été visé en tant que confrérie par les décrets des conciles et des instances diverses.

La corporation des métiers n'est pas le compagnonnage, ce dernier revêtant le caractère d'une société secrète, d'une organisation de combat, seule en butte à toutes les rigueurs du pouvoir civil et de l'autorité ecclésiastique.

La sentence de la Sorbonne en 1655 contraint les confréries de compagnons à se dissoudre, mais elles se reconstituent rapidement.

« Le compagnonnage nous apparaît, sous l'Ancien Régime, comme une association purement ouvrière qui a pour buts essentiels la formation professionnelle de l'ouvrier, la défense de ses intérêts vis-à-vis des maîtres, le placement, l'organisation des secours en cas de maladie ou d'accident, l'assistance matérielle et morale donnée à l'ouvrier voyageur. Le compagnonnage luttait alors avec persévérance, souvent même avec succès, contre l'action de la corporation officielle entièrement soumise à l'influence patronale. En vain, les maîtres réclamaient et obtenaient contre les compagnons l'appui de l'autorité ; en vain les parlements et les lieutenants de police multipliaient arrêts, sentences et perquisitions. Il était à peu près impossible, en effet, d'anéantir une association dont les adhérents déguisaient leur véritable personnalité sous des noms d'emprunts, se juraient une discrétion inviolable, punissaient de mort les traîtres et les parjures, et étendaient leurs ramifications sur les deux tiers de la France. » (*Le Compagnonnage*, par E. Martin Saint-Léon, Librairie du Compagnonnage, 1983.)

La Révolution s'attaque aux corporations (loi du 2 mars 1791) et à l'ensemble des groupements d'intérêts professionnels (loi du 14 juin 1791), mais le compagnonnage ne disparaît pas. Il retrouve, sous le Consulat et le début du Premier Empire, toute son autorité un moment compromise. L'institution parvient à son apogée sous la Restauration avec la paix, la reprise du commerce maritime et un besoin d'activité que la guerre ne détourne plus.

« Malheureusement, les vieilles haines qui déjà, sous l'Ancien Régime, divisaient les compagnons n'ont pas désarmé et le Tour de France redevient un champ clos où ''gavots'' et ''dévorants*'' se combattent sans merci. » (*Id.*)

---

* Chez les menuisiers, les gavots étaient rattachés au devoir de liberté (enfants de Salomon), et les dévorants (ou chiens) rattachés au compagnons du Devoir (enfants de Maître Jacques).

Chez les chapeliers (Jacques-Aimé), en dehors des compagnons du Devoir, existait sous le Premier Empire une autre société, dite des droguins ou bons enfants (rapport fructidor an XIII), dont on a vu l'attitude réciproque.

« C'est le voyage qui différencie le compagnon du Tour de France du compagnon sédentaire des défuntes corporations et des industries en plein développement. C'est la raison d'être et l'origine même du compagnonnage : libération ouvrière et idéal de fraternité forgé dans le travail.

« En arrivant à l'étape, l'affilié va chez la "mère" —, terme qui désigne le local d'accueil. Il y trouve à manger, à loger et l'indication d'une embauche sous l'autorité de la "mère", elle-même forte femme et bonne hôtesse.

« En ce temps (1824), les compagnons se battaient souvent, et se mettre en route pour faire le Tour de France, c'était presque partir pour la guerre. Les uns, dit le boulanger Arnaud, ont des nerfs de bœufs ou des fléaux plombés qu'ils portent constamment à la ceinture, d'autres ont des peaux d'anguilles remplies de sable. Ceux-ci ont des tranchets, ceux-là des compas et, à défaut, des cannes, des bâtons et des pierres.

« Les plus forts, les plus terribles, les plus audacieux étaient les plus célèbres, les plus aimés des compagnons. Tuer n'était pas un crime, mais un acte de bravoure. »

(*Vie et traditions du compagnon du Tour de France au XIX^e^ siècle : Ils marchaient la France*, par Barret et Gurgand, Livre de Poche.)

## L'esclavage des Noirs

A partir de 1520, la traite des nègres à travers l'Atlantique s'instaure. Les comptoirs du Brésil, les terres d'Amérique réclament de la main-d'œuvre. Par un édit du 31 octobre 1636, Louis XIII autorise l'introduction d'esclaves noirs dans les Antilles françaises. Le transport par navires « négriers » est organisé sur une grande échelle pendant deux cents ans. Le développement de la production sucrière entraîne le transfert massif de main-d'œuvre servile d'origine africaine. Le trafic devient clandestin après son interdiction par l'Angleterre et par la France en 1815, mais l'esclavage ne sera aboli réellement qu'en 1848.

Jusque-là, c'est le « Code noir », établi en 1685 par Colbert, qui régit, en soixante articles, la vie des esclaves. Juridiquement, il systématise le compartimentage socio-ethnique de la société coloniale. La liberté est bien entendu le vœu permanent des esclaves, et, en outre le « marronnage » qui consiste à s'enfuir en vivant une vie souvent plus précaire, le maître peut la lui concéder en l'affranchissant, disposition déjà contenue dans le Code noir. En 1826, on compte plus de dix mille affranchis à la Martinique pour environ quatre-vingt mille esclaves et dix mille Blancs, mais l'histoire de l'île est jalonnée de révoltes sévèrement réprimées.

Le décret de la Convention du 4 février 1794 abolit l'esclavage, mais n'est pas appliqué à la Martinique qui est tombée aux mains des Anglais. Le Premier Consul Bonaparte l'annule d'ailleurs en 1802. On attendra 1815 pour voir interdire l'odieuse traite des Noirs et les mesures se multiplieront ensuite pour alléger le sort des esclaves et faciliter leur affranchissement. Après la chute de la monarchie de Juillet, le gouvernement, par décret du 27 avril 1848, déclare l'esclavage aboli dans toutes les colonies et possessions françaises. Mais l'application tarde et, le 22 mai 1848, les esclaves qui s'impatientent, révoltés à Saint-Pierre, arrachent eux-mêmes leur liberté.

(*De la chaîne à la liberté*, conseil régional de la Martinique, bureau du Patrimoine, Fort-de-France, 1988, extraits.)

*croquis montrant les mâts et la coque*

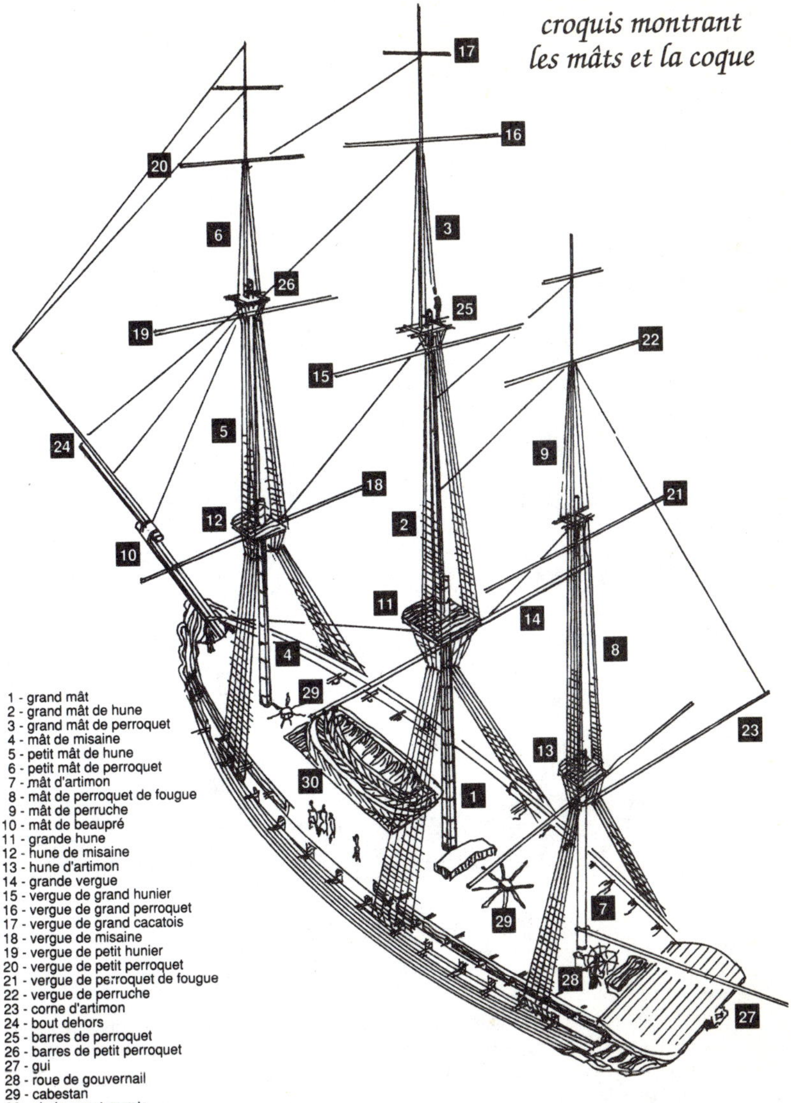


1 - grand mât
2 - grand mât de hune
3 - grand mât de perroquet
4 - mât de misaine
5 - petit mât de hune
6 - petit mât de perroquet
7 - mât d'artimon
8 - mât de perroquet de fougue
9 - mât de perruche
10 - mât de beaupré
11 - grande hune
12 - hune de misaine
13 - hune d'artimon
14 - grande vergue
15 - vergue de grand hunier
16 - vergue de grand perroquet
17 - vergue de grand cacatois
18 - vergue de misaine
19 - vergue de petit hunier
20 - vergue de petit perroquet
21 - vergue de perroquet de fougue
22 - vergue de perruche
23 - corne d'artimon
24 - bout dehors
25 - barres de perroquet
26 - barres de petit perroquet
27 - gui
28 - roue de gouvernail
29 - cabestan
30 - chaloupe et canots

143 frégates de ce type ont été mises en chantier entre 1781 et 1813, dont la *Pallas* 1806 et la *Circé* 1811. L'équipage comprenait 323 hommes et l'artillerie 46 canons. Longueur de coque : 46 mètres environ.

*croquis schématique des voiles*

1 - grand perroquet
2 - petit perroquet
3 - perroquet de fougue
4 -grand hunier
5 - petit hunier
6 - grand voile
7 -grand voile d'étai
8 - les focs
9 - misaine
10 - pouillousse
11 - foc d'artimon
12 - diablotin
13 - brigantine
14 - flêche en cul
15 - perruche

Les voiles sont établies suivant le temps et la manœuvre. Elles ne sont pas toutes représentées ici. Manquent à l'avant la civadière sous le mât de beaupré, le tourmentin qui remplace les focs par gros temps, plusieurs voiles d'étais longitudinales et, au-dessus des perroquets et de la perruche, les cacatois et contre-cacatois. Les bonnettes, qui élargissent les voiles carrées ne figurent pas non plus sur ce croquis.

# *Glossaire chapellerie*

### *Le feutre, le feutrage*

On donne le nom de feutre à une étoffe résultant du croisement et de l'entrelacement des poils de certains animaux grâce aux opérations essentielles du bâtissage et du foulage qui transforment une masse de poils en un tissu ayant, pour la chapellerie, la forme d'une cloche. Si on foule des brins de laine, ceux-ci s'entremêlent et se fixent entre eux par leurs aspérités et finissent par constituer un tissu. Tous les poils d'animaux n'ont pas en eux-mêmes cette propriété feutrante, sauf les poils de chameau, origine asiatique du feutre. Pour les autres types de poils, cette propriété doit être développée par le sécrétage. Pendant des siècles, la réalisation du feutrage fut entièrement manuelle. Ce n'est qu'au milieu du XIXᵉ siècle qu'elle a commencé à se mécaniser.

*Le castor, le lièvre, le lapin*

Le poil de castor est la matière la plus précieuse pour la fabrication des chapeaux. Il réunit la finesse, la légèreté et la solidité. C'est en même temps le feutrier par excellence. Mais le prix qu'il atteint en raison de sa rareté en rend l'emploi très restreint.

Entre le lapin et le lièvre, ce dernier a le poil plus sain et d'une légèreté extrême, mais il est moins susceptible de se feutrer. Ce n'est qu'après quelques préparations qu'on lui fait subir qu'il devient propre au feutrage et la matière feutrante la plus belle et la plus estimée de notre sol.

Quoique les lièvres soient multipliés sur tous les points de France, leur peau diffère suivant les régions : celles du Roussillon, de Saint-Chinian, de Saint-Pons, de l'Anjou, de la Bretagne et du Poitou sont préférées pour la beauté et la qualité du poil ; celles d'Alsace étant recherchées pour la grandeur de l'espèce.

Les peaux diffèrent aussi suivant les saisons. Celles d'hiver ont le cuir mince et le côté qui s'applique sur la chair a une couleur claire et unie, parsemée de petits vaisseaux sanguins. Le poil est fin, blanc, ayant la couleur et l'éclat de la soie. Sa pointe est d'une couleur noire veloutée. Le jarre, qui est le poil grossier que l'on sépare du duvet par l'éjarrage, dépasse ce dernier et adhère moins à la peau.

Les peaux du printemps ont le cuir un peu plus épais et rougeâtre du côté de la chair ; le poil est terne et moins touffu. Les peaux d'été ont le cuir épais et fort, couleur rouge du côté de la chair mais inégale ; les gros vaisseaux sanguins sont seuls visibles. Le poil est court, rare, d'un blanc sale et uni au jarre.

*Le sécrétage*

C'est l'opération qu'on fait subir aux poils pour augmenter leurs propriétés feutrantes. On imprègne les peaux, préalablement débarrassées des poils grossiers, d'une solution de nitrate de mercure, le « secret » ; après quoi, le poil est coupé et peut être travaillé. Cette solution exerce une action chimique très forte. C'est vers 1730 qu'un ouvrier importa d'Angleterre ce procédé de sécrétage, remplaçant les mélanges à base de mélasse. Les dosages varièrent suivant les fabriques, mélangeant par exemple une livre d'acide nitrique, dit « eau forte », à trois ou quatre onces de mercure, dissous à une douce chaleur et étendus ensuite d'eau de rivière à cinq ou six fois leur volume. Les peaux, déjà ébarbées et éjarrées, sont étendues sur un chevalet et la solution mercurielle est imprégnée à l'aide d'une brosse de sanglier promenée avec force sur toute la surface du poil.

Dès 1815, on essaya d'exclure le sel mercuriel nuisible pour la santé des ouvriers, mais, malgré les efforts de recherche, les essais de remplacement demeurèrent longtemps sans suite.

*L'arçonnage*

C'est une préparation au feutrage obtenue par vibration dans la masse des poils à l'aide d'une corde tendue entre les deux extrémités d'un archet courbe : l'arçon. Il est suspendu solidement au plafond par son milieu. L'ouvrier fait vibrer cette corde, plongée dans le tas de poils étalés sur une table d'osier fin, en l'accrochant à l'extrémité d'une tige en bois dur que termine un bouton lisse et en la lâchant après l'avoir tirée très fortement. La vibration est d'autant plus accélérée que le mouvement de l'arçonneur a été brusque. Les poils sont ainsi intimement mélangés.

*Le bâtissage*

Bastir ou bâtir est le premier degré de feutrage. L'ouvrier place une première couche de poils sur une toile mouillée, dite feutrière, applique dessus du papier humide, puis une seconde masse de poils. En repliant la feutrière, en la manipulant et la pressant entre ses mains dans tous les sens, il obtient deux lames de poils entrecroisés ayant déjà une certaine consistance. Ces deux lames sont soumises à un nouveau feutrage pour les réunir par leurs bords et il leur donne une forme de cloche, mais le feutre est bien loin d'avoir alors la consistance et la solidité qui lui assurent la durée.

*La foule*

On lui donne ces qualités au moyen du foulage. En termes de l'art, on l'étoffe.

La cloche ébauchée doit prendre la consistance du feutre véritable, tissu homogène, résistant, élastique à la chaleur et inextensible à froid.

Cela s'obtient à chaud : on prépare un bain qui contient pour chaque muid [1] d'eau environ soixante-douze litres de lie de vin. L'eau est d'abord portée à ébullition, on y délaie la lie au moyen d'un balai, on enlève l'écume et on entretient la liqueur à une température voisine de l'ébullition. Les ouvriers apportent alors leur bâtissage et se placent autour de la chaudière, ayant un banc incliné devant eux, le banc de foule. Chacun plonge son bâtissage, le déploie, le replonge et, par de multiples manipulations

1. Sa contenance est variable suivant les régions : deux cent soixante-dix litres au moins.

et frottements entre ses mains garnies de semelles de cuir, achève de donner à la cloche sa solidité. L'étoffe se rétrécit en tous sens et peut perdre un tiers de son étendue.

*Les flamands*

L'appellation vient de ce que le mode de préparation a été importé de fabriques des Flandres. Le feutre est le plus souvent fait de poil de lièvre pur. Il est brossé avec le frottoir pendant la foule pour en dégager le poil très long et uni qui en constitue la qualité et en fait la beauté. L'ouvrier, muni du carlet, gratte ensuite toute la surface extérieure du feutre, ce qui fait ressortir de celui-ci un velu plus ou moins long et fort touffu.

*Les shakos*

En cuir, ils sont destinés plus particulièrement à l'infanterie légère. Confectionnés avec des peaux de vache, on commence par rendre spongieuses les deux faces par raclage afin de leur permettre de recevoir les apprêts. Après couture, on plonge le shako dans de l'eau échauffée pour le ramollir. Il prend alors toutes les formes qu'on veut sur une forme en cuivre à huit clés.

(Extraits du *Nouveau Manuel complet de fabricants de chapeaux en tout genre*, Julien de Fontanelle, Librairie encyclopédique Roret, Paris, milieu XIX^e^, consulté en bibliothèque Fornet, Hôtel de Sens, Paris, Rés. 9001-380.)

## *Bibliographie*

Pour contrôles historiques et illustrations

*La* Vénus, *frégate de 18*, par Boudriot et Berti, collection archéologique navale française, Éditions A.N.C.R.E.

*La Marine d'autrefois*, par J. Vichot, édité par l'Association des amis des musées de la Marine, 1977.

*L'Économie britannique et le Blocus continental*, thèse de Crouzet, Presses universitaires de France, 1956.

*Le Compagnonnage*, par Martin Saint-Léon, Librairie du Compagnonnage, éditeur, 1983.

*Mémoires d'un compagnon*, Agricol Perdiguier, Librairie du Compagnonnage, éditeur, 1977.

*Vie et traditions du compagnon du Tour de France au XIX*[e], par Barret et Gurgand, Livre de Poche.

LE CHAPELIER PIRATE

*Esclaves et négriers*, par Jean Meyer, Découvertes, Gallimard, 1982.

*De la chaîne à la liberté*, bureau du Patrimoine, Fort-de-France, 1988.

*Cyclones et autres cataclysmes aux Antilles*, par F.H. Fortune, Éditions La Masure, Fort-de-France, 1986.

Je remercie les bouquinistes des quais de Montebello et de la Tournelle à Paris pour leur aide dans mes recherches.

*Table des matières*

*Aubin Imprimeur*

LIGUGÉ, POITIERS

Cet ouvrage a été composé
par Charente-Photogravure à Angoulême
pour le compte des Éditions Seghers

Achevé d'imprimer en mars 1991
N° d'édition 33260 / N° d'impression L 37133
Dépôt légal mars 1991
Imprimé en France